大明巡海道

柯乔

谢思球　柯宏胜◎著

中国文史出版社

图书在版编目（CIP）数据

大明巡海道柯乔 / 谢思球，柯宏胜著. -- 北京：
中国文史出版社，2023.3
ISBN 978 - 7 - 5205 - 4021 - 6

Ⅰ.①大… Ⅱ.①谢… ②柯… Ⅲ.①长篇历史小说
- 中国 - 当代 Ⅳ.①I247.5

中国国家版本馆 CIP 数据核字（2023）第 023373 号

责任编辑：程　凤
封面书法：柯春海

出版发行：中国文史出版社
社　　址：北京市海淀区西八里庄路 69 号院　　邮编：100142
电　　话：010 - 81136606　81136602　81136603（发行部）
传　　真：010 - 81136655
印　　装：廊坊市海涛印刷有限公司
经　　销：全国新华书店
开　　本：787×1092　1/16
印　　张：20
字　　数：295 千字
版　　次：2023 年 5 月北京第 1 版
印　　次：2023 年 5 月第 1 次印刷
定　　价：59.80 元

# 序

柯宏胜

九华山自古为江南名胜。在九华山麓，有一座千年古村，名曰柯村，本书主人公柯乔，于明弘治十年（1497）出生于此。他以九华双华峰为号，藏锋厚德，保境安民，一生践行恩师王阳明"知行合一"理论，写下了山一般厚重的人生。

柯乔，字迁之，号双华，明朝南直隶池州府青阳县九都莲玉里柯村（今安徽省池州市九华山风景区九华乡柯村）人。嘉靖八年（1529）中进士，历任行人司行人、翰林院经筵侍讲、贵州道监察御史、直隶永平府推官、户部主事迁员外郎、湖广按察史金事、荆西道金宪（首任）、福建布政司参议、福建按察司副使、巡海道副使等职。生前所任最高职务正四品，被授"中宪大夫"。去世后，钦命追授"副宪"（正三品），恩赐"双华公"，并敕造"柯乔门坊"。历经460多年风雨的柯乔门坊为九华山风景区现存最古老的建筑。

柯乔一生文韬武略，师从大儒王阳明、湛若水，辉耀湖广与东南沿海，主要有五个方面的成就：

其一，柯乔师从明代大儒王阳明、湛若水，其一生都在践行老师王阳明"知行合一"理论，始终不忘关心民瘼。无论是在江汉兴修水利，还是在东南沿海率领军民抗击外来入侵，目的都是为了黎民苍生的安宁和幸福。王阳明先生两次到九华山，均旅居在柯乔家。王阳明曾作《双峰遗柯生乔》《咏柯乔居》等多首诗高度赞扬他的学生柯乔。柯乔在文学、哲学、教育和军事等方面均有很深的造诣，深得其师精髓。

其二，柯乔对中华优秀传统文化的继承和发展做出了重要贡献。柯乔在荆西道金宪任上，发现消失世面700余年的珍贵古籍——陆羽《茶经》手抄本，并刊刻行世。明嘉靖竟陵版陆羽《茶经》（柯本）是现存最早问世的《茶经》单行本，这是对保护中华传统文化遗产的一大贡献；兴修江汉大堤时，他所创办的水防营造教育，堪称中国最早的水利工程学堂；他组织能工巧匠改造或发明新型实用工具数十种，被明末清初科学家宋应星筛选载入"中国17世纪的工艺百科全书"《天工开物》；他还曾主持刊刻了《晏子春秋》（明嘉靖柯乔刻本）和闽本《汉书》，其中柯乔版闽本《汉书》校勘成果对后世影响很大；柯乔还创办了金沙书院、九华山阳明书院、甘泉书院和双华精舍等多座书院，修缮沔阳、竟陵、松溪等地多所学校；在军中广泛推广步战阵法——"宋江阵"和"鸳鸯伍"，在抗击贼寇的战斗中发挥了重要作用。"鸳鸯伍"阵法后被抗倭名将戚继光发扬光大，并更名为"鸳鸯阵"。国家级非遗、传统国药"片仔癀"也因柯乔应运而生。柯乔为后世留下了众多宝贵的文化财富。

其三，柯乔清廉为官，勤政为民，是古代官员的典范。他驻节沔阳，在荆西道首任长官金宪任上，亲临江岸，度地势、量基址，身体力行，主持修建长江、汉江大堤4000余里，减少水灾发生，造福江汉百姓；参与督办显陵工程，创造性地以安置流民方式解决显陵"用工荒"难题，既解决了流民就业问题，也促进了社会稳定；柯乔在荆西设置集市，兴办学校，平雪冤狱，废除了很多弊政。他十分关心民众疾苦，他的治水为政名言"江水溺人，咎在官吏"，留迹多家史册，成为后世为官警言，他也因此深受广大百姓的爱戴。嘉靖二十四年（1545），柯乔调往福建任职，沔阳百姓千人送之，脱其帽靴为其立生祠。就连敢于向皇帝直谏的明嘉靖礼部尚书孙承恩也作长诗《江汉歌赠柯双华》，高度赞扬柯乔主持修筑江汉大堤的不朽功绩："汉江有堤自今始，乐乐利利无终穷。我言柯子真能为，民兴大利除大患。"

其四，柯乔在巡海道副使任上，不畏强权，不怕牺牲，率领军民抗击倭寇和佛郎机海盗，先后参与组织指挥了浙江双屿战役和福建浯屿、永宁卫、月港、连江、走马溪等系列战役，功劳卓著。

其五，柯乔高度重视巩固海防体系建设，主张御敌于海上，制定了机兵招募训练制度。同时，为民请命，安边靖海，支持有序开放通商。嘉靖二十七年（1548）六月，柯乔上奏提议在月港设县，虽当时未及时获准，仅允许加置安边馆，直到隆庆元年才正式设立海澄县，也足见柯乔的远见。六月六日是柯乔上奏月港设县的纪念日，当地百姓都会在水边放飞祈福的孔明灯，成为延续至今的习俗。

生之有限，一个人一生能做的事情其实很少。若能在有生之年，做几件利国利民的好事，那就生之无憾，足慰平生。我的先祖柯乔做到了。诚然，在历史长河中，柯乔的声名并不显赫，后世也鲜有人提及他，他成了一个被遗忘的英雄。张廷玉主编的《明史》，对与柯乔共同抗倭的朱纨、卢镗、俞大猷、卢璧、王忬、汤克宽、唐顺之等将领以及稍后的抗倭将领戚继光、胡宗宪、阮鹗等都有专列词条介绍，唯独没有列"柯乔"。《明史》中，柯乔的事迹只散见于多处叙述中。2022 年，适逢柯乔先贤诞辰 525 周年，在此时出版小说《大明巡海道柯乔》，宣传柯乔的事迹，自然很有意义。

习近平总书记说："对中华民族的英雄要心怀崇敬，浓墨重彩记录英雄，塑造英雄，让英雄在文艺作品中得到传扬。"柯乔正是中华民族抗击外来侵略历史上其中一位英雄，创作出版小说《大明巡海道柯乔》，就是落实"崇尚英雄、捍卫英雄、学习英雄"的一个具体行动。讲好柯乔这个中国故事，让柯乔在文艺作品中得到传扬，让全社会分享他的感人故事，激发更多的人崇尚英雄、热爱祖国，为中华民族伟大复兴而建功立业，这是弘扬正能量、践行社会主义核心价值观的真实体现，符合历史潮流，也是我们文艺工作者应肩负的职责和历史使命。

本书主创者谢思球先生，安徽枞阳县人，中国作家协会会员，是一名文学功底深厚的作家，尤其擅长创作历史题材作品。近几年来，他佳作不断，已创作出版了《大徽班》《大泽乡》《大明御史左光斗》《抗倭名将阮鹗》等系列历史题材的长篇小说，展现了恢宏的历史画卷。《大明巡海道柯乔》在充分尊重历史事实的基础上，进行了富有情感的文学创作，结构合理，细节生动，情节跌宕起伏，层次递进，环环相扣，故事动人心弦，人物形象丰满，生动地展现了主人公柯乔成长的心路历程和他跌宕起伏、波澜壮阔的传奇一生。

创作一部深入描写柯乔事迹的书籍和一部电视片，这是本人很久以前就萌发的愿望。为此，十年前我就开始了对柯乔的深入研究。本人曾多次到柯乔生前工作、战斗过的湖北、福建等地实地考察，北上南下，东奔西跑，查阅各地府志县志和各种典籍，收集到了大量第一手资料，终于形成了相对完整的柯乔年谱及事迹，为这次谢思球先生的创作提前做好了必需的资料和基础性准备工作，也为其创作节省了大量时间。在此，对谢思球先生一年多来的辛勤创作表示衷心感谢！

在《大明巡海道柯乔》即将出版之际，我要感谢柯其华为会长的安徽柯氏文化研究会、安徽柯氏宗亲联谊会暨安徽柯氏公益基金会给予的大力支持和鼓励，衷心感谢柯亚夫宗亲、鲍康虎先生和柯志忆宗亲一家祖孙三代的大力支持，还要感谢黄大明先生，更要感谢中国文史出版社程凤等各位老师的辛勤付出和社会各界的大力支持！

在本书出版之际，应命作序，拉杂铺陈，谈点感想，谨以此为其序，并为之贺。

柯乔十五世裔孙　柯宏胜　敬撰

2022 年 10 月 16 日于庐州

目录

楔　　子		1
第 一 章	阳明访山	5
第 二 章	拜师受业	19
第 三 章	初涉京师	35
第 四 章	乍显峥嵘	50
第 五 章	受诏治江	66
第 六 章	恩泽流民	84
第 七 章	千里江陵	97
第 八 章	天下茶经	113
第 九 章	金沙书院	130
第 十 章	首战浯屿	148
第十一章	衣冠之盗	161
第十二章	使团危机	175

目录

第十三章　　双屿海战　　　　　　　　　188

第十四章　　恶龙出海　　　　　　　　　201

第十五章　　连江阻敌　　　　　　　　　216

第十六章　　云迷月港　　　　　　　　　230

第十七章　　走马溪大捷　　　　　　　　247

第十八章　　暗流涌动　　　　　　　　　263

第十九章　　重返海疆　　　　　　　　　277

第二十章　　九华布衣　　　　　　　　　291

柯乔年谱　　　　　　　　　　　　　　　299

柯乔故居双峰草堂考　　　　　　　　　　307

楔子

山里的乌桕红了，杂木五色斑斓，秋色正好。

终于到家了。我是从乍浦之战失败后归来的。是的，就是那座被称为江浙门户的海滨小镇乍浦。去年，我从死囚大牢里被放了出来，再次奔赴抗倭战场。本指望着再搏一把，将功赎"过"，可惜，命运并没有再给我一次机会。倭寇围城，乍浦城墙高大而坚固，本不易失守。谁能想到呢？这个世界上总是不乏无耻之人，官军出了内奸，一个千户叛变投敌，将城池拱手相让。要不是八弟柯焰拼死将我从死人堆里抢了出来，我恐怕早已魂断大海，葬身鱼腹。世人常说，人活一世，要好好把握，不留遗憾。现在我才明白，没有这样的人生，人生总会留下这样或那样的遗憾，根本无法避免，逃都逃不掉的。我的恩师王阳明也是一介文人，南赣剿匪，广西戡乱，乃至活捉造反的宁王，一生经历大小战事无算，从无败绩。他是我心目中的神。可他的人生也有遗憾，多次含冤负屈，差点性命不保。我总算明白了，人是无法左右命运的，就像草无法左右风。不说过去了，好在我活着回来了，回到九华，回到李白笔下"天河挂绿水，秀出九芙蓉"的那座灵山，回到一张书桌前，这比什么都重要。我的余生将会在山麓下度过，这一点毫无疑问。我还计较什么呢？有这样的晚年，人生又足以称得上无憾了。

我木然地站在船上，手里拿着师父周金送我的那柄长枪。我的师父是位得道高僧，曾学艺于少林，人称周和尚，整日里疯疯癫癫，没个正经样。乌木的枪杆又沉又硬，雪亮的枪尖闪着阴森森的冷光，让人不寒而栗。我少时跟着师父学艺，出师时他送了我这件宝贝。当时我心想，将来读书做官，咋会用得上这玩意儿呢？师父看出了我的犹豫，说："良器配英雄，这件兵器你留着吧！说不定哪天有用，放在我这里糟蹋了。"真没想到，还真被师父说着了，谁能想到，三四十年后，我会走上抗倭战场呢？从一个熟读四书五经的书生，变成了一个指挥千军万马的儒将。这都是形势所迫，倭患祸国殃民，我不去谁去？我不入地狱，谁入地狱？

我的眼前出现了无边无际的大海。海里没有一艘船，大明王朝实施最严厉的海禁，寸板不许下海。海面上只有鸥鸟在寂寞地飞来飞去。突然，鸥鸟凄叫，残羽乱飞，它们像被流弹击中，扑哧扑哧地掉进了海里。我烦躁不安，持枪的手不禁微微颤抖起来，枪尖隐隐约约发出了红光。八弟柯焰在一边不解地看着我，回家了，他满以为我会喜形于色，可他哪里知道我的心思呢？瞅着我不对劲，他叫了一声"哥"。

我惊醒了。眼前是熟悉的青山，我闭着眼睛也能记得它们的模样。船停了，到了五溪，九华山五条溪流汇聚的地方。这里也是我的恩师王阳明两次到九华下船的地方。他在《游九华道中》一诗中这样写道："微雨山路滑，山行入轻舟。桃花夹岸迷远近，回峦叠嶂盘深幽。奇峰应接劳回首，瞻之在前忽在后。不道舟行转崎岖，但怪青山亦奔走。"先生笔下的九华诸峰像一个个顽皮的孩童。再向前走，就要到我的老家柯村了。那是一座千年古村。唐神龙年间，我的先祖柯应诚先生从杭州到秋浦郡担任江南刺史，因爱九子山，遂举家迁于此山西麓双华峰下一个叫莲玉里的村落，繁衍生息，成为江南名门望族，史称"莲玉柯"，位列九华山"柯、吴、刘、罗"四大家族之首。柯公后升任镇国安化军节度使，子孙后迁居周边棠溪、峡川、尧封、广德、望江、金寨、徽州、江西彭泽、鄱阳和浙江长兴等地，文臣武将，俊才辈出。

山有乔松，耸立云端；顶风傲雪，宁折不弯。乔，高也。先父以此字为我起名，自然是希望我做个刚直磊落的汉子。孟郊诗云："半夜倚乔松，不觉满衣雪"。感受可谓刻骨铭心，人比树更孤单。我这一生，三年治江，七年抗倭，也算见过大风大浪，经历过血雨腥风，多次命悬一线，九死一生。好在我活着回来了，荣辱是什么？它们不过像山道上的落叶，一阵风过后，地上就会干干净净。

下船了，我对柯焰说："给我找把锯来。"

"你要锯干什么？"柯焰满脸疑惑。

"你拿来就知道了！"我在一块巨石上坐了下来。

附近就有农家，山里的人家，家家都有锯的。柯焰很快借来了把短锯。我将枪横在石头上，将锯齿对准枪缨的位置，锯了起来。

柯焰大叫道："哥，你这是要干什么？"说着，过来拦我。

我轻轻推开了他："还要这玩意儿干什么呢？还用得着它吗？这枪缨沾过多少倭寇的污血，难道还将这不洁的玩意儿带回家不成？"听我这么一说，柯焰也明白了，就没再阻止我。我拉动锯条，三下五除二，将枪头和枪缨锯了下来。

锯完了，我如释重负，内心也安静下来，这算是与过去的生活彻底告别了。我长长地舒了一口气，眼望青山，欣慰地说："我现在需要一根拐杖，而不是一杆长枪。"

柯焰笑了，他跟随我多年，自然明白我的心思。他指着地上的枪头问道："哥，这枪头咋办？"

"找个地方，把它埋了吧！"

柯焰应声而去。从明天开始，那支枪尖就要开始腐烂了。但愿这个世上所有的凶器都像它一样，最终成为齑粉。我拄着那根新制成的拐杖，在宽敞的山道上大步而行。回家的感觉太好了。晚风吹动着长衫，寺庙里的钟声隐隐传来，空气中有一股檀香的味道，沁人心脾。

是的，我回来了。人生其实就是离家和回家，就像一个伶人，登台和离台。这过程看似漫长，实则在须臾之间。比之于那些无法回家或无家可回的人，我实在是幸运之极。

九华山有九十九峰，其中有两座相邻的山峰合称双华峰，又叫双峰。双峰并峙，北峰憨厚，南峰巍峨，天造地设，各有千秋。生长于斯，读书于斯，我是双峰下一块有棱有角的石头。在外面转了一圈后，现在，这块石头又回到了它出发的地方。让我感到欣慰的是，虽然它历经沧桑，但坚硬如斯，棱角依旧。

双峰下，有几间我亲手所筑的草堂。和风细雨，禅茶一味，静坐窗前，我得以从容回忆自己一生的时光。那自然是五味杂陈的，喜乐悲欢，一言难尽。

毫无疑问，我人生最美好的记忆，要从我的恩师王阳明先生来九华开始。

大明正德十五年（1520）二月末的一天，九华山下古村莲玉里，又称秀水，村前有曲折的莲溪河，村后有舒溪河蜿蜒。两条溪河加村庄，犹如二龙戏珠。暖阳初升，晨岚飘散，一栋栋粉墙黛瓦的民居露了出来。村西的古井六宕井边，热气腾腾，汲水的村民，洗衣洗菜的妇人们，笑语喧哗，打破了山村的宁静。井水流进了村口的一条山溪里。石桥上，蹲着一只黄狗，不时对着远方吠上一两声。桥头的古树下，几只老牛眯着眼，安详地反刍着食物。溪水两旁的柳树上，绿芽儿不知什么时候窜了出来，年年春天，它们总是来得最早的山客。

柯乔吃过早饭，准备到书房去读书。他娘罗氏叫住了他，说："今天歇一歇吧，家里有贵客要来。"说着，拿出了一袭崭新的长衫，示意柯乔换上。

柯乔淡淡地问道："贵客？哪位贵客？"他十六岁考中秀才，取得生员资格，可接下来两次乡试，都未能顺利中举，最近一次参加江南乡试是在去年。柯乔已二十四岁，他对科考已经心灰意冷，看来自己此生与仕途无缘，不打算再考了，怕承受不了再次失利的打击。所以，他终日闷闷不乐，只管低头读书。当听母亲说有贵客要来时，他并没有表现出过多的喜悦。

罗氏笑盈盈地看着儿子说："这位客人可不一般，是请都请不到的贵客！"

"娘，你就别卖关子了，到底是谁？"柯乔不禁有了些好奇。

"他就是阳明先生！"

"啊！"柯乔一声惊叫，目瞪口呆，一动不动。罗氏见儿子这样，摇了他几下。柯乔一把抓住他娘的双肩，瞪着眼，喘着粗气，问道："娘，你说的是不是真的？"

"你把我的胳膊都抓疼了，瞧你这样子，当然是真的，娘还会骗你不成？你爹和你宗兄柯相天没亮就到大通迎接去了。"

"太好啦！"柯乔一拍大腿，匆匆换上新长衫，风一般向门外跑去，边跑边喊，"我去接阳明先生！"罗氏在后面叫道："儿子，说不准他们现在在哪里，别走岔了，你还是在家里等着吧！"她紧跟着撵了出去，可哪里还有柯乔的身影？

柯乔一路狂奔，出了村口，向九华山的北大门五溪匆匆赶去。王阳明先生肯定会坐船来的，船便捷，从长江途经铜陵大通古镇，进入贵池梅埂九华河口，沿九华河逆流而上，就能直接到达五溪口。柯乔在五溪口坐下了，可哪里坐得住呢？他不时站起来，焦急地朝远处的水面上张望着。

王阳明第一次来九华时，是在弘治十五年春，吃住都在他家。当时，他只有五岁，在以后的岁月里，他听父母无数次说起过阳明先生当年来九华的盛况，可惜他那时年幼，无法向阳明先生求教。那次九华之行，王阳明写下了《九华山下宿柯秀才家》《梅竹小画》《双峰》和《云门峰》等诗多首赠柯家。那时，柯乔正跟在开元观的蔡道士后面学习诗文、习武练功，背诵《孙子兵法》。王阳明有首长诗《咏柯乔居》，他在诗中称赞小柯乔"三岁四岁貌岐嶷，五岁颖异如阿蒙。六岁能知日远近，七岁默思天际穹……"阳明先生的大名，柯乔如雷贯耳，他就是读着这些诗歌长大的。可惜，对诗的作者阳明先生，此后却一直无缘一见。现在，柯乔二十四岁了，已娶了一房妻子叶氏。虽已成家，但尚未立业，正处于人生的困惑之中。听说阳明先生即将再次来九华，这让他怎不欣喜若狂呢？！

等了半天，他终于看到了一艘熟悉的小船，看到了小船上父亲和宗兄柯相的身影。柯相长柯乔十六岁。他是正德十二年进士，后任吉安府永新县令。去年六月，宁王朱宸濠举兵叛乱时，王阳明手中无兵，危急时刻，柯相召三千兵赶到，协助王阳明平叛。王阳明生擒宁王后，要将柯相记为首功，被他婉言谢绝了。正逢柯相的父亲去世，他告假回乡丁忧。柯相故里位于九华山西边的贵池峡川村，距柯村并不远。

船靠岸了，除了父亲和柯相，船后还坐着两个人：一个背着药箱，好像是个大夫；另一个身着粗布衣裳的中年汉子拎着行李，显然是个亲随。柯乔急切地问道："爹，阳明先生在哪，没接到吗？"

柯崧林摇了摇手，示意儿子不要吱声。又朝舱中轻轻叫道："先生，快醒醒，到九华柯秀才家了。"柯崧林是秀才出身，王阳明初到九华时，以柯秀才称之，所以柯崧林以此自称。

柯乔这才发现，原来舱中还睡着一个人。

爹和柯相从舱中扶起一个人来。柯乔一见，不禁皱了皱眉。只见此人五十岁上下的年纪，中等身材，又黑又瘦，眼睛半睁半闭，耷拉着脑袋，无精打采，脸颊和下巴的须髯少说也有半尺长，杂乱无章，显然有段时间未修理过了。一袭锦袍皱巴巴的，下摆处还沾了不少泥垢。这，就是他景仰已久的王阳明先生吗？柯乔有点不敢相认，可刚才爹称呼他为先生，不是王阳明又会是谁？

柯崧林早就在渡口备下了一顶轿子，他和柯相将王阳明扶上轿子，然后跟在轿后，快速向柯村走去。

到了柯乔家，罗氏打来热水，王阳明胡乱地洗了一把脸。然后，端起桌上的茶碗，大口地喝了起来。喝完，用眼睛扫视着众人，一脸惊愕的表情，好像在问我怎么到了这里？

这时，他看到柯相，目光就停在了他的脸上。柯相来到他身边，问道："王先生，献俘的事，交接完毕了吧？"

王阳明摇了摇头："尚未。"

献俘就是将造反的宁王朱宸濠交给朝廷。去年六月十四日，密谋已久的朱宸濠声称奉太后密旨，自称皇帝，发布檄文，起兵入朝，声讨朝廷。在占据南昌后，率水师十万，战船千艘，出鄱阳湖，蔽江东下，攻打安庆。结果，只折腾了四十三天，就被王阳明设计擒获。

按王阳明所说，如果未交接完毕，那朱宸濠现在何处，万一有个闪失咋办？柯相不敢往下想，更不敢再问。场面一时有点尴尬，过了半晌，柯相还是忍不住，又问道："那，接下来，您打算咋办？"

王阳明说："尚未。"

"您是打算在这里好好住一阵子吧？"

"尚未。"

咋又是"尚未"呢？难道阳明先生今天只会说这两个字？柯乔满腹疑惑，他心目中的阳明先生学富五车，儒雅风流，运筹帷幄，用兵如神。可他怎么成了这副模样？这与他想象中的阳明先生差距太大了。

这时，跟着王阳明一道来的亲随说："我家主人这是累着了，差不多半个月都没有怎么合眼，快收拾间屋子，让他先好好睡一觉吧。"

罗氏说："房子早就收拾好了，快将先生扶进去歇息。"柯崧林和柯相又搀扶着王阳明，随罗氏向后院走去。扶王阳明躺下后，盖好被子，两人退了出来。才到门口，就听见床上的王阳明响起了鼾声。

柯崧林望着柯相："先生这是怎么了？"

柯相小声说："我也不明白，不过，肯定事出有因。别急，一会儿我们慢慢问下他的随从。"

阳明先生接连说了三个"尚未"，柯乔突然想起父亲说过先生初到九华时的一件趣事。先生向来喜欢佛道，九华多方外高人，他来九华，除了观光览胜，还有一个重要的原因，就是这里的佛道文化深深地吸引了他。先生到九华后，就带着酒肉等礼品，第一时间拜访了一位蔡姓道士。说起这位蔡道士，亦算个奇人。他文武双全，平时言语甚少，但时有惊人之语。他本来四处流浪，有一年云游到柯村时，柯乔祖父柯志洪见其道行高深，就将他留了下来，安置在云门峰下三汲泉西侧的开元观内。开元观历史悠久，是柯乔祖上在唐开元年间修建的一座道观。蔡道士平日里喜欢披头散发，人称他为蔡蓬头。柯乔少时体弱多病，其父便让他拜蔡道士为师，习武练功，强身健体，同时学习诗文。王阳明在见到蔡道士后，奉上礼品，趁着他高兴，向他求教长生不老之术。蔡道士半天不语，只顾吃肉喝酒。待酒足饭饱，蔡道士才捋着胡须说："尚未。"王阳明大惑不解，又问："什么尚未？是说您道行尚未，还是说我养生之术尚未？"蔡道士看了一眼王阳明，并不解释，又说：

"尚未。"王阳明急了:"请您赐教一二!"蔡道士还是那两个字:"尚未。"
王阳明将他引进内室,虚心请教,说了半天。蔡道士望着窗外一株千年黑虎
松,不冷不热地说:"你脸上终究去不掉官相。"王阳明这才懂了,看来自己
慧根尚浅,这道士并不想向他透露过多,于是作揖告辞。

王阳明在九华山寻访了多位方外高人,除了蔡道士,还有隐居在东崖山
洞里的高僧周金。周金善武,也是柯乔的武术老师。王阳明寻访这些方外高
人的过程,一路相陪的柯崧林看得一清二楚。阳明先生与他们之间的趣事,
柯崧林无数次向柯乔复述过。所以,当王阳明到了柯家,接连说了好几个
"尚未"时,柯乔马上想起来了,这两个字,正是当年蔡道士对王阳明的
答复。

王阳明睡着了,柯乔一家却睡不安寝,食不甘味。卧房内,王阳明鼾声
如雷;客厅里,坐着柯相和柯乔父母。柯乔睡意全无,干脆也陪坐着。王阳
明的随从名叫王坤,这些年一直随主人四处征战。柯乔缠着他,让他讲述王
阳明平叛和献俘的故事。可王坤说,他讲不好,还是等主人醒后自己讲好
些。柯乔想想也有理,就不好再缠着他。此时,王坤也趴在桌上睡熟了,打
着响亮的呼噜。看来,他也是多日未睡。柯乔拿着本《孙子兵法》,对着油
灯看着。他听柯相说,阳明先生在擒获宁王的过程中,将兵法运用得出神入
化。他对此充满了好奇,一心等着阳明先生醒来,听他讲述平叛的故事。

王阳明这一觉足足睡了一天一夜。一直到第二天晌午,他才醒了过来。
洗漱完毕,坐在客厅里喝茶。除了与大家寒暄几句,大多数时候,他都是表
情严肃,沉默不语。大家见他这样,也就不好再问什么,只好陪着他干坐
着。忽然,王阳明像是想起了什么似的,问柯崧林说:"柯秀才,住在东崖
的周金和尚呢?我们有十九年未见了。"柯崧林如实回道:"他离开九华有好
几年了,目前在哪里,秀才还真不知道。"王阳明的脸色更暗了,喃喃地说:
"走了吗?都走了吗?……"柯相劝慰道:"僧人本就四海为家,先生不必
挂念。"

王阳明说:"来,你们陪我喝顿酒。"

酒菜早已备下,一桌子的山里佳肴,有臭鳜鱼、明炉石鸡、石耳炒蛋、

龙溪石斑鱼、农家烧仔鸡等。正中是笋尖焖肉煲，肉是江南腊火腿，肥瘦参半，片片晶莹似玉，配上九华干竹笋，香气四溢。柯崧林又端出一坛酒，说："这是上等的杏花村，据说，诗人杜牧任池州刺史时，每天必饮此酒，这才诗情勃发。先生多喝点，在九华山多留下些诗文。"

王阳明木然地说："尚未。"

柯乔听阳明先生又说出这两个字来，蒙了！唉，先生这到底是怎么了？他咋变成了这样？这明显是还没回过神来呢！自己还指望着能拜他为师，跟他学习心学和韬略。可他这样子，神志不清，如何拜师？真是急死人了，柯乔坐立不安。

酒满上了，大家你一杯我一杯地敬着王阳明。阳明先生酒量很大，来者不拒，这顿饭一直吃到天黑。月亮从山巅上升了起来，山村的夜晚，除了偶尔的几声狗吠，显得特别安静。王阳明端起一杯酒，对着九华山东崖的方向说："周和尚，我，我敬你一杯……"

柯崧林小声提醒他说："先生，周和尚不在山中，他云游四方去了。"

王阳明一愣："云游四方？那为什么不带上我？"

柯相说："先生，您还有许多重要的事情要做，咋能随他一道呢？"

王阳明说："我要离开，跑得远远的……"

这明显是喝多了。酒后吐真言，阳明先生太累了，剿匪、平叛，不知不觉被卷入一场更大的旋涡里。也许，他真的想歇一歇了。

这时，只见王阳明端起一杯酒，踉踉跄跄地向门外走去。他这是要干吗？大家见状都跟了上去。阳明先生端着酒杯，一边走一边喊着："周和尚，别走啊，等等我！来，我敬你一杯！"

柯崧林说："阳明先生这是喝醉了。"说着，就要上去阻止。柯相拦住了他说："就让他醉一回吧！"

柯乔知道，王阳明先生和周金和尚十分投缘。他第一次到九华山时，听说在东崖半腰的山洞里隐居着一位高僧，执意前去拜访。东崖状若一艘石头巨舫，矗立于九华山顶，东崖壁立千仞，常人无法攀登。周金以东崖地洞为寺，平日里食山间野果为生，不食人间烟火，坚持苦修，坐崖三年。王阳明来到东崖，他身手敏捷，手抠石缝，脚踏危石，进入洞中。进洞时，发现有一个僧人睡在一堆松毛上，看不出多大年纪。王阳明大为佩服，并没有叫醒他，而是在他身边坐了下来，轻轻地抚弄着他的脚。过了一会，和尚醒了，见到王阳明，大惊道："此地路险，先生何以到此？"王阳明说明来意，两人遂攀谈起来，从先儒的"尽心知性"聊到道家的"抱朴守一"，又从程朱的"格物致知"聊到禅宗的"明心见性"，最后聊到北宋大儒周敦颐和程颢。两人心意相契，大有相见恨晚之意。王阳明告辞的时候，周金站在崖顶上送行，大声说："周濂溪和程明道是两个好秀才！"关于这句话，柯乔后来也多次揣摩过，周金师父为什么在送别王阳明时突然夸赞起两位大儒周敦颐和程颢呢？显然，他意有所指，可能在暗示王阳明要向这两位大儒学习，而不要在求仙访道上用力。他以这种特殊的方式表明自己的观点，却又不说透。以阳明先生的智慧，肯定会明白周金师父的意图。

王阳明端着酒杯大叫着要敬周金和尚一杯，仿佛周金就站在他跟前一样。他来到院子里，四处张望着，可院子里一个人影也没有。他举着酒杯，有些怅然若失。忽然，他发现墙角的竹丛中似乎有个人影，光着脑袋，正看着他呢！王阳明大喜："这不是周和尚吗？你怎么站在外面，是听说阳明先生到此，特地来看望我的吧？来来，我敬你一杯！"说着，一把搂住对方，将酒杯向对方的嘴前凑去。

大家上前一看，王阳明搂住的并不是周金和尚，而是一尊灵璧石。灵璧石的形状颇像人体，上面还有个光滑的脑袋，难怪醉酒的王阳明将它当成周金和尚了。王阳明将酒倒在了石头上，又对柯崧林说："来，柯秀才，满上，我再敬周和尚一杯。"柯相欲阻止，柯崧林拦住了他，"阳明先生难得糊涂一回，就随他去吧！"就这样，王阳明和那尊灵璧石又干了几杯，他的醉意越发浓了。

起风了。王阳明一个哆嗦，他分明感受到了一股寒意。忽然，他像是发现了什么似的，放开灵璧石，甩开脚步，向外面跑去。众人大惊，手忙脚乱地跟在后面撵着，不知先生要跑向哪里。

王阳明发现后面有人追来，跑得更快了。他少时曾痴迷武术，跟在一位道士后面学得一身功夫，尤精骑射。纵使他在醉酒的情况下，众人要想撵上他，也绝非易事。只见他径直来到九华河边，停住了，众人更加惊骇，看这情势，先生莫不是要跳河？

柯崧林和柯相悄悄地靠近王阳明，打算从后面抱住他，将他弄回去。这时，王阳明的随从王坤赶到了，他小声说："大家别急，我看主人并没有要跳河的意思，我们且观察一番，再相机行事。"

只见王阳明将身上的长衫脱了下来，挂到了河边的一棵树上；将鞋也脱了，胡乱地甩在岸上；又将头上的四方巾帽取了下来，扔到了河里。做完这些，他像做贼似的瞅了瞅四周，见没人跟着，又沿着来时的路返回，顺利到了柯家。进门后，径直走进给他安排的寝室，闩死了门。柯崧林不放心，捅破了窗户纸，只见王阳明用被子包了头，又呼呼大睡起来。

王阳明今晚的行为太反常了，柯崧林百思不得其解。一开始，见他来到河边，担心他要跳河，后又见他不过是做做样子，转身又回去睡觉，这才松了一口气。可他为什么要这么做呢？柯崧林用疑惑的眼神望着柯相，柯相说："叔，您别望着我，我也不知道。太奇怪了，这哪像一个巡抚的做派呢？"

柯乔说："莫不是先生打算下河洗澡，见水太凉，又打消了主意？"

柯崧林连连摇头："非也，非也！他根本没有挨着水。"

柯乔想了想说："今晚，阳明先生虽说喝了不少酒，但酒醉心里明，他还能顺着原路返回咱家，说明他还没有醉到不省人事的程度。他这么做，一定有他的道理，说不定另有隐情。"

柯崧林又点了点头，大家都将目光集中到了王坤身上，也许只有他才能解开其中蹊跷。王坤低着头，只顾将一只水烟壶吸得咕噜咕噜地响。柯乔急了："王先生，你倒是说话啊，这里除了你，大概没人能说得清你家主人的怪异举动了。"

王坤含笑不语，待过足了烟瘾，才说道："主人自到贵府，言谈举止就有些乖张，特别是今晚的行为，更是令人费解。我倒是想起一件事来。正德元年，主人得罪了宦官刘瑾，被廷杖四十，贬为贵州龙场驿丞。刘瑾并不罢休，欲置主人于死地，于是派锦衣卫一路追杀。幸亏主人提前看出了刘瑾的阴谋，连夜离开。但他哪里跑得过锦衣卫呢？眼看着就要被追上了。此时，他正好来到了一条河边，主人灵机一动，脱下衣服和鞋子，跳入河中。游了一段路后，又爬上了岸。锦衣卫误以为主人已投河自尽，就回京复命去了，这才躲过一劫。主人今晚故态复萌，在下揣测与他当前的处境有关。说严重点，随时有性命之虞！不然，主人断不会无端做出此等举动。"说着，王坤从包裹里拿出一幅卷轴，打开，摊在桌上。众人一看，原来是一首长诗。诗是王阳明用行书写的：

铜陵观铁船

录寄士洁侍御道契，见行路之难也。

青山滚滚如奔涛，铁船何处来停桡。

人间刳木宁有此，疑是仙人之所操。

仙人一去已千载，山头日日长风号。

船头出土尚仿佛，后冈有石云船艄。

我行过此费忖度，昔人用心无已忉。

由来风波平地恶，纵有铁船还未牢。

秦鞭驱之不能动，夐力何所施其篙。

我欲乘之访蓬岛，雷师皷舵虹为缫。

弱流万里不胜芥，复恐驾此成徒劳。

世路难行每如此，独立斜阳首重搔。

阳明山人书于铜陵舟次，时正德庚辰春分献俘还自南都

柯乔快速读毕，不禁由衷赞道："想象奇瑰，气势磅礴，一唱三叹，好诗！取势凌厉，笔法劲健，笔锋锐利，好书法！"

王坤说："前几天，主人自南京献俘返程路过铜陵县江段时，看见江畔泊着一艘巨大的铁船，有感而发，在舱中一气呵成，作了此诗。"

柯相说："'由来风波平地恶，纵有铁船还未牢'，阳明先生这是遇到了怎样的险情呢？他有事情，向来窝在心里不肯说。"

今晚的情形再明白不过了，显然，王阳明感受到了生命危险。那么，究竟是谁要害他呢？柯相隐隐也知道一些。王阳明在生擒宁王朱宸濠后，引起了太监张忠和佞臣许泰、江彬等正德皇帝身边一班宵小的紧张和嫉妒，他们与宁王早有勾结，长期收其贿赂，担心被揭发，竟然诬蔑王阳明和宁王同谋，眼见造反不成，这才擒了宁王献俘邀功。这真是天降奇冤！而且，这班宵小还怂恿正德皇帝御驾亲征，到江西平叛。王阳明擒获朱宸濠，反成了烫手山芋。

柯乔将铁船诗又读了几遍，默默念叨着："风波……铁船……徒劳……世路难行……"边念叨边在院子里来来回回地走，不时仰首叹息。谁也不知道他在想些什么。也许，年轻气盛的他，从阳明先生的经历和他的诗作中，第一次深刻地感受到了世事多舛，人生艰难。

卧室里的王阳明仍鼾声如雷，客厅里几人又是一宿无眠。第二天晌午，房间里的鼾声终于停了，柯崧林等人一喜，看来先生醒了。继而，"咚咚咚"声大作，众人推开房门，只见阳明先生正在拍壁大笑。见柯崧林等人进来，他拍着胸脯大叫道："我找到心了！我找到心了！"

王阳明一惊一乍，弄得众人云里雾里。柯乔更是不明白，阳明先生这说的是啥话呢？他的心不一直在他的胸膛里吗？什么叫找到心了，难道先生的心还曾遗失过不成？

柯崧林和柯相虽不明白阳明先生具体所指，但他说找到心了，应该是恢复了常态，当是大好事。当下两人也乐不可支地说："找到就好，找到就好……"

王阳明像是刚刚抵达柯家一样，瞅着柯崧林的脸说："柯秀才，十九年不见，我老了，你也老了不少。"

柯崧林说："东坡先生说：'不到今十年，衰老筋力愆'，况且我们快二十年没见面了。"又叫过柯乔说，"来，快来拜见先生！"

王阳明指着柯乔说："这位青年是……"

"犬子柯乔，老夫三十七岁方得此子，可惜生性愚钝，科场蹭蹬，至今还是个秀才。老夫指望此子光耀门庭，正困惑不已呢！先生此来，正若久旱逢甘霖，柯某幸之，柯氏幸之!"

父亲的话，说得柯乔的脸红一阵白一阵，头脑中一片空白。他是怎么行礼的，又说了些什么，全凭父亲摆布，事后什么也不记得了。

好在王阳明并未有半句不满之语，他说："昔日，老夫两次参加会试都未考中，按你这么说，不也是生性愚钝吗?"

柯崧林说："柯某哪敢说先生您呢? 千万别多心。"

"第二次会试我名落孙山，老父怕我受不了打击，安慰我说，这次没中，下次就中了。我笑笑说: 你们以不登第为耻，我以不登第却为之懊恼为耻。"又笑着对柯乔说，"十九年前，我初到九华时，你尚是乳臭未干的小儿，如今已是风度翩翩的青年，真是后生可畏!"

柯乔作揖说："学生学识浅薄，还请先生不吝赐教!"

听王阳明说他自己两次参加会试未中，毫不避讳，更不以此为耻。柯乔听了心里暖暖的。他长期处于两次乡试失利的懊恼之中，阳明先生轻描淡写地这么一说，让他有顿卸千斤重负之感，身心为之一轻。

柯相说："先生这次既然来了，就安心在这里住一段日子，我们也好早晚请教。"

"唉，"王阳明重重叹了口气，笑道，"我这是无处可去呢，你们放心，我就在柯村住下了，一直住到你们厌烦为止。"

柯崧林说："先生大驾光临，柯家蓬荜生辉，柯某倍感荣幸。就算您住上个三年五载，我们也不会厌烦的。"

柯相将阳明先生来柯村后的怪异举动择要叙说了一遍，问道："先生，献俘还顺利吗? 这段日子，到底发生了什么事，能不能向我们说说?"

王阳明说："唉，谗言能杀千军万马，怪不得屈原气得抱石投汨罗江自尽，他就是被谗言杀死的。有好几次，我也差点想效仿屈老夫子。想想真要那样不明不白地死了，岂不损了我阳明先生一世清名。既然你们要听，我就说说献俘的故事吧! 不过，这故事有点长，荒谬乖张，可笑至极! 就是茶楼里那班说书的都编不出来。"

王阳明说："去年，在鄱阳湖上，经过三天激战，我们成功擒获宁王朱宸濠。包括我在内，参加平乱的官兵都松了一口气，以为大功告成。事实恰恰相反，这却是我噩梦的开始。"

"捉了朱宸濠为首的一班逆贼，当务之急自然是向朝廷献俘。可是，吾皇在一班佞臣的怂恿下，自封为威武大将军，要御驾亲征，南下平叛。我急上《请止亲征疏》，试图阻止皇帝亲征，并押解朱宸濠等要犯进京献俘。无奈人微言轻，吾皇仍坚持率军南下。安边伯许泰、提督军务太监张忠、平贼将军左都督刘晖三人先期率数千京军到了南昌，要抢平乱的头功——问题是叛乱已定，首恶已擒，江西已无乱可平。"

"许泰和张忠等人竟然要求我将已擒获的朱宸濠放回鄱阳湖，待吾皇抵达南昌时，让他亲自擒获，以讨欢心。亏他们想得出来。老夫严词拒绝他们的荒谬主张。他们仍不罢休，诬我与朱宸濠同谋，要置我于死地。夜长梦多，朱宸濠等人在我的手中，必须尽快向朝廷献俘。但交给谁？交给许泰、张忠吗？显然不能，这是将平叛之功拱手相让。就算我不在乎，但如何向跟随我浴血奋战的将士们交代？再说，若朱宸濠有个闪失，到时百口莫辩。这些人可是什么都干得出来的！我押着朱宸濠等一干要犯，趁夜间神不知鬼不觉地出了南昌，取道北上，打算押往京城，亲手交给皇上。"

"我押着朱宸濠等人东躲西藏，到了钱塘。有同僚提醒我说，许泰和张忠等人诬你和朱宸濠同谋，也就是说，你涉嫌谋反，此番进京，是不可能见到皇帝的。就算皇帝愿意见你，那帮人也不会同意，会千方百计地阻拦。真是一语惊醒梦中人，是啊，按他们的说法，我涉嫌谋反，皇帝怎么可能见我这个'叛臣'？见不到皇帝，朱宸濠等人交给谁？"

"这真是进也不是，退也不是。在这节骨眼上，幸而太监张永也率军到了钱塘。张永尚有点正直之心，名声也好于许泰和张忠之流。我夜见张永，极言江西经宁王之乱，民生困敝，实在经不起六师之扰，让他劝说皇帝不要再南下，并将朱宸濠等要犯交给了他，请他转交朝廷处置。"

听到这里，大家都松了一口气。柯崧林说："如此一来，事情不就结束了吗？"

王阳明摇了摇头："哪有那么简单？回到南昌后，许泰、张忠等人得知我已将朱宸濠送了出去，恼羞成怒，开始找我的各种麻烦。他们说听闻宁王府富甲天下，朱宸濠被你所擒，府中的财富到哪去了？言外之意是我私吞了。我回道：'朱宸濠谋反蓄谋已久，他平日里贿赂京师要人，买通内线，财富都花光了，你们要找就去找那些收了他贿赂的人。他们心里有鬼，再也不敢提此事。"

"他们又说我是一介文人，哪里懂得带兵打仗，提出要和我比试骑射。在教场上，我骑在马背上连射三箭，三发皆中靶心。他们这才哑口无言。无奈之下，去年冬至，他们从南昌班师，到了南京与皇帝亲率的大军会合。"

"本以为此事可以到此为止了，哪想到，事情还远未结束。春节刚过，我突然接到旨意，要我到南京面君。这又太奇怪了，许泰、张忠又在皇帝面前使了什么坏呢？以前，他们多次矫诏召见我，我都不予理睬，这次肯定又是他们要的伎俩。在我犹豫不决之际，太监张永派人来急告我，说许泰、张忠在皇帝面前说我谋反，怂恿皇帝下诏召见我，如果我不去，就是心里有鬼，坐实了他们的诬告。我惊出一身冷汗，乘船经鄱阳湖入长江，直驰南京。"

"许泰、张忠没料到这次我竟敢来了，他们怕我见到皇帝之后真相大白，派人将我拦在芜湖，阻止我前进。我在芜湖滞留达半月之久，每日如坐针毡，但又不便回到南昌。无奈之下，想到了你们这里，这才到九华来了。"

听完阳明先生的讲述，人人神色严峻，沉默不语。难怪王阳明来到柯村后就有了一系列令人费解的怪异举动。至此，大家都完全明白了。一个平定藩王之乱的功臣，却被宵小之徒栽赃谋反，不仅未受封赏，连见皇帝一面自证清白的机会都没有，还处处受到陷害，甚至有性命之虞。天下还有比这更冤枉的事吗？

柯崧林说："恕我说句不敬的话，这样的皇帝，值得您冒着生命危险替他去平叛剿匪打打杀杀吗？您就安心地在我们柯村住下吧。我柯家虽不富裕，多管几个人的饭还是没问题的。"

王阳明摇了摇头，笑着说："柯秀才，此言差矣！我岂止是为皇帝剿匪灭贼呢？我这是为天下黎民苍生！越是艰难处，越是修心时。心外无物，人的一生，追求的就是修心，休管他人的看法，将一颗心在尘世中修炼得无比强大。如此，才能扛起世间的重负。不过，柯秀才，谢谢你收留了老夫。否则，此时我恐怕还漂流于江上呢！"说完，朗声大笑。

柯乔说："此生有幸得伴先生，早晚求教，还请先生收下我这个弟子。"

罗氏说："迁之儿，不能这么随便说说的！得寻一吉日，举行正式拜师之礼才行。"

"母亲大人说得是！"柯乔应道。

柯乔由衷地高兴，他有一种预感，阳明先生的九华之行，会彻底改变他的人生。

柯崧林是一介文人，平生淡泊名利，性喜山水。他早年曾以岁荐任浙江金华府训导，几年后升为开封周王府和堵阳王府教授。不过，年过半百的他思乡心切，更重要的是看不惯官场那一套，干脆辞了教职，回到故里九华山。九华街化成寺东有座太白书堂，始建于唐天宝末年，历经三百年风雨，到南宋时已荡然无存。南宋嘉熙初年，青阳县令蔡元龙重建。到了明成化年间，书堂已破烂不堪，摇摇欲坠。柯乔的祖父柯志洪不忍见其倾圮，联络有识之士，重新修建了书堂，增置两庑，前立石坊，古色古香，恢宏大气。平日里，柯崧林就在父亲重建的太白书堂里授徒讲学，倒也自在。

王阳明的到来，在江南学子中引起了轰动，每日里前来拜访讨教的儒生络绎不绝。贵池李呈祥与王阳明算是故人，他曾扁舟至赣，拜访先生。李呈祥三十九岁时应岁贡入国子监就读，归隐不仕，回乡后筑尚志轩，端坐其中，潜心研学，追随者众多。李呈祥对阳明学说信而不迷，既有阐发，也有批评，提出"知行分合"论，著《知行论》两卷。柯乔九岁时，拜李呈祥为师。当时，李不过才二十二岁。除李呈祥外，常来向王阳明讨教的本地学子还有章允贤、江学曾、施宗道等人。这几个也是柯崧林太白书堂的学生。另外还有徽州等地远道而来的学生汪可立、程镐等拜访。自王阳明到来后，柯家天天高朋满座，谈笑风生，不亦乐乎。

王阳明对道家的丹药非常感兴趣，喜欢结交名医，这次九华之行，他就带了个医官，名叫陶埜。一天，王阳明提出要到开元道观去看看，让柯乔和陶埜陪同。开元道观的道长蔡蓬头是柯乔幼年时代的武术老师，十九年前，王阳明第一次来九华时，和他有过接触。道观距离柯村有一段路程。柯乔陪着王阳明，沿着舒溪，一路向上攀登。走了一段山路，就到了开元道观。观前有一座木桥，由两根细杉木组成，横卧溪上，名叫筷子桥。观前的高岩上，有一株千年黑虎松，根扎岩隙，盘根错节，虬曲盘旋，高大雄伟，状若黑虎，雄踞欲扑。王阳明围着树转了一圈，夸道："九华真不愧为圣地，连树都有灵性，你看这株黑松，状若猛虎跃涧，气势逼人，活出了精气神，不枉为松，比起山间那些只知攀附的藤蔓之辈，不知强千百倍呢！"

柯乔说："先生说得是，弟子深受教诲。"

蔡道长闻声迎了出来："双华，有贵客来了也不提前告诉我一声！"说着，和阳明先生寒暄起来，又呼童子汲泉泡茶。

墙上挂着一柄剑，王阳明走过去，取了下来，抽出剑身，是一柄曲剑。只见剑身银白，看不出有什么奇特之处。柯乔小时，就见这柄剑挂在墙上，但从没有见师父拔出来过。

没想到，蔡道长脸色突变，他注视着王阳明，说："这剑名叫拂尘，只因挥舞起来，剑光如同拂尘，故有此名。此物是贫道师父传下来的。这剑有个说法，拂尘出动，必有妖孽。只是，贫道有多年未动过它了，只因不吉利。今天拂尘无意出鞘，不是个好兆头。"

未及王阳明回话，柯乔就说："师父多虑了吧，不过是一柄剑而已，难道它还会认识妖孽不成？"

蔡道长说："天生异物，当不是虚言。"

王阳明"唰唰唰"劈空连刺几剑，剑光飘舞，果然如拂尘翻飞。王阳明连夸"好剑"。忽然，只见蔡道长侧首朝后窗喝道："什么人？"

话音刚落，蔡道长脚尖一点，人已飘飞出门，向道观后墙冲去。王阳明和柯乔紧跟赶至。只见两个身着麻衣的男子，几个扑闪腾挪，正向树林深处遁去。

蔡道长正要去追赶，王阳明阻止他说："不要追了，熟人。"

蔡道长纳闷地说："这，既是先生熟人，何不请进来一坐？"

王阳明叹了口气："有的熟人能见，有的熟人不能见！"

　　蔡道长不言语了，他虽不明白王阳明话中的具体所指，但大体上明白他的意思。柯乔心里自然更清楚一些，但也不便明说。从刚才那两个人逃脱的敏捷身手来看，显然不是一般的人，而是经过专业训练。还有，先生称那两个人是"熟人"，显然别有意味，可能是监视他的人，也有可能是此前追杀过他的锦衣卫。想到这点，柯乔不免有些胆战心惊。真要那样，阳明先生处境堪忧。那些暗中算计他的人，并未收手。王阳明在明处，那些人在暗处，危机随时可能降临。柯乔忧心忡忡，却又无可奈何。

　　阳明先生像是什么也没发生过，和蔡道长又交流了一番剑术，看看天色不早，才起身告辞。

　　当王阳明走到窄窄的筷子桥上时，蔡道长扯着嗓子喊道："先生慢走！"

　　王阳明停住了，俯视桥下，满沟怪石嶙峋，急流飞湍。他笑了："敢问道长，前路平坦否？"

　　蔡道长平静地说："尚未。"

　　说着，"砰"的一声关闭观门。留下一脸愕然的王阳明和柯乔站在筷子桥上，他们只有摇头苦笑。

　　一天，家住柯冲的同窗学友章允贤告诉柯乔一个情况，说他们柯冲村一户农家里，住进了两个外地人。这两人倒没啥怪异之处，怪异的是他俩的坐骑两匹黄骠马。两马体格高大，遍体黄毛，如金丝细卷，无一点杂色，一看就不是一般的马匹。两人刚来的时候，还允许房东牵着马到田埂上去吃草，后见村民围观，就将马锁在院子里，让房东割草饲喂，再也不许牵出去。章允贤说："这两人不住客栈，却借宿农家，鬼鬼祟祟的，形迹十分可疑。"

　　柯乔脑中闪过一个念头：这两人，会不会就是那天开元道观的偷窥者？当下，他决定先去看看再说。

　　他随章允贤来到柯冲。柯冲距柯村三四里地，是一处土地肥沃的山冲，村里的居民都姓章。但它名叫柯冲，为何柯冲都是章姓居民呢？说起来还有一个"礼让村庄"的故事。几百年前，这里本是柯氏家族一个分支的世居之地。章氏住在柯冲前面贫瘠的章家冲里。可奇怪的是，章氏家族的家禽、饲养的耕牛，每天总是成群结队地跑上一二里地，从章家冲来到柯冲，觅食嬉戏，直到天黑方才回去。显然，是这里丰富的食源吸引了它们。相比之下，章家冲就贫瘠得多。考虑到章氏家族的生存空间，柯氏家族主事一合计，干脆就将柯冲送给了章氏。这样，章氏族人才得以从章家冲的山岗上迁居于柯冲，柯冲也就此成了章氏的产业。柯氏的礼让之风感动了章氏，两个家族由此结下不解之缘，世代友好，亲如一家。世世代代的章氏族人就连过年祭祖，也要先祭拜柯氏祖上，再祭自家的祖宗，表达章氏族人对柯氏的感激之情。

柯乔随章允贤来到两个外地人租住的那户农家。房东名叫章老田。远远地，就闻见扑鼻的香气从厨下飘来。柯乔是本地名人，章家冲的人都认得他。他刚进门，就碰上章老田一手端着一盘菜，正往租房里送。见柯乔来了，他尴尬地笑了笑说："柯公子，实在对不起，家里住着客人，今天不能招待你，改天一定请酒赔罪。"家里烧了一桌好菜，又不能留饭，章老田怕柯乔误会，赶紧解释。

柯乔示意他不要出声，悄悄来到租房门外，从门缝向里瞅了瞅。室内，两人正在开怀畅饮。从形态举止看，基本能断定就是那天的两个偷窥者。

章老田小声说："这两个爷特别难待候，天天要好酒好菜，稍有怠慢就操爹骂娘，每天还要割草喂马，草不好也要挨骂，我一家五六口人服侍他俩还忙得团团转。真巴不得这两个瘟神早点滚蛋！"

柯乔说："不要惊动他们，要是他们有什么异常举动，就派人到柯村向我通报一声。"章老田连连答应。

回家后，柯乔将章老田家的情况告诉了王阳明。阳明先生正赏玩着一个紫砂壶，慢条斯理地喝着九华山的禅茶。他压根儿没当回事，说："那天他们一亮相，我就看出来了，是故人。不是冤家不聚头，怕什么？怕的应该是他们。不然，他们老是派人来跟踪老夫干啥？"

"那我们怎么办？"柯乔有些紧张了，真要是宦官派来的人，那可是个个身怀绝技，想想都有些害怕。

"别理他们，老夫还没有将这两个小蟊贼放在眼里，他们还不敢把我怎么样，你看，我不是还活得好好的吗？"王阳明张开双臂，笑着说道。

话虽然是这么说，防范措施自然还要做得周密一些，特别是柯乔，更是形影不离地陪着王阳明，生怕他有什么闪失。

名师可遇而不可求。自王阳明来到柯村，柯乔的母亲罗氏就积极主张儿子拜他为师。她多次对柯乔说，阳明先生是名重东南的大学者，现在他来到咱家，机会千载难逢，要从速拜师受业，跟他学习，日后必有大出息。柯乔父亲柯崧林自然也完全同意。于是，在征得阳明先生同意后，择一吉日，举行拜师仪式。

拜师吉日到了。书房正面墙上，挂着一幅孔子画像。画中的孔子浓眉长髯，唇露骈齿，手拄曲杖，躬身而立。王阳明在画像前坐定了。柯乔身着崭新的儒服，一袭玉色襴衫，皂色缘边，两侧宽摆，头戴一顶方形软帽，显得温文儒雅，丰神俊朗。

古代拜师，有着一套规范的程序。柯相主动担任拜师仪式的司仪。他说："宗弟柯乔生而有幸，今日得以正式拜阳明先生为师。师者，传道授业解惑也。本人代表柯氏族人感谢阳明先生，也祝柯乔宗弟在先生的指点下，早日成为国家栋梁之材！"

柯相引领着柯乔，先跪拜至圣先师孔子先生。柯乔双膝跪地，恭恭敬敬地九叩首。接着，对阳明先生三叩首，拿出拜师帖。拜师帖又称门生帖，表示自愿投在师父门下，立此为据。柯乔读道："师道大矣哉！入门授业投一技所能，乃系温饱养家之策，历代相传，礼节隆重。今学生柯乔情愿拜于阳明先生门下受业。此后虽分师徒，谊同父子，对于师门，当知恭敬。身受训诲，终生难忘。情出本心，绝无反悔。谨据此字，以昭郑重。"读完后，将拜师帖双手呈给王阳明。

接着，柯乔向王阳明奉上"六礼束脩"，即行拜师礼时弟子赠予师父的六种礼物。六礼束脩分别是芹菜、莲子、红豆、红枣、桂圆、干瘦肉条。另有一包"贽见礼"，里面银子若干。做完这些，他又从柯相手中接过茶碗，向先生献茶。

王阳明一脸慈爱地注视着弟子，郑重地说："送你六个字：立德，立功，立言。"

　　柯乔心里一动，他当然知道，这六个字出自《左传·襄公二十四年》："大上有立德，其次有立功，其次有立言，虽久不废，此之谓不朽。"唐人孔颖达在《春秋左传正义》中对德、功、言三者分别做了界定："立德谓创制垂法，博施济众"；"立功谓拯厄除难，功济于时"；"立言谓言得其要，理足可传"。"三不朽"中，做到任何一点都不容易，都要付出终生的努力。

　　王阳明又说："吾人为学，当从心随之入微处用力，自然笃实光辉。你不过两次乡试失利，怎能就有了归隐山林之想呢？你还年轻，要相信上苍自会眷顾努力之人。"柯乔连连称是。

　　拜师仪式结束了。柯乔感觉出了一身冷汗，心里的弦绷得紧紧的，肩上像有一座山。阳明先生虽语气平淡，半点没有责怪他的意思，却让他有了空前的压力。他为自己此前远离科场的决定感到羞愧，是阳明先生重新鼓起了他笃行致远的勇气。他决心向先生学习，以他为榜样，为"三不朽"而努力。当务之急，是要重启科举之路，参加下一科乡试。

　　春暖花开，正是游山的好时节，来九华山进香的各地香客也渐渐多了起来。弘治十四年，王阳明第一次游九华时，由于时间仓促，未能仔细游览，留下了许多遗憾。现在，他感觉自己成了朝廷的弃子，有的是时间，当然要好好玩玩，说不定就此做一个九华居士，也未可知。

　　王阳明婉拒柯崧林和柯相陪同，觉得叨扰他俩太多，该让两人歇一歇了，他执意只让柯乔、江学曾、施宗道三个秀才和医官陶埜陪同。

　　他们先是寻访名人遗踪。一行人来到九华后山的云外峰，滕子京书堂遗址就位于这里。宋景祐二年（1035），滕子京遭贬降为池州监酒。公务之暇，常到九华山游览。九华后山重峦叠嶂，云外峰陡岩深谷，林茂云遮，常年人迹罕至，一般的香客根本不到这里。在向导的带领下，一行人穿林蹚溪，攀岩涉险，终于在半山腰找到了一处废墟，相传这里就是滕子京书堂。

　　柯乔介绍说："滕子京到池州后，称赞此地可隐志，可宅先。他安家于此，接来了老母和弟弟，并将原葬于老家洛阳的父亲遗骨迁来青阳。他本来打算就此隐居，不再做官，没承想，第二年就被提拔为江宁府通判，只好留下家人在青阳陪伴母亲，自己只身前往江宁赴任。滕子京在九华前前后后只待了两年时间。他去世前，特地叮嘱儿子，要将他葬于青阳。"

王阳明点了点头："滕子京是真爱九华。"

次日，一行人来到少微峰下，寻找费征君的故居。不同于滕子京，费征君是九华本地人，本名费冠卿，大约生活于唐大历年间。相传费征君考中了进士，正等着朝廷授官，忽然接到家书说母亲病危，便星夜驰归。到家时，母亲已经安葬，他便在墓旁结庐守孝。三年期满后，他决定不再返朝做官，移居少微峰下，依山建宅，过起了隐居生活。有御史在得知他的孝行后，向朝廷举荐。唐穆宗认为他"峻节无双，清飙自远"，诏命入京任右拾遗。费冠卿不愿显名于朝，婉辞不就。时人以其"征召不出"，尊称他为"费征君"。此后，费冠卿更加潇洒自由，盘桓于山林之间，交往山僧旧友，整日里诗文酬唱，成为名动一方的高雅之士。后世访其故居者，多有吟咏。

费征君故居早已不存。据向导介绍，峰下那一大片竹林的地方，相传就是他的故居遗址。竹林青青，荫翳蔽日，地面上是厚厚的陈年枯叶，新笋正从枯叶间争先恐后地冒出来。林间，几丛野杜鹃恣意而寂寞地开放着。这一切似乎在提示着，这里曾经居住过一位隐士。

江学曾和施宗道在历数有唐一代，都有哪些诗人歌咏过费征君，有姚合、刘昭禹、张乔、罗隐、杜荀鹤、萧建等。粗略统计，不下十位。江学曾说："这么多诗人写诗称赞他，青史留名，费征君这辈子也值了。"

王阳明对柯乔说："费征君的人生，你怎么看？"

柯乔说："学生还是有些替他惋惜的。宋人郑思肖云：'读书成底事，报国是何人。'好男儿志在四方，修身齐家治国平天下，岂能偏居一隅苟且偷生，一生只落得个风雅二字。"两次乡试失利，对柯乔打击很大，在王阳明未来九华山之前，柯乔也准备仿效费征君呢，现在他改变主意了。

王阳明称赞说："好，有启发就好！这趟路没有白跑，山水之间有得失。"

一行人翻山越岭又到了化城寺，再访太白书堂，晚上宿于龙池庵。就这样一路走，一路玩，一路吟诗。王阳明诗兴大发，每到一景点，必吟诗存记。好在山上寺庙多，到哪里都不愁吃住，那些道士和僧人们都以请到王阳明为荣。王阳明所到之处，索诗索书的人士络绎不绝。他心情奇好，来者不拒。接下来的十几天内，他相继登览了天柱、九子、莲花、云门、列仙、真人、翠微、滴翠、双峰、安禅、云外诸峰，游玩了百丈潭、垂云涧、七布泉、嘉鱼池、游龙洞、流觞濑、渐渐水，踏过青峭湾、大还岭、西洪岭，探访过金光、三游等岩洞，几乎览尽了九华的奇山秀水。最后，王阳明选择长住在化城寺。

东崖上，有一类似石舫的巨石，高约数丈，突兀而起，临渊而立，状若苍龙昂首，俗称东崖云舫。云舫无路可上，常人无法攀登，故又称舍身崖。云舫顶上，巨石祖露，山风浩荡。半腰有一石窟，曾是周金和尚隐居之所。王阳明第一次来九华山时，就曾涉险进入洞中，与周金一见如故，成为至交。

再次来到云舫，遥望洞口，王阳明怅然若失地说："周和尚呢？要是他在多好……"

在云舫盘桓许多时光，王阳明仍舍不得离开。化城寺西有座庵宇，名长生庵，长老石庵能诗善画，和王阳明是好友。此时，他过来了，轻轻念了一声佛号，说："先生，闵园新采了茶，金沙泉新汲了泉水，我们吃茶去。"在长生庵，阳明先生兴致很高，一边品着新茶，一边为石庵和尚画像，并用散曲形式题《石庵和尚像赞》："从来不见光闪闪气象，也不知圆陀陀模样。翠竹黄花，说什么蓬莱方丈。看那九华山地藏王好儿孙，又生个实庵和尚。噫！那些妙处，丹青莫状。"

晚上，王阳明一行人入住化城寺。王阳明作诗《地藏洞访老道诗》云："路人岩头别有天，松毛一片自安眠。高谈已散人何处，古洞荒凉散冷烟。"

第二天天刚亮，柯乔来到王阳明的禅房，发现被子叠得整整齐齐，人倒是不见了。问值日僧，说没看见，可能先生醒得早，出门转悠去了。柯乔四处寻找，找了半天，将附近都找遍了，还是没有看见人影。众人大惊，阳明先生这是去哪里了呢？难道他于昨夜不辞而别吗？似乎没有可能，山路崎岖难行，况且又是夜间，他断没有私自下山的可能。可这好好的一个大活人能去哪里呢？

这时，有个眼尖的小沙弥跑来报告说，他隐隐约约看见东崖云舫顶上有个人影，不知是不是阳明先生。

柯乔等人来到云舫下一看，在状若龙首的巨石上，一人两腿盘坐，双手合十，正在打坐。不是阳明先生是谁？

终于看到了先生的身影，柯乔却倒吸了一口冷气！云舫四周都是断崖峭壁，高出地表数十丈，根本无路可攀，真不知道先生是怎么上去的。而且那上面很危险，光秃秃的无所依附。特别是王阳明打坐的地方，是云舫龙首的位置，临崖而立，稍有不慎，就有滚落悬崖的危险。大家大声叫着："先生！先生！""先生，快下来！"

石庵长老也来了，他见王阳明临危而坐，如在云端中一般，声音都颤抖起来："施主临此险地，老衲也是服了，还是下来吧！佛在心中，在哪里不是个坐字呢？"

任下边人如何叫喊，王阳明就像没听到一般，一概置之不理。柯乔知道，先生这是铁了心要在高岩上打坐。既然打坐，就要心无旁骛，哪里会轻易受到外界干扰！

柯乔听宗兄柯相说起过王阳明的一件趣事。王阳明对打坐有一种痴迷般的热爱。在他十七岁时，在南昌与一诸姓女子结婚，可在婚礼的当晚，大家突然找不到新郎了，王阳明一夜未归。第二天，还是岳父把他从一个道士处找了回来。原来头天晚上，王阳明在闲逛中偶遇一道士打坐，就向他请教。道士给他讲起了仙道之术，王阳明越听越有滋味，便陪着道士静坐，根本忘了结婚这档事。

为了打坐，先生连结婚的大事都可以忘记或忽略。试想，他现在怎么可能会下来？可是，王阳明为什么选择到云舫顶上打坐呢？柯乔揣测，这可能和他当前的处境有关。朝廷对他的怀疑并未消除，他仍处在危险之中。之所以选择高危之处打坐，就是表明自己临危不惧、处变不惊的心态和决心。也就是说，心里无鬼，无所畏惧。

天黑了，没有人叫，王阳明自己下来了，他谈笑自若，像什么事都没发生一般。柯乔实在忍不住，问道："先生，您干吗非要到云舫顶上去打坐？

27

那上面多危险!"

王阳明答道:"险绝处自有风景,一般人是感受不到的。你们放心,我自有分寸。"

石庵长老说:"施主是高人,老衲佩服!"

接下来,十天过去了,半个月过去了,王阳明天天如此,早出晚归,到云舫打坐。柯乔等几个弟子及随从也适应了他这种方式,王阳明在打坐的时候,他们就在山上读书,医官陶垫到山中采药,亲随王坤到各大寺庙游玩,大家各得其乐。

一天,王阳明从岩头打坐回来,磨墨铺纸,笔走龙蛇,作诗一首《岩头闲坐漫成》。诗云:

> 尽日岩头坐落花,不知何处是吾家。
>
> 静听谷鸟迁乔木,闲看林蜂散午衙。
>
> 翠壁泉声穿乱石,碧潭云影透晴沙。
>
> 痴儿公事真难了,须信吾生自有涯。

柯乔读了几遍,感觉诗中有一种此身若寄的悲怆。他也作了一首《东岩》,算是应和吧!诗云:

> 凌晨升东岩,参差俯层碧。
>
> 似练江光净,如蒸云气白。
>
> 幽径盘山椒,孤灯明石室。
>
> 绝壁舒绮秀,飞流夏琴瑟。
>
> 其中有至人,味道薄芝术。
>
> 我欲叩玄关,伊人久超忽。
>
> 南指千万峰,天台最突兀。
>
> 丹梯近可扪,鸟道险难即。
>
> 改途返禅居,停晷披梵帙。
>
> 即事畅沉悰,触物祛遐戚。
>
> 忘归信兹辰,终期下客席。

有一天，家在柯冲的章允贤托樵夫捎话来了，说住在章老田家的那两个外地客好几天没有回来了。不过，他们并没有离开青阳，因为马还寄养在章老田家里。听到这个消息，柯乔的心里沉甸甸的，那两个家伙显然不怀好意，他们一日不离开青阳，他的心里就无法轻松。

一天，柯乔醒来的时候，发现外面下着蒙蒙细雨。九华山云雾天气多，雨水也就多。柯乔心想，这样的天气，先生大概不会去打坐了吧。可来到他住的禅房一看，被子仍像往常一样叠得整整齐齐。值日僧说："先生一早吃了个馒头，嚼了一根咸萝卜，就出去了。"

柯乔来到东崖，发现先生依然像往日那样端坐于岩首，身影如同铜浇铁铸，任凭雨打风吹，好像与他无关一样。柯乔暗暗佩服先生，回自己的禅房读书去了。

上午，柯乔正在看书。忽然，只见阳明先生驮进一个人来，对柯乔说："快叫陶堃来，救人要紧！"

看看先生驮来的人，不认识。再一看，又似乎有点眼熟。开元道观后逃往山林的身影、章老田家里饮酒的汉子，不就是眼前这人吗？跟在他后面来的那个中年人，虎背熊腰，不是他的同伴是谁？

受伤的那人紧抱着右腿，疼得嗷嗷叫："我的脚，我的脚啊……"

王阳明安慰他说："壮士莫急，老夫看过了，有救。大夫马上就来！"

医官陶堃正在山里采药，很快被叫回来了。他看了看那人的伤势，说："伤得不轻，腿骨受伤了，幸亏我这些日子采了不少药材，正好用上了。不过，少说也要躺上十天半个月。"

石庵长老埋怨道："你这个年轻人，游山玩水，非要爬到云舫上去干什么？十几丈高的山岩，又无路可登，这不，摔伤腿了吧！你这不是自寻苦吃吗？"

"我，我看到这位先生在上面打坐，也想上去瞅瞅。"伤者看着王阳明，嘟哝道。

"好好，算是我害了你！好在伤无大碍，你就安心地在化城寺养伤吧，长老心好，不会少了你一口吃的。"王阳明说。

王阳明依旧每天到云舫打坐，伤者在陶埅的医治下，半个月后，基本能下地行走了。临行的时候，两人"扑通"一声跪在王阳明面前，伤者声称："我们是北镇抚司锦衣卫，奉主子之命，前来监视王大人。小的命不该绝，感谢王大人救命之恩！"同行年长的壮士说："经过一个多月来的观察，大人对朝廷忠心耿耿，绝无反意，我们回去后一定如实禀报。"

两人自揭身份，王阳明并不感到意外，说："老夫被人冤枉也不是一回两回了，被锦衣卫监视也不是一次两次了。清者自清，浊者自浊，吾心坦荡荡，何惧风雨来。你们回吧，怎么复命是你们的事，我王阳明本色依旧。"说着，发出一阵爽朗的大笑。两个锦衣卫羞愧地下山去了。

至此，柯乔算是明白了，自王阳明进入九华，这两个锦衣卫就奉命一直在监视着他的一举一动，搜集他所谓"谋反"的证据。后来他们跟踪到山上，见王阳明天天在云舫上打坐，就心生好奇，想到云舫上一探究竟，没想到摔了下来，受了伤。柯乔后来还了解到，王阳明打坐的那些天，这两位锦衣卫也一直待在东崖，在云舫不远处的另一块黑色巨石上窥探着王阳明。那块无名的黑色巨石，因而得了一个名字，被称为"锦衣石"。王阳明打坐处后被称为"宴坐岩"。

王阳明仍留在山上，每天继续在云舫上打坐。秀才们不乐意了，一再相邀，王阳明这才答应在太白书堂给他们讲课。

王阳明授课方式很独特，很少长篇大论、侃侃而谈，而是说出一个观点，让学生们畅所欲言，尽情讨论，他再加以点评。

王阳明说："吾性自足，不假外求。"

王阳明曾因得罪宦官刘瑾，被杖责下狱，后被贬为贵州龙场驿丞。该驿位处万山之中的蛮荒之地，虫兽横行，蛊毒瘴疠弥漫，人烟稀少。他刚到那里时，吃住皆无，只好栖身山洞，自种自食。见环境过于恶劣，王阳明自知随时有可能命丧于此，他订了一具石棺材，指天发誓说："我等死而已！"抱定必死之念，反而没有什么可怕的了。他极力排除杂念，"日夜端居澄默，以求静一"。苦练制心功夫，力图以内制外。一日夜间，风狂雨骤，王阳明正坐在石棺之中苦思冥想，忽然一道惊雷闪过，他灵光乍现，始知圣人之道，吾性自足，向之求理于事物者误也。石棺中的王阳明坐了起来，一声长啸："我明白啦！"从者皆惊。王阳明在贵州龙场驿站创建心学，提出"吾性自足，不假外求"的主张，简言即三个字：心即理。

柯乔说："先生，学生知道，这是您于龙场驿站悟出的大道。就是要在自己的内心里磨炼，功到自然成，不要求诸于外，指望他人。"

王阳明点了点头，又说："知之真切笃实处即是行，行之明觉精察处即是知。知行功夫，本不可离。"

众人应道："明白，这是知行合一，知是行之始，行是知之成。"

王阳明第二次游九华，前后时间长达半年。他在柯乔、章允贤、施宗道、江学曾等弟子陪同下，游览了九华山的山山水水，写下了《九华山赋》等大量诗文，仅流传下来的就有 68 篇（首）之多。诸弟子中，算柯乔领悟得最深刻，几个月中，他耳提面命，尽得阳明先生心学和韬略真传。

数月前，王阳明来到九华时，自认为仕途无望，本打算在九华建房讲学，以养终老。幸好，几个月后，他等来了政治生命的转机，等来了复出的诏命。

要离开九华了，要离开柯村了，王阳明依依不舍。柯乔的家，正对着不远处的九华双峰。王阳明就时常处于云雾包裹之中的双峰，作诗以题赠柯乔：

双峰遗柯生乔

尔家双峰下，不见双峰景。

如锥处囊中，深藏未脱颖。

盛德心愈卑，幽人迹多屏。

悠然望双峰，可以发深省。

柯乔明白，阳明先生这是借眼前云雾中的双峰，勉励他要静心息念，藏而不露，厚德笃行，将来一旦显现于世，就要崭露峥嵘，成就一番伟业。

再说自封为"威武大将军朱寿"的正德皇帝朱厚照，他到南京后，吃喝玩乐，感觉比京城皇宫里自在多了，好像压根儿忘了返京这档事。直到一年后七月的某一天，他的南京临时行宫里突然落下一个绿色的猪头。朱厚照属猪，去年出宫前，他颁发了一道诏令，禁止百姓养猪和杀猪，如有违反，全家发配极边地区充军。此举其实是百姓将猪头染成绿色，扔进他的行宫表示抗议，朱厚照却理解成是上天对他滞留太久的警告，于是决定班师回京。在返京前，他还要办一件大事，那就是"活捉"宁王朱宸濠。

于是，朱宸濠被放到南京的一个教场里，四周围满了全副武装的士兵。朱厚照身着戎装，骑着骏马，手持长枪，以大将军的身份，撵着朱宸濠满场乱跑。朱厚照在出尽了风头后，才像老鹰捉小鸡一般，亲手擒住了大明帝国的逆贼朱宸濠。至此，大将军朱厚照的所谓"南征"圆满结束。正德十五年（1520）闰八月十二日，他决定载誉北归。返程中经过清江浦时，朱厚照突发奇想，坚持要自驾小船捕鱼。结果翻船落水，被救起后落下疾病，于次年驾崩。朱厚照无子，只得由他的堂弟朱厚熜继承皇位，年号嘉靖。

明代中后期，讲学之风盛行。南京国子监祭酒湛若水创立了甘泉学派，宣扬理学，影响很大，与王阳明的"阳明学"被时人并称为"王湛之学"。嘉靖五年（1526），柯乔在同窗施宗道、江学曾的引荐下，赴南京西樵讲舍，到湛若水门下听学，并正式拜他为师。返乡后，他又与施宗道、江学曾等一起，采取官府参与、社会捐资的方式，在九华山化城寺东、摩空岭下、伏虎洞西南择一场地，倡议筹建甘泉书院，静等甘泉先生来九华游赏和讲学。

甘泉书院都开始筹建了，声名更大的阳明先生怎能没有书院呢？阳明先生第二次访九华时，就有择地建设书院并终老于此的想法，只是后来接到复任诏书，此事才耽搁下来。在柯乔的倡议下，嘉靖七年（1528），在时任青阳知县、王阳明的学生祝增帮助下，阳明书院在九华山化城寺西建成，柯乔参与整个筹建过程。讲堂匾额题"勉志"二字；堂后建亭一座，名曰"仰止"，表达了对阳明先生的敬仰。

嘉靖七年（1528）戊子科江南乡试，柯乔、章允贤、施宗道、江学曾四位同学同时报名应试。令人欣喜的是，四人都顺利中举。特别是柯乔，这是他第三次参加乡试，终于榜上有名。要不是阳明先生的鼓励和赏识，他也许会是另外一种命运。

　　青阳不过是江南小邑，人口较少，能同时有四名学子中举，是多年未曾遇到过的大喜事。嘉靖八年的乡饮活动就显得格外隆重和热闹。乡饮是古代一种庆祝盛事和尊老敬老的宴乐活动，遴选德高望重长者数人为"乡饮宾"，与当地官员一起主持此活动。"乡饮宾"又有"乡饮大宾"（亦称正宾）"僎宾""介宾""三宾""众宾"等名号，统称"乡饮宾"，其中"大宾"档次最高，选治家有方、内睦宗族、外和乡里、义举社会、有崇高社会威望之人担任，由皇帝钦命授予。柯乔的祖父柯志洪、父亲柯崧林都曾担任过"乡饮大宾"。

　　这年的乡饮活动于青阳县学内举行。正月十五这天一大早，县学里便杀猪宰羊，进进出出的人川流不息。傍晚时分，县学大门两边，一边各挂着一盏红灯笼。县令祝增率僚属在大门口迎接来宾。院子里，临时搭了座简易戏台。厅堂里，灯火通明，四名举子中举的捷报悬挂在厅堂正中，供来宾观看。乡饮开始，祝增举酒致辞："各位嘉宾，去年戊子科江南乡试，我青阳一邑，同科中举四人，实在可喜可贺！今天本官设乡饮庆贺，并祝四位举子今年会试再登皇榜！"随后，大家开始轮番敬酒。

　　池州府盛行傩戏和青阳腔，大凡传统节日和喜庆之事，总是离不了傩戏和青阳腔表演。傩戏无职业戏班，多由村族男丁戴面具，穿戏装，每年正月初七到十五在祠堂、社坛、庙址祭演，敬神祀祖，娱神娱人，消灾祈福。从第一天迎神下架的傩仪开始，每天日落前演到次日日出，俗称"两头红"。

　　县学的院子里，早搭好了一个临时戏台。身着便装的傩戏会首手举五色伞从左侧走出，高喊一声"都来呀！"右边所有的锣鼓手应一声"嗬"，场上顿时安静下来。仪式在赞诗和一声接一声的"嗬"中进行。第一出《舞伞》。一位头戴童子面具、身穿粉红戏服的舞者，从会首手中接过五色伞，踏着锣鼓的节奏，不停地点着头，踩着碎步，向各个方向舞动花伞。这种伞舞看似动作简单，却有着严格的方位次序，一点乱不得。第二出《魁星点斗》将气氛推向了高潮。扮作魁星的老者戴着青面獠牙的面具，裸露着上身，披着红披，下身穿着红裤，右手擎笔，左手拿着红榜，舞着点着。在他的笔下，一个又一个举子仿佛登上了皇榜。接下来的几出傩戏分别是《孟姜女》《打赤鸟》和文戏《刘文龙》等经典节目。傩戏既然已经登场，本地另一特色的青阳腔当然不可缺席。接着上演的《青阳时调》《摘锦奇音》《玉谷新簧》《徽池雅调》《滚调乐府》和《新年》等戏剧，都是常演不衰的青阳腔经典剧目。青阳腔前后剧目表演间歇，还穿插着狮子舞拜年、滚龙灯舞、长度超过百节的板龙灯舞等民俗节目，现场热闹非凡，盛况空前，欢歌笑语伴随着音乐和鞭炮声，回荡在县庠上空，经久不息。

嘉靖八年春节刚过，就传来了阳明先生仙逝的消息。在柯乔、祝增、章允贤、施宗道、江学曾等组织下，池州府学县学的学子们在阳明书院举行了盛大的纪念活动，并将书院改为阳明祠，以纪念王阳明对九华山儒学的特殊贡献。

第三章

初涉京师

嘉靖八年二月，柯乔在父亲的陪同下，来到京师参加己丑科会试。同学章允贤、施宗道、江学曾三名举子也一道应试。礼部贡院位于内城东南，原为元朝礼部衙门，经修缮扩建而成。贡院距皇城并不远，中间只隔着一条十王府街。贡院有两重围墙，外墙高一丈五尺，内墙高一丈。为防内外沟通交接，两墙之间，填充荆棘，所以贡院又称"棘闱"。会试分三场进行，时间为二月初九日、十二日和十五日，考试内容及要求与乡试相同，分别为四书文、五言八韵诗、五经文以及策问。因考试在春天举行，又称春闱。进考舍前，柯乔朝贡院正中的明远楼望了一眼。明远楼是贡院最高建筑，三层，是主考官瞭望考场之所。本科的主考官是吏部尚书张璁。明远楼上，人影幢幢，有官员在指指点点。张璁是否在上面呢？柯乔想着，如果自己有幸考中了，那张璁就是他的座师。

三场考试结束了，柯乔在忐忑不安中等待了十余日。二月二十八日是发榜日。柯乔一夜未眠。子时刚过，他就迫不及待地起来了。打开门一看，父亲柯崧林正在客栈门外徘徊呢。眼睛红红的，估计也是一夜未睡。柯乔叫了一声"爹"，柯崧林应了一声，父子俩再不说话，一前一后，走出了鲤鱼胡同。初到京师时，柯崧林坚持在贡院附近的鲤鱼胡同选了家客栈，寓意"鲤鱼跳龙门"，就是图个吉祥。也正是这点，这条胡同里几家客栈的住宿费用也比相邻胡同的要高些。今天能跳入龙门吗？柯乔的心咚咚咚地跳得厉害。远处，红灯笼亮在半空，那是城墙上的灯笼。看不见的墙让他感到压抑，有些喘不过气来。

到了贡院门口，没想到，这里已黑压压地聚集了一大片人。看来，像他父子俩这般一夜未眠的大有人在。

放榜了，人群像潮水一般向前挤着。看到自己名字的人，像捡到宝贝一般，无一例外地发出欢呼；未看见自己名字的人，会在那些密密麻麻的名字中再搜寻一遍、两遍，直到黯然神伤。柯乔和章允贤都榜上有名，章允贤名列第九，柯乔发挥欠佳，名列第八十四，施宗道和江学曾落榜了。

柯乔松了一口气。柯崧林一个劲地对着南边家乡的方向拱手，嘴里默默念叨着"感谢列祖列宗"。

殿试还要到三月十五日举行。会试录取的贡士均参加殿试，殿试不存在淘汰，不过是分出一甲二甲三甲，分别由皇帝钦赐进士及第、进士出身、同进士出身不同身份。总之，会轻松得多。

次日，带着份礼品，柯乔随父亲去礼部官邸感谢恩师、礼部左侍郎湛若水。在参加会试前，柯乔和父亲也来看望过他一次，讨教些殿试经验。湛若水今年六十三岁，身体硬朗，他已得知柯乔高中贡士。当柯乔进门的时候，还未开口，他就抢先说："双华，为师祝贺你啊！"

"这都是老师悉心教导的功劳，弟子感恩不尽！"

这时，近年来一直陪伴在湛若水身边的弟子汪可立给柯乔父子各泡了一碗茶。汪可立和柯乔是同学，也参加了本科会试，但未考中。因此，他的脸色很不好看。为了照顾他的情绪，从进门开始，柯乔就压抑着自己的心情，尽量不喜形于色。

柯乔又说了些感谢的话。湛若水抚着银白的胡须，神色忽然严峻起来："老夫倒是有句话要送你。"

"弟子洗耳恭听。"

湛若水并没有说什么，而是递给了柯乔一份邸报。

"上面有什么消息吗？"

"你自己看吧，新鲜事多得很呢。"

邸报由通政司编印，是朝廷官报，专门刊登朝政信息，包括皇帝谕旨、大臣奏章、朝廷法令等内容。柯乔拿起邸报，低头看了起来。

万寿节，帝接受百官朝贺。苑田献嘉禾，一茎双穗八十一株、一茎三穗六株、一茎四穗一株。帝大喜，亲持于辅臣观之。命人将其送至太庙中供奉，群臣上表称贺。

柯乔咂了咂嘴，接着往下看：

户部主事高庶购得龙涎香八两献之。帝喜，即命价银七百六十两；寻以庶用心公务，与欺怠者不同，擢左侍郎，庶疏辞，帝不允。

八两龙涎香竟用银七百六十两，平均每两耗银九十五两。真是吓死人！这龙涎香是何物，竟然如此值钱？而且，高庶竟然因此而升官，他自己大概觉得不妥，主动请辞，皇帝自然不同意。

见柯乔半天沉默不语，湛若水说："别愣着，继续往下看。"

灵宝县奏黄河水变清，帝大喜，命告太庙、世庙。遣官员赴灵宝县祭告河神，内阁大学士杨一清、张璁上疏请贺，百官争做贺表以进。御史周相劝谏帝诏天下臣民毋奏祥瑞，水旱蝗蝻即时以闻。帝大怒，下相诏狱拷掠之，复杖于廷，谪韶州经历。

看到这里，柯乔拿着邸报的手不禁微微颤抖起来，仿佛遭到廷杖的不是御史周相，而是他自己。自进京以来，他就不时耳闻皇帝喜欢嘉禾、灵芝、白鹿、白龟、五色龟、白雁、玉露等物，视为天赐祥瑞。而献祥瑞的人轻者赏金赐银，重者升官加爵。刚开始听到这类消息时，柯乔还有些不信，看到邸报上内容，才明白此前的传闻都是真的。

"老夫要送你的话是，京师是个大泥坑呢！"湛若水站了起来，望着远处隐隐约约的宫阙，"不瞒你们说，老夫还是准备回到南京去，那边闲是闲些，但落得个耳根清净，免得天天像架在火上烤似的。"

听说湛若水要回南京，柯乔心里很失落："老师，您到京师来才年余时间，咋这么快就要离开呢？"

"道不同不相为谋，志不同不相为友。"

从恩师的官邸出来，柯乔心事重重，取中贡士的喜悦荡然无存。相反，他对自己的前程隐隐有了些担忧，这样的皇帝，这样的朝廷，以自己的为人和个性，将来会遭遇什么，会遇到什么样的挫折和跌宕，一切都未可知。

知子莫若父，柯崧林知道儿子的心事，劝道："你也不必过于担心，仰无愧于天，俯无愧于地，行无愧于人，止无愧于心，做到这些就够了。"

"儿子知道了，爹您就放心吧！"

殿试日到了，礼部官员将本科录取的三百二十三名贡士带到了奉天殿前丹墀内，分东西两队面北站立，文武百官侍立殿内外。殿试就是皇帝"亲策于廷"，皇帝本人担任主考官，如此一来，所有贡士自然都成了天子门生。鸿胪寺官员请皇帝升殿，鸣放鞭炮，百官行叩头礼。礼毕，执事官举着策题案来到殿中，置于案上。贡士们朝案行五拜三叩头礼。仪式结束，再放鞭炮，皇帝退殿，文武百官也依次退出。

贡士们应试的试桌在丹墀东西两侧排开，露天答卷。殿试只有"时务策"一道题，作文一篇。这对平时做惯了策论的贡士们来说，并不是桩难事。答题时，柯乔看了看天，天空阴沉沉的，似乎要下雨。殿试如遇大风或下雨，依惯例在奉天殿东西两庑进行。礼部的主事官员们断定当天不会下雨，让贡士们露天答卷。

柯乔有种不祥的预感，当他的策论写到一半的时候，突然一声雷响，雨点紧跟着雷声就落了下来，迅疾而有力，将地面上的青砖打得噼里啪啦地响。贡士们乱成一团，护答卷的，抢笔墨的，端试桌的，不少人刚写的卷子墨还未干，粘了雨水，当场就糊了，一时间吓得叫嚷起来。一阵慌乱后，贡士们才全部转移到奉天殿两庑内。可当他们坐好重新答卷时，雨又停了。柯乔早有防备，当雷声响起的时候，他就用袖子匆匆盖上答卷，滴雨未沾。虽然如此，他并未有半点喜悦之情。今天这场雨来得太怪了，好像专门来戏弄他们这班贡生似的。

殿试结束了，走出奉天门时，柯乔发现父亲正在等待的人群中焦急地寻找着自己。见儿子来了，柯崧林关切地问道："什么题目？考得还顺利吧？"

"《一匡天下》。"

"题目倒是个好题目，语出《论语》。孔子是说管仲一匡天下，纠正乱局，四海安定，当然是黎民之福。"

柯乔心想，有管仲这样的良相，还要有齐桓公一般雄才大略的明君赏识才行。不然，作为臣子，主子不用你，还天天折腾你，任你有天大的本事，也只能落个美人凋零英雄迟暮的命。想想前几天在老师湛若水处看到的邸报，那几页薄薄的纸，像一层又一层黏泥，糊住了他的脸，让他喘不过气来。

回到客栈，躺在床上，柯乔的脑子里一晚上都在下雨，毫无来由地下，又突然停了，如此往复。晨起，头昏脑涨，来到院子里，见墙角有根木棒，顺手抄了起来。只见柯乔扑闪腾挪，指东打西，风声飕飕。正舞在兴头上，墙上的矮窗边传来一声称赞："好武功！"

柯乔收住了木棒，对着窗外一拱手说："昨晚没睡好，练趟武术提提神，献丑了。"

"巧得很，我昨晚也没有睡好。在下武进唐顺之，字应德，乃本科的贡士。"

柯乔一喜："幸会，原来是应德兄，久仰大名，你本科会试第一，天下无人不识君，佩服佩服！柯某也忝列本科贡士，幸运与应德兄同年。"柯乔说着，赶紧报上自己名讳。

"见过柯兄。那只是运气而已，不值一提。倒是柯兄这武功，在下倒是非常感兴趣，不知柯兄能否教我一二？"

"可以！我现在就可以教你两招。"说着，柯乔当场教唐顺之比画起来，"你看好了，就这招如何？"说着，只见柯乔双手握住棍子中段，轻轻一旋，那根长棍就像装上了辘轳一般，迅速旋转起来，越转越快，让人眼花缭乱。

唐顺之连声叫好："就教我这个！"

柯乔说："这招叫横扫千军，是周氏枪法绝招之一。"

"初次见面，柯兄就以不传之技授人，唐某深为感动，你这个朋友我交定了！"说着，跟柯乔学了起来。唐顺之本就是绝顶聪明的人，加上他平时对武术比较感兴趣，有些基本功，此时学起枪法，一学就会，有板有眼。

学了一会儿，唐顺之就有些累了，两人来到胡同里的一处露天茶摊前坐了下来，就着大碗茶，边喝边聊。柯乔问道："唐兄才高八斗，前程似锦，怎么对区区枪法突然来了兴趣？"

"能写几篇酸腐文章算什么本事？百无一用是书生。据说孔子周游列国，都腰悬佩剑，说不定孔夫子也是有武技的。从小的方面说，武技能强身健体；从大的方面说，能杀敌驱寇，保境安民，护土守疆，可谓善莫大焉，怎能说是区区枪法？"

"读书人向来瞧不起武夫，唐兄有这般认识就好。不瞒你说，我五岁习武，什么散打套路、刀剑棍棒都会一些，来日方长，以后切磋有的是工夫。"

"那太好了，今后还望柯兄不吝赐教。"

喝够了茶，两人沿着胡同边走边聊，不知不觉走到了贡院边。唐顺之说："刚才见面时我们都说昨晚没睡好，想问一问，不知柯兄昨晚是何原因没有睡好？"

"昨天殿试那阵雨来得太奇怪了，老天难道要和我们这帮贡士们过不去，要给我们一个下马威？哈哈，说笑而已。不过，外面偶有动静，我马上就醒了，怀疑天是不是又下雨了，一晚上起来四五回推窗探看，这还能睡得好吗？"

唐顺之也是哈哈一乐："原来如此。不过，我昨晚没有睡好，是被人叨扰的。"

"哦，何人如此无礼？"

唐顺之瞅了瞅四周无人，压低了嗓音："说起来对方也是好意。昨天殿试后，天刚黑，就有个管事模样的人来到我住的客栈，声称是阁老杨一清派来的，打听我殿试策论内容，说要关照在下。"

"杨一清是内阁首辅、华盖殿大学士，真是他派来的？"

唐顺之淡淡一笑："当是不假，家父亦是进士出身，和杨阁老是至交，又有同乡之谊。杨阁老夜间派人来，明显是要关照在下。"

柯乔一惊："这不是天大的好事吗？会试你本就是第一，这次说不定给你个状元，少不了给个榜眼探花。你给了人家策论内容没有？"

唐顺之摇了摇头："没有。昨晚上，那人先后来了五次，最后一次，我将被子蒙了头，呼呼大睡，理也不理。"

"那，不是太可惜了吗?"

"柯兄，你对我可能还不是太了解，我最讨厌的就是官场'站队'，杨阁老这么做，明显是看在家父和同乡之谊上，拉拢本人到他的阵营中，让我欠他个天大的人情。本人随性惯了，固执惯了，不喜欢这种关照。"

两人走着说着，到了一家小客栈门口，门口的横匾上写着四个字：文魁客栈。柯乔说："看这名字，口气倒不小呢。"唐顺之说："半个月前改的，以前叫同福客栈。就因我住在这里，会试得了第一，老板这才改了，无奈无奈!"

两人进了客栈，到了二楼，在一个楼梯下面，放着半扇门板，上面搁着床被子。墙上，挂着一个褪色了的蓝布包裹。到了楼梯口，唐顺之说："双华，到我住的地方了，不好意思，有点寒碜。"

"你，就住这里?"柯乔愣了。

"对呀，有什么问题吗?"

"你也是官宦世家出身，父亲还做着知府，何以穷困至此?"

"谁说我穷了?"唐顺之拍了拍荷包，"我有银子呢，一个人住间房，没有必要，能省点不好吗? 会试得了第一后，老板给我收拾了间上房，声称免费，被我谢绝了。"

"想不到，真想不到。柯某佩服!"

"晚上我做东，到尚膳楼，叫几个同年，大家一起聊一聊，彼此熟悉熟悉。"

唐顺之如此盛情，柯乔当然得答应。会试后，大家都轻松了，贡士们早就在互相请客，串门子，访老乡，忙得不亦乐乎。这也是同年们难得相聚的机会，混个脸熟，日后同朝为官，也好互相有个照应。柯乔除拜访了老师湛若水，哪里也没去，同年们也认不得几个。现在有了这个机会，对他来说，自然是桩好事。

柯乔和同乡章允贤一道赴宴。一进门，报上名号。"两位爷，楼上雅间请了——"伙计的吆喝是山东口音。老家九华山的寺庙里，道士和僧人来自五湖四海，柯乔对各地的方言都了解一点。京师尚鲁菜，尚膳楼无疑是家鲁菜馆。

进门后，柯乔发现这家酒楼全是雅间，陈设精致，隔几步路就有一个伙计侍候着。在这里吃顿饭，估计餐费不菲。唐顺之这家伙，小气得连客房都舍不得订一间，请客倒是很大方。

进了包间，柯乔才发现自己来得有点迟了，里面已经坐了好几位客人。见柯乔和章允贤来了，唐顺之向他俩一一介绍。坐在他左边的是一位留着几缕山羊须的清瘦男子。"这位是户部主事王慎中，嘉靖五年进士，中进士时才十八岁。白天，柯兄还说鄙人才高八斗，这位王兄诗词文章，无一不精，大作一出，洛阳纸贵，人人传诵，他才是京师真正的首席才子。"

唐顺之说话时，王慎中笑而不语。待他说完了，才问道："吹完了吗?"众人大笑起来。

王慎中说："就别说文才了，鄙人眼下就是被这点东西给害了。"

唐顺之惊道："这我就不明白了，王兄何出此言?"

"也不知是哪位阁老出的馊主意，前几天将鄙人调到祠祭司。祠祭司专管什么差事各位知道吗? 就是磕头烧纸焚香之类的活，安排我专写青词。你们说，这不是将在下往火坑里推吗?"

王慎中话音刚落，坐在他右边一个脸肥嘴阔的人站了起来，凑近王慎中的耳边，低声说："道思兄，你这是在显摆呢! 谁人不知，当今圣上喜欢青词，朝中的阁臣、六部尚书，哪一个不是青词高手! 你这是进了圣上的法眼了呢! 机会就在眼前，好好把握，说句不恭的话，那玩意儿不就是写给鬼神看的阿谀之词吗? 使劲吹就是了，越是看不懂越是佳作!"

嘉靖皇帝信奉道教，喜欢祥瑞，宫中每有斋醮，就命大臣撰写祭祀文章。这类文章因用朱笔写在青藤纸上，称之为青词。因是写给仙人看的，要写得玄乎其玄，神乎其神。嘉靖宠爱擅写青词的人，往往会得到重用。

唐顺之告诉柯乔，说话的人名叫赵文华，他这次是以国子监学生的身份直接考中进士的。唐顺之还小声说："他的义父就是国子监祭酒严嵩。"柯乔明白了，看来，此人是个善于钻营的角色，难怪对王慎中调到祠祭司称赞有加。

赵文华之语，王慎中当然不能认同。他说："元质兄，你是不做和尚不知道头冷，你要是对这个位置感兴趣，在下将你向上司推荐推荐如何？本人拱手相让。"

"不敢当，不敢当，鄙人才疏学浅，哪里敢承这份重差？这活非道思兄你莫属！"赵文华说。

场中还坐着几位贡士，除了王慎中，大家都是同年。因此，说话也就没什么遮拦，想什么就说什么。上菜了，都是鲁菜。葱烧海参、三丝鱼翅、九转大肠、油爆双脆、油焖大虾、醋椒鱼、胶东四大拌、枣庄辣子鸡、济南把子肉、泰山三美汤等，一道接着一道上来，摆了满满一桌子。大家也顾不得斯文，个个吃得满嘴流油。酒过三巡，话自然就更多了。

王慎中指着在座的贡士们说："你们都要站队，我可告诉你们，都给我看清楚点，别意气用事，中个进士不容易，光宗耀祖的事。可千万别站错了，否则，被人扒拉了，还不知道是咋回事！"

王慎中毕竟在京城已待了三年，自然熟悉朝中之事，对其中的道道也很清楚。不像这班贡士，一个个还是两眼一抹黑。他的话自然将大家吓着了，十年寒窗，成千上万的人挤独木桥，好不容易祖坟发热，中了个进士，咋一不小心还会被人扒拉了呢？

王慎中说："大礼仪之争，在座的各位多多少少都听说过些吧？"

大礼仪之争，可以说，从嘉靖皇帝登基就开始了。正德十六年（1521），武宗朱厚照驾崩，因无子嗣，根据"皇明祖训"，张太后下懿旨，宣朱厚照堂弟朱厚熜进京即位，年号嘉靖。登基后，内阁首辅杨廷和等朝中大臣要求朱厚熜改换父母，即改称其伯父、朱厚照之父孝宗为父，伯母为母，改称他的亲生父亲兴献王为叔父，生母为叔母。嘉靖帝即位时，虽只有十四岁，但聪明能干，对杨廷和等大臣这一不近人情的主张，予以严词拒绝。众臣并没有就此妥协，而是和嘉靖帝开始了旷日持久的斗争，史称"大礼仪之争"。继嗣派举着纲常的大旗，显然没将这个十四岁的小皇帝放在眼里。在杨廷和的号召下，文武百官几乎一边倒地站在他那一边，声势浩大，嘉靖帝明显处于下风。

大礼仪之争开始不久，一个在礼部观政的进士张璁大胆跳了出来，上疏提出一套自己的说辞，对嘉靖帝表示支持，对改认父母一说表示反对。嘉靖帝大喜。张璁却因此被杨廷和排挤到南京留都，任刑部主事。嘉靖三年，自觉站稳了脚跟的嘉靖帝不顾众臣反对，追尊他的生父兴献王为皇帝、生母为皇太后，改称明孝宗为"皇伯考"。大礼仪之争白热化时，杨廷和偕翰林学士三十六人以罢退相威胁，均遭斥责停俸。此后，他们又发动疏谏和撼门大哭，嘉靖帝大怒，命锦衣卫拘捕为首者，廷杖死者十七人，下狱者一百余人，杨也被削职。至此，杨廷和为首的继嗣派遭到惨败。张璁深得宠信，一路平步青云，目前任吏部尚书兼文渊阁大学士。文渊阁就是内阁。明朝内阁设置于洪武三十五年（1402），进入内阁的官员称大学士，俗称"辅臣"。民间的说法，入阁就是拜相。首席大学士称"首辅"，或称"首揆""元辅"，主持内阁大政，位高权重。目前的内阁首辅是杨一清，但朝中人士都看得很清楚，张璁只是由于资历太浅，不得不排在杨之后，他成为首辅只是迟早的事。

王慎中说："张璁七次进京参加科举考试，都以失败告终。一直到第八次，才勉强考中了进士。圣上登基时，他不过是一个小小的观政进士。不过三四年时间，就进了内阁，要不是大礼仪之争，他能有今天这样的高位吗？"

唐顺之问道："如何个站队法，是站杨一清的队，还是站张璁的队，王兄能否指教一二？"

"这我就不好说了，"王慎中说，"全凭各位体悟，大家以后同朝为官，王某在这里只是出于同僚之谊，提醒大家一声，平时要多观前望后，谨言慎行，切勿意气用事，不要一不小心掉进了坑里。"

赵文华说："谢谢道思兄好意，我等心领了。殿试马上就要揭晓，按大明科举惯例，是要在进士中择优选一批庶吉士充入翰林院的，本人才疏学浅，是没那个福分了。依我看，在座的各位中，应德兄这一席是跑不掉的，舍你其谁？"

唐顺之笑道："赵兄，你太小瞧鄙人了，我才不在乎那劳什子呢！"

赵文华应道："你这话就显得不厚道了，明显口是心非。庶吉士是何等尊贵，选了庶吉士，就等于宰相门里跨进了半步。"

殿试之后，一甲三名直接进入翰林院。其中，状元授翰林院修撰，从六品，榜眼和探花授翰林院编修，正七品。另外从二甲、三甲中，选择年轻而才华出众者入翰林院任庶吉士，称为"选馆"。入选庶吉士，就是通常所说的点翰林。庶吉士为皇帝近臣，负责起草诏书，为皇帝讲解经籍等责。明代的翰林为朝廷储才之地。明中后期有惯例：非进士不入翰林，非翰林不入内阁。故此庶吉士被称为"储相"，前途不可限量。大部分未能入选庶吉士的进士会被派到六部观政，称为观政进士，学习政务。

王慎中说："选庶吉士向来是首辅特权，他说哪个不就是哪个？至于是否真的优秀，文章之事，向来是仁者见仁，智者见智，只有天晓得了。"

大家边吃边聊，好在没有外人，所以也就无所顾忌。柯乔和章允贤是第一次参加这样的聚会，席间听到这些纷纷扰扰的信息，让他们的心里增添了许多额外的担忧。散席后，两人沿着胡同走着。

章允贤沮丧地说："十年寒窗，鲤鱼好不容易跳进了龙门，可谁想到呢，这以后的日子，恐怕还不如原来那般逍遥自在呢！"

柯乔今天喝了不少酒，当然有失意的因素。幸好，恩师王阳明平叛的遭遇，给他提前上了一课，让他对帝王的荒谬、朝廷的黑暗和官场的倾轧，早就有了刻骨的预知。只是，他没料到，他们现在面临的朝局，比王阳明那时好不了多少。

柯乔说："事已至此，退也无路可退。阳明先生说，患难忧苦，莫非实学。横逆之加，最是动心忍性砥砺切磋之地。这一切，我们就权当是对自己的磨炼吧！"

"你倒是想得开呢！话虽是那么说，可是，我们能受得了吗？"章允贤说。

"想想阳明先生的遭遇，还有什么不能忍受？不怕苦，不怕累，不怕辱，不怕痛！"望着看不到尽头的胡同，柯乔坚定地说。

"我看你是要成圣人呢！"

"不，以圣人自况而已。"

章允贤说："我不想在这京师里待了，待殿试揭晓后，我打算到府县去，哪怕当一个小小的县令，也比待在这火坑里强。"

进士们大多想留在京师，以外放为畏途。外放者，一般授予知县、知州和府一级推官之职。章允贤情愿到外地去当官，显然是不想搅进京师这潭浑水。也不能说他的选择不对。

听了他的话后，柯乔点了点头，表示同意。

几天后，殿试放榜。殿试放榜叫"传胪"，照例要举行仪式。嘉靖皇帝由导驾官引导，在奉天殿升座，文武百官按常朝侍立。贡士们早已在殿外丹墀两边拜位上排列，执事官高举放有皇榜的榜案来到丹墀御道上放定，传制官高唱"有制！"待众贡士跪下后高声宣读："己丑年三月十五日策试天下贡士。第一甲赐进士及第，第二甲赐进士出身，第三甲赐同进士出身。"然后念第一甲三人、第二甲和第三甲的第一名共五人姓名。念罢，众进士随着口令拜谢。执事官举着黄榜案出奉天门左门，将黄榜张挂于长安左门外，众进士随出观榜。柯乔排名不错，为二甲第九名；章允贤发挥欠佳，名列三甲一百六十五名，唐顺之名列二甲第一，赵文华名列二甲第八十八位。

次日，新科状元率众进士进宫谢恩，然后到国子监祭拜孔子庙。仪式结束后，众进士易冠服，这才算最后"释褐"。从此时开始，他们不再是民而是官了。下一步，新进士由内阁和翰林院共同选拔若干名庶吉士外，大多由吏部派往六部、都察院、大理寺等部门观政。

几天后，由赵文华做东，地点选在惠风堂，还是那天在尚膳楼的原班人马。赵文华满面春风，和大家一一打着招呼。佳肴满桌，酒满霞觞。赵文华说："今天给大家来点佐酒的曲儿。"说着，朝门外拍了拍手，进来了四个人：两个伴奏，一男一女，男的持曲笛，妇人持琵琶；两个角儿，亦是一男一女，男的俊朗清秀，女的娇小妩媚。进门后，伴奏的坐下，乐声就咿咿呀呀地响了起来。

赵文华说："我最听不得弋阳腔，大锣大鼓地，把耳屎都震下来了。这是最时兴的昆腔，这四位还是本人从某位堂官的家班里借来的，给各位尝尝鲜。"

大家都竖起了耳朵。小旦轻启朱唇，温软香糯的水磨腔流水一般淌了出来：

> 彩云开，月明如水浸楼台。
> 原来是风弄竹声，
> 只道是金珮响，
> 月移花影疑是玉人来。
> 意孜孜双业眼，
> 急攘攘那情怀，
> 倚定门儿待。
> 只索要呆打颏，青鸾黄犬信音乖……

唱罢，众人都鼓起掌来。赵文华说："这段是《西厢记》中的《佳期》一段，说的是秀才张生上京应试，路过蒲州普救寺，偶遇寄居于寺中的小姐崔莺莺，二人一见钟情，以诗言情，琴瑟相和，快活得很啦！"说着，拍曲唱和，将水磨腔唱得丝丝入扣，众人都看愣了。

待伶人走后，唐顺之瞅着赵文华说："赵兄，你今天兴致这么高，一定是有什么喜事瞒着我们。"

"没有没有，我能有什么喜事呢？要说喜事，大家都有，不是刚中了新科进士嘛。"赵文华眉梢跳动，嬉皮笑脸，欲盖弥彰。

王慎中说："我算是看出来了，你小子十有八九是入选了庶吉士。来来来，我敬未来的阁老一杯。"说着，王慎中端起酒杯，站起来就要敬赵文华。

"真别这样，王兄，我担当不起。咋说呢，兄弟我也不瞒你，目前从上边听到点消息，初步入围，初步啊。"赵文华指手画脚地说，看他信心满满的样子，根本不像是初步，而是已收入囊中了。

柯乔看了看唐顺之，又看了看赵文华，问道："唐兄应该也入选了吧，他是传胪呢。"二甲第一名称"传胪"。

未等赵文华回答，唐顺之挥了挥手说："我早说过了，我不要那劳什子，也根本不关心这档子事！"

赵文华说："这事我还真不知道，不过，我听说，选庶吉士的事，是内阁首辅杨大人说了算。"

唐顺之说不关心，柯乔可是很在意。柯乔殿试是二甲第九名，庶吉士有十几个名额，按理他应该能入选。赵文华殿试二甲第八十八名，怎么着也轮不到他。不过，从他今天趾高气扬的表现来看，他肯定是有了准信儿。要是赵文华都能入选，这事就有点离谱了。

回客栈后，柯乔和父亲随口说起此事。没想到，柯崧林倒是认了真："这事本来该有你的份，你不能在家中枯坐等信儿，要争取一下，找个人打听打听，帮你说说话。"

"爹，唐顺之是堂堂传胪，他都不在意，我干吗上心啊？选得上更好，选不上便罢。"

"不行，"柯崧林说，"这不是你个人的事，事关我柯家荣耀，为父在意呢！我去找湛先生问问情况。"说去就去，柯崧林急匆匆出了门，柯乔拦都拦不住。

街上车水马龙，乱糟糟的。客栈与湛若水的官邸隔着好几条街巷，柯崧林舍不得乘骡车，徒步没入了人流里。望着父亲消失的身影，柯乔陷入了忧思：父亲已六十八岁，两鬓花白，步履蹒跚，自陪着自己进京考试，转眼一个多月过去了，就算再省吃俭用，两个人在京城的开销也是个不小的数字。馒头是父亲每天的主食，每次瞧着他用力往下咽的样子，柯乔的心里就很难受。叫他改吃米饭，他还说爱吃这个。柯乔心里很清楚，父亲哪是爱吃呢？完全是省一点算一点。还好，一切都很顺利，会试高中，殿试结束，名次不错，吏部对他们这批新科进士很快会有一个安置。到那时，自己就有俸禄了，父亲再也不用每天啃馒头了。

柯崧林天黑前才回来，说见到了湛先生，先生很爽快地答应了。

第三天，湛若水先生门下的弟子、同学汪可立来到客栈。见到柯乔，他兴奋地说："恭喜双华兄啊，湛先生说，你点了翰林呢！"

柯乔一惊："别大声，真的假的啊？"

汪可立说："我还会骗你不成？湛先生找首辅杨一清大人打听的，千真万确，入选名单由吏部、礼部和内阁共同确定，就等着公布了，你就等着好消息吧！"

汪可立走后，柯乔压抑着内心的激动，没想到，自己真还入选了。点翰林是天下读书人的梦想，这真是太好了。他越想越激动，无所适从，来到胡同里，想对着外面的天地大吼一声，想想不妥，不该如此张扬。又转到院子里，看到了靠在墙角的那根棍子，拿在手里，呼呼地舞了起来。

一天，就在柯崧林和柯乔满心喜悦地等待着好消息时，汪可立不请自来。见到他俩，汪可立垂着头，冷冷地说："湛先生叫你们过去。"柯乔当时正在吃早餐，嘴里使劲嚼着一块馒头，他狠狠地咽了下去，被噎得脸红脖子粗，接连咳嗽了好几声后，才勉强发出声来："汪兄，发生了什么事？"

柯崧林也急问："是庶吉士的消息下来了？"

汪可立没有直接回答，只是淡淡地说："见到先生你们就明白了。"

汪可立的态度已说明了一切，这不是明摆着的事吗，肯定是入选庶吉士没戏了。不过，在路上，柯乔很快就调整了过来。他想起了阳明先生的话，"横逆之加，最是动心忍性砥砺切磋之地"。没入选就没入选，得之不喜，失之不忧，这才是该有的心态。他反过来安慰父亲，柯崧林阴沉着脸不言语。显然，他在意这事。

见到湛若水，事情果然如此。本来，首辅杨一清遴选了十几名庶吉士，会试的主考官、吏部尚书张璁坐不住了。主考官是新科进士的座师，自己的弟子让首辅点了翰林，这是天大的人情。让别人吃了成熟的桃子，心胸狭窄的张璁一气之下，参了杨一清一本。在大礼仪之争中，张璁是嘉靖帝的铁杆支持者，深得他的信任，大事小事都要问问他的意见，张璁有时一天要往皇宫里跑三四趟。张璁参劾的理由是，杨借选庶吉士之机拉帮结派，笼络人心，培植势力。结果可想而知，嘉靖帝颁下旨意云："庶吉士之选，祖宗旧制，诚善。迩来大臣徇私选取，市恩立党，于国无益，自今不必选留。"旨意一下，已选的庶吉士全部取消，由吏部重新安排任职。柯乔被安排到礼部观政三个月。观政就是实习政事，以学习为主。湛若水是礼部左侍郎，有先生关照，也没什么好担忧的。

柯乔第一天到礼部去点卯上班。他穿着青色袍服，角饰腰带，沿着长长的御道，向高大巍峨的正阳门走去。观政进士虽已取得官员资格，也有一定的职权，但毕竟不是正式官员，所以一般不穿官服。穿过瓮城和正阳门，过了棋盘街，就到了大明门，它是皇城正门的外门，又称"皇城第一门"。从右门穿过，就能看见皇宫正门奉天门。奉天门前御街两侧的廊庑称"千步廊"，分布着一间挨着一间的廊房。这里，就是大明王朝的中枢、中央机关衙门的办公所在地。东边是吏、户、礼、兵、刑、工六部，右边是掌管天下兵马的军事指挥机构五军都督府和通政司、锦衣卫等机构。虽然衙门众多，但严谨有序，一目了然。

柯崧林见儿子开始步入仕途，其中虽有些波折，但基本也还算顺利。他觉得自己留在京城已没有什么必要，收拾东西，准备返乡。

没想到，柯乔到礼部观政回来的当天，就劝他暂时不要回去，说在观政第一天就遇到了桩棘手的事。

礼部府仓专管各地官员给皇帝进献的贡品，凡四方所献金玉珠贝、珍馐玩好之物，都由仓大使验收入库。府仓内有座香料库，供皇室使用的各种香料就贮藏在这里。府仓设大使一人，正九品；副使一人，从九品。别看仓大使品衔很低，可是一等一的肥缺。因地方官除了守土安民的本职之外，还有一项重任，就是向朝廷进贡地方上的珍贵物产。一旦不能按质和如数缴纳，等于是违抗君命，轻则罢官，重则有性命之虞。这些物产能否顺利验收入库，全凭仓大使说了算。因此，各地使司和州府前来纳货时，都要预先给仓大使备一份厚礼。这样，几年仓大使当下来，自然是肥得流油，甚至比六部里那些佐官还要吃香。

现任仓大使名叫陆平安，副使叫张福。陆平安体弱多病，平时到仓库里来得少，日常差事由张福过问。张福本是户部主事，正六品，江西人，几年前父亲去世丁忧，去年才回来复职。复职前，他花了一笔巨款，送给了嘉靖帝宠信的道士、江西人邵元节，自愿降级，要求到府仓当一名大使。无奈没有实缺，只好暂时做了副使。好在陆平安身体不好，隔三岔五地生病，府仓里的事自然由他过问，加上有邵元节撑腰，他这个副使，就胆大包天，为所欲为，连陆平安都让他三分。

事情要从三天前说起。三天前的一个雷雨之夜，香料库遭到雷击，突然起火，几间库房烧得干干净净，香料自然也荡然无存。嘉靖帝即位以来，独尊道教，在京师大兴观宇，新修新建庙坛、殿堂无数，甚至建醮宫中，法事日夜不绝。这些名贵香料专供他祭祀和炼丹使用，有檀香、降真、茄兰木香、沉香、乳香、速香、罗斛香、粗柴香、安息香、乌香、甘麻然香、光香、生结香等，总计有数十万斤，不少是来自海外的珍品，其价值少说在几十万两银子以上。特别是贵比黄金的龙涎香，更是嘉靖帝的珍爱，可以说一天也离不了。果然，嘉靖帝听说后，大发雷霆，但雷击毕竟是天灾，对涉事官员无非杖责罚俸，总不能将人家抓起来坐牢杀头。又命户部尚书梁材紧急拨银，四处派出专使，务必在一月之内买齐香料。

这事貌似已经过去了。可是，一个可怕的传言却在坊间悄悄传开，说府仓遭受雷击是假，而是有人监守自盗，为怕事情暴露，进而借雷雨之夜巧做文章，纵火毁灭罪证，嫁祸于天灾。府仓大使陆平安自然也听到了这些传言，而且他也是监守自盗的怀疑对象之一。这些传言还让他想起一件事，几天前，他到香料库巡查，发现账实有出入，当时对张福说了句，要仔细清点核对，做到账实相符。张福也唯唯诺诺地答应了。现在愈想愈觉得张福可疑。陆平安本就体弱，又无辜挨了一顿杖罚，这事真要是天灾，也只能忍忍算了，怨你运气不好。可现在又遭受不白之冤，到哪都有人在他背后指指点点。思来想去，他愈觉憋屈，于是到刑部大堂举报，要求揪出真凶，还他一个公道。

刑部派出一个名叫刘瑞的郎中主查此案。刘瑞三十多岁，进士出身，精明干练，几天时间就将案情弄了个一清二楚。监守自盗、毁灭罪证的传言属实。不过，罪犯不是陆平安，而是副使张福。张福见陆平安体弱多病，平时到库较少，又见府仓香料价值不菲，且数目不清，管理混乱。于是，他勾结棋盘街奸商，长期盗卖香料。于是，刘瑞命将张福收监，判了个斩监候。让人无法理喻的是，该案的审判结果报到嘉靖皇帝那儿，他大为不满，认为审理不公，将刘瑞削职，案子发回刑部重审。

刑部尚书许讚感觉此事甚是蹊跷，香料案案情清楚，罪证确凿，为什么报到皇帝那里会是这样的结果呢？他虽为官几十载，也实在想不通其中关节，但预知其中必有文章。于是，他又派了一个姓解的侍郎去重审此案。侍郎正三品，是自己的副职。也就是说，就差许尚书亲自出马了。而且解侍郎年届六旬，一生办案无数，什么奇案怪案棘手的案子到他手上都会迎刃而解，办案经验远超于许尚书。然而，许尚书并没有等来好消息。三天后，他就收到了解侍郎的致仕信。解侍郎以年老体弱为由，悬印于梁，告老还乡去了。

许尚书意识到自己遇到了一个前所未有的难题。这个难题如果处理不好，自己头上这顶乌纱帽恐怕难保。解侍郎年老不假，可身强体壮，精力旺盛，说体弱，明显就是托词。连他都不愿深入这个案子，其中一定有着难解之谜。至于是啥谜，许尚书看过案卷，审问过当事人，毫无所获。

许尚书整日里唉声叹气，一筹莫展，不知如何才能过眼前这个坎。他门下一个老滑的书吏见主人如此，给他出点子说："既然正路走不通，何不走斜路或者歪路？"许尚书眼前一亮，觉得此人说得有理。官场上很多事情往往这样，走正道不行，就要另辟蹊径，会取得意想不到的效果。许尚书问："何为斜路或者歪路？"书吏说："您前期接连派了两名正直且能干的官员，都没有达到预期效果，恕小人直言，这次何不派一名奸猾卑劣之徒去试试，说不定人家有办法。"

真是一语惊醒梦中人，不愧是书吏，见多识广，老谋深算，天下没有难倒他们的事。放眼朝廷，要说奸猾卑劣之徒，莫过于顺天府尹莫寒渊。于是，许尚书向内阁举荐，让莫寒渊到刑部主审此案。因为这个香料案和礼部有关，审案这天，礼部按例要派一个官员过去会审。礼部的官员们都知道这个案子，人人避之不及，尚书方献夫就叫新来的观政进士柯乔去刑部参加会审。派谁不重要，有个人参与就行，柯乔只消人到场了，听听看看，也没什么具体的活，就算完成了这桩差事。

到了刑部大堂，正中悬着一块匾额，上书四个大字："公正廉明。"堂中除主审外，已坐了一溜官员，都是奉命前来参加会审的，柯乔一个也不认识。第一次代表礼部公干，柯乔有些紧张，有人引导他在自己的位置上坐下了。

开堂了。主审莫寒渊不读卷、不提审、不勘察，上堂后就宣布释放被押关在刑部大牢中的府仓副使张福，同时命将府仓大使陆平安抓了起来，问成死罪，打入死牢，只待秋后问斩。

莫寒渊显然胸有成竹，会审官员也没有人提出异议，审理结束后在案卷上签字走人。柯乔对此案所知甚少，自然也说不出什么道道。一桩要案，从开始到结束，不到一盏茶时间。

在离开刑部大堂的时候，柯乔发现墙根下跪着一个妇人，嘴里不断地叫着"冤枉，冤枉……"可能叫得久了，妇人气息奄奄，声若蚊蝇，根本无人搭理。

柯乔在经过妇人身边时，停住了，问道："你是何人，有何冤屈？"

妇人见有人应声，身子一震，捋开乱发，发现眼前站着一个官员模样的人。她在地上重重磕了一个头，说："奴家正是陆平安的原配，奴家丈夫是冤枉的，说他监守自盗、毁灭罪证，就算打死奴家，奴家也是不信的。这个案子换了三任主审，其中必有冤情。大人，盼您能为奴家做主。"

柯乔说："你家丈夫做了什么，你也不一定清楚。他要是有什么事瞒着你呢？"

"奴家丈夫平时忠厚老实，谨小慎微，绝不会干那样的事。再说，捉贼拿赃，说奴家丈夫监守自盗，那他平时盗卖香料的赃银呢？除了俸禄，奴家可是一两多余的银子也没有看到。"

妇人伶牙俐齿，说得头头是道，倒让柯乔无言以对。他只好说："你先回去吧，我看看案卷再说，如真有冤情，我不会坐视不管的。"

柯乔本想说，我会给你做主的。可是，想想又不妥，自己不过是一个观政进士，问这些话已属多余，再要说做主，就有点不知天高地厚了。所以，他谨慎地说不会坐视不管。妇人见他如此表态，又将头在地砖上重重地碰了一下，表示感谢。

回来后，柯乔听说，莫寒渊主审的审判结果上报朝廷后，嘉靖帝非常满意，当即朱批同意。于是，这桩香料案就这样结了。

刑部尚书许讚百思不得其解，问莫府尹其中缘故，莫笑而不答，只是说天机不可泄露，有些事情，尚书大人还是少知道点好。许尚书一想也是，只要事情过去了，圣上不再怪罪就行，又何必刨根问底呢？况且，有些根底是刨不得的，刨出来不好收场。多一事不如少一事，天下冤死鬼多得是，也不在乎多他陆平安一个。

释褐后，新科进士们都分配到了官邸进士第。有三进院落，正房厢房后罩房一应俱全，是供带家人一道居住的。几天过去了，柯乔头脑中想的都是刑部那场会审和跪在墙根的妇人，他陷入了两难，管还是不管呢？管吧，案子已经御批，成为定局。凭他一个小小的观政进士，要想让皇上改变主意，那简直比登天还难。不管吧，凭他的直觉，此案必有隐情。那些参加会审的官员，为什么一个个都装聋作哑不愿深究呢？思来想去，柯乔决定，要尽最大努力查个究竟。

唐顺之殿试成绩突出，庶吉士取消后，他被直接授职，担任刑部主事。刑部下设十三司，每个行省对应一个司，每司设郎中一名，主事一名。主事是正六品。要是能得到唐顺之的支持，这事就好办多了，即使不能给陆平安平反，至少也要弄清真相，不能就这么糊里糊涂地将陆杀了，那不是天大的冤枉吗？

柯乔来到唐顺之分配的官邸，敲了敲门，出来一个家仆。柯乔心想，不愧是官宦子弟，家里有钱，连仆人都雇上了。柯乔说："你家主人呢？"家仆说："主人现在琉璃厂当铺经商，不便会客。"柯乔愣了，以为自己跑错了地方。可再看看门牌，没错。又打听道："知道新科进士唐顺之府上在哪吗？"

"你找我家房东啊，早说啊，他正好在家，正看书呢。"说着，领着柯乔来到了一间耳房前。果然是唐顺之，室内仅一床一桌一椅而已。

"唐兄，你这是……"

唐顺之笑了："房子太多，十几间呢，闲着也是闲着，我租出去了。我有一间耳房足矣。"

"唐兄,你节俭至此,真让鄙人汗颜呢!"

"哈哈,各有各的活法,我的想法是,不能惯着这身臭皮囊,古人都说得很透彻了,'逸则淫,淫则忘善,忘善则恶心生'。"

"这不是《国语》中的话吗?记得上句是'劳则思,思则善心生'。我也很喜欢这两句话。"

"双华,你今天来,不是要和我讨论《国语》吧?"

柯乔将情况一说,并表示希望得到他的支持。唐顺之说:"双华兄,我们这些人天天读圣贤书,所学何事?文公天祥临刑前说:'孔曰成仁,孟曰取义,惟其义尽,所以仁至'。死不足惜,天地间唯留一颗丹心尔!"

两人一拍即合,决心弄清香料案真相。

有唐顺之的帮助,事情就好办多了。两人首先到刑部看案卷。香料案的第一任主审刑部郎中刘瑞做了充分勘察和仔细审讯,看来看去,所有的证据都指向府仓副使张福,明显是他所为。可是,有一个难解的疑问就是,圣上为什么要偏袒张福,而要置陆平安于死地呢?

当事人心里肯定最清楚,两人决定到监狱中去找陆平安谈谈。

当然不能明目张胆地审问,两人装成陆的亲戚,拎着只食盒,前去探监。死刑犯一般不允许探望,但那些牢头们都是见钱眼开的主,只要舍得使银子,没有什么办不成的事。在一间狭小的死牢里,两人见到了陆平安。

陆平安被判了死刑后,已万念俱灰,没想到还有人来看望自己。再一看,这两位他都不认识。于是,柯乔将前几天在刑部偶遇他妻子告状的事说了一遍,并说明来意,希望他能据实相告。

陆平安听说妻子要为他平反,眼泪就下来了,他擦了擦眼,手上全是污垢,脸花了,夹杂着缕缕血丝,样子有些狰狞。他说:"不瞒两位,我也不知道自己究竟犯了何罪,被糊里糊涂地抓进了大牢,但这事应该和张福有关。此前,我已在暗中调查他盗卖香料的事,可能他有所觉察。坐实这事不难,他偷出去的香料,大多由棋盘街一家名叫禾日堂的香料店销赃。我们香料库里珍品香料不少是海外诸国朝贡时的商品,他禾日堂从何而得,这不是明摆着的事吗?"

柯乔说:"你说的这些情况案卷里有,主办此案的刘瑞大人到禾日堂去勘察过。我弄不明白的是,所有证据明明指向张福,他平安无事,怎么你成了替罪羊?"

"明显是有人护着他。"

"谁?"

"还不是来自龙虎山的道长邵元节!他如今是皇上面前的红人,说一不二,杀个府仓大使还不像捏死只苍蝇一样简单。"

柯乔说:"你还有没有什么情况需要向我们提供的?"

"没用了,"陆平安沮丧地说,"真是虎落平阳被犬欺。想我陆某,也是堂堂皇亲,只是好运不长……都怪先皇被一班宵小所误,太爱折腾了,三十一岁就撒手归西。唉,这都是命……"

"什么,你是皇亲?说具体点。"柯乔惊道。

陆平安说:"小人是武宗皇后夏氏的五服内侄。要不是这层关系,我怎么谋得上府仓大使这个肥缺。只是小人不贪财,又常生病,差事都让副职管去了,可惜了这个肥缺。"

唐顺之说:"你是夏皇后的五服内侄,皇上该叫她一声嫂子的,他从武宗那里承继了皇位,捡了个天大的便宜。按理,应该对你有所关照才是。"

陆平安说:"一朝天子一朝臣,天意难测,小人只怨命不好,福分浅薄。不然,何以会被人陷害至此?"

安慰了陆平安几句后,两人离开了监狱。柯乔决定到老师湛若水那里去一趟,他尚有些疑问要向先生请教。

柯乔把自己和唐顺之到狱中探监的情况向先生说了一遍。湛若水吓了一跳:"真是初生牛犊不怕虎,你们这么做,就不怕惹祸上身?十年寒窗,初入仕途,一切才刚刚开始,这万一……"

"先生,我们没有做错什么,不怕。"柯乔坚定地说。

"你刚才说什么,这个陆平安沾点皇亲?"

"对,他自称是夏皇后五服内侄。"

湛若水一拍大腿："老夫明白了，这不就对了吗，什么都清楚了。"

"先生，您说详细点，学生不明白。"

湛若水说："还是和'大礼仪'有关。"他进一步解释说，武宗驾崩后，武宗之母、张太后下懿旨让朱厚熜进京继皇帝位。朱厚熜与朱厚照是堂兄弟关系，并非直系血亲。按照明朝的宗法制度，皇家是"大宗"，而藩王是"小宗"，朱厚熜要当皇帝就必须过继到皇家的大宗来，而放弃原先藩王的小宗身份。也就是说，朱厚熜要认朱厚照之父孝宗为父，认张太后为母。朱厚熜对此无法接受。朱厚照之母张太后和妻子夏皇后就住在宫中，长期给了朱厚熜无形的压力，也让他倍觉厌烦和无奈。因此，朱厚熜对张氏、夏氏外戚也是深恶痛绝，他之所以执意要杀陆平安，不过是借此扬威，打压外戚。

听了湛先生的讲述，柯乔愣了。真没想到，这个新君是如此心胸狭窄，为了出口恶气，竟然不顾徇私枉法，草菅人命。侍君如侍虎，这样的帝王太可怕了！

湛若水说："事关皇家恩怨，你还是到此为止的好，稍有不慎，就有性命之虞。"

柯乔心事重重地离开了湛先生府邸。先生说得不错，此案的第一任主审刘瑞秉公审判为什么会被削职？第二任主审解侍郎为什么挂冠而去？第三任主审莫寒渊为什么不查不问就直接判了陆平安死刑？这些问题背后的原因，都指向一个人，那就是嘉靖皇帝。不了解他的想法，不按照他的意图办事，结果可想而知。想来想去，柯乔只觉得寒气从天而降，让他的脊梁骨发冷，身体摇晃不止。

怎么办？说不害怕是假的。真要有什么事，自己搭进去不算，还会连累唐顺之。这事就到此为止吗？陆平安会含冤而死，张福会逍遥法外。柯乔想起唐顺之对他的质问：我们这些人天天读圣贤书，所学何事？是啊，问得好。所学何事呢，不过是为民请命而已。若不能如此，天下还要这些固执意气书呆子干什么！

柯乔决定，为了不连累唐顺之，自己一个人继续干下去。

一连几天，他悄悄地来到棋盘街，挤在热闹的人群中，观察着禾日堂里的动静。棋盘街地处北京城中轴线上，街道类似棋盘，这里是京师东西两地交通要冲，又连接内外城，南连正阳门，北接大明门，离大明门内五府六部等中央机构只有百步之遥。因此，这里成了全城最大的商业中心，商贾云集，时常可以看到前来朝贡的外国使臣。

禾日堂香料店的主人姓董，人称董掌柜。店里摆放着常见的香料，如胡椒木、檀香、木香等，品种繁多。此外，还有大大小小的香包，各种款式的香炉，都非常精致。柯乔摇着把纸扇，大摇大摆地进入禾日堂，他假装内行地抓起几把香料看了看，又摇了摇头。一个伙计见状问道："客官，不满意吗？我们禾日堂可是应有尽有。"柯乔低声问道："有番货吗？"伙计警惕地将他从头看到脚："客官你是第一次来本店吧？""第一次来又咋样？一回生，二回熟嘛。""不瞒客官，我们家这店里，只要你有银子，没有买不到的香料。"柯乔斗胆问道："这么说，龙涎香也有了？"伙计又一愣，说："你是什么身份，敢问这个？"柯乔说："你不是说只要舍得银子，啥货都有吗？"伙计说："对不起，龙涎香只卖熟客。"说着，再也不理柯乔了。

接下来几天，柯乔就混在人流中，逛来逛去，暗中注视着禾日堂的动静。有一次，他看见张福鬼鬼祟祟地进了禾日堂，可半天没看见他出来。柯乔一直等到天黑，也没看见他的人影，估计是另有暗门。陆平安说张福与这家香料店有往来，当不是虚言。

柯崧林这些日子基本成了儿子的随从和家仆，帮他跑腿办事，照顾他的饮食起居。他想好了，待自己回老家后，就将柯乔的妻子叶氏送过来，没有个女人的家不像个家；安排八子柯焰过来当柯乔的随从，同时跟在他后面攻读诗书。

再说唐顺之，见柯乔一连几天没来找他，就来到他的官邸了解事情进展。柯乔支支吾吾，解释说怕连累他，这几天自己单独开展行动了。唐顺之恼了："双华兄，什么叫连累？你也太小瞧我唐顺之了。前些日子，我去答谢座师张璁。他问我对大礼仪之争的看法，我说皇帝就应该从小宗过继到大宗，不然，他这个皇位从何而来？我知道他不高兴，可他高兴也好，不高兴也罢，我还是坚持自己的观点。你以为我看重头上这顶乌纱帽吗？这样的朝廷我没法待，准备告假还乡。"

"这，你这是得罪座师了……"

"不怕。说说香料案吧，我们下一步该怎么做?"

"捉奸拿双，捉贼拿赃，当务之急，要是掌握张福盗卖香料的证据，最好是逮个正着。"柯乔说，"户部最近紧急采购了一批香料，正在陆续入库，我估计张福要有所动作。"

"那我们制订个引蛇出洞的计划。"唐顺之说，两人小声合计起来。

次日上午，唐顺之装成一个来自江南的大客户，摇着纸扇，在两个随从的簇拥下，大摇大摆地走进了禾日堂。两个随从，一个是章允贤，一个是汪可立。唐顺之凑近伙计耳边，压低着嗓子问:"有上等货吗?"

伙计说:"带了多少银子?"

章允贤拍了拍肩上的褡裢，里面的银子发出哗哗的声音。董掌柜当时正好在店中，见来了豪客，走过去说道:"在下姓董，是小店掌柜，客官后面请。"

"原来是董掌柜，幸会幸会。在下姓唐，奉家父之命，前来京师采购一批上等香料，逛了七八家，都没看上眼。"

"请问唐老板要采购什么香料?"

唐顺之说:"降真香、黄熟香、薰衣香、沉香等，有多少要多少，龙涎香更是求之不得，至于价格，好说好说。"唐顺之说的这些香料，基本都来自海外，一般的香料店根本没有。

"唐老板，来到咱禾日堂，你算是来对地方了。"说着，董掌柜将唐顺之引到了后面的库房里。

"有多少要多少，全给我装上!"唐顺之指着库房里的香料说，"就这么点货吗?"

董掌柜知道遇到了大客户，乐不可支地说:"唐老板别急，这些货您先收着，稍等一两天，在京城玩玩。我们抓紧组织货源……这种高档货，先生您也知道，在别的店，不是说有就有的，也就我董某人有路子。"

"那就好，我就等等，别叫我失望就好。"

"包有，包有，唐老板尽管放心。"董掌柜拍着胸脯说。

当天晚上，张福押着一骡车香料，兴冲冲地向棋盘街驰来。这些日子，从各地紧急采购来的香料堆满了仓库。府仓大使陆平安被抓进刑部大牢后，他这个副使就成了实质上的一把手，顺手牵羊弄点香料也更加方便了。这不，接到董掌柜的通知，说从江南来了一个大客户，他连夜从库房弄了一车香料出来，亲自送到禾日堂。

骡车抵达禾日堂后门，开始搬卸香料。突然，柯乔带着一群军士出现。这群军士来自京师专管巡捕盗贼的中城兵马司，由巡城御史王捷率领，随柯乔已在此等候多时。当张福出现时，王捷大喝一声："偷盗皇室香料的盗贼在此，给我拿下！"

没想到，张福并不害怕，他乜斜着眼说："你是何人，敢找爷的麻烦？"

"在下是巡城御史王捷，"又指着柯乔说，"这位是礼部观政进士柯乔。"

"就你们俩，一个御史，一个观政进士，也敢管爷的事？你知道这禾日堂的主人是谁？"张福指着禾日堂，趾高气扬地说。

柯乔说："不管它的主人是谁，我们都要将他绳之以法。"

张福说："听说过邵真人吗？"

柯乔心里一个激灵，邵真人，不就是嘉靖面前的红人邵元节吗？瞧张福这口气，这禾日堂幕后的主人似乎就是邵元节。真要是他，那还真很棘手。见说出邵真人的大名后，柯乔就愣在当场，似乎是吓住了他。张福一脸傲慢，用余光瞟着他，那意思是：还不快将我放了？

柯乔凑近了，几乎抵着他的脸说："我不管什么真人假人，就算是条狗，触犯了王法，落到我的手里，也别想着平安而退！"柯乔的鼻息喷在张福的脸上，吓得他连连后退。柯乔下了决心，要一查到底。

张福被五花大绑地押走了。柯乔和王捷带着兵丁到张福家中查抄。真是不查不知道，一查吓一跳，在张福家中，发现了一座银窖，搜出了大量白银，装了满满两骡车。

天亮了，张福和董掌柜被秘密关押在中城兵马司监狱里，由唐顺之负责审讯。对董掌柜的审讯很顺利，他说是受聘于人，只负责接赃销货。张福自恃有邵元节撑腰，仍是一副盛气凌人的派头，只字未吐。要是没有他的口供，时间长了，一旦邵元节得知，出面干预，柯乔和唐顺之就会陷入被动。

张福被关押在单独一间囚舍里，戴着厚枷，挺着脖子，任你问什么，他都是一言不发。显然，他在拖延时间。柯乔犯难了，唐顺之也急得团团转。又不宜用刑，要是将这家伙打伤了，到时不好交差。

柯乔说："我有个办法，狠狠地饿他。"

唐顺之说："这……行吗？"

柯乔说："我看可以一试，你看他养得白白胖胖，平时一定养尊处优，这样的人，一天也离不了美味佳肴，说不定，比用刑效果还要好。"

"行，就这么办。"唐顺之乐了。他命人拿来半只馊了的馒头，用一只满是污垢的破碗盛了，放在了张福的监号里，再也不理他。

柯乔端了张凳子，拿了本书，在监狱的窗子旁坐了下来，低着头看书。偶尔抬头，用余光扫一下监号里的张福，面无表情，让人莫测高深。柯乔猜得一点不假，张福对吃非常讲究，他家里雇了好几个厨子，都是京城一等一的名厨，专门服侍他每天吃喝。他刚才见人递进了半只馊馒头，心里就一个咯噔，预料到要坏事。果然，大半天过去了，再没有人递吃的。

天快黑了，张福饿了整整一天，饿得前胸贴后背。他那只每天南北风味珍馐佳肴侍候的胃，里面空空如也。饥饿感像一只困虎，在撕扯着五脏六腑，让他坐卧不宁。他实在受不了，终于低下了高昂着的头，对柯乔说："柯进士，行行好，好歹给碗吃的，我给你银子。"

待他叫了十几遍，柯乔才起身说："纸和笔都摆在那儿，把你的所作所为写下来，咱们好说。"

"不能写，写下来咱就没有活路了，邵真人不会饶了我的。"

"那你就继续饿着吧。"柯乔再也不理他，自己去吃饭了。

天黑了，柯乔回来搬来扇门板，在张福监号不远处找个地方，以书作枕，躺下了。张福傻了，难道这个家伙打算晚上就这样"陪伴"自己？他预计得不错，柯乔是决心日夜看着他。张福耳目众多，必须阻止有人接近，以免晚上有人给他递吃食，更为了防止将他关押在此的消息泄露出去。张福傻眼了，他以为撑撑就能过去，没想到碰上了个硬茬。

　　天明时，柯乔在院子里打了两趟拳，精神抖擞，然后又坐下看书。张福索性两眼一闭，心想这家伙总不会眼睁睁地看着自己饿死吧？可闭上眼，又怎能睡得着呢？饥饿让他如坐针毡，他看了看破碗里的那半只馊馒头，上面正叮着一只绿头苍蝇，他接连打了几个干呕，赶紧将目光移开了。再看柯乔，对他不理不睬，只管看书，摇头晃脑，嘴里还念念有词，一副不达目的誓不罢休的架势。

　　第四天，张福感觉自己的身子已像一摊烂泥，他大张着嘴，只有出的气，没有进的气。他实在撑不住了，"啊啊"地叫了几声，冲着柯乔招了招手。柯乔心头一喜，指了指早已备下的笔墨。张福叹了口气，勉强撑起身子，开始写供状。写完后，画上押。柯乔拿起他的供状看了看，将自己近几年来如何盗卖香料，包括数量和品种，交代得清清楚楚。最后，还不忘将所有罪责推卸到嘉靖皇帝跟前的红人邵元节身上，说一切都是受他的指使。柯乔知道这家伙用心险恶，招惹邵元节，就是招惹嘉靖帝，会吃不了兜着走。

　　拿到张福的供状，柯乔和唐顺之一合计，觉得要想凭此让嘉靖帝改变主意，那几乎是不可能的事，必须先形成舆论压力，让文武百官和民众知晓真相。柯乔将张福的供状誊抄了一份，贴到了府仓官廨上。地点也是经过精心选择的，贴到府仓官廨墙上，带有仓官自悔和告知同僚的性质，远比贴到城门口或刑部衙门妥当。毕竟，并没有谁授权几个观政进士去调查一桩已经皇帝定性的盗窃案。

　　果然，张福的供状在朝中引起了轩然大波。嘉靖皇帝得知后，大发雷霆。他恼的是，邵元节不该如此贪图小利；更恼柯乔、唐顺之、章允贤几个新科进士狗拿耗子多管闲事，让他下不了台。

　　府仓大使陆平安至少暂时是死不了了，但一时也别想着能从监狱里放出来，至少，他还有个失职之罪。张福罪证确凿，刑部不得不将他收监，看在邵元节的面子上，嘉靖帝也没有示意判他死刑。至少，牢狱之灾是少不了的。

　　柯乔情知嘉靖帝不会善罢甘休，他甚至做好了被逮入狱的思想准备。幸好，皇上并没有找他的麻烦，邵元节也没有前来兴师问罪。难道事情就这么过去了？日子平静得让人有点紧张。

一段时间过去了，一天，已担任内阁首辅的张璁派人到礼部传话，说圣上得知柯乔是王阳明弟子，让他担任御前经筵临时讲官，三天后为皇上主讲王阳明学说。得知这个消息，柯乔既紧张，又兴奋。兴奋的是，嘉靖帝对阳明学说产生了兴趣，自己身为弟子，能有机会向皇帝讲授先生学说，这是一种莫大的荣耀；紧张的是，不知自己能否顺利完成这个任务。柯崧林比柯乔还紧张，他考虑得更多，担心嘉靖帝是否会借机惩罚柯乔。毕竟，皇帝要找臣子的不是，那是易如反掌。这种担心还只能闷在心里，要是说出来，无疑会进一步增加柯乔的心理负担。

三天后，在文华殿内，柯乔为嘉靖皇帝讲授王阳明学说。除了嘉靖皇帝，还有内阁和翰林院官员。嘉靖帝落座以后，所有人行五拜三叩之礼，然后大家依次上殿，东西序立。等到大家都落座，太监再将御案抬到御座前，将讲案抬到御案正前方。紧接着，鸿胪寺官员大喊一声"进讲"，经筵侍讲正式开始。

嘉靖帝不过才二十二岁，柯乔早听说他是个聪明人，只可惜这种聪明没有用在治国上，而是崇奉道教，整日里斋醮炼丹，以求长生。

柯乔正要开口，嘉靖帝率先问道："阳明之说影响甚大，朕在践祚之前即有所耳闻，只是知之不详。阳明说中有论及孝道的吗？"

柯乔没想到嘉靖帝会率先发问，更没想到他一上来就问及孝道方面的内容。想到大礼仪之争，他不禁心有戚戚焉，好在他对阳明学说烂熟于心，当下不卑不亢地说："回万岁，有。阳明先生说，'亲情与生俱来，如果真能抛弃，就是断灭种性'。"

这不是柯乔刻意要顺从嘉靖皇帝的心思，而是王阳明确实是这么说的。

嘉靖帝脸上满是惊喜，他激动得站了起来："王阳明真是这么说的？"

"千真万确！"柯乔说，"阳明先生还说，'夫人子之孝，莫大于显亲；其不孝，亦莫大于辱亲'。"

嘉靖帝点了点头，表示赞许："继续说下去。"

柯乔说："阳明心说的核心可用八个字归纳，即'此心不动，随机而动'。本体当下的心是'空'的，不受一丝一毫杂念影响，不会因事物产生波动，但外在事物的变化，我会感知到，也会洞察到其中的一切虚妄，并对虚妄做出正确的应对措施。心学的空指此心不动，和佛家的空是有区别的。佛家讲究禅定，心学指在事上练的功夫，即对事物的深谋远虑，胸有成竹，临危不乱。故先生说'心之本体，原本不动。心之本体即为性，性即理。性原本不动，理原本不动'。"

嘉靖帝说："朕懂了。"

柯乔御前讲学给嘉靖皇帝留下了良好印象,他也顺利度过了香料案危机。礼部观政后,他被安排到行人司担任"行人"一职。行人司衙门位于京师北门拱辰门,位置有些偏僻。与六部相比,行人司是一个很小的机构,也没有什么权力,专掌奉使出外、传宣诏命之类的事,其实就是替朝廷跑腿。有人觉得柯乔屈才,可他干得有滋有味。柯乔稳重成熟,做事干练,以诚待人,从不虚与委蛇,在同僚间很快有了良好的口碑。

嘉靖九年(1530),柯崧林已六十九岁。他的生日是正月二十四。民间习俗,"男做九,女做十"。也就是说,柯崧林明年的七十寿辰,要提前到六十九岁这年来办。柯乔和父亲早商量好了,春节一过就返回故里,年前他就向司里告了假,并提前雇好了船只。行前,柯乔来到湛若水先生处辞行。湛若水作诗一首《大行人柯子归寿其大人云门先生七十华诞》,为柯崧林贺寿。诗云:

丈人九华秀,曳裾自王门。

归来逐云月,壁立华山尊。

有子恭皇命,适逢岳降辰。

天寿祝平格,百龄安足论。

人生七十古来稀,柯崧林育有八子,儿孙满堂,寿辰的热闹自是不必说。为父亲办完寿辰,二月间,柯乔就回京复职去了。京师政局复杂多变,波诡云谲,柯崧林生怕儿子有个闪失,总是放心不下,他虽已六十九岁高龄，身体也不太硬朗，但仍要坚持陪伴儿子。柯乔返京的次月，柯崧林就带着八子柯焐、柯乔的妻子叶氏也赶往京城去了。

嘉靖十年（1531），柯乔获授翰林院侍讲学士，秩从五品。侍讲的职责主要是为皇室讲读经史，以及修撰实录、编修史志诸书等务，属于天子近臣，是天下读书人梦寐以求的差使。柯乔一生，先后在朝中和地方上担任过多种职务，但翰林院侍讲是个让他终生引以为豪的职位。

两年后，柯乔又获授贵州道监察御史。按朝廷诰封制度，他的妻子叶氏被诰封为夫人。诰命下达后，叶氏非常不安。彼时，她虽和柯乔育有幽兰、蕙兰两女，但尚无子。身为诰命夫人，不能为丈夫生下一个儿子传宗接代，这成了她的心头之患。在她的一再催促下，柯乔只好又娶了一房夫人程氏，程氏年方十八，温柔贤淑，知书识礼，柯乔很是满意。此时，柯崧林见儿子在京城已站稳了脚跟，这才终止了伴子生涯，返回故里九华山，逍遥林下，颐养天年。

柯崧林返回故里的第二年，即嘉靖十三年（1534），柯乔就出了事。年初，他遭小人参劾，被贬为黄州府推官。推官是知府的属官，只有正七品，掌理刑名。虽遭贬谪，官衔直降三级，柯乔却并不放在心上，想当年，恩师王阳明被贬到不毛之地贵州龙场当了一名驿丞。和先生相比，他的情况要好得多。只是，他觉得这事对老父不好交代，瞒是瞒不过去的，父亲迟早会知道，倒不如爽快地告诉他。事已至此，无可奈何，只有随遇而安。柯乔雇了条船，带上家人，离开了他待了整整五年的京师，去湖广赴任。

经过老家江段时，柯乔在大通古镇泊船停留了几天，回九华山莲玉里看望父母。柯崧林年迈多病，见儿子突然回来，惊问其故。听罢因由，他不免对儿子被贬感到忧心忡忡。三天后，柯乔辞别父母，继续乘船溯江而上，舟抵彭泽江滨时，突遇大风，不得不停船避风。他和柯焐一合计，干脆利用这个机会，前去拜访一下彭泽的柯氏宗亲。莲玉柯氏子孙繁衍多处，其中就有一支迁居彭泽。彭泽宗亲在大堂接见了柯乔柯焐兄弟。宗亲同出一脉，同根同源，相见自然格外亲热。几日间，美酒佳肴，欢声笑语，说不尽的家族故事，叙不完的宗亲之情。为记录宗亲相见的盛况，柯乔命柯焐作文纪念。柯焰撰文《来堂记》，文中说柯乔"长兄谊不忍舍，心目依然在楚，犹如在堂也"。

天有不测风云，柯乔还未到达黄州府时，突然接到家中急报，二月二十三日，他的老父柯崧林突然病故，命他速归。这真是晴天霹雳，柯乔痛苦不已。身为长子，他一直备受父亲关爱，可谓父子情深，父亲也对他寄予厚望。虽说父亲是病故，可是，自己此次被贬，谁说没有给他造成沉重的心理压力呢？柯乔匆匆返家，处理父亲的丧事，同时向吏部告假，丁忧三年。

是年，在池州府组织和柯乔的促成下，位于九华山化城寺之东的甘泉书院落成。甘泉弟子林文俊《九华山甘泉书院田记》文载："嘉靖甲午，提学闻人君、巡按虞君始命池守侯君为先生作书院于兹山化城寺之东，而以先生所作讲义及九华诗刻置壁间，如先生之临乎是也。泾野吕子既为之记，但山高路峻，四方士之来学者不能里粮为久居计，二守柯君斥俸金买田十亩入焉。"柯乔斥俸置田十亩捐献书院，在他的带动下，乡贤名士纷纷捐资买田，书院学田达到一百余亩。嘉靖十五年（1536）八月，应池州知府及柯乔、江学曾、施宗道等弟子之邀，南京吏部尚书、七十一岁的甘泉先生，来到九华山讲学，宿住于甘泉书院。甘泉先生作《咏柯乔诗》，诗前题记："予游九华，往返两过侍御柯双华家。"在柯乔家中，甘泉瞻仰了柯崧林遗像，想到昔日与这位老友的旧情，他感慨万千，作诗《崧林公行》。诗云：

> 昔观云门今忆云门，云门不见使我心烦，
> 今观云门忆昔云门，云门既见我心则欢。
> 巉岩其貌其心如貌，曳裾王门敷敷厥教。
> 因貌知心古今一道，王门掉臂九华高蹈。
> 复有令子愈知乃父，报施不爽自猗猭后。

湛若水甘泉子 拜赠

柯崧林生活的时代，九华山儒学大兴，山上不仅有太白书堂，后来还相继建起了阳明书院和甘泉书院，还有一批个人书院，王阳明、湛若水等大儒和一大批文人学者汇集九华山。柯崧林的一生，除了短暂地在外任职生涯，

他一生中的大多数时间，都在太白书堂教授弟子。在他和柯乔的努力下，九华山文风兴盛，达到历史高峰。湛若水先生曾作长祭文《崧林公墓表》，对柯崧林的一生进行了高度评价。

为父庐墓三年，对柯乔来说，是难得的闲适时光。他于九华山化城寺西、阳明书院左边，建了一栋房子，作为书舍，取名"双华精舍"，在此读书、讲学。"双华"意指他的恩师王阳明先生两次游历九华山。嘉靖十四年（1535），他的长子尧年出生，系程氏所生。这一年，他三十八岁。中年得子，柯乔将这一切都归于上苍的眷顾和父亲在天之灵的保佑。

嘉靖十五年十月，柯乔服阕，回京到吏部复职。不久接到任命，改任永平府推官。永平府是北直隶八府之一，府治位于卢龙县。一次，柯乔到太行山林县公干，公事之暇，他游览了黄华山。黄华山位于林县城西太行山东麓的林虑山中，有"太行最秀林虑峰，林虑黄华更胜名"的赞誉，是历代文人墨客观光避暑胜地。柯乔作诗游黄华纪游。诗云：

其一

欲讯前冈路，争云鸟道微。

春如今日至，兴欲乱霞飞。

花缀林欹帽，藤钩石刺衣。

奇峰游未足，月傍马蹄归。

其二

石嵌岩前路，晴怜雪后天。

看花迷谷口，酌水问仙源。

避世怀云侣，携家种石田。

浮生空汩没，何日脱牵缠。

其三

野寺何年辟，巉岩出树梢。

屏开千里障，天决九江涛。

姓字镌青壁，烟霞染翠袍。

仙翁如有约，挥手白云遥。

　　他还游览了位于林县城南的太行山奇景鲁班豁。相传当年鲁班途经此地前往山西，见太行山阻隔了交通，两边的百姓均需绕路几十公里才能往来，他顿生怜悯之心，举起斧子，劈山开路，百姓从此终于免去了跋涉之苦。为纪念鲁班之功，此地命名为鲁班豁，也叫鲁班门。柯乔《鲁班门》诗云：

> 太行嵯峨峰万叠，雄盘天下称独绝。
>
> 山凹翠壁峭如门，共说鲁人班刻业。
>
> 班生技巧殊绝人，此门岂是班生设。
>
> 雷斧劈破龙江云，万古生灵免鱼鳖。
>
> 锦屏十里障金隅，徒此寸兵操尺铁。
>
> 微名何据浪传今，无乃世俗相沿说。
>
> 我来一见心颇奇，活蛇斫断犹奔掣。
>
> 虎头怒目距相持，旷野元黄战龙血。
>
> 金绳万丈忽纽解，乾上九爻变坤画。
>
> 云旗交闪楚汉峰，仿佛鸿沟明界越。
>
> 我欲攀缘不惮远，况有仙人杖九节。
>
> 乘鸾驾凤鞭八龙，飘飘藉此通阊阖。
>
> 为问有生皆同胞，何事颠连诉悲切。
>
> 东南道负西北疲，刑罟法网纷碎结。
>
> 欲令天下成虞唐，首去四凶登隽杰。
>
> 修容陈辞启重华，白日翻令浮云隔。
>
> 蚩尤当户分不开，振衣千仞歌明月。
>
> 吾今乘槎去何之，且向髯公受宝诀。
>
> 寸丝谁能缉衮裳，炼石何人成五色。
>
> 吾才既薄生且晚，作歌试补班门缺。

　　在永平府推官任上，柯乔秉公执法，严明法纪，处理了一批积案，得到了各方肯定。次年，他得到擢升，担任户部主事；不久再升，任员外郎，从五品。户部掌管天下钱粮，包括疆土、田地、户籍、赋税、俸饷及一切财政事宜。在这里，柯乔得到充分锻炼，治疆和理财能力得到进一步提升。

　　嘉靖十八年（1539）二月初一，嘉靖皇帝率内阁首辅夏言等重臣，南巡湖广承天府。这是嘉靖皇帝首次、也是他一生中唯一一次回到昔日藩地承天府。此行，他钦定了两件大事：升安陆州为承天府，在湖广布政使司新设荆西道，辖承天和德安两府；以中都凤阳为先例，升承天府为兴都，设留守司，统显陵、承天二卫。新置荆西道，遴选首任长官自然就成了当务之急，成熟能干、缜密有致的柯乔进入了夏言的视野。同柯乔一样，夏言亦是行人司行人出身。次年初，在夏言的举荐下，嘉靖帝任命柯乔担任湖广按察司佥事，领荆西道。按察司设佥事一职，辅佐按察使，分领提学、驿传、清军、分巡、兵备等各项事务，秩正五品。永乐年间，朝廷在地方始设分守道，道署或设于省城，或设于辖区，主要职责是督理辖区内的人口、赋税等项钱粮事宜，初设时为监察机构。后逐渐变为布政司、按察司的派出机构，职能也大为拓展，承担二司的钱粮、司法、屯田、学校、驿递、盐法等务。分守道官员也由二司参政、参议、副使或佥事兼任。柯乔以湖广按察司佥事的身份领荆西道，就属于这种情况，他就是荆西道实际上的行政长官。荆西道署设于沔阳城内。

　　嘉靖帝颁诏任命柯乔担任荆西道首任行政长官，足见对他的信任。在柯乔赴湖广任职前，嘉靖帝于乾清宫暖阁内召见了他。

　　当日上午，柯乔在乾清门外等候。不多时，御前太监黄锦走了出来。见到柯乔，他用拂尘在他面前扫了一下说："皇上吩咐下来，今天要为荆西道做一场斋醮。哼，也可以说是为你做的，真是天大的面子。"

　　"公公说得是，圣上这是为荆西道百姓祈福，祈求天降福祉，风调雨顺，万民安乐。"

　　"哼，一会见了邵真人，要客气点，别一天拉着个苦瓜脸！"黄锦叮嘱道。

　　"谢谢公公提醒！"柯乔明白，自嘉靖八年"香料案"后，他和道长邵元节无形中就结下了梁子。他从内心里反感这个人，平时偶尔碰到，不要说恭恭敬敬地请安，就连正眼也不瞧一下。黄锦肯定看出了柯乔对邵元节态度冷淡，这才特意提醒他。

进入乾清宫，一股浓香扑面而来，差点将柯乔熏晕。他赶紧收住鼻息，跟在黄锦后面疾步而行。柯乔平时接触香料不多，更不用说熏香，也就说不出这股浓香叫啥名字。他不理解的是，皇帝天天待在这种浓烈的香气里，怎么受得了？这怕是要将他的脑子熏出毛病来。

到了御前，柯乔发现内阁首辅夏言和阁臣严嵩已侍立在一边，他用余光扫了一眼嘉靖帝，倒吸了一口凉气。嘉靖帝并没有穿龙袍或常服，而是身着一件杏黄色的道袍，头上戴着一顶道冠。柯乔早就听说过，皇上平时喜欢戴一顶自制的道冠，高一尺五，绿纱制成，正中绣着一幅八卦图。因上面缀有香叶，遂命名"香叶冠"。他还将此冠赏赐给最亲近的大臣，夏言和严嵩就各得了一顶。夏言向来反对嘉靖帝没有节制的崇道活动，虽接受了香叶冠，但从没有戴过；严嵩则不同，每次皇帝召见时，他都要戴上香叶冠，而且还要在外面罩上一层轻纱，以示敬重。严嵩现在就是此等装束，与他身上缀着锦鸡补子的正二品官服极不协调。

行礼后，柯乔也侍立在一边，等着嘉靖帝发话。

御案上，横七竖八地散放着一大沓奏疏。案上还蹲着两只猫。柯乔听说过，邵元节曾送给皇上两只猫，一只叫霜眉，双眉洁白似雪；一只叫狮虎，浑身金黄，貌若狮虎。应该就是眼前这两只了。嘉靖帝和这两只猫形影不离，上朝时都带着它们。此时，他直愣愣地望着那堆奏疏，似自言自语，又似在对柯乔说："洪水，又是洪水！救灾，又要救灾！你们让朕到哪里去弄那么多银子？"

夏言说："陛下，指望朝廷赈灾，只能是杯水车薪。臣以为，要根治水患，当委派得力官员，下大力气治江治河，江河安澜，百姓才能安居乐业。"

嘉靖帝又将目光投向柯乔："柯爱卿，朕命你去主事荆西道，你替朕做好两件事：治河和修陵。你有把握吗？"

柯乔赶紧跪下："荆西是龙兴之地，圣眷优渥，微臣知道轻重，一定不遗余力，殚精竭虑，肝脑涂地，为苍生黎民谋福祉。"顿了顿，他大声说："臣有把握！"

嘉靖帝点了点头，指着宫门外说："很好，朕为荆西专设了场醮事，你出去祭拜一下。"

黄锦领着柯乔，出了乾清宫。来到宫外，柯乔发现，宫门外的广场上不知何时设了座祭台，祭台四周，道旗翻飞，黄红夹杂，让人眼花缭乱。黄锦领着柯乔上了祭台，台正中放着一张巨大的供桌，上面摆满了花、香、灯和水果等供品。邵元节和另一个道长正在做法事。这个道长柯乔也听说过，邵元节年届八旬，年老体弱，自知时日不多，便将一个名叫陶仲文的道友推荐给嘉靖帝，作为他的接班人。陶进宫后，略施小计，很快得到嘉靖帝的信任。

见柯乔来了，陶仲文阴着脸喝道："跪下，上香！"

柯乔不得不忍气吞声，从桌案上拿了三炷香，点燃了，插在了香炉里。然后，恭恭敬敬地跪到了一只黄色的蒲团上。陶仲文手里端着只杯子，将手指在杯中浸了一下，然后朝柯乔的身上抛洒着，嘴里念念有词。柯乔知道，这叫抛洒甘露。几滴水洒到了他的脖颈里，他打了个激灵，心里很不是滋味。

几天后，柯乔带着家人，乘快船经大运河转入长江，前往位于武昌府的湖广按察司报到。行前，他已和老师湛若水约好，在瓜洲会面，当面向他请教治水和为政的方略。当时，长江沿线正遭受洪灾。当柯乔抵达瓜洲时，连日狂风大作，湛若水从南京出发，受阻于镇江，师生近在咫尺却无法相见。不过，湛若水派人捎来书信说，他给柯乔安排了两个得力助手：汪可立和治水专家水安澜，且让他俩直接到沔阳城向他报到。

柯乔大喜，还是老师为他想得周到。目前，他的身边只有一个八弟柯绍，再加上汪可立和水安澜，就有了三个得力助手，以后办事就更加快捷方便了。于是，他沿着长江，继续向湖广进发。由于急于前往湖广赈灾，船过池州，也不回阔别家乡数年的九华山柯村看看。

汉江下游重要的支流东荆河，洪水翻滚，几与堤平，浊浪一波紧接着一波地冲刷着河堤。突然，只听"轰隆"一声响，似天崩地裂，河堤被撕开一个数百丈长的大口子。无数惊心动魄的声音在叫喊："决堤啦！""快逃命啊！"……洪水像脱缰的野马，轰隆隆向南，一泻千里，冲向良田和村庄。田里的水稻正在抽穗，洪水所向披靡，眨眼间就没了影儿。村里乱成一团，到处鸡飞狗跳，百姓扶老携幼，争相逃命。

转眼间，天地都变了，成了水的世界。没有城门的潜江县城像漂在水上，潜江下游的沔阳州就更惨了，到处一片汪洋，成了水天泽国。

十余日后，柯乔抵达了武昌府。他到湖广按察司报到并办好了有关手续，由于汛情紧急，次日，他从武昌乘船出发，匆匆赶往荆西道衙门所在地沔阳城。

沔阳是江汉平原腹地一座具有千年历史的古城，地理位置非常特殊，它位于东荆河畔。东荆河被称作是汉水冲出的一条河，它首承汉水，尾接长江，是汉江下游重要的分流河道，每年汛期可分泄四分之一的汉江洪水。沔阳自建城以来就一直是郡、府、州、县治地，明初建有蟹形州城。与太祖朱元璋争夺江山的陈友谅就是沔阳人，沔阳城中曾有他的故居，朱元璋登上帝位后，曾下令血洗沔阳。据说，当时只有郭、简、田、万、傅这几家因躲得快才得以逃脱，其余的人杀的杀、逃的逃。一时间，沔阳尸横遍野，路断人稀，遍地荒凉。此后，还是从江西来了一批移民，在沔阳安家落户，这里才渐渐恢复了人气。

进入沔阳州境，到处浊浪滔天，水面上漂着动物尸体，还有树、家具等各种杂物。平原中的村庄只看见一线屋顶，大点的树木只有树梢还露在外面。雨后天晴，柯乔一行进入了沔阳城。进城后，柯乔马上感受到了这里有一种不同寻常的气氛。街上空荡荡的，没什么行人，两边的商铺也大多大门紧闭。带着满腹狐疑，柯乔一行向县衙所在地走去。刚到县衙，汪可立就远远地打招呼说："柯金宪，您终于来了，我们是昨天到的，可把我们等急死了！"说着，引出身后一个老头说："这位是湛先生给您推荐的治水专家水安澜。"水安澜拱手作揖说："见过柯金宪。"柯乔拱手回礼说："水老辛苦了！""叫我水叟吧，大家都这么叫我。"水安澜向身后瞅了瞅，一个姑娘闪了出来，他对柯乔说，"这是老朽的女儿，水灵。"水灵冲柯乔羞赧一笑，行拱手礼道："见过柯金宪。"

汪可立说："柯金宪，行李什么的就让水叟父女帮忙去搬吧，我们得赶紧去潜江县，要出大事！"

柯乔惊道："咋了？"

"长话短说，因为沔阳地处潜江县的下游，潜江的东荆河总口堤每次溃破时，洪水下泄，潜江损失不大，受淹的倒是沔阳，全县良田要被淹没大半。两地矛盾由来已久，积怨甚深。你进城时难道没有发现街上冷冷清清吗？他们成群结队到潜江兴师问罪去了，听说今天要哄抢县仓储粮。"

"这不是瞎胡闹吗？有快船吗？我们快去！"柯乔心急如焚，没想到刚到任上，就发生了这样的大事，一个县的灾民集体到另一个县去抢粮，而且抢的还是官仓。这真是闻所未闻，会闹出人命的。

船只沿着东荆河，向潜江方向驰去。没多久，就到了潜江县城。自古县有城池，城池有城门，可出乎柯乔意料的是，潜江县城只有土夯的城墙，竟然连城门也没有，洪水沿着街道灌进城中，房屋街道全浸泡在水里，百姓出行只有依靠船只。

通向县仓的街道上，街上黑压压地挤满了大大小小的船只。汪可立大叫道："荆西道金宪柯乔到任，请大家让出一条路来！"

听说荆西道长官来了，灾民们自觉地让出一条道来。"见过柯金宪，在下乃沔阳州知州赵贤，有失远迎，还请恕罪。在这种场合和上司第一次见面，赵某汗颜至极！沔阳州数万百姓受灾，民怨沸腾，他们相约今天来潜江县讨个说法，并要瓜分县仓，人多势众，赵某和同僚实在拦不住，场面就要失控，幸亏柯金宪来得及时，不然今天要出大乱子！"赵贤是个老夫子，遍身污泥，官服脏得不像样子，脸上都是泥水，水顺着胡子往下滴，样子很狼狈，看情形他今天被灾民们整惨了。

另一个身着县令官服的中年人说道："在下潜江知县黄学准，见过柯金宪，属下治县无方，约束无策，才导致今天这乱局，实在惭愧得很。当务之急，是要遣散沔阳灾民，让他们回去，然后再设法赈灾。"

柯乔朝赵贤和黄学准拱了拱手，算是还礼。"灾民们有什么要求？"柯乔问道。赵贤说："上游决堤，下游遭殃，两地积怨已久，灾民们的要求很简单：赔粮！"黄学准说："这季稻子眼看就要成熟了，现在粮田被淹，灾民们生计就成了大问题，这个问题要是不解决，就算他们今天回去了，恐怕也不会善罢甘休。"

柯乔说："本官明白了。"

柯乔登上县仓前的一座高台，赵贤和黄学准也自觉地站到了他的身边，一左一右。

见来了新官员，还是更大的官，灾民们闹得更凶了。

"淹了我们的粮田，潜江县快快赔粮！"

"今天要是分不到粮食，我们绝不回家！"

"法不责众，不给我们就抢！"

……

赵贤说："各位乡亲，这位是刚到任的荆西道柯金宪柯乔公，他要和大家讲话，请你们静一静！"柯乔挥了挥手，灾民们安静下来。柯乔说："各位乡亲，大家遭受洪灾，你们的心情我能理解。可是，抢粮的事能干吗？县仓的粮食是朝廷的漕粮，量也不多，能管你们食用几天？况且，你们今天抢了粮食，明天就要进班房，天灾就变成人祸，此事万万不能做！"

"那我们怎么办，等着饿死吗？"

"就是进班房，也比饿死强！"

……

柯乔继续说道："请大家放心，朝廷不会坐视不管，本官今天到任，就专为此事而来。请大家给我一个月时间，一个月内，本官保证家家户户都能领到赈灾粮，保证不会饿死人。本官坐镇沔阳城中荆西道衙门，到时如果没有粮食，你们就到衙门里找我，我吃什么你们就吃什么！"

灾民们面面相觑，对眼前这位新到任官员的表态将信将疑。柯乔的话，让赵贤和黄学准心有戚戚，他们不知道这位新到任的金宪到何处去弄粮，夸海口容易，到时若没有粮食兑现，麻烦会更大。但当前这种形势，也只有作如此表态。毕竟，解了眼前的危局要紧。赵贤趁势说道："柯金宪的话，难道你们还不信吗？本官也可以作保，到时如领不到赈灾粮，你们到州衙门来找我！"

两位主要官员如此信誓旦旦地表态，也不容大家不信。沔阳灾民们的情绪这才平静下来。柯乔说："大家都回去吧，一月为限，包管有粮！"

灾民这才掉转船头，开始返程。

等灾民们走得差不多了，柯乔和赵贤等也开始返回沔阳。

船舱中，赵贤问道："柯金宪，幸亏您今天来得及时，化解了一场纷乱，不然，还不知道要惹出多大的乱子。眼下的问题是，我们到哪里去弄粮？"

柯乔笑了笑："在那种情势下，不给灾民们一个说法，他们肯定是不会回去的。至于你说到哪里去弄粮，本官暂时也没有好主意。船到桥头自然直，总会有办法的，就算是去借，也不能让灾民们饿肚子，更不能饿死人。"

赵贤叹了一口气："湖广熟，天下足。今年湖广普遍遭受洪灾，各地都歉收，就算借也找不到地方，老朽着急呢！"

"赵知州不用发愁，等回衙我就向朝廷报灾。可朝廷那点赈灾粮，鞭长莫及，不能干等；其次，量有限，不够百姓塞牙缝。这两天我们好好想一想，当务之急是到哪里去弄粮。"

赵贤说："容我们从长计议。柯金宪，今天是您到任日，今晚老朽率沔阳州同僚为您接风，喝一杯水酒，这个面子一定要给。"

柯乔急摆手道："非常时期，免了免了！"

见柯乔黑着脸，不像是客套，赵贤只好说："那等形势缓和点，这顿接风宴是一定要补的。"

"到时再说吧！"柯乔心不在焉地应道。

回到荆西道衙署，柯乔安顿好妻小，天快黑了。因荆西道是新设的机构，来不及新建衙署，只是临时租赁了几幢相连的房子，算是官廨，就这样因陋就简地开衙建署。

晚上，坐在书房里，柯乔在苦思冥想，到底到哪里去借粮呢？没想到一上任就碰上这桩极为棘手之事，这外放的官还真不好做，难怪京官都将外放视为畏途。沔阳州有四万七千多人口，没有几十万石粮食解不了眼下的燃眉之急。柯乔铺开纸，研好墨，准备写借粮的公函。向哪借呢，户部？武昌府？承天府？他写了几个字，想想不妥，团了；再写，又团了。放下笔，无奈地直叹气。

次日清晨，沔阳城中最大的米店郭氏粮行，店门还未开，门口早就挤满了人，个个手里拿着条空袋子。一个伙计"吱呀"一声打开门，挂出了一个粉板。粉板写着：今日米价：每石二百五十文。见到这个标价，众人小声嘀咕着。伙计用袖子把粉板上的银价擦了。众人叫道："哎，怎么擦了？"伙计一歪头，说："还想这个价买米吗？便宜死你们！"说着，在擦了的地方写上了五百。众人叫起来："怎么翻倍了？""真黑！""真是吃骨头不吐渣！"一时说什么的都有。

伙计尖着嗓子说："你们爱买不买，告诉你们，这个价还要涨！"

中午时分，一匹快马从城外飞驰进城，溅起一路泥水，行人纷纷闪避。快马来到郭氏粮店门口，马背上的人一勒缰绳，马发出一声嘶鸣，停住了。马背上滚下一个人来，匆匆跑进店里。很快，早上开门的那个伙计又出来了，又用袖子擦去了银价，将价格改为七百五十文。

门口又围满了人。有人说："我当是谁呢，原来是快马传价的。""真是见风涨，黑了心。""灾年涨价，这不是让我们百姓没活路了吗？"……

伙计说："你们买不买？不买的闪开，好狗不挡路！"

"你骂谁呢？""一个小伙计也这么横？"见民情汹汹，伙计软了口："你们买粮的趁早啊，米价还会涨，到时别说我没提醒你们！"

黄昏时分，又一匹快马进了城，照例来到郭氏粮行门口停下了。很快，那个伙计又出来了，这回，轮到他叹气了："唉，又要改，涨涨涨，这何时是个头，我家的日子也没法过了……"他一边嘀咕着，一边擦去了粉板上的数字，改为一两。也就是说，一石米售价一两银子。这回，也没有人围观了，大家瞟一眼粉板上的银价，一个个都摇摇头走了。

郭氏粮行生意做得很大，在荆西道各州县拥有几十家分店，总店位于承天府钟祥县。郭氏粮店一涨价，其他米行自然也紧跟着提价。一天之内，包括沔阳城在内，整个荆西道的米价就涨了三倍。

　　每天，柯乔和同僚们忙着查看灾情，安置灾民，忙得焦头烂额。即使再忙，他心里也没忘那桩大事，就是赈灾粮的问题。向户部请求拨粮赈灾的紧急奏疏早已发出，可朝廷到底能拨来多少粮食，还是未知数。不过，可以肯定的是，朝廷那点赈灾粮，无法保证灾民顺利度过灾年。

　　三天后，就在柯乔束手无策的时候，汪可立和水叟来了。柯乔这才想起来，已有好几天没见到他俩的人影了。知道他们是有事去了，但也不知道他们在具体忙些什么。三天没见，汪可立和水叟都瘦了一圈。见到柯乔，汪可立笑嘻嘻的。柯乔有点纳闷，都什么时候了，竟然还笑得出来。

　　柯乔以开玩笑的口吻说道："瞧你这表情，应该是找到赈灾粮了。"

　　"怎么说呢，粮食没有找到，但找到办法了，我和水叟都觉得可以一试。"

　　柯乔眼前一亮："快说来听听！"

　　"荆西道垸田开垦近些年呈爆发式增长，因为有利可图，各大家族堵塞水口，围湖造田，造成河湖淤塞，汛期无法蓄水。整个荆西道，到底开垦了多少垸田，谁也不清楚，而且这些垸田大多未计入官府粮田，不缴税粮或缴得极少。我这几天和水叟马不停蹄地在汉水北岸走访，发现承天府的钟祥、景陵、京山等县，德安府安陆、应城、孝感、应山、云梦五县外加随州，这些地方受灾程度要好得多，垸田里水稻长势良好。"汪可立说。

　　垸田，又称圩田、围田、基田，指沿江和滨湖低洼地区临水筑堤围垦而成的农田。在长江下游一般称圩田，在中游的湖广称为垸田。

　　"为什么会有这么大的差异？"柯乔问道。

　　"很简单，前些年，承天府以保护皇陵为由，填塞汉江北岸水口，加固汉江堤防，朝廷拨给的河银远高于南岸诸县。我们简单调查了一下，汉江两岸，每县千亩以上的垸田少则二三十处，多则七八十处，最大的垸田超过万亩。垸主都是郭、简、田、万、傅等各大家族有影响的人物，和官方有着千丝万缕的联系，他们控制着荆西道的粮食贸易，个个赚得盆满钵满。米价一日三涨的郭氏粮行老板郭义仁就是钟祥县最大的垸主。"

保护皇陵，这理由再充分不过了。填塞水口就可以开垦垸田，加固堤防又可以保护垸田，真是一举两得。开垦垸田，富的是垸主们，普通百姓并没有得到多少好处，他们敢怒而不敢言，对此民怨极大。

柯乔略做沉思，又问道："可是，这和赈灾粮有什么关系，难道你要我向这些垸主们去借粮？"

"不是借，要是借的话，他们还不一定肯借呢。"汪可立说，"我的意思是，立即丈量垸田，征缴税粮！"

柯乔说："垸田征税？德安府还好办，圣上南巡临走时表态承天府免税三年，这么做不是有违圣意吗？"

"并不违背圣意，圣上说的免税，是针对那些年年纳税的粮田而言，垸田压根儿不纳税，何谈免税？"

柯乔在室内来来回回走了几趟，汪可立说得有理，此举无疑会得罪世家大族，但对百姓和朝廷有利。况且种田纳粮，天经地义。说干就干，柯乔立即移师钟祥县，和承天府、德安府进行了会商。

两天后，几乎在同一时间，承天府五县二州和德安府五县一州的交通要道上，贴出了官府要进行清理垸田和征缴税粮的公告。公告中指出，除水淹垸田外，荆西道所有垸田要丈量登记造册，税额为五比一。如有不按章缴纳者，将按《大明律》对垸主进行处罚。公告一出，除那些垸主们外，百姓人人拍手称快。

一天，柯乔正在承天府的官廨里处理公务，柯焰进来通报说："门外有个人，自称是郭氏粮行的掌柜郭义仁，说有事禀报。"

郭氏粮行，这名字有些熟悉。柯焰提醒说："就是一日三涨价的郭氏粮行。"

"那叫他进来，我正要找他呢！"

郭义仁夹着个账簿走了进来。他六十上下的年纪，眉毛稀疏歪斜，瞳仁向上，是典型的"三白眼"，不过看着面善，笑容可掬，和他的名字倒也有几分相符。

郭义仁将腋下那本账簿双手呈到柯乔面前，说："柯佥宪，这是郭某在承天府各处垸田的位置和面积，一共三处，共四千八百二十亩，数字绝对准确，郭某不会刻意隐瞒一分田。年平均亩产稻谷两石，按五比一的税额，应缴粮一千九百二十八石。我家垸田是稻麦两熟，每亩产麦一石，共缴麦九百六十四石。稻麦已全部缴至钟祥县仓。"

柯乔一愣，真没想到，这个郭义仁识时务。他当即称赞了几句："郭老板体恤灾民，为垸主们做出了榜样，这个头带得好。"

"理应如此，按章纳税是我们这些垸主们的本分。"郭义仁说。

柯乔还是说出了心中的疑问："听说……你们郭氏粮行一日三涨？"

郭义仁的脸色马上变了："那都是在下管教不严，手下的人瞎胡闹，咋能那么涨呢？这大灾之年，不是要灾民的命吗？早改过来了，依旧卖老价，每石二百五十文。"

柯乔点了点头："改过来了就好。"

郭义仁告辞后，柯焰眨巴着眼睛说："我怎么感觉此人有点不对劲？"

"有什么不对劲的，我看他做得很好，主动配合我们工作。"

"有什么地方不对劲我一时也说不来。总之，哥，这人你小心点！"

垸田丈量和纳税工作在荆西道各州县热火朝天地进行着，征缴来的税粮作为赈灾粮及时发放到灾民手中。原来向灾民们承诺一个月内发放赈灾粮，没有想到，不到二十天就完成了任务。灾民们自然是欢天喜地，称赞柯乔。

柯乔松了一口气。此时，洪水正在消退，他率汪可立、水叟又忙了起来，到各处考察水情和河道，尽快拿出治理方案。柯乔用了三个月左右时间，沿江巡视了沔阳、潜江、江陵、公安等七地，绘制了汉江和长江堤坝四千多里的施工草图，制定了筑新堤、修旧坝和串联陂塘工程施工计划和时间表。

潜江东荆河总口堤的加固工程引起了较大争议。总口堤位于潜江县域内，但潜江人不愿耗费财力去修总口堤，因为即使决堤，洪水下行，淹的是下游地势低洼的沔阳州，潜江受损不大；沔阳人不愿去修总口堤，理由也很充分，该堤是潜江的堤防，理应由潜江人来修，沔阳州百姓总不能跨界到潜江去修堤。因此，东荆河总口堤成了两不管的地带，两地人弃之如敝屣，每遇洪水，总口堤几乎必溃，沔阳因而成了江汉平原上著名的"水袋子"。总口堤成了摆在沔阳和潜江两地之间的一处"顽疾"。多年来，两地争议不断，一直悬而未决，怨恨越积越深。

柯乔指出，汉江大堤兴修极为重要，否则，一旦洪水来临，"民无所赖，官无所措"。治水工程，关键在人，关键在于官员，他特别指出，"江水溺人，咎在官吏"，欲解百姓之患，唯在地方守令而已。他指出，按照"谁受益，谁修堤"的原则，总口堤应由沔阳州百姓来修。潜江县堤防修护任务本就艰巨，除了修建县城四门，境内还有七十二处民垸，很多堤塍亟待修筑，实在无力腾出人手支持总口堤。柯乔的观点得到了上峰的支持。他要以加固总口堤为突破口，全面启动地形复杂、工程难度高、工程量巨大的汉江大堤和长江大堤兴修计划。

江汉平原以沔阳境内湖泊淤塞最多，荆江河段自东南折转西北，江水迂回不畅，泥沙冲淤堆积，水患向上游转移，沔阳州和德安府受泥沙影响最大。柯乔拟将堤防治理体系化推进，全面根治，调配人力物力，修复加固沿江老旧堤埂，疏通河道，同时因地制宜新筑堤坝，重建堤垸管理系统。同时恢复被裁革的河泊所，建立完善的水管系统。为赶工期，柯乔命令各地河泊所，征集当地匠户，改造或发明新型工具。

培养水利人才是柯乔治水工程中的应有之义。在他的安排下，水叟于沔阳城中租赁了几栋民房，集中开展水防营造教育，轮批培训参与治水的民夫。组建临时刻印社，将《大明律·工律》篇中的《营造》和《河防》两卷，刊刻成册，分发给河管官员和工程技术骨干。水防营造教育堪称中国最早的水利工程学堂。

汉江大堤上，工地延绵数百里，堤防工程涉及正堤、遥堤、缕堤、月堤、横堤、直堤、签堤等诸多堤坝类别。施工民夫分为夯工、石工、砌工、土方和植造等不同工种。岸上栽种固堤灌木和柏杨，和堤岸工程进度同步。这种齐头并进的施工方式，大大提高了工程效率。

　　为确保江汉平原上这一浩大的治水工程顺利推进，柯乔邀请湖广巡按御史陆杰提督工程，分派并监督各州县堤防修护中的经费派征，处理堤防界址、开塞河道等纠纷。承天、德安两府知府以及相关州县地方官、圩长、垸主等全面参与，人人有责。汉江大堤上，数万人在日夜忙碌着，号子声此起彼伏，在天空中回旋激荡，经久不息。

第六章

恩泽流民

明代，长江中下游重大水患频发，汉江平原平均每四年就要暴发一次洪灾。嘉靖六年八月，湖广大水，五府二十四州县一片汪洋；嘉靖十四年洪灾，一夜之间溺淹百姓八万多人，六百多万亩良田顷刻被洪水吞没。水灾频发与垸田过度开垦密切相关。明初，为安置移民，地方政府鼓励民众大肆开垦垸田。垸田垦殖，蓄水湖渚被胡乱开发，穴口湮塞，破坏了蓄水洼地，江汉平原水系紊乱。每遇水旱灾荒，官无所措，民无所赖。由于有利可图，江汉平原上，始于明初的垸田开垦一直未曾停止，且愈演愈烈，水防系统愈发脆弱。

汉江在潜江境内有三大支流，即南岸的东荆河、芦洑河和北岸的泗港河。东荆河经监利、洪湖入长江，芦洑河经沔阳、汉阳入长江，泗港河经竟陵、京山、汉川入长江。这三大支流自古就存在，汉江洪水季节自然泄洪，三大支流通畅时，汉江很少决堤。但进入嘉靖朝，显陵守陵太监、竟陵的官吏和豪绅，以保护显陵为名，奏准皇上批准，将包括泗港河在内的钟祥县下游汉江北岸的所有分流口封堵。泗港河堵塞了，由此潜江年年修筑堤防，年年决口，百姓苦不堪言，怨声载道。

与此同时，被封堵后的广阔区域内，围湖造田工程大肆展开，受益的是守陵太监、当地官吏和富绅，他们为了一己私利，打着保护显陵的旗号，成批开发垸田。湖广布政司和承天府对此都很清楚，但由于事涉皇陵，一个个都视而不见，谁都不愿去捅破这层窗户纸。

柯乔带着汪可立、水叟父女在汉江北岸考察后，又走访了多位里老，大家一致认为要减少汉江水患，必须挖通泗港河。明代的里老由德高望重的老者担任，乡民举荐，官府批准，每里一人，他们除掌管教化外，还有劝课农桑、兴修水利和维护治安等职责。里老的看法能充分代表民意。柯乔非常清楚，开挖泗港河一事，要是按程序向湖广布政使司或巡按报告，是不可能得到批准的，也不敢批准，甚至连提都不敢提，因为封堵汉江北岸所有河口经过御批，开挖封口很有可能背上威胁皇陵的罪名。这样的罪名没有谁能承担得起。其实皇帝哪里懂得水利，都是下面的人哄骗他的，显陵老地宫进水与泗港河毫无关系，隔着数百里呢。况且显陵所在的纯德山地势较高，汉江洪水对它无从威胁，对显陵内的主要排水河九曲河也没有任何影响。

思来想去，柯乔决定直接向内阁首辅夏言报告，强烈要求疏通泗港河。治水当然要疏堵结合，一味封堵并不是良策，还会导致严重后患，这是很简单的道理。在一大堆事实面前，夏言相信柯乔所言不虚。况且行人司出身的人，向来重视调查研究，在这方面，夏言是相信柯乔的。夏言找了个机会，将柯乔的想法转告了嘉靖皇帝。柯乔是嘉靖帝亲自指定派去治水和修陵的，没有不相信他的道理，只是叫柯乔审慎行事。嘉靖皇帝和大臣周旋久了，戒备心理很强，面对臣下的请示，有一个明显的特点，就是对拿不定主意的事情，从不轻易表态，一则避免被臣子们抓住把柄，到时把责任推到他的头上；二则日后追究起来，可以顺理成章地处罚臣工擅自行事，板子自然打到别人身上。

皇帝没有明确反对就是默许，柯乔底气十足，组织民夫准备开挖封堵的泗港河。得知这个消息，民夫们都自告奋勇地报名参加施工。开工的日子，上万民夫在汉江北岸的泗港河口忙碌着，大家欢天喜地，终于盼来了恢复古河道的这一天。

忽然，汉江大堤上传来了一阵杂乱的马蹄声，一股黄色的烟尘自远而近。只见几名太监带着一队士兵赶了过来。为首一人，正是驻守在显陵的督工太监黄锦。

柯乔早有防备，他和黄锦在京城时就已熟识，到荆西道后，因为身兼显陵督办，自然常到显陵，两人也经常见面。按理，柯乔是湖广按察司佥事，又是显陵四大督办之一，而黄锦不过是一个督工太监，柯乔的职位远高于他。但太监仗着有皇帝撑腰，向来骄横惯了，平时对六部堂官都颐指气使，不要说地方官了。柯乔见黄锦到了，知道来者不善，赶紧笑脸相迎："黄公公，您今天怎么大驾到了此地，快下马歇歇。这堤上有大碗茶，您老将就着喝一碗？"

黄锦摇了摇手里的马鞭，鼻腔里重重地哼了一声，瞪着眼说："姓柯的，你好大的胆子，竟敢开挖泗港河！这来年要是发起洪水，淹了皇陵，你担当得起吗？"

"柯某开挖泗港河，也是经过朝廷批准的！"柯乔故意不说是谁批准，好让黄锦摸不着头脑。他继续朗声说道："开挖泗港河，不会淹了皇陵，隔着几百里呢！"

"你将洪水引进汉江北岸，这不明显就是威胁皇陵吗？"

"黄公公您想，稍有点常识的人都知道，洪水宜疏不宜堵，汉江北岸泗港河自古就是分流河道，开穴口可以杀江水之势，缓湍急之流，减少冲决。现在一堵了之，引得南岸诸州县水灾频发，百姓流离失所，献皇帝地下有灵，能不生慈悲之心？况且，我们做过仔细考察，显陵地势甚高，汉江洪水根本威胁不了。"柯乔顿了顿，一针见血地指出，"有些人夸大其词，欺瞒圣上，到底是为了保护皇陵，还是为了保护垸田，实乃居心叵测！"

黄锦似乎是从柯乔的话中逮到了把柄："柯金事，你说汉江洪水威胁不了皇陵？"

"正是！远的不说，自当今圣上即位二十年来，以汉江最高水则，即使决堤，也威胁不到皇陵。"

水则是古代的水尺，是观测水位的标记，通常每市尺为一则，又称为一划。刻有水则标尺的碑称水则碑。水则碑通常被立于渠道的关键地段，它的作用就是测量水位，观测水位变化。战国时代著名水利专家李冰修筑都江堰时，就用三个立于水中的石人观测水位，以水淹至石人身体某部位作为衡量水位高低和水量大小的标记。李冰要求"竭不至足，盛不没肩"。水位低于石人足部，会出现旱灾；水位高于石人的肩部，会出现洪灾，需要溢洪。

汉江中游东荆河口，立有一块水则碑，上面共刻有十则。泗港河未封堵前，汛期水位达到六则时，三条支流开始泄洪。作为北岸唯一分流河道泗港河被封堵后，汛期水位动辄达到八则以上，南岸堤防弱，决堤风险倍增，水灾因此频发。本朝以来，东荆河口水则碑上，水位最高时达到十则。

黄锦说："洪水能不能威胁皇陵，你说了不算，万一能威胁到呢？你能负得起这个责任？皇陵的一草一木丝毫不能受损！"

柯乔试图说服黄锦，闹翻了脸，大家面子上都不好看。他将黄锦带到工地附近一栋临时搭建的房子内。黄锦进去一看，堂屋正中摆着一个巨大的模型，模型边写着几个字：汉江水利图。图上，汉江两岸各州县按地势高低，据实布置展示。显陵，处于北边最高最远位置。

水叟启动开关演示模型，只听"轰"的一声响，上游洪水滚滚而下，汉江很快就满了，只见东荆河口水则碑很快达到十则。水叟关闭南岸的东荆河和芦洑河，水位进一步升高，连水则碑都被洪水淹没了。又听见"轰"一声响，南岸决堤，洪水自然汇聚到地势较低的泗港河周边地区，向下游长江泄洪，虽有大量垸田被淹，但地势较高且距汉江大堤数百里外的显陵并没有受到影响。

黄锦鄙夷地说："你这是什么玩意儿，哄三岁小孩子呢？"

柯乔说："黄公公，我们反复试验过了，汉江洪水不会威胁到皇陵，开通泗港河有百利而无一害。"

黄锦将马鞭重重地扔到了模型上，溅了几人一脸泥水。马鞭子像一条死蛇，随洪水流动着，在泗港河口卡住了。

黄锦来到大堤上，指着工地上正在忙碌的民夫，从南指到北，又从北指到南，尖着嗓子叫道："你，你们，全都给我停下，这是和皇上过不去呢，这是作死呢，不想死的都给我停下！"

说着，他指使跟来的军士开始驱散民夫，士卒们举着鞭子，高高扬起，噼里啪啦地打在民夫身上。民夫们躲闪着，军士们毕竟人少，这边的民夫停下了，那边的人仍在施工，根本拦阻不过来。

水叟身材高大，他知道这种场合柯乔不便出头，就主动站到了黄锦面前，将瘦小的黄锦遮得严严实实。黄锦站到哪，水叟就遮到哪。黄锦闪了几次，根本摆脱不了。黄锦恼了，一脚向水叟踹去。水叟眼疾手快，一个闪身，黄锦踹空了，站立不稳，摔倒了，沿着汉江大堤往下滚去。柯乔急了，叫道："快拦住黄公公！"可民夫们向来憎恨太监，没有人救他，一个个停下来看热闹，黄锦像一个皮球般滚到了堤底。

黄锦挣扎了半天，才叉着腰站了起来。他的随从们赶紧下去，扶住了主子。黄锦气得两眼直翻，大口地喘着粗气，指着民夫们说："你，你们，一个个见死不救……来年大水，全淹死你们，给献皇帝做伴！哎哟，疼死咱家了！"

瞧着他的狼狈样，民夫乐得哈哈大笑。黄锦说："你们都等着，咱们走着瞧！"随从们将他扶上马，一阵呛人的烟尘扬起，黄锦一行离去了。

柯乔知道黄锦不会就此作罢，但料想他也不敢怎么样。第二天，他命泗港河工地继续施工。

第二天，黄锦没来，柯乔稍微有点放心了。第三天，他就忙别的事去了，工地上的事，交给汪可立和竟陵县的官吏们具体指挥。没想到，出事了。

黄锦和灵台郎吴升、显陵卫指挥夏胜等合计好了，要瞅准柯乔不在施工现场时，抓捕几个为首的人，杀鸡儆猴，从而达到阻止施工的目的。对象他们都物色好了，就是柯乔手下的得力助手汪可立和水叟。只要抓住了这两人，柯乔就失去了左膀右臂。

泗港河工地上，数千民夫在紧张地忙碌着。一行身着便装的人悄悄混到了人群里，谁也没有注意到他们。和三天前高调不同，这次抓人，他们采取了突然袭击的方式。汪可立和水叟正在指挥施工，他俩先后被人叫到一边，两人还没弄清咋回事，就被捂上了嘴，塞进了早就备好的马车里，向显陵卫方向驰去。

晚上，当柯乔回到荆西道衙署后的住处时，水叟的女儿水灵已在等候多时了。见到柯乔，水灵放声大哭。柯焰说："水叟和汪可立不见了，有人看见他俩被一伙来历不明的人绑走了。"

柯乔大惊："谁干的，会不会是显陵卫那班人？"

柯焰点了点头："不是他们还会是谁？"

柯乔安慰水灵说："水姑娘不要着急，我明天就去将你爹找回来，你先回去吧！"好说歹说，才将水灵哄走了。

柯乔思忖，黄锦和显陵卫这班人果然行动了，他打听过了，显陵卫的军士近几年开垦了不少垸田，他们自然都反对开通泗港河。他们一出手就抓人，这一记重拳，明显是针对自己来的，下一步还不知会抓谁呢？他们就是要通过这种方式，逼迫自己罢手。

次日，天未亮，柯乔就带着柯焰和几个随从出了门，直奔显陵而去。到了黄锦的住处，他刚起来，正在慢条斯理地泡茶。柯乔说："你们好大的胆子，我的人呢？"

"柯金事，这是上等的明前施州茶，你看，一芽一叶，蒸汽杀青，这技艺据说唐代就传到东瀛了。"他拈起一枚茶叶在鼻下嗅了嗅，"真香，这都是那些未及笄的苗女采自悬崖峭壁，听说，每采一斤，就会有一个苗女摔下山崖，那当然是非死即伤。不过，她们的命不值钱，不值得同情。我们从京城大老远地到这儿来，替皇上办差，喝点好茶不过分吧？啧啧，好茶啊好茶，柯金事，你要不要来点尝尝？"

"这样的茶我不喝。快将我的人放了！"

"不错，明人不做暗事，人是咱家下令抓的，他们开河威胁皇陵，不但要抓，还要杀头。"

"你敢！"柯乔怒斥道，拍案而起。

"柯金事，别激动，你一个小小的五品金事，那些地方官怕你，咱家可不怕你。人关在显陵卫，有本事你带走！"

柯乔来到显陵卫。明代军制实行卫所制，一个卫大约有5600名士兵。显陵卫兵额多一些，因为他们既要屯田，又要修陵。指挥赵胜得知柯乔是来找他要人的，将他拒之门外。柯乔身为湖广按察司金事，既管不了太监，也管不了卫所。无奈，他只有气呼呼地返回衙门，再寻解救之法。

回到住处，柯乔急得在书房里团团转，两个夫人叶氏和程氏进来了，叶氏牵着长子尧年。程氏怀里抱着次子熹年，他是今年二月出生的。叶氏问道："官人，人找到了吗？水灵刚才还来问呢。"

柯乔尽量装作没事的样子，故作轻松地说："哦，找着了，在显陵卫那边，没事的。"

程氏说："那怎么不将他俩带回来呢？"

"还有一点误会，我回头再去解释下，这几天他们就会放人。"

叶氏说："太监阴阳怪气，当兵的性子躁，官人和他们好好说，又没有犯法，关什么人呢！"

这时，水灵进来了。见她爹没回来，又哭哭啼啼起来。柯乔心烦意乱，叶氏和程氏将水灵哄了出去。

当晚，柯乔一夜无眠。天亮了，正当他打算再去显陵要人的时候，忽见柯焰领着汪可立和水叟进来了，后面还跟着两位壮士。见柯乔一脸诧异的表情，汪可立说："柯金宪，这两位壮士名叫王青龙、郝地虎，昨夜多亏他俩带人将我们从显陵卫的囚牢里救了出来。"

王青龙、郝地虎单膝跪地，双双一抱拳说："见过柯金宪！"

柯乔将他俩搀了起来，王青龙和郝地虎的左胳膊，都有一个刺青，一龙一虎，非常醒目，这大约就是两人的身份标志了。两人身材魁梧，身手敏捷，一看就是练家子。经他俩自述，柯乔才明白，二人本是活跃在荆州府江陵县龙渊湖一带水域的流民队伍头领，渔民出身，外人称他们为湖匪。江汉平原水灾频仍，那些在洪灾中一无所有的农民，由于生活无着，往往沦为流民，平时以偷盗和抢劫为生。湖广地区流民队伍颇为庞大。据王青龙所说，他们在看到泗港河工程招聘民夫的告示后，就带着一班兄弟报了名，混点口粮。他们完全支持开挖泗港河，认为柯乔和他的手下是真心为百姓办事。昨天，他们亲眼看见汪可立和水叟被抓，也知道柯乔昨天索人无果，在这种情况下，他们一合计，夜袭显陵卫，将他俩救了出来。

柯乔对王青龙和郝地虎的义举表示感谢，让他们继续回工地干活，并叮嘱他俩不要声张，显陵卫那边肯定不会就此作罢，会在暗中调查到底是谁救走了人。他让汪可立和水叟近期也不要再到泗港河工地上去，免得节外生枝。

送走王青龙、郝地虎二人后，汪可立向柯乔建议说："显陵那边不是缺大量民夫吗？我倒是有个想法，这些流民可以考虑。他们并非天生就是盗贼，其中大多是生活无着的农民，要是让他们去修陵，就解决了他们的生计问题，使他们有活干、有饭吃，将来还会有房住，驯化归民，安居乐业。如此一来，谁还愿意继续去当盗匪呢？这不是给了他们一条生路么，对地方治安也极为有利，是一举三得的好事。"

柯乔点了点头："主意倒是不错，只是，这些人会不会难以驾驭？"

"招募时要进行甄别，有过行凶杀人罪大恶极者要严防混入，对这部分人要绳之以法。"

柯乔说："你这么一说，我想起恩师王阳明在督修越王墓时的管理民工之法，即什伍之法，十人或五人一组，设组长一人，再设工头若干，统一管理，互相监督，有连带责任。"

汪可立眼前一亮："好主意，完全可以借鉴。"

柯乔高兴地说："暂时就这么定了，兹事体大，我和另三位督办再商议商议，看看他们的意见，要是大家都同意就好办了。"

另三位督办正在为招不到民夫发愁，柯乔提出招募流民，几人一合计，觉得可行。于是，正式以荆西道的名义发布告示，面向整个湖广地区招募流民。那些在江湖上浪迹为生的流民得到消息后，大快人心，人人称颂。一时间，报名的人络绎不绝。显陵一时增加了上万民夫，工程快速地向前推进。

黄锦是祾恩殿的督工太监，可他仗着是皇帝身边的近侍，手就伸得长，管得宽，把自己当成湖广的一号人物，对"三司"即布政司、按察司、都指挥司的正官还算客气点，至于那些佐官、知府县令，他从没有将他们放在眼里。平日里，他带着跟班灵台郎吴升、显陵卫指挥赵胜等人，在各大工地上到处转悠。黄锦身材矮小，长期在宫里养成的习惯，动作敏捷，走路时步子轻得像猫，往往到人的身边时才发觉他来了。他要是看到哪个民夫稍有怠慢，轻辄一番训斥，重则一顿殴打，民夫们对他敢怒而不敢言，恨之入骨。

灵台郎是钦天监观看星象的从七品官员，在大家眼里，他的差事不过是个风水先生。吴升的命运，完全攥在黄锦手里。所以，吴升待黄锦比亲爹还亲，鞍前马后，照顾得无微不至。不管天是不是热，他总是跟在黄锦后面打着扇子，黄锦很乐意享受这种服务。

一天，一个年纪大点的民夫在抬石块时不小心摔倒了，受了点轻伤，坐在林下歇息。恰好让黄锦看见了，他手一指，跟在他身后的赵胜心领神会，拿着鞭子就过去殴打那个民夫。民夫发出一声声惨叫。赵胜边打边骂："叫你这老家伙偷懒！打死你这偷懒的！"王青龙实在看不过去，就到黄锦面前帮着解释了几句。黄锦又朝王青龙一指，赵胜转过身子，"啪"的一声，长鞭响亮地落在王青龙的身上。王青龙哪里服他，腋下轻轻一夹，赵胜的鞭子怎么也抽不回来。他使出吃奶的力气，围着王青龙转着，可就是抽不回鞭子。民夫们知道有好戏看，全停了下来，喊道"加油加油"，起劲哄笑。

赵胜尴尬极了，脸涨得通红，他一个堂堂正三品武官，竟然斗不过一个民夫，这个脸实在丢得大了。

还好黄锦过来替他解了围。王青龙手臂上的刺青引起了他的注意。见黄锦的眼睛一动不动地瞅着自己的手臂，王青龙情知不妙，想要溜走，但已经来不及了。明廷向来禁止刺青。太祖朱元璋出身贫寒，视雕青文身者为异类，下旨凡刺青者，一律施以流放充军。王青龙和郝地虎当初啸聚江湖，做了盗匪头领，桀骜不驯，弄个刺青以壮气势，哪里顾得了朝廷律令？王青龙做梦也没想到今天会撞到一个太监手里。

黄锦指着王青龙臂上的刺青，像发现了宝贝似的："你，你叫什么名字？"

有人告诉他名叫王青龙。黄锦兀自念叨着："王青龙、王青龙……"突然，他一拍大腿，尖叫道，"难怪呢，咱家最近发现哪里都不对劲，原来这皇陵里混进了个混世魔王！王青龙，你一介草民，叫个猫啊狗啊的不好，你也配用龙字？往轻处说，这是僭越；往重处说，这是有谋反之心。来人啊，给我绑起来！"

吴升踮着脚尖跑了过来，讨好地说道："公公，我看此人胆大包天，要杀了祭陵！"

"好主意！真是好主意！杀了好，一则杀杀这帮民夫的威风，看他们还敢偷奸耍滑；二则太皇太后在地下也多了个使唤的奴才。来啊，将王青龙绑起来！"

吴升装模作样抬头看了看天，说："公公，今天就是个好日子！"

黄锦自然明白他的意思："咱家也是这个意思，宜早不宜迟，免得夜长梦多，咱家最近太憋屈了，肚子里有股恶气出不来，要杀个小鬼冲一冲，冲冲气就顺了。对了，吴郎中，你给他施点手段，让他在阴间多受点罪，最好永世不得超生！"

吴升点头哈腰地说："这事包在小人身上。"

王青龙被推上了临时祭台，吴升身着道袍，手持桃木剑，围着王青龙做着法事。还是在王青龙和赵胜争执的时候，郝地虎就情知要出事，立即派人去请柯乔。幸亏吴升这一番折腾，柯乔骑着快马，正好赶到了。

吴升做完法事，正准备宣布对王青龙行刑，看见柯乔黑着脸到了，当下不知如何是好，只好望着黄锦。

柯乔来到黄锦面前，问道："黄公公，死刑要上报皇上批准才能执行，你这唱的是哪一出？"

黄锦振振有词地说："王青龙亵渎皇陵，咱家要杀他祭陵！"

"他是如何亵渎皇陵的，本官愿闻其详。"

"他不过是一介草民，却不知天高地厚，左臂上刺有青龙，名字也叫青龙，罪不可赦，难道不该杀吗？"

"黄公公，你不过是被恩殿的督工太监，你有这样的权力吗？"柯乔继续说道，"至于僭越冒犯之事，怎么着也罪不至死，本官日后自会处置。现在工期紧急，修陵才是头等大事，若杀了王青龙，引起众怒，民夫散尽，工程停工，你可负得起这个责任？再说，皇陵是太皇太后安息之所，岂能有血光之灾？就不怕有人说你亵渎皇陵？"

柯乔一番话说得黄锦无言以对。柯乔又命将王青龙放了，说："好好干活，别误了工期！"

这事本就是黄锦理屈，柯乔要和他较真，他也没辙。吴升见状，只好搀着黄锦灰溜溜地走了。黄锦仍不服输，哭丧着脸说："姓柯的，你包庇纵容王青龙，咱家回京后要面告皇上，咱们走着瞧！"

柯乔一拱手说："公公请便！"

显陵工程进展很快，一年后，几项主体工程都接近完工。一天，在显陵后山上，吴升指挥着民夫挖了七个巨大的穴坑，呈北斗状排列。陵墓主体工程修得差不多了，民夫们不知道在后山挖这七个穴坑是何用处。就有胆大的民夫问吴升。吴升和太监黄锦一样，对这些流民出身的民夫没有任何好印象，认为他们是刁蛮之徒，当下有意想吓他们一吓，就冷言冷语地说："等陵修好了，这些坑就是埋你们的。"

吴升的戏语将民夫们吓了一跳。一个惊人的谣言很快流传开了，说参与皇陵修建的陵工，将在工程结束后被全部杀死，给太皇太后陪葬。一时间，纯德山上下，人心惶惶，议论纷纷，再也没有人专心做工。

逃是逃不出去的，进山出山的路口有士兵日夜把守。大家商议了一番，委托王青龙和郝地虎去找柯乔，求证吴升的话到底是真是假。在这些当官的当中，大家最信任的人就是柯乔。如果吴升所言是真，那形势就相当危急。

几天后，柯乔来显陵督查，王青龙和郝地虎把吴升的话原原本本地告诉了他，并表达了民夫们的担忧。柯乔大惊，叮嘱王、郝二人，一定要做好疏导工作，千万不要轻举妄动，他会给他们一个说法。真要是吴升的戏言，那倒没有什么，大不了向大家解释一下。柯乔担心的是，吴升的消息从何而来，这要是嘉靖皇帝的意思，那麻烦就大了。为了防止泄密，历代帝王让陵工殉葬的惨剧屡见不鲜。太祖朱元璋、成祖朱棣时，朝廷就明文制定了殉葬制度，但到英宗朱祁镇时，便下令废除了这项残忍的殉葬制度。现在的嘉靖皇帝对此作何态度，尚未可知。

柯乔找到吴升，追问殉葬一事根据。吴升本想抵赖，但人证确凿，只好承认是句戏言，只为吓唬一下民夫。听吴升如此一说，柯乔一颗悬着的心才落了地，他最担心的事情并没有发生。当时，他仍装作面不改色地说："你身为朝廷七品灵台郎，岂能和陵工如此戏言？他们无一不信以为真，现在人人自危，无心修陵。我听说他们都在私藏工具，到时要拼死一搏，真要生出什么事变来，到时你吃不了兜着走！"

听柯乔如此一说，吴升的脸色变了，结结巴巴地说："柯佥宪，那，那你看这事咋办？"

柯乔说："解铃还须系铃人，话出自你嘴里，自然也应由你来向民夫们解释。"

"问题是，我向他们解释，他们会信吗？"吴升哭丧着脸说。

柯乔想想有理，不论吴升怎么解释，民夫们是不会相信的。柯乔余怒未消地说："说不说是你的事，信不信是陵工们的事，本官也无可奈何。"

本来，吴升不过是想吓唬一下这帮民夫，没想到可能会惹出弥天大祸，这帮人出身流民，一旦逼急了，舍命自保完全在情理之中，到时第一个遭殃的就是他。想到这里，他再也顾不得尊严了，"扑通"一声跪到柯乔面前："柯佥宪，求求您看在同朝为官的分上，救救在下！这事还得请您出面解释，您的话他们这帮人信。"柯乔想想也有理，说："好吧，我就勉为其难吧，我俩一道去向他们解释。"

两人来到工地，站到一处高坡上，吴升说："各位陵工，大家辛苦了，前些日子，因本官一句戏言，引发了诸位不安，在此，本官向各位致以真诚的歉意！后山自然风水不足，经吾皇批准，特修建七星冢，意在吉星高照，护佑皇陵永远安固，保我大明王朝繁荣昌盛！"

柯乔也说道："刚才吴郎中已向大家解释了，不过是一句戏言，本官在此做个证人。吾皇体恤苍生，特命臣领荆西道，专事治水，就是为了让大家安居乐业。诸位本就是我大明子民，为显陵工程披星戴月，备尝辛苦。现在各项主体工程接近完工，诸位都是有功之臣，本官近日将具疏上奏，待工程结束后，会给大家一个合理安排！"

经柯乔这么一说，陵工们的疑虑才消除了。不过，经吴升这番闹腾，倒让柯乔想起一件正经事来，就是显陵工程结束后，这些陵工们的安置问题。他们从江湖中来，难道还让他们回到江湖中去不成？朝廷要提前出台安置政策，根据各人意愿，他们要么回原籍，要么就地附籍，总之不能让他们再去当流民。

　　为了妥善安置这批流民，柯乔联合工部官员联合具疏上奏。不久，经嘉靖皇帝批准，朝廷颁诏流民新政。新政规定：凡流民复业者除免差役两年，里长不许勾扰；严禁地方导致田粮不均、增加百姓负担等欺弊行为；对于违反规定的官员从重处罚，同时规定对招抚流民有功的官员给予升职奖励。根据这批陵工意愿，一部分遣返回乡，愿意留在承天府及周边府县的外地人，官方安排附籍落户。

　　此前，对于流民，明廷向来以武力镇压和军事驱逐，如此粗暴的方式，难免会引发激烈对抗。显陵的流民用工方式，特别是流民安置新政，为朝廷处理流民问题提供了新的思路和范例。

　　流民新政给陵工们吃了定心丸，大家干活的劲头更足了。王青龙和郝地虎是江陵县郝穴人。郝穴是荆江著名险段，以郝穴为界，上段江面由宽变窄，下段江面由窄变宽，形成郝穴矶卡口，为全荆江河段最狭窄处，决堤是家常便饭，十年九患。听说柯乔在荆江开始了浩大的治水行动，王、郝二人看到了希望，决定返乡。此前，他们的家乡连年水患，无法生存，这才不得不纠集了一批无家可归的百姓，做了流民。现在荆江治水修堤，朝廷又新颁流民新政，此时不返乡，更待何时！

第七章

千里江陵

暴雨如注，浑浊的江水打着一个又一个漩涡，争先恐后地向前翻滚着。江面上，雨雾蒙蒙，残树断枝，间或动物的尸体，在浪里出没，夹裹着滚滚东去。云层压得很低，那浪仿佛再大一点，就能将云层也吃进江里。平时帆影往来的江中，看不见一艘船，都龟缩到港湾里躲避风浪去了。

这里是江陵县郝穴矶，浪中的江堤像一根绷紧的弦，单薄的堤身被浪挤得摇摇晃晃，随时有崩断的可能。堤上，出现了六七个人影，人人披着件鬃毛蓑衣，头上顶着笠帽。看似裹得严严实实，其实没用，雨这么大，大家浑身早就湿透了。好在是夏天，并没有什么寒意。这几个分别是湖广按察司佥事柯乔、江陵知县杨坚隁和柯乔的随从汪可立、柯焰、水叟父女以及从显陵工地返乡并安家不久的王青龙、郝地虎等人。

杨坚隁指着江面说："柯佥宪，这里就是荆江著名的险段郝穴矶。"他的身子有点哆嗦，声音有点飘。

柯乔抹了把脸上的雨水，感觉嘴里咸咸的。他点了点头，看了看江水，又看了看堤内不远处的村庄和垸田，说："这堤身是单薄了点，说夸张点，我要是一跺脚，说不定立马就塌了。"

几个人都笑了。杨坚隁说："年年修，年年塌，这里水流得太快，都是让浪给吃了。"

水叟甩掉蓑衣，卷起裤脚，赤足向江水里走去。水灵大惊："爹，你这是要干什么？"

"没事，我探探水势。"

　　柯乔也叮嘱他小心。水叟站到了水里，水没过了膝盖，他定了定神，又向江中走了几步，水很快没上髋骨。他的身子被浪冲得摇摆了几下，他佝偻着腰，头快要挨着江面了。

　　"水叟，快上来，危险！"柯乔喊道。

　　水叟这才上来了，上岸前，还不忘用笠帽舀了一兜江水。水漏尽了，帽底是一层沙子。水叟将帽底的沙子递给柯乔看："你看，这水含沙量这么高，到了下游水势一缓，全沉积下来，河床年年跟着长高，不决堤才是怪事。"

　　柯乔没有言语。水叟望着箭一般冲去的江水，说："这水势一定要杀！"

　　"有什么好办法吗？"柯乔问。

　　"有！加垒月堤，乱石杀水势，块石护主堤，要大把的银子呢。"

　　柯乔说："有对策就好！"

　　李白诗云："朝辞白帝彩云间，千里江陵一日还。"李白在流放夜郎途中忽然接到赦令，绝处逢生，旋即买舟东返，从白帝城直下三峡，出夷陵而至江汉平原第一大码头江陵。江陵春秋战国时期为楚国国都郢；秦置江陵县，自春秋战国到五代十国，有三十四代国王先后驻郢。自汉朝起，江陵城长期作为荆州治所，故常以"荆州"专称江陵。江陵因临江而成繁华都会，亦因临江而饱受水患之苦。长江从枝江到岳阳县城陵矶段称荆江，藕池口以上称上荆江，以下称下荆江。下荆江河道蜿蜒曲折，素有"九曲回肠"之称。荆江北岸是江汉平原，南岸是洞庭湖平原，地势低洼。由于荆江河道弯曲，洪水流泄不畅，加之流沙沉积，河床年年抬高，极易溃堤成灾，故有"万里长江，险在荆江"之说。而荆江之险，郝穴矶是其首。

　　以郝穴矶为界，上段江面由宽变窄，下段河面由窄变宽，形成铁牛矶卡口，长四五里，为全荆江河段最狭窄处。堤外无滩，江水贴岸，汛期迎流顶冲，极易崩岸，是荆江大堤重要险工险段，史上多次溃破。荆江治水，郝穴矶无疑会是重点工程之一。

　　水叟的女儿水灵和王青龙相处久了，彼此之间渐渐萌生了感情。水叟看出了女儿的心思，王青龙虽做过流民，但那也是迫不得已，这个小伙基本算得上憨厚老实，就恳请柯乔出面做媒，将女儿许配给王青龙。王青龙自然乐不可支，到亲朋好友处借了点钱，将郝家湾的老房子翻修一新。婚礼办得简朴而热闹。当晚，还请来了江汉皮影戏班子。

一张方桌就是戏台，撑起一块白布，男男女女五六个人在后台各自坐好了。各人手里都拿着乐器，有鼓、钹、大锣、小锣、云板，这是一个家庭戏班子，主唱老者姓江，人称江叟。江叟手里拿了好几个花花绿绿的皮影，幕布后还摆了一排，这都是今晚用得上的。儿媳妇是一个中年妇人，给他打下手。"驾祥云游八景乾坤浩荡，一霎时祥云起足下生光。五日风十日雨泰和景象，凤鸣阁蚕吐丝海水流长。"这是开场戏《天官赐福》，也叫拜台戏，是每次演出的固定节目。

江叟一开口，柯乔一愣，老头的声音苍凉高亢，仿佛一下子就将人带到了云端，日出东方，祥云如火，舳舻蔽江，帆樯如林。忽然，锣鼓调子一转，幕布上的皮影一个挨着一个，个个引颈张望，只听"轰"的一声，一声尖叫"决堤啦——"一屋子的人都吓了一跳。只听老者唱道："龙王发怒天崩地裂，一片汪洋万民遭殃。船头打鱼船尾垂泪，妻离子散流落四方……"

一人主唱，众人帮腔。帮腔中反复唱着"哎、咳、呀、哟"等衬词，像一片哀号声。

客人中有人站了起来，嚷道："这新婚之夜，该唱点喜庆的，你们唱的这是啥调调？"

锣鼓声停了下来，江叟愣在那里，幕上的傀儡全栽倒在地上，个个生命垂危的样子。柯乔劝道："没事没事，这个唱得好，这是提醒我们喜庆时也不忘治水呢！"

江叟一家得到鼓励，这才接着演起来。

荆江堤内郝穴湾浅水区，王青龙和水灵撑着一条渔船，夫妻俩在打鱼。王青龙撒网，水灵撑船，两人配合默契，才半上午的时光，船舱里就装满了鱼虾。就在他俩忙活的时候，忽然听见有人大叫道："走开，不许打鱼！"

抬头一看，是一个身穿福字锦衫乡绅模样的人。这大热的天，衣服扣得紧紧实实的。王青龙觉得有点眼熟，可一时又想不起来。水灵一看就认得，说："这不是郭记粮店的郭义仁吗？他到柯金宪府中去过，我记得他，可他怎么到这里来了？"

郭义仁见王青龙的船没动静，又说："没听见吗？到别的地方打鱼去！"

王青龙说："我年年在这里打鱼，现在怎么不能打了？"

郭义仁大笑，一手叉腰，一手指着浅水区，划了个大圈说："这里，还有那里，现在都姓郭了！"

郭义仁说话的时候，一条长绳从王青龙的船头拉过，圈起了一大片水域。接着，几条大船开过来，船上全是码得齐齐的块石。"扑通、扑通"，块石被推进水里，一条埝堤的雏形就出现了。看这样子，明摆着是圈湖造田。王青龙当了几年流民回来，发现周边好多地方都变了样，大片的湖，广袤的滩涂，不明不白地就成了私人的垸田。像他这样的普通百姓，只有当佃农的份。

高处的埂上，家丁竖起了一块牌子，王青龙一看，上面写着"辽王府"三个大字。

辽王，王青龙知道这个人，他住在江陵县城里，是朱元璋的子孙，名叫朱宪㸅，才十四五岁，是个小王爷。这家伙别看年纪不大，却欺男霸女，无恶不作，在荆州一带口碑臭得很，百姓是又恨又怕。当流民时，王青龙没少偷窃辽王府的财产，货物、粮食、牲口，逮着什么就偷什么，偷王府的东西格外解气。可辽王怎么会到郝穴湾来圈圩呢，这不是明摆着抢吗？

地方官都不敢招惹小王爷，作为一个普通百姓，王青龙更惹不起。况且他现在是有家室的人了，也不想再招惹是非。可这个鱼美虾鲜的湖区说没就没了，王青龙感觉像身体上某个部分被人卸走了，十分痛苦。郝穴湾属于四周村庄里的百姓，和辽王府没半点关系，也不知小王爷咋突然就看上了这块地盘。想来想去，王青龙觉得，这地方还是不能让他们白白占去了，今天占一个地方，明天占一个地方，这样下去，说不定到哪天，百姓连容身之地都会成问题。

正在这时，从江堤上嗒嗒地跑过来几匹马，径直来到了郝穴湾。郭义仁见状立即迎了上去，跪倒磕头说："参见小王爷，郭某给您请安了！"

王青龙一看，几个家丁揿着一个体格肥胖的少年从马上下来了，硕大的脑袋上，顶着一只紫金冠，冠的正面，嵌着块红玉。此人面部臃肿，五官都陷在肉里，一件皱巴巴的锦服，衣衫不整，领口和下摆都是敞着的。小王爷在王府的牌子前站定了，瞅了瞅上面的字，又瞅了瞅眼前的浅水滩，说："姓郭的，你说打算开垦的就是这片地方吗？"

郭义仁赔着笑脸说："是，是，小王爷，就是这里。"

"这块地方不小啊，你打算给我多少？"

郭义仁凑近了小王爷的耳朵，轻声说了一句，挤眉弄眼地笑着。小王爷的脸色马上变了，什么也没说，伸出了两根手指，在郭义仁的眼前晃了晃。郭义仁倒吸了一口凉气，似乎是狠了狠心，重重地点着头说："小王爷，听您的！"

小王爷看见了王青龙的船，走了过来，看见了船舱里的鱼，问道："这些都是在我的湖里打的？"

王青龙说："小王爷，天地良心，哪里是您的湖？我从三四岁就在这里打鱼，那时您还没出世呢，王府的那块牌子是刚才钉上去的。"

"你听过一句话吗？'普天之下，莫非王土；率土之滨，莫非王臣'。"

王青龙说："我是个打鱼的，没听过。"

小王爷大笑："谅你也没听过，来啊，把这些鱼虾给我收了！"

几个家丁一拥而上，来抢王青龙船舱里的鱼虾。可他们哪里是王青龙的对手，王青龙伸手一挡，几个人都跌进了水里。

"真是胆大包天，敢打本王府的人！"小王爷恼了，叫道，"叫杨坚隄来，将这不知天高地厚的小子关起来！"

杨坚隄是江陵知县。一个家丁骑着马报信去了。很快，杨知县带着一班衙役来了，见是王青龙，心里暗暗叫苦。他知道王青龙当过流民头领，是个不好惹的角色，可你就算再厉害，也犯不着去招惹王府。杨坚隄厉声说："王青龙，你怎么能打辽王府的人呢，快给王爷赔个不是！"

"我压根儿没有打他们，是他们要抢我的鱼，我不过伸手拦了一下，他们是自己跌倒的。"

小王爷说："听见了吧？都什么时候了，还在强词夺理，还不快给我抓起来!"

几个衙役扭住了王青龙的胳膊,拿出绳子,要捆王青龙。水灵过来试图阻止,王青龙说:"随他们捆去,我反正没有打人,更没有犯法,怕什么?!"

杨坚隈将王青龙带到县衙去了,水灵一个人哭哭啼啼地回去了。

水叟正跟着柯乔在荆江沿线考察堤防,根本没想到女婿出了事。待他几天后回家,听了女儿的哭诉,吃惊不已。他赶紧找到柯乔,设法营救。柯乔叫来江陵知县杨坚隈了解情况。在得知事情经过后,感觉事情很棘手。太祖朱元璋在夺取天下后,本着"藩屏王室"的美好愿望,大封诸子为亲王,并让他们在成年之后出镇各地。太祖之后,每朝皇帝都照例要封自己的弟兄为亲王。如此累积下来,大明朝在各地的亲王,多达六十多位。这些亲王世袭罔替,是封地里的土皇帝,多仗势欺民,为害一方,地方官根本不敢拿他们怎么样。这个辽王朱宪㸅就属于此类。

柯乔对杨坚隈说:"我看这事情也不大,你能不能做个主,把王青龙放了?"

杨坚隈吓得面如土色:"柯金宪,这个小王爷的脾气您可能没有领教过,不要说我一个小小的知县,就是那些都指挥使、布政使、按察使,他都不放在眼里。要是他知道本县擅自放了王青龙,到时闹上门来,非扒了我的皮不可!"

"那你打算关多长时间?"

杨坚隈想了想说:"打了王府的人,本来少说要关个三年五载,既然柯金宪说情,关上三个月吧,我在小王爷那里也好交差。"

柯乔没有吱声,挥了挥手,杨坚隈退下了。

江陵县衙签押房里,杨坚隈靠在一张黄花梨苏椅上,闭目养神。案上,一把紫砂壶里,新泡的茶散发出一股兰花的清香。杨坚隈很享受这种时光。这时,郭义仁腋下夹着个账簿进来了。郭是承天府钟祥县人,这些年来,他一直在荆州府、承天府、德安府做着开垦圩田的生意。圈一块湖区,修堤垦田,然后租给佃农或干脆出售。像他这样的身份,出了钟祥县就属于"客民"。开垦圩田,没有官府的支持是不可能的。在江陵,知县杨坚隈就是郭义仁的倚靠。自柯乔担任湖广按察司佥事后，垸主们遇到了一个新情况，那就是要按章纳税。不过郭义仁这次想了个新办法，他将正在开垦的郝穴湾垸田附寄到了辽王府名下。王府的田享有免税特权，免税的垸田肯定好卖，他也能顺利大赚一笔。不过，王府那边少不得要缴一笔银子，小王爷要两千两。委实有点多，郭义仁虽然很心疼，但还是答应了。攀上了小王爷这个靠山，不愁赚不回来。

听见响动，杨坚隄睁开了眼睛："来了也不招呼一声，快坐！"

郭义仁没有坐，而是将账簿放在了杨坚隄的案上。杨打开了，是一本空白的账簿，中间夹着一张崭新的银票。

杨坚隄合上账簿，端起紫砂壶，轻轻呷了一口茶。

郭义仁说："杨大人，您打算将那臭小子关多长时间？"

"三个月。"

"三个月时间有点短，最好关个一年，免得坏了咱的好事。"

杨坚隄剜了郭义仁一眼："柯佥宪说情，本官替你顶了好大的压力。"

"那行，给他点教训，料他也掀不起多大风浪。"

打着王府的旗号，什么事情都好办，郝穴湾垸田进展很快。一条坚固的垸堤拦住了湖水。圩内，一块块良田整饬好了，一眼望不到边，沟渠纵横，旱可灌，涝可排，只要荆江大堤不决，这里就是旱涝保收的圩区。田整得快，秋天还能插一季晚稻。这些田可售可租，郭义仁天天泡在圩区里，很快就能赚钱了。

荆江的水涨得快，退得也快，汛期很快过去了，到了修堤的好时机。荆江河段裁弯取直，是柯乔最冒险、也是他最富魄力的治江方略。

一天，郭义仁正在郝穴湾里忙活着，忽然接到通知，说杨县令在县衙里等着他，请他立即过去一趟。

郭义仁匆匆赶到县衙，进入杨坚隄的签押房。杨坚隄面前的案上，摊着一张牛皮纸手绘地图，上面密密麻麻地标着各种记号。杨坚隄正专注地看着地图，反复比画着。郭义仁凑近了，翻着三白眼，将地图上上下下扫了几遍。

"看出什么来了吗?"杨坚隄问。

郭义仁摇了摇头,眼里白多黑少,几根稀疏的眉毛抖动着。杨坚隄用手指在图上比画了一下,说:"这下看明白了吧?"郭还是摇了摇头。

杨坚隄指着地图说:"这里是郝穴湾。"然后,他用指甲在郝穴湾处狠狠地划了一下,地图上出现一道明显的划痕。

郭义仁情知不妙,脸色马上就变白了:"杨大人,这、这是啥意思?"

"还不明白吗?"杨坚隄说,"这是柯乔和水叟画的《荆江堤防图》。听说他们几人花了三个月时间,沿江巡视了沔阳、潜江、江陵、公安等地,绘制了荆江和江汉堤坝几千里的施工草图,制定了筑新堤、修旧坝和陂塘串联工程施工计划表。柯金宪治水,荆江河段要裁弯取直,拓宽河床,以利行洪。郝穴湾是荆江第一湾,这个湾要裁直,听懂了吗?"

"杨大人,他们的意思,是要将我的郝穴湾变成荆江河道?"

杨坚隄放下地图:"是这个意思,你明白了就好。"

"那我的垸田怎么办,前期投入不菲,他们这么做,我的银子不是白白扔进荆江里了吗?"

"柯金宪是朝廷派来治水的,这事本县做不了主,你去找他疏通疏通,看还有没有挽回的余地。"

郭义仁没想到事情会弄成这样,这煮熟的鸭子眼看着就要飞了。不行,无论如何,他都要争一争。实在不行,就请小王爷出马。

一顶灰色的小轿在荆州府后院门口停住了,湖广按察司金事柯乔的临时寓所就设在这里。书房里,柯乔靠在椅子上呼呼大睡。这些日子,他在荆江堤上来回奔波,人变得又黑又瘦,幸亏他有习武的底子,身体素质好,汪可立、柯焰和水叟三人跟在他后面可就累惨了,几个人轮番生病。郭义仁来到官廨前,被柯焰拦住了:"郭老板,我哥刚睡着,让他睡一会儿,他太累了。"

"我有急事要禀报。"

"急事?那好吧,"柯焰向书房走去,"我去叫醒他。"

听到有人说话,柯乔已经醒了。见到郭义仁,他觉得有点意外,这家伙不是承天府钟祥县的人吗，怎么跑到这里来了？他去年主动缴纳垸田税粮，倒是给柯乔留下了不错的印象。郭义仁正要行礼，柯乔指着一张椅子说："熟人，就不必多礼了，郭老板坐吧！"

郭义仁说："柯金宪在江汉平原修堤治水，造福子民，功德无量。郭某十分佩服！"说着，将一本账簿放到了柯乔面前。

柯乔拿起账簿，里面是空白的，中间夹着一张崭新的银票。

柯乔站了起来，将账簿塞到郭义仁手中，意味深长地说："郭老板，自己的账簿要收好，弄丢了的话，以后这账就不好算了。你来找本官有什么事吗？"

郭义仁有点尴尬，他没想到柯乔竟然拒收，不收礼，事情自然就没有通融的余地，他干脆说明来意："我受辽王爷委托，在郝穴湾开垦了块垸田，听说江堤裁直，垸田要划到堤内，小王爷命我前来了解一下情况，并请柯金宪高抬贵手。"

听郭义仁说到小王爷，柯乔心里就有点不快。此前勘察的时候，包括江陵知县杨坚隈在内，从没有人向他提起过那地方是王府的垸田。柯乔说："小王爷是什么意思？"

郭义仁说："小王爷说，荆州江堤有九十九道弯，你裁得过来吗，为什么偏偏要裁王府的垸田？"

柯乔说："你回去告诉小王爷：一、我从没听说过王府在郝穴湾有垸田，有关情况还要进一步了解；二、郝穴湾裁弯取直，是行洪需要，这项工程是必须要做的，而且很快要开工。"

这是一个万民相庆的开工吉日。江陵县荆江著名险段郝穴矶，随着湖广按察司佥事柯乔一声令下，一船船块石沿外堤抛入江中。这些沉入江底的乱石，可以杀水势、护堤基。为保护江堤汛期免受洪水反复冲洗，外堤用条石护坡。长堤被划分为若干段，所有条石编号，条石与条石之间用榫卯结构衔接。这是柯乔和水叟从外地水利工程上引用的新技术。榫是石质的，比铁质好，铁容易腐烂。石榫类似元宝形，两端榫头的造型类似兵器月牙铲，嵌入块石之间的卯槽里。这样，所有条石成为一个整体，达到保护大堤的目的。

隆重的开工典礼之后，一百二十八人连杠，将数吨重的石人水尺，抬到郝穴矶指定的地点。这是柯乔和水叟学习李冰在都江堰的做法。石人身高二十尺，手持石锸，憨态可掬，他的身上，均匀地刻着二十个水则。石人水尺是水位观测设施，是水情记录和呈报制度的重要依据。

再说郭义仁，他见贿赂柯乔不成，又生一计，准备来个鱼死网破。他将郝穴湾垸田以每亩一两银子的低价出售。然后，将出售垸田所得的五千两银子，全部献给了小王爷，他也躲进了辽王府，静观其变，等着好戏上演，坐山观虎斗。在他眼里，这些当官的，没有一个敢得罪小王爷，他拿准了柯乔也不敢。就算这笔生意赔了，他也会在小王爷面前落个好印象，有他的支持，不愁没有东山再起的那一天。

王青龙从监牢里放出来的时候，第一时间就去了郝穴湾，他吃惊地发现，那里新开发的垸田已卖得干干净净。包括郝地虎在内，当初跟随他的那班兄弟，有不少人在郝穴湾买了田，有的还是举债买的。毕竟，上等垸田对百姓的吸引力太大了。可他们压根儿不知道的是，即将开工的荆江治水工程，已将郝穴湾垸田区划为河道。郭义仁肯定有意隐瞒了这一点，而且，他还发现，郭义仁不见了。工程开工之日，将是矛盾爆发之时。

王青龙将这些迅速报告给了柯乔。柯乔大惊，立即带着杨坚隉、汪可立到郝穴湾去了解情况，事实完全如王青龙所说。郝穴湾裁弯取直工程要顺利施工，必须将百姓购买垸田的钱退回。当务之急，是要找到郭义仁。

一个大活人不会凭空失踪的。柯乔派出几路人马，一番打探，终于得知他躲进了辽王府。柯乔决定到辽王府去理论。

去第一趟时，他就吃了个闭门羹，家丁说小王爷祭祀显陵去了；去第二趟时，说到武昌游黄鹤楼去了；去第三趟时，说游白帝城去了。柯乔明白，小王爷不愿意见他，和他玩起了捉迷藏。

明廷有规定，藩王没有皇帝的诏命，不得离开自己的封地。小王爷能跑到哪里去呢？不会跑远的。柯乔对小王爷的性情多少有些了解，知道他在府中是待不住的。他命王青龙带几个人，在王府大门口附近蹲着，暗中观察小王爷的动静，只要他一出府，就立即派人通知他。

果然，还没出三天，一天上午，王青龙就派人通知他说：小王爷出府了，而且带着郭义仁！

柯乔带着一帮人，立即赶到辽王府门口，命人摆了一张椅子，大马金刀地坐下了。又拿出一本书，北宋沈立编撰的《河防通议》，认真看了起来。

午时，小王爷一行人回来了。见柯乔亲自坐在他家门口，一愣。柯乔放下书，按地方官拜见亲王礼仪，伏谒四拜，说："小王爷，在下找您好几趟了，都吃了闭门羹，不得不出此下策，还请小王爷理解微臣的苦衷。"

朱宪㸅这才勉强说道："那，进去坐吧。"

这是柯乔第一次走进辽王府，进去一看，大开眼界。里面堪比皇宫，宫殿相连，庭院楼台，什么月榭红房、花坞药圃、雪溪莺坞、塔桥龙口、草湖珠洞，各种设施，一应俱全。而且处处笙歌，佳人环舞。柯乔平时虽有风闻，说辽王朱宪㸅好宫室苑囿，声伎狗马，甲于诸藩，但他还是没想到，辽王府的奢华到了令人吃惊的程度。

王府里太大了，柯乔不想跟着小王爷在里面转来转去，说："王爷，我们随便找个地方，微臣有要事禀报，把事情解决了就好。"

小王爷说："也罢，我们就在那边的亭子里说吧！"

在亭子里坐下后，柯乔说明来意："郭义仁打着王府的旗号开垦垸田，现在田已经卖光了，辽王府的牌子还插在郝穴湾，现在要退垸修堤，百姓的钱无论如何要退还，小王爷，这笔账您可要认。"

小王爷不依不饶："你修堤就修堤，加高加固都行，为什么非要将王府的垸田划为河道，谁让你这么做的？"

"皇上派微臣到湖广专事治水，当然有权做出这样的决定。荆江江陵段曲流太多，有'九曲回肠'之称，泥沙淤塞，河床叠高，水流不畅，灾害频发，故将弯曲处挖开取直，加快河水流速，减少水患，此乃治水应有之举。"

柯乔一番话，合情合理，说得朱宪㸅哑口无言。柯乔继续说道："据柯某了解，三个月前，郝穴湾尚是一处无主浅水湖，它是如何突然成为王府垸田的，小王爷应该很清楚。"

"既然是无主浅水湖，谁先占到就应该是谁的。"小王爷自以为逮着理了。

"王府的田都是钦赐的庄田，藩王就藩，理应造福一方，岂能有与民争地之理？况且此举也有损小王爷声名，处理不好，还会激出民变。"

"民变？你不要吓唬本王，本王一共也才收了他几千两银子。"

"在小王爷眼里，几千两银子并不算多。可对那些普通百姓来说，就是个大数目了，他们买田的银子，大多是东拼西凑借来的，这个钱要是不还给他们，他们难道会放过你小王爷？到时，数千百姓大闹王府，说不定会惹出什么祸端呢！"

"他们敢？"小王爷跳了起来。

"法不责众，况且王府输理在先。柯某在此将话讲明了，真到那时，我一定会奏明皇上。皇上对藩王的惩处是很严厉的，说不定会被罢免爵位，发配到凤阳看守皇陵。小不忍则乱大谋，还请小王爷三思！"

小王爷眼神直愣愣的，眼珠子一动不动，显然被柯乔的话吓着了。他大叫道："郭义仁，你死到哪里去了？"

郭义仁应声而出，他一直躲在一边偷听小王爷和柯乔的谈话，听到小王爷叫他，赶紧跑了出来。

小王爷指着他的鼻子骂道："混账东西！都是你干的好事，快将银子退给那帮穷鬼，滚！"

见事情基本得到解决，柯乔遂起身告辞。

江陵郝穴湾裁弯取直工程启动，上万民夫在长达十余里的工地上忙碌着。在荆江沿线的石首、公安、监利、松滋、宜都、枝江诸县，同时启动大大小小的修堤固堤工程多达几十处，工地延绵数百里，由各县知县或主簿领衔。这种齐头并进的施工方式，大大提高了工程效率。各工程段分为夯工、石工、砌工、土方和植造等不同工种，分工明确。堤防工程涉及正堤、遥堤、缕堤、月堤、横堤、直堤、签堤等多种堤坝类别。岸上栽种固堤灌木和柏杨，和堤岸工程进度基本保持一致。数万民夫喊着嘹亮的号子，回响在天地之间。

为赶工期，柯乔命令各地河泊所，征集当地匠户，改造或发明新型工具。能工巧匠发明了以绳索传动、链条传动和连杆传动等多种省力提效的装置，工地上广泛运用运输磨盘、独辕车、牛车、筒车等工具。部分精巧的工艺后于崇祯年间被宋应星收入他的科技名著《天工开物》。

《江汉堤防图考》是一部反映明代湖广地区堤防水利的著作，作者是明代隆庆年间湖广按察司副使施笃臣和荆州知府赵贤。施笃臣是柯乔的青阳老乡，只不过比柯乔晚生了 33 年。在这本书中，施笃臣记载了当时湖广治江大事，包括他的乡贤柯乔治水的丰功伟绩。

据《江汉堤防图考》书中所述，柯乔治江，亲临江岸，度地势、量基址，身体力行。他清廉为官，勤政为民，每到一地，设集市，废弊政，兴办学校，平雪冤狱。柯乔治水为政的名言"江水溺人，咎在官吏"，被记录于多家史册，成为后世为官警言。柯乔主持下的荆江和汉江堤防工程，因地制宜，筑堤疏河，阻塞水口，新筑黄师庙、何家洚、茅通、天井等多地堤坝，疏通柴木垸道和人腰河垸道，阻塞茅埠、到口沿岸近两百里大小水口。总结柯乔等官修筑堤经验，汇集各地守官的营度之法，《修筑堤防总考》一书辑录了当时十大修筑经验："审水势、察土宜、挽月堤、塞穴隙、坚杵筑、卷土埽、植杨柳、培草鳞、用石瓮、立排桩。"1869 年，《江汉堤防图考》由清朝同治皇帝赠书于美国国会图书馆收藏。

柯乔同年好友、翰林院编修唐顺之在《送柯金事之楚序》中，坦陈了柯乔在任上所面临的复杂状况："柯君知斯职之不易乎，盖在汉时，诸陵邑习俗庞杂，豪猾所窟穴，故天子常为选用强察能治剧吏以附循而芟薙之。"

柯乔任职湖广按察司金事兼领荆西道的五年间，三年专事治江，在湖广都御史陆杰支持下，共计修筑了江汉平原腹地自沔阳、潜江、江陵、公安、石首、监利、河阳等县江堤 4000 余里，水患得到有效治理。

《沔阳州志》记载："沿沔一线堤耳，堤始于按察青阳柯公。"柯乔上任之前的汉江大堤，"诸堤半决而枝河更多湮塞""官民屯田多被其害""平地水深四尺，沿河没庐舍千百间，溺千百人，田地多被沙淤""沿河田地崩颓、沙压数百顷"。

潜江县城被称为"田舍城"，意指它是在田园房舍之地建起的一座城池，街道狭窄，市井凌乱。为了保护城池，柯乔确定了新建东南西北四座城门的施工计划，由知县黄学准负责组织施工，并将土夯城墙更换为块石和城砖，增强抵御洪水的能力。开凿护城河，与城外的河道相通，确保汛期时能及时排出洪水，保护城池。

在湖广按察司佥事兼荆西道首任金宪的任上，柯乔不辱使命，主持加固和新修4000余里的荆江和汉江大堤，江汉平原抗洪能力大为提升，水患明显减少。消息传到朝廷，引起轩然大波，部分朝廷命官和御史们根本不相信这一现实，认为这是不可能之事，尤其是在朝的湖广籍官员，他们和江汉平原的地方官、垸主们有着千丝万缕的联系，趁机向皇帝上疏，指责柯乔贪功欺君、勾结盗匪，弹劾柯乔。

为平息舆论，查明真相，嘉靖皇帝听从了湛若水的建议，进行了认真调查。调查采取了明暗两种方式：明的方式是任命刚直不阿、曾顶撞过皇帝的礼部尚书孙承恩为钦差御史，还有清直刚正的南京国子监祭酒邹守益等，前往湖广调查。暗的方式，嘉靖帝命人悄悄到沔阳，向致仕在家、曾教过他的帝师童承叙了解情况。

调查结果超出了预期：柯乔主持修建的堤防工程之宏伟、质量之好、类别之多，令人震撼，湖广百姓对柯乔好评如潮。致仕帝师童承叙对柯乔任期内的表现大加赞赏："比岁幸遇明贤，驻节开府，观民省方。激扬之余，首敦风教，章缝之士，咸就绳墨，士习民风，为之丕变。诚一方之盛际也！"（童承叙《童内方先生集·答柯双华书》）；邹守益如实写了一篇《江汉复修二堤记》，记叙了筑堤4000余里的浩大场景；而孙承恩则写了一首汪洋恣肆的长诗，高度赞扬柯乔主持修筑江汉大堤的不朽功绩。嘉靖皇帝因此龙颜大悦。

孙承恩《汉江歌赠柯双华》诗云：

> 吾闻汉江之水出自嶓冢山，绵亘荆楚相回环。
>
> 鲸波浩渺自今古，狂风日夕生涛澜。
>
> 天吴峥嵘阳侯赫，神蛟巨鳌相掀掷。
>
> 驱云拥雾见精怪，旁激横流无纪极。

古复实届江之干，平畴沃野何恢漫。

时维暵旱得灌溉，不尔正复为时艰。

楚地从来况多雨，毒霪平地成沮洳。

江涛沃溢失巨防，大浸滔天蒡无处。

岁用荐歉民阻饥，刬迫公税多流离。

日复一日岁复岁，坐见凋敝谁能支。

庐阳柯子真伟才，迩年秉节湖湘来。

仰承德意宣化理，重为民隐劳区裁。

具版筑兮较章程，动大众兮躬拊循。

佚道使民乐趋赴，千锤万锸从如云。

堤成直走数千文，长虹蜿蜒卧江上。

即教霖雨溢江波，滔滔循涯只东向。

沮洳已变高原空，眼看四野回春风。

尔疆我亩各秮艺，流离尽复时和丰。

堤上沉沉万杨树，堤边隐约人家住。

樵唱农歌闻近远，牧马刍牛散朝暮。

西湖漫自多坡翁，武皇瓠子空称雄。

汉江有堤自今始，乐乐利利无终穷。

我言柯子真能为，民兴大利除大患。

已听民谣万口碑，还徵士论千年案。

谁当异日传名臣，今我且为歌江汉。

孙承恩是正德六年进士，曾任翰林院编修，历官礼部尚书，兼掌詹事府。在朝臣中，他以铁面无私、敢于直言犯上闻名。后因嘉靖帝斋宫设醮，他以不肯遵旨穿道士服而罢职。以他的个性，作这样一首长诗称颂官阶不及于他的柯乔，实属难得，这也说明了柯乔在荆西道成就的真实性。

邹守益《江汉复修二堤记》文曰：

嘉靖己亥九月，江汉修二堤，越壬寅十月告成。中丞石泾陆公杰主其议，少宰东桥顾公璘赞其决，郡守李君元旸、吴君惺宣其劳，而金宪双华柯公乔督其成。自江陵、公安、石首、沔阳、景陵、潜江，修江堤一千七百余里；自黄家堡至汉阳玉沙，增旧堤一百三十里；自南北湖、龙家赛，创新堤六十五里；自荆门、钟祥、京山、沔阳、景陵、潜江、汉川，修汉堤二千余里。

江汉之父老聚而议曰：惟我荆郢之间，汉泾其北，江泾其南，自春秋迄于五季，率倚堤为命。国初，郡县长吏夏月犹听政舟中。正德以来，江自郝穴入汉，首决黄师堤，而沿汉诸堤渐溃。民无山阜可依，至巢木栖屋，死者阖门饱鱼鳖，生者枵腹填沟壑，盖三十年矣，而始获今日之休，如天之福。继自今，良师帅咸若兹也，我民其永有生乎！宜勒贞珉，以彰佳绩，以范于来政。郡邑之长闻之，曰：善而父老之议。夫江水缓而荡，荡则易决。汉水迅而浊，浊则易淤。淤则宜疏，决则宜障。古之筹此者，具有范矣。往者黄师之决，至厪宵旰，蠲租颁帑，后莫之继也。沔阳储守疏修二堤，而议者难之。以为须十年之劳，十万之费，相率惮缩而莫敢任。肆我皇上展孝陵寝，锡仁旬辅。一时公卿发谋协劳，请专宪臣以督之。因田以起庸，因丈以给饷，凡倚任简用，远迩高下，经费器具，粲然有章。民不告劳，禀不告匮，而江汉百万赤子，广输二千里，脱鱼鳖沟壑之戚，诉诉然得以庐其庐，田其田，而波于子孙。较之于古，将不得为瓠子之塞、宣房之筑乎？乃骈然征言于山房。

东廓子曰：益也闻之，古之圣哲以万物为一体。其在唐虞，浑水未平，百谷未播，上下同德，相与忧勤惕厉。视溺犹己溺，视饥犹己饥。故真诚悠远，博厚高明。至于地平天成，蒸民乃粒；九泽既陂，云梦其一耳。诸君子之是役也，式承圣天子游豫之休，以赐福于江汉，其有饥溺犹己之志乎！今中丞入为司空矣，少宰入为司寇矣，郡守或陟或罢矣。长顾却虑，以永更生之绩。双华子素所蓄积，其尚思以懋终之。虽然，赤子之生死岂惟水乎？狱讼滥，则以枉死；力役繁，则以劳死；夷狄盗贼横行，则以锋刃死；饱食暖衣，逸居而无教，则以醉梦死。是皆大丈夫经纶化育分内事也。障百川而回狂澜，其亦有巨堤已乎？后之君子，尚稽于前政，劝其能而惩其不恪，则斯石也，固思齐内省之堤也。其属吏之简用者，时则某官某官，皆有劳焉，法得附书。

第八章

天下茶经

　　柯乔每到一地，都要察访当地的风土人情和名胜古迹，他听说竟陵县是"茶圣"陆羽和晚唐诗人皮日休的故里，早就萌生了前去考察的念头。竟陵在沔阳州的北面，相距并不远。嘉靖二十年，公务之隙，在一个春和景明、草长莺飞的日子，柯乔带着汪可立和柯焰，到竟陵县去巡游。

　　到了竟陵城附近，知县李清茗和竟陵乡贤鲁彭已在城外恭候。宾主双方寒暄一番后，准备进城。竟陵城池坚固，城门上有巍峨的丈八城楼，不远处，就是烟波浩渺的西湖，又称覆釜（锅底）湖，湖中有一洲，古木森森，蒹葭丛生，鹭鸟翻飞。湖面上，渔舟往来，渔鼓声中，船家女的歌声湖水一般清新而脆亮。远处，青山隐隐，拱卫着古城。柯乔说："好一派江南风光，难怪皮日休说'竟陵烟月似吴天'，真有一种置身苏杭之感。"

　　李清茗说："柯佥宪既然喜欢竟陵，日后就多来走动走动，不是本县吹牛，竟陵虽说地方不大，倒也人文昌盛，物华天宝，就是逗留个十天半月也不会觉得寂寞的。"

　　柯乔颔首微笑，望着眼前雄伟的城池，赞道："竟陵城高池坚，相比之下，潜江县城就寒酸多了，夯筑的城墙不说，连城门都没有，不过已经修建了。城池不建好不行，街衢散乱，市集不兴，百姓安全也没有保障。"

　　鲁彭指着城墙说："柯佥宪有所不知，竟陵位于江汉平原腹地，易遭水灾，老城墙洪武年间被大水冲毁了。没有城墙，怪事就多了，盗贼横行无阻，劫库、劫狱之类的事都发生过。这城池是正德年间修的，自修好了城池，竟陵安宁多了。"

"鲁夫子，您辞官不做，回到故里颐养天年，倒是让本官羡慕得很。"柯乔说。

鲁彭，字寿卿，号梦野，竟陵人，正德年间以乡荐就选京师，后任琼州乐会县令，卸任后居于竟陵东湖山庄。

鲁彭捋了捋山羊须："我鲁某这点家业，都是家父留下的，这是沾了祖上的光呢，不然哪里来的逍遥？"

几人边走边聊，简单用过午餐后，按柯乔的要求，一行人向"茶圣"陆羽遗迹陆子井走去。

陆子井位于竟陵县北门外西北角官池内，因陆羽曾被授予"太子文学"之职，又名文学泉。又因井口由三个成品字形的圆孔组成，俗称三眼井。据方志记载，此井乃晋代高僧支遁开凿。陆羽本为弃婴，唐玄宗开元二十一年（733）秋天的一个早晨，天气寒凉，竟陵龙盖寺智积禅师漫步西湖，忽闻小桥旁的芦苇丛中群雁喧集，隐约伴随有婴儿的啼哭声。禅师循声而去，只见群雁以羽翼覆盖着一个婴儿，唯恐小家伙受凉。智积禅师慈悲为怀，将婴儿抱回寺中抚养，他就是陆羽。当时智积禅师以《易》占卜，得《渐》卦："鸿渐于陆，其羽可用为仪，吉"。其意为鸿雁飞于天上，四方皆是通途，两羽翩翩而动，动作整齐有序，可供效法，为吉兆。按此卦义，这个无姓名小孩，定姓为"陆"，取名"羽"，又以"鸿渐"为字。这里此后被视为陆羽的出生地，小桥也改称雁桥。陆羽在游历江南调查研究茶事前，一直用三眼井水为智积禅师烧水煮茗，深得禅师赞许。智积圆寂后入塔，龙盖寺遂改名西塔寺。

到了官池前，并没有看见井，眼前只是一片臭水塘。一片浑浊的水面上，杂草丛生，里面还漂着几具小动物尸体，发出令人作呕的气味。柯乔问："陆子井呢？"

李清茗局促不安地搓着双手，尴尬地说："前年发大水，淹了，井就在水中，一直没有清理，让柯金宪见笑了。"

鲁彭在水塘中辨认着陆子井的具体位置，最后他确认在一丛芦苇边。柯乔说："我看这水塘并不深，陆子的遗迹，说什么也不能让它湮没，应清理出来。"

李清茗说："下官尽快组织民夫清理。"

柯乔说："约见不如遇见，这事让本官遇到了，说什么尽快，还不知拖到哪天呢？这样吧，我们几个一齐动手，你再叫些民夫来，立即清理，还陆子井本来面目。"

柯乔脱下官服，换上常服，卷起裤腿，挽起袖子，说干就干。附近百姓听说官老爷带头清理陆子井，纷纷带着工具赶来了。几架水车架到了塘口，塘很快就见了底，柯乔组织大家清理淤泥。经过一番劳作，陆子井终于从塘泥里露了出来。柯乔将现场百姓分成三组，一组继续清理淤泥，一组修路，一组淘井。他见井台早已损坏，又命李清茗找来工匠，重砌井台。到傍晚收工的时候，修复一新的陆子井重新出现在人们面前。柯乔巡视四周，他在寻思着，人们来此汲水泡茶，总不能连坐的地方都没有吧？他和鲁彭一合计，觉得应该在井旁新建一座茶亭，以供人们品茗休憩。李清茗也认为这个主意不错，大家共同就茶亭进行选址，选定了井北的位置。事不宜迟，明后天就开始施工。

当晚，柯乔几人住进了竟陵的官驿里。次日，按照行程，柯乔准备到陆羽读书的旧址天门山去看看；后天再乘船寻访陆羽出生和生活地龙盖寺。

柯乔每到一地，必察访民间疾苦，平反冤狱，筹建集市，繁荣商贸，还热衷于兴办学校，修撰地方志。如在荆西道上任不久，就在沔阳州孔庙内主持新建了庙学，参与修撰了二十四卷的《承天府志》。这次到竟陵之前，他就听闻陆羽曾于天门山读书，师从阴阳家集大成者、人称邹夫子的邹墅，且山中尚有遗迹，于是才有了这趟天门山之行。

几个人骑着马，朝位于竟陵西北的天门山驰去。不到一个时辰的工夫，只见一马平川的平原上，突然平地而起一座大山。这座山不像别处的山峰，连绵起伏，而是平地而起，孤峰高耸，临空独尊。尤其令人称奇的是，山体的上部，有一个巨大的天然门洞。洞口常年吞吐烟岚，恍若仙境。从山脚始，有一条山道盘旋而上，直通洞口。只是山道极为陡峭，游客要想一览天门风光，非下一番力气攀登不可。

望着陡峭的山崖，李清茗说："柯金宪，我们要不要上去看看？"

柯乔说："我昨天清理淤泥可能累着了，就在山脚下看一会吧，也算不虚此行。"柯乔自幼生活在九华山下，爬山对他来说是家常便饭，他还是不惧这程山道的。只是，他今天来另有目的，主要是为考察陆羽读书处，要是登天门的话，这一上一下，怕是要半天工夫，会耽误正事。

鲁彭指着天门说："相传鬼谷子曾在绝壁上的一个山洞里隐居，研习易经，练就了鬼谷神功，并传授给当地百姓。"

柯乔说："名山多方外高人，九华山也是如此，我的师父中，有僧有道，他们的道行，也不输鬼谷子呢！"

鲁彭将柯乔上下又打量了一番。柯乔笑着问道："鲁夫子，干吗如此打量柯某？"

"难怪我从第一眼看见您时就感觉与旁人有些不一样，这不一样在何处，当时又说不准，现在看来是有仙逸之气。"

柯乔大笑："我倒是想做个神仙呢，恩师王阳明曾两访九华山，寻遍方外异人，他何尝不想学点神仙之术，做个快活仙人，可这尘世间，也许根本就没有什么仙道。阳明先生后来讲格物致知、知行合一。也许，这才是我们要寻找的人间大道。"

鲁彭说："阳明学说，讲心外无物，加强自身修炼，在下也深受教诲。"

李清茗说："既然我们不上山，就到陆子当年读书遗迹处去看看吧，毕竟隔着七百多年，估计是什么也看不着了。"

在当地向导带领下，他们来到一处山坳里。此处背依青山，绿树繁阴，竹林青翠，前方视野开阔，成片的野花尽情开放着。向导说这处山坳就是当年邹夫子家书院的大致位置，至于具体位于哪里，他也说不上来。柯乔说："邹夫子真有眼光，这里确是办学的好地方！"几个人骑在马上，在山坳间转悠着，试图找到什么蛛丝马迹。

陆羽在龙盖寺长到十二岁后，离开了寺院，加入一家戏班，以唱戏为生。可他因为有口吃的毛病，主角演不了，只能演丑角。由于他善于学习，丑角演得非常成功。不仅能演，他还会编剧本、当伶正。也就是说，集导、编、演于一身。在他十三岁时，一次演出中，他认识了生命中的第一位贵人、唐皇室宗亲李齐物。李对他的表演才能赞赏有加，并推荐他到火门山邹墊邹夫子门下学习。邹夫子是阴阳家创始人邹衍之后，中唐时阴阳家集大成者。火门山就是眼前的天门山。陆羽师从邹夫子，接受了系统教育，为他后来著述《茶经》打下了坚实的基础。

邹夫子当年的别墅具体位于何处呢？

柯乔坐在马上，专心致志地察看着。在他的眼里，年少的陆羽似乎正手持书本，大声地朗读着。邹夫子呢，穿着绣有阴阳八卦的长袍，正用慈爱的眼光打量着爱徒。他的旁边，一壶酽茶正散发着热气。空气中弥漫着书香和茶香。金色的夕阳，正通过天门山的天门洞照耀着这片山坳。柯乔都有些沉醉了。忽然，他座下的马一个趔趄，马失前蹄，柯乔完全没有料到，身子顿时不稳，摔了下来。

同行的汪可立和柯焰见状赶紧上来，将柯乔搀了起来。李清茗关切地问道："柯金宪，没摔疼吧？"

"还好，没事的。"柯乔拍打着身上的尘土，其实他真的摔疼了，山地太硬，他疼得龇牙咧嘴。

鲁彭疑惑地说："这地方明明是平地，石头都没有一块，这马好好地咋会失蹄呢？"

柯乔说："马跑了一上午，可能累着了。"

"不对，"鲁彭在柯乔摔倒的地方转悠着，"马是有灵性的，说不定……"

汪可立一乐："鲁夫子，你不会说这下面埋着宝贝吧？"

鲁彭正色说："也说不定呢，邹夫子是什么人，大名鼎鼎的阴阳家，能知几百年前和几百年后的事，说不定几百年前，他就算准了我们今天会来到这里。"

柯乔笑了："鲁夫子，你说得太玄乎了。不过，你这么一说，我倒是有种直觉，这一跤说不定没有白摔呢！"

李清茗对那个向导说："辛苦一趟，去借把锹来，今天我们看看邹老夫子到底有没有弄什么玄机。"

鲁彭说："要是挖着宝贝，大家均分啊，在场的人人有份。"

铁锹很快借来了，才挖了几锹，就碰到一个硬硬的东西，铁锹都冒出了火花。鲁彭大喜："我说吧，这下面真埋着宝贝呢！这是邹夫子几百前就留下的，是赏给咱们的。"

柯乔说："别乐了，看见没有，这不过是块石头而已。"

鲁彭使劲地挖着，铁锹翻飞，他兴奋地说："说不定石头下面藏着什么宝贝呢！"

很快，一块大石头被挖了出来，鲁彭将石头掀到一边，仍继续挖着，累得满头大汗。于是换一个人再挖。不久，地上被挖出了一个大坑，什么也没有发现。

柯乔打量着那块石头，像是发现了什么，惊喜地叫道："你们快看，这块石头像不像一个人？"

柯乔的话提醒了大家，众人七手八脚拂去了石头上的泥土。果然是一尊半身人像。再一看，明明是孔夫子，身体微微鞠躬，双手交叉前伸，笑容可掬。

鲁彭放下锹，气喘吁吁地说："挖了半天，还是这个老夫子在戏弄咱们，啥宝贝也没有，太不值了。"

柯乔说："值！可以肯定的是，这里就是当年邹夫子办学的地方，这个老夫子真有远见，他算准了几百年后会有人来到这里。李县令，你们竟陵不是没有县学吗？今天也是天意，依本官看，就在这里把县学办起来吧，你意下如何？"

"好主意，在天门山前，陆羽求学旧址，重建县学，我们竟陵一定会文风昌盛，人才辈出。"李清茗表态说。

鲁彭说："再动员几个乡贤，大家捐点学田，我鲁某人带个头，捐田十亩。"

柯乔鼓掌道："我代表竟陵学子们感谢鲁夫子，有你这般热心乡贤，不愁县学办不起来。"

李清茗说："这事就交给在下吧，这本是知县分内之事。"

柯乔说："这尊孔子石像，到时就供奉在县学里吧。建议再修座陆子祠，就凭他著第一部茶书《茶经》的贡献，就值得后人敬仰！可惜的是，这部书自唐代问世后，一直湮没不存，难道真的消失了吗，就没有孤本存世？"

鲁彭说："世人只听说过《茶经》这本书，可谁也没有见过它，至于还有没有孤本存世，这就难说了，依鲁某看，十有八九失传了。"

柯乔长叹一声："惜哉——"

第三天上午，一行人在覆釜湖码头上了船，向陆羽少年时代生活地方湖心覆釜洲划去。洲上四面环水，洲中有一寺塔，层层叠叠，掩映在丛林间。湖中，荷叶田田，银网抛撒，渔歌互答，俨如江南。

站在船头上，柯乔吟起了皮日休的诗作《送从弟皮崇归复州》。唐武德五年，沔阳郡改名复州，州治设于竟陵。狄仁杰就曾任复州刺史。这首诗写的就是竟陵风光。诗云：

> 美尔优游正少年，竟陵烟月似吴天。
> 车鳌近岸无妨取，蚱蜢随风不费牵。
> 处处路旁千顷稻，家家门外一渠莲。
> 殷勤莫笑襄阳住，为爱南溪缩项鳊。

"好诗，好诗，写这首诗时，皮日休正置身襄阳，想起了家乡的风月和美味，恐怕夜不能寐呢。"柯乔说。

李清茗应道："皮日休诗写得好，恐怕也是一个美食家。"

船停靠在覆釜洲码头，西塔寺住持真清和尚早已等在码头迎接。真清和尚是徽州歙县人，他知道柯乔此行专为寻访陆羽遗迹而来，而且，他还知道了柯乔清理陆子井、新修茶亭和昨天发生的马失前蹄创办县学的一系列事实。柯乔对陆羽情有独钟，真清备受感动，也感觉很有面子。因此，他才亲自到码头上来迎接。

真清领着柯乔一行来到古雁桥前。这是一座单孔石桥，横跨于一湾碧水之上。桥的南端，立有一座牌坊，上书三字"雁叫关"。真清指着桥的南端说："据说，当年智积禅师就是在这里发现了出生不久的小陆羽。"柯乔一看，除了萋萋芳草，什么印记也没有了。

真清又领着他们参观西塔寺。这是座普通的寺院，和九华山的寺院比起来要差远了，一幢大殿，香火并不旺盛；几幢禅房，住着几个和尚。柯乔有个习惯，进寺必烧香，必捐香资。做完这些，真清将他们引进客房，煮茶敬客。

柯乔坐不住，在寺庙里转悠着，东瞅瞅，西看看，若有所思。真清似乎看出了他的心思，说："柯金宪，没有任何遗迹了，这寺院都重修过好多回了，不过，位置倒是大致没变。"

柯乔点了点头："是的，毕竟七百多年过去了，还能留下什么呢？"说着，他坐下了，端起案上的青花瓷茶碗。揭开盖子，茶汤嫩绿明亮，茶叶形若雀舌，又若麦鱼在水中游浮，幽香扑鼻。轻呷一口，醇浓鲜爽，仿佛喝下去的不是茶，而是清神醒脑的神醪仙醴。

柯乔放下茶碗，望着真清说："大师，这是什么茶？"

真清微微一笑："施主倒是识货之人，这是产自湖州的温山御荈。"

"既然称御荈，想来这茶的历史一定不浅吧？"

"说对了，"真清说道，"它自两晋时期就已被列为贡茶，已有一千多年历史，是最早的贡茶之一。唐时，朝廷设立的史上第一个专门采制宫廷用茶的贡焙院就在湖州。陆羽在《茶经》中引用南宋山谦之《吴兴记》中关于御荈的记载：'乌程县西二十里有温山，出御荈'。在太湖山庄西面数里，有一处幽谷，竹木荫蔽，整日云雾缭绕，那里就是温山御荈茶区。"

听真清说到《茶经》，柯乔感慨地说："可惜的是，自唐以后，世上再也无人看过《茶经》，它可能已经失传了。惜哉！痛哉！"

真清念了一声佛号："阿弥陀佛！世间万事皆有机缘，该隐时隐，该现时现。"

品过温山御荈，几人遂起身告辞。柯乔叮嘱李清茗和鲁彭，要将县学和陆子祠、陆子茶亭等设施早日建成，纪念陆羽，传承茶学茶艺，并在民间留意查找《茶经》一书，争取让这本失传了几百年的绝学经典再现世间。

回到沔阳，柯乔又投入治河诸事中去了。几天后，他突然收到竟陵真清和尚派人捎来的口信，请他近日抽空再去西塔寺一趟，他有要事相告。接到真清的口信，柯乔心中一喜，真清要告诉他的，一定是桩极其重要的事。否则，断不会请他再跑一趟。

还是同样的五个人，他们再次来到西塔寺。真清早等在寺门口了。打过招呼，柯乔正要进寺，真清说："各位施主请这边移步。"说着，带着他们向寺后走去。

寺后，是一座青砖砌成的古塔，六角形，估计有十几层。清真说："这里是存放智积禅师灵骨的古塔，各位施主请随我来。"清真打开塔门，一群蝙蝠扑棱棱乱飞，将几人吓了一跳，烟尘弥漫，柯乔不禁掩鼻咳嗽了几声。

塔内只有一条极为狭窄的楼梯，只能容一人通过，光线昏暗，冷风飕飕，令人毛骨悚然。真清说："老僧想给大家看一样东西，东西放在塔顶，就在智积禅师的灵骨旁，建议各位施主在一层等着，容老衲一人上去拿，如何？"

柯乔说："塔这么高，您老一个人上去我们也不放心，再说，我们来都来了，就上去参拜一下智积大师吧！"说着，征求其他几个人意见，大家都愿意上去。真清说："那好，我们鱼贯而入，各位小心点。"

大家扶着墙壁，拾级而上。上到一半，个个气喘吁吁，汗都下来了，身上到处是灰尘，脸也花了。李清茗说："老和尚，您带我们要看啥宝贝，可把我们累惨了。"

真清说："天机不可泄露，上去就知道了。老衲可以告诉大家的是，诸位绝对不虚此行。"

"您这么一说，我们更来精神了。"鲁彭笑道，他独自上前，手脚并用，快速攀爬。

终于到了塔顶。几人登塔前听真清说过，顶层是贮放智积禅师灵骨之所。所以，到顶层后，几人在楼梯口站着，个个汗毛直竖，畏葸不前。再看这顶层，除了几个石龛，似乎啥也没有。柯乔说："大师，智积禅师的灵骨存放于何处，我们也好拜一拜。"真清指着一个石龛说："唔，那上面就是。"说着，他走了过去，长长地吹了一口气，一阵浮尘腾起，众人这才看清石龛中摆着一个石匣。石匣前方，还摆着一只小香炉。不过，此刻它歪倒在一边。柯乔扶正了香炉，对着石匣拜了三拜，说："智积禅师，我们几个看望您来了，由于来时匆忙，未带得檀香供品，还请大师多加包涵。同时对大师抚育陆羽并使其终成一代茶圣表示感谢！"

鲁彭指着石匣说："都七百多年过去了，这，这里面真有智积大师的灵骨？"

真清双掌合十："听上辈师父说，里面有几粒舍利子，不过，谁也没有打开过。"

李清茗说："真清大师，您今天带我们上来，不会就是为了来看这个石匣子吧？"

"阿弥陀佛！"真清说道，"施主莫要性急，老衲自有珍物请诸位过目。"

说着，真清上前，颤巍巍地端起贮放灵骨的石匣。众人以为他要打开石匣，都不自觉地后退一步，可哪有空间可退呢？一个个紧靠在塔壁上。

没想到，真清只是移开石匣，然后，从石匣下面拿出一个黄布包裹。众人这才松了一口气。原来这石匣下还有个暗槽，这下面要是藏什么东西，就是神仙也找不到。

从形状上看，这个黄布包着的应该是本小册子或书。柯乔的心快速地跳了起来，他的预感不错，这个老和尚说不定真有他想要的东西。第一次来西塔寺时，真清之所以只字未透，那是对他还不够信任。所以，他要观察一番才做决定。真清吹去包裹上的浮尘，小心地解开，里面还包了一层，再解开，果真是一部线装手稿。封面上，工工整整地写着两个大字："茶经。"

柯乔大喜，迫不及待地接了过来："哎呀，太好了！《茶经》没有失传，真是不幸中的万幸！老和尚，您善莫大焉，真是太感谢了！"

真清说："老衲哪承得起一个谢字，这也是从老衲的师父手上传下来的，是本手抄稿，一直存放在这里，谁也不敢动它。那天柯金宪来时，老衲觉得，这本绝学到了该重见天日的时候了。"

柯乔粗略翻阅后说："正文共三卷，除极少数字迹有点模糊外，内容很完整。"

　　鲁彭也接过来翻了翻，问柯乔说："我看没有问题。柯金宪，接下来我们该怎么做？"

　　"肯定要将它刊刻出来，"柯乔对真清说，"大师给我们看，应该也是这个意思吧？"

　　"阿弥陀佛，善哉善哉！"真清双掌合十，一再称谢，"那自然是再好不过了，就烦请诸位施主费心了。"

　　柯乔对站在他身边的汪可立和柯焰说："你们俩一会儿就到书坊去打听打听，刻这样一本书大约需要多少资费？"

　　真清将手稿重新包好，说："柯金宪，诸位施主，小寺香火清淡，刻书的资费，老衲是一两银子也拿不出的。"

　　柯乔说："大师放心，刊刻费用我们来想办法。"

　　于是众人下塔，那本《茶经》手稿也被真清带了下来。临走时，柯乔一再叮嘱真清，一定要小心藏好手稿，他们尽快筹好资费，落实刻工，进行刻印。

　　当天，汪可立和鲁彭就将《茶经》的刊刻资费估算了出来，刊印五百本，刻工、宣纸、烟墨等大约需二十两银子。柯乔听后，高兴地说："二十两银子不算多，我捐十两。"柯乔话音刚落，李清茗说："我是竟陵知县，自然也要出资，我捐五两。"鲁彭说："余下的费用交给我吧，刻工我来找。还有一事，柯金宪要考虑安排人来撰写序跋，特别是序，记录《茶经》重见天日。"柯乔说："这个自然。"

　　安排好这些，柯乔当天就返回了沔阳。当晚，他心情大好，和汪可立、柯焰小酌了几杯。柯乔嘱咐汪可立准备写刻茶经跋，汪可立当即应允。

　　次日凌晨，他尚在睡梦中，就被"嘭嘭嘭"的敲门声惊醒了。是柯焰，后面站着李清茗和鲁彭。柯焰小声说："哥，出事了。"柯乔看到李、鲁二人同时前来，就知道情况不妙，要不是出了大事，他俩也不至于天没亮就跑来报告。柯乔匆匆穿上衣服，走了出来。

　　鲁彭说："柯金宪，昨天晚上，真清派个小沙弥找到了我宅上，叫我速到西塔寺去一趟。我迅速赶了过去，真清被人刺伤，《茶经》手稿也被抢走了。这才和李县令连夜赶来向您报告，请赶紧想个办法，一定要追回此手稿。"

柯乔说："发现《茶经》手稿的事也就我们几个人知道，大家仔细回想一下，有没有向什么人透露过消息?"

李清茗叹息了一声："都怪我，昨天一时高兴，在县衙里说了。"

柯乔说："那这范围基本就能确定了。"

李清茗说："可这县衙里也有几十号人，人心隔肚皮，我实在想不出是谁所为。"

柯乔说："事情已经发生了，急也无用，我们赶紧到西塔寺去，先到真清那里去看看情况。"

几个人骑上马，风驰电掣般向竟陵奔去。

到了西塔寺，真清躺在床上，脸色惨白，他的前胸被利刃所伤。幸而对方并没有杀他的意思，虽伤得较重，但并无性命之虞。见到柯乔，真清老泪纵横："柯金宪，都怪老衲无用，将《茶经》手稿丢了。"

柯乔安慰他说："您放心，我们会将它找回来的。您将昨晚上发生的事详细说一遍。"

据真清所述，昨天天黑时分，他刚刚点亮油灯，一个身材高大的黑衣人悄无声息地进了他的禅房，将他吓了一跳。此人头上缠着黑布，动作怪异，说话时总是低着头，从不正眼看人，右手始终放在胸前，好像握着什么东西。进屋后，立即关死了门。开门见山地说，要买一本书，请他开个价。真清严词拒绝。此人这才拿出右手，原来手中握着一把雪亮的长刀，并将刀架在真清的脖子上。真清仍坚持不说，那人恼羞成怒，将他刺伤，然后在室内一番翻腾，将藏在枕头下的《茶经》手稿抢走了。

柯乔说："还记得刺伤你的是把什么样的刀吗?"

真清说："刀形很怪，老衲平生从未见过，刀把很长，刀身更长，雪亮雪亮的，虽是晚上，但仍觉亮得刺眼。"他一边说，一边比画着。

柯乔说："你有没有看到他是怎样拔刀的?"

真清说："有。"说着，他忍痛举起双手，几乎视线平齐，做了一手握鞘、一手握刀的动作。

柯乔脸色大变："你有没有听出此人说话有什么异常?"

"您这么一提醒，老衲倒真觉得有些异常，话极少，一字一顿，颇为用力，十分蹩脚。"

柯乔叮嘱真清好好休息，又命李清茗务必请来城中最好的大夫，给真清治疗。然后，在鲁彭的建议下，到他的东湖山庄去商谈对策。

路上，鲁彭问道："柯金宪，事情有什么眉目吗?"

柯乔喷喷数声，忧心忡忡地说："我们遇到劲敌了。"

"您知道是谁干的?"

柯乔说："根据真清的描述，可以初步断定，是一个倭寇。"

"倭寇?"众人不约而同地问道，一个个勒住马，望着柯乔。

"装束、口音，特别是持刀和拔刀的动作，都像极了倭寇。倭寇在沿海骚扰已久，常流窜到内地。我国茶文化早在南宋时就传入东瀛，形成了茶道。茶圣的著作，对他们的诱惑有多大，可想而知。"柯乔说。

鲁彭说："快到我的山庄里去想个对策，好不容易发现部手稿，要是流失到国外，我们就成了罪人。"

这时，天色已大亮。柯乔吩咐李清茗，立即暗中加派人手，在城池四门严加盘查出城人员，注意内紧外松，声势不宜过大，以免打草惊蛇。汪可立说："那个盗贼昨晚上抢得手稿，会不会已经出城逃走了呢?"

柯乔说："我猜测他会留下来看看动静，如果是这样，我们就还有机会。"

鲁彭在前头带路，几个人很快就到了东湖山庄。大家也无心参观，赶紧坐下来。可哪里有什么好的对策呢?商量来商量去，还是一筹莫展。汪可立说："要想在这竟陵城中找到一本书稿，无异于大海捞针，除非那人主动献出来，否则恐怕是找不到的。"

鲁彭说："可贼人好不容易得手，又怎么会轻易献出来呢?"

他俩的谈话让柯乔眼前一亮，他说："有了。"柯乔接着说："我们立即放出风声，就说《茶经》手稿有一真一假两种，被抢的那本是假手稿。"

汪可立说："可我们如何逮住那贼人呢，抓不到人，一切努力都是白费。"

柯乔说："你们别急，听我细说。"说着，他压低了嗓音，说出一计。众人一听，都认为值得一试。

柯乔对李清茗说："到西塔寺抢手稿的人很可能是一个倭寇，但是，消息肯定是从你的县衙里透露出去的，也就是说，这事和你县衙中的人有关。你现在就回衙，立即发布公告，就说陆羽《茶经》手稿面世，三天后于东湖山庄展出，请广大市民前往品鉴。后天县衙里放假一天，佐官书办衙役去否自便。同时，暗中放出风声，就说被盗的那部手稿是假的，真迹尚存。"

李清茗说："下官泄露消息，又兼有管教不严之罪，惭愧得很。不过，我有一个疑问，到时参观品鉴会的人肯定很多，柯金宪如何识别谁和盗窃案有关？"

柯乔拈须一笑："天机不可泄露，你按我说的做就行了。"李清茗满腹疑惑，不知柯乔有何妙招，当下回衙去了。

柯乔推断得一点不错，竟陵县衙有个书吏叫铁西峰，其父经商，且和浙江、福建等地的海商有业务往来。海商成分复杂，其中不乏海盗、倭寇。铁西峰家中，就住着个海商，名叫羽田一郎。此人亦商亦盗，在东南沿海一带从事海外贸易多年，是个中国通，能说蹩脚的汉语。他听说嘉靖皇帝大修显陵，猜测其中必陪葬了大量财宝，所以前几天特地来到竟陵，本为盗宝。昨天席间，他听铁西峰说西塔寺发现了茶圣陆羽《茶经》手稿，当下大喜，立即央求他帮忙盗取，并奉上百两银子，答应事成之后另有答谢。于是，铁西峰带着羽田一郎乘夜色来到西塔寺，为防被真清认出，铁西峰并没有进寺。羽田一郎昨晚得手后，并未离去，他打算近日再到显陵去看一看，上午听说抢来的《茶经》手稿是假货，且真迹后天于东湖山庄展出，他和铁西峰商议了一下，不知这突然冒出来的品鉴会是啥意思，其中可能暗藏玄机。但羽田一郎认为，就算有风险，也要去探探虚实，如果他费尽心机拿到的是一卷伪作，那就分文不值了。当然，作为一个日本人，他是不便公开出面的，只得再次央请铁西峰后天去看看情况。

　　三天后，《茶经》手稿品鉴会于东湖山庄举行。山庄客厅里人头攒动，失传了几百年的《茶经》手稿面世，吸引了众多名流和百姓前来一睹为快。与一般品鉴会形式有点不同的是，所有客人在大厅等候，《茶经》手稿放在二楼，每次只能上去一个人，看后从指定出口离开。主办者称此举是出于安全考虑，倒也有几分道理。

　　品鉴会开始了，鲁彭出来了，他先是拍了拍手说："诸位，请安静！今天，鲁某让各位目睹失传了七百多年的茶圣绝学，实乃人生幸事，请大家按先后顺序上楼观赏！"鲁彭的话吊足了大家的胃口，一个个迫不及待地想上去一睹为快，立即排起了长长的队伍。

　　第一个、第二个、第三个……一个又一个人上去了，速度很快。看过的人从指定出口离开，也无从知道他们看后感受如何。铁西峰伸着脖颈，终于轮到他上楼了。上楼梯前，有人提醒他说："手稿放在屋正中的匣子里，自己进去观看就是，限时一刻钟。"铁西峰悚步登上楼梯，由于紧张，脚下被绊了一下，险些摔倒。到了楼上，看见房间正中的一张茶几上，放着一只木匣子，想来手稿应该放在其中。铁西峰瞟了一眼，房间里没有一个人。

　　这样的品鉴会的确有点奇怪，可又说不出怪在哪里。时间也容不得铁西峰多想，他来到匣子前，里面果然放着一本线装手稿，封面上写着两个大字：《茶经》。

　　铁西峰按了按胸口，镇定了一下，然后拿起手稿，翻开一看，里面根本没有一个字，不过是一叠装订成册的宣纸！他大惊，手像被火烫了一般，匆忙扔下这所谓的手稿，落荒而逃。

　　可是，在出口处，铁西峰被拦住了。他刚才惊慌失措的表现已被暗室中的柯乔和李清铭看得清清楚楚。这正是柯乔想要的效果。当天参加品鉴会的人，在看到这样一部空白的《茶经》手稿时，正常的反应，要么摇头一笑，要么勃然大怒，将手稿或摔或扔，有一种被戏弄了的感觉，然后扬长而去。唯有心中有鬼者，才会惶恐不安，表现完全异于常人。

　　在事实面前，铁西峰无法抵赖，不得不交代了他和羽田一郎盗取《茶经》手稿的经过。柯乔厉声问道："倭寇和手稿现藏何处？"铁西峰吓得一个哆嗦："在，在奴才家的客房里。"

柯乔亲自带队，押着铁西峰向铁宅赶去。狡猾的羽田一郎在铁西峰出门不久，留了个心眼，在铁宅花园的树荫下悠闲地品茶，不时朝巷口瞟上一眼。突然，他看到铁西峰被人押着向家中走来，知道大事不好，也顾不得放在客房中的手稿和倭刀了，保命要紧，风一般地逃走了。

《茶经》手稿失而复得，柯乔顿觉心安。几天后，真清的伤好了不少，为防止手稿再次遗失，他执意将手稿重新抄写了一遍，抄稿交给鲁彭，由他联系书坊制版刻印。柯乔嘱咐由鲁彭写序，汪可立来写跋。

嘉靖二十一年九月，《茶经》刊刻问世，后人将此版本《茶经》称为"竟陵本"。因柯乔是主要组织刊刻者，故又称"柯双华本"或"柯本"。可贵的是，它于《茶经》文本之外，附刻较多，包括序、传、记和外集四个方面，可谓内容丰富。鲁彭写的《刻茶经叙》和汪可立写的《茶经后序》记叙了柯乔等人发现《茶经》、刊刻《茶经》的经过、书的体例以及所增加附录的内容。竟陵版《茶经》除了有《刻茶经叙》及《茶经后序》之外，辑录唐诗5首、宋诗1首、明诗19首、外集《童内方与梦野论茶经书》，还第一次录入北宋陈师道序以及皮日休《茶中杂咏序》。此二序系童承叙命其子抄录奉刻。特别值得一提的是《茶经本传》，其中辑录的《陆羽传》由童承叙亲自修改，《赞》也是童承叙首撰。竟陵本后收入《四库全书总目》，学术名"《茶经》明嘉靖二十一年柯双华竟陵本"。此版本是现存最早问世的《茶经》单行本。柯乔组织刊刻陆羽《茶经》，是对中华茶文化的一大贡献，是彪炳千秋、永载史册的大事。若没有柯乔当年的高度重视，陆羽的《茶经》有失传的风险，有可能湮没于历史长河之中。

嘉靖二十三年（1544），柯乔和潜江知县黄学准组织修建潜江县城四门竣工。四门各取了颇具诗意的名字，东门曰"汉滨"，指汉水支流经城东入沔阳；西门曰"郢郊"，承天府为郢，西护潜江，潜江为郢郊；南门曰"迎薰"，即迎纳东南方的和薰之风；北门曰"望洋"，指汉水和排沙河如洋似带。有了四门，一座完整的城池遂出现在世人面前。城门修成后，时任南京兵部尚书的湛若水撰文《新修城门记》，赞扬柯乔"夫双华子者，志圣人之道"，同时也对知县黄学准给予了充分肯定。

由于在湖广治水有功，嘉靖二十四年，朝廷擢升柯乔为福建布政使司参议。明制，布政使掌管一省政务，下设左、右参政（从三品），左、右参议（从四品）。参政、参议分守各道，并分管粮储、屯田、军务、驿传、水利、抚民等事宜。

听说柯乔即将赴闽任职，王青龙、郝地虎前来送别，两人表示，如若福建那边需要他俩帮忙，到时寄一封书信来即可。王、郝二人都有一身过人的武艺，且习水战，说不定哪天真能用得上。柯乔当即答应了。柯乔离任时，沔阳州百姓数千人出城送别，脱其帽靴为他建生祠。民间有歌谣称颂柯乔云：

> 我有子弟，柯公鞠之；
>
> 我有麦禾，柯公生之。
>
> 柯公而去，谁其嗣之？

　　嘉靖二十四年十月，柯乔带着家人，赴福建任职。汪可立也愿意继续担任柯乔的幕僚。途经南昌时，因船只避风，柯乔趁机游览了名胜滕王阁，却意外偶遇少时同窗、祁门籍举人程镐。王阳明和湛若水两位大儒来九华山时，程镐都曾前来相陪和听课。他乡遇故知，二人自然无限欣喜。程镐喜游名山大川，得知柯乔赴福建上任，他拿出行程图，指着赣闽交界处说："柯兄，武夷乃天下名山，是朱子理学的摇篮，阳明先生和湛若水先生继朱熹之后都先后于彼讲学，那里也是你入闽必经之地。愚弟有个建议，一则我送你一程，二则我们共同寻访一下两位先生在武夷的遗踪，你意下如何？"柯乔自然乐不可支："此主意甚妙，先师讲学处，行至附近，理该去膜拜。另外，这一程有程兄相伴，能解行旅寂寞，岂不快哉！"于是，程镐加入柯乔赴任队伍，径直向武夷山方向而去。

　　数日后，他们来到了武夷山脚下。正是秋高气爽的日子，几人乘兴游山，寻觅王阳明和湛若水遗踪。经打听，得知山麓有座甘泉书院，乃湛若水先生当年在武夷讲学处。书院甚为简陋，几人进去对着湛若水画像敬香，膜拜一番，然后上山游玩。

　　武夷崇山峻岭，碧水丹崖，风光独特。进入山中，如在画中游。天游峰壁立万仞，大王峰险峻挺拔，玉女峰临水照影，武夷山三十六峰尽显天地造化和大自然鬼斧神工。在群峰西南灵岩一线天，汪可立和柯焴见里面空间太过狭窄，光线阴暗，不想进去。柯乔说："恩师阳明先生平生最喜欢探幽寻秘，他曾在九华山东崖顶上打坐。我猜测，先生一定来过这里。"

程镐说："你说得有道理！走吧，我们进去看看。"

两座山崖之间，有一条狭小的通道，最窄处仅能容一人侧身通过。头顶上，断断续续能看见一线晴空。两人手扶石壁，沿着台阶拾级而上。中间有一段，黑咕隆咚，暗无天日，两人仅能凭声音判断彼此的位置。费了九牛二虎之力，终于走出一线天，登上山顶。

程镐感慨地说："天高地阔，真是好地方，这才叫别有洞天。"

柯乔吟起了王阳明的诗《泛海》：

> 险夷原不滞胸中，何异浮云过太空？
> 夜静海涛三万里，月明飞锡下天风。

"好诗啊好诗！对了，先生这首诗就是作于武夷山吧？"

柯乔应道："是的。先生在贬谪途中，为躲避刘瑾派来的杀手，逃遁武夷山，听说，他在山中遇到了一个道人，一番交流之后，豁然开朗，毅然去贵州龙场赴任。在武夷山，他结合自己的泛海经历，写下了这首诗。"

"柯兄，你对阳明先生心学精髓领悟远比我深，何不结合这首诗给兄弟讲讲，我是真心求教。"

"程兄客气了。这首《泛海》，的确最能体现先生的心学思想。人世一切的艰难挫折，原本就不在我的心中，如同浮云掠过太空一般，没有任何痕迹。夜深人静，巨浪滔天，我心不动，如飞锡过天，则风停浪止。"

"飞锡过天？"

柯乔说："这里有个典故，唐时，隐峰禅师拟登五台山，路出淮西，途中遇到官军与叛军互相残杀，白骨盈野，禅师顿生怜悯之心，叹道：'吾当解其患耳。'将手中锡杖掷向空中，然后飞身而上，瞬间而过，两军将士深为震惊，由此罢战。"

程镐恍然大悟："我懂了，好个飞锡过天。"

柯乔说："阳明先生常说，'汝但戒慎不睹，恐惧不闻，养得此心纯是天理，便自然见'。"

程镐说："今天我们难得一游，你当作首诗，以纪念武夷之行。"

柯乔想了想，吟道：

> 九曲斜飞境，双华正下宫。
>
> 适来盟信宿，亘古尚奇逢。
>
> 天设浑无凿，机忘见太空。
>
> 武夷山下水，愿汲与人同。

——嘉靖乙巳阳月九日祁门印山程镐与双华柯子游武夷山赋此。

下山时，柯乔将诗交给当地石工，并留下刻资，让他们将此诗刻于一线天右边楼阁崖石壁上。是年嘉靖二十四年（1545）十月九日。

游毕武夷山，程镐和柯乔就此分别，柯乔继续向福州进发。不日后，到了福州，到福建布政使司报到，就任参议一职，开启了他的闽地仕宦生涯。

嘉靖二十四年十月，柯乔刚到任没有几天，就碰上福建遭遇台风暴雨袭击。柯乔奉命去建宁府巡察，下辖松溪县等地遭受台风暴雨袭击，受灾严重。柯乔亲临受灾现场，组织灾后重建工作。在这次暴雨中，松溪县学因校舍简陋倒塌。柯乔向来重视教育工作，他亲自主持募捐，启动了县学改建工程。当时，柯乔故友王慎中致仕后隐居在清源山家中。柯乔邀请他为改建后的县学作记，王慎中先是以才疏学浅婉拒，后柯乔擢升为海道副使，王慎中在民间听到柯乔政声颇佳，远非一般"俗吏"，心有所感，这才补写了这篇《松溪县改建儒学记》，记录柯乔灾后重建的功绩。文曰：

嘉靖二十四年十月，松溪县学灾。其时，青阳柯公乔迁之方以布政司参议分守建宁行部，至郡，县以灾告，驰往视之，度闲燕之地以居士，使无失业，士忘其灾，乃谋作治之事，视其基痺陋而偏于城闉。盖始徙不审士游于陋，数十年而不得复，因舍今所毁，而旧是图辟侵蟊，冒故基以得，稍市四旁衍地以广之，而作治之基审，始为会财所出，征发调集具有条理，有司蒙成而已。盖公好学闻道，论为世师，其见于政事，宜与俗吏不同，如此既会其本末，以授知府钱侯嵘侯之在郡，廉简温仁，其信于民也！久又有所授以从事，民亦不戒而来。作治未几，而学成矣。柯公以书至清源山中，属某为记，余辞不能。久之，而分巡建宁金事翁公学渊以币来速（解释：催促）

文，余益不敢当！其后，柯公由参议为副使巡海，行部漳州。予得质以所闻，然后敢以所质者为记。

盖嘉靖二十八年七月也，钱侯既迁，谢侯上箴来代，能修钱侯之美。参议仁和吴公源、佥事江宁张公恕并以直清宽大布宣化理，尤加意于学校，而以玺书督学于闽者，应城周公琉也，周公才学名一时，条教科指有以做人。松溪之士益勉所闻，以称诸大夫嘉育之盛，而某之记适成。

记曰：先王设为学校，聚天下之士教于其中，将以使之自觉，内得于心，以成其性，而有以为天下国家，而其教必谨于形器，悉于名数，自其耳目手足之所感，以为视听言动之用，皆必有不可乱之节与不可易之物，非其物则有禁，而不得其节，不苟然以徇也。守之之严，防之之密，如郊关市门之畿非常，殆又甚焉。

一岁之中，冬夏以习礼乐，春秋以治诗书，无有须臾之顷闲焉，以嬉耳目手足之用。将舍是而为他，而有所不暇，所为能得于心，高深微眇，耳目不可得而遇，手足不可得而致者，未尝及焉。彼存其耳目而其所不可遇者，固已察矣；约其手足而其所不可致者，固已著矣。

某察其著出于服习而勤修，故能深思而独得之，其得之也难，则其修之也益固，可以持久而不倦。如是而处诐邪怪谲之时，接乎奸乱之声色、淫慝之礼乐，固可以不变。况于防守之严且密哉！其教足以成人之材，已成之材又足以为教。奸乱淫慝之术不得出于其间，一有出焉，则其材之既成有以烛知其害，攻距之不去不已。而所设之教，又得与夫所成之材交存而不丧，旁皇周浃，至于广远，则荒陋遐阻四达而无所不被，渐驯赓续，至于悠久，则历世改物，而流风遗俗可以咏思兴起于不泯。盖三代之治之极，而学之成如此。

由周之衰，先王教人之法相属而尽坏，人之耳目手足之用，自为其物而贸然莫之为节。苟简残缺之余，猥以自恕于卑陋，而便其纵弛易肆之私，而才辩强力之出于众者，始有不安之心。以其物之无所遵，其节之无所仿，徒以妄意于高深微眇，以为可得而遇且致也。奇哤诙诡，日作于形器，纷然以骜瞀当世之民，如是者，皆见为才而足以易于天下振矜。其所不可得遇者，而形之于耳目未尝有察也；道说其所不可得致者，而措之于手足未尝有著也。其卒归于卑陋，而适所以为纵弛自便而已。

盖孔子兴于洙、泗，与三千之徒共学。其教，必以文、行、忠、信；其雅言，必以《诗》《书》执礼；其自为学，则幡十二经而不以为多；三绝韦编，而不以为勤；闻乐于他国，问礼问官于人；射御之卑执焉而不辞，独立而训其子，其学必在于《诗》《礼》语上；而为颜子言，其目必在于非礼之勿以视听言动；而其所自言，则曰"下学而上达"。此先王立学之方，而教人之意也。由今之道而为学，诚不能一二以合先王之法，既皆晓然知尊孔氏而诵其所传，则于形器名数固不能无今昔先后之差，而视听言动之用于所感，出之必有其物，动之必有其节，阅千百载而若旦暮，其曰"下学"云者，考于其书而可知也，是将不越夫耳目手足之间而有以得，其不可遇、不可致者，惟在夫慎守而笃行之而已。可不勉哉！

嘉靖中期，东南沿海走私贸易日益猖獗。太祖朱元璋实行严厉的海禁政策，规定"寸板不得下海"。洪武三年，明廷"罢太仓黄渡市舶司"；洪武七年，下旨撤销自唐朝以来就存在的，专司海外贸易的福建泉州、浙江明州、广东广州三处市舶司，中国对外贸易遂告断绝。洪武十四年，朱元璋"以倭寇仍不稍敛足迹"，又下令"禁濒海民私通海外诸国"。后又多次发布诏令，彻底取缔海外贸易，禁止民间购买和使用番货，严禁沿海百姓下海通番。

明廷严酷的海禁政策无疑断了沿海百姓生路。进入嘉靖朝，沿海走私贸易渐渐兴起。由于巨额利润吸引，一些海商、窝主结交和买通地方官员及守军，在他们的纵容下，勾引佛郎机、日本等国海商，在东南沿海岛屿上建立窝点，明目张胆地做起了走私贸易，沿海通番走私日趋活跃，参与百姓越来越多，出现了海禁禁而不止、走私船队络绎不绝的复杂局面。

嘉靖皇帝虽然身居深宫，但他显然掌握了浙闽等地走私贸易日益活跃的实情。经过和廷臣们一番商议，他决定延续自明初就实施的海禁政策，严厉打击走私贩私者，严禁外国商人和沿海百姓私下交易。可是，沿海的走私贸易发展到此等程度，显然不是一纸禁令就禁得了的。由于牵涉到各方利益，强行实施海禁，势必会激起强烈反弹。

嘉靖皇帝大力强化抑商政策，厉行海禁，其严厉程度超过此前任何一个皇帝，他颁布了一系列禁令，如《明世宗实录》各卷载：

凡番夷贡船，官未报视而先迎贩私货者，如私贩苏木、胡椒千金以上例；交结番夷互市、私贷、绍财、构衅及教诱为乱者，如川广云贵陕西例；私代番夷收买禁物者，如会同馆内外军民例；揽造违式海船私鬻番夷者，如私将应禁军器出境因而事泄，律各论罪。

浙福二省巡按官，查海船但双桅者即捕之，所载虽非番物，以番物论，俱发戍边卫。官吏军民知而故纵者，俱调发烟瘴。

禁沿海居民勿得私充牙行，居积番货，以为窝主。势豪违禁大船，悉报官拆毁，以杜后患。违者一体重治。

一切违禁大船，尽数毁之，自后沿海军民私与赋市，其邻舍不举者连坐。

以上禁令表明，嘉靖年间的海禁逐步强化，从禁止私人从事海上贸易发展到禁止制造和使用航海大船，从由海商自行承担法律责任发展到邻里连坐。

要实施海禁，自然要选好官员，柯乔进入了嘉靖皇帝的视野。嘉靖二十五年，柯乔升任福建按察司副使、巡海道副使，正四品。巡海道副使，简称海道副使或巡海副使，其主要职责是经略海防，督理沿海卫所，监督沿海文武官员，总督沿海兵马，管理民兵参将，储备粮饷，具有军事和行政双重职能。海道副使作为按察系统的"外台"长官，虽然是一省按察司副使，但职权专一，不受按察使节制。即按察使和巡海道副使"虽堂属不相牵制"。为便于管理海防事宜，早在嘉靖九年，福建海道署衙门驻地前移，设于漳州。

海道署位于漳州府署北面，规制宏大，有正堂、后堂，堂各五槛。正堂前有月台，中为仪门，仪门左右是兵舍。外有外门，左右为馆，是书掾公廨。前有一坊，上写四个大字：控制全闽。月台右侧有门通向射圃，其后有崇楼十二栋，高门夷庭，庄严宏伟。

佛郎机是一种火炮，由欧洲发明，大约于明正德年间传入中国。国人将拥有这种火炮的葡萄牙人和西班牙人称为佛郎机人。佛郎机人在中国沿海渗透较早，他们仗势欺人，杀人越货，劫掠百姓，胡作非为，无人敢管。民间甚至流传着佛郎机人经常烹食童男童女的传言。在柯乔上任前，漳州刚发生一起恶性事件，佛郎机人因走私发生争端，杀死番徒郑秉义并分解其尸。在漳州府龙溪县海沧镇一二三都，有座金沙公馆，是佛郎机人在漳州府的住处。常年住在这里的佛郎机人达百位以上，漳州大海商出入其间，他们沆瀣一气，称兄道弟，秘密交易，地方府县和安边馆官员从不敢进入搜查，这里俨然成了国中国。对一般百姓而言，金沙公馆更是神秘莫测之地，平时连走近都不敢，更不用说进去窥探一二了。

海沧镇地处九龙江入海口北岸，与月港镇隔江相望，二者均是明代漳州海洋贸易和海上防御的重要区域。明正德《大明漳州府志》卷十四载："近海诸处，如月港，如海沧，居民多货番，且善为盗。"龙溪县人林魁《安边馆记》也指出："盖以龙溪、月港、海沧、沙坂、崧屿、长屿、漳浦、玄钟、徐渡诸澳，联亘数百里，东际大海，南密诸番。"为便于管理漳州沿海地区，早在嘉靖九年，朝廷即于海沧设立了安边馆，相当于海道署在地方的一个派出机构，委派各府通判轮流驻守，每半年轮换。安边馆的主要职责是弭盗贼、禁通夷、理狱讼、编舟楫、举乡约、兴礼俗，总之以安民为主，便宜行事。但成效不佳，走私贩私之风并不见收敛，安边馆名存实亡。林魁在《安边馆记》中一气列举了九个港澳，可朝廷为什么选择在海沧镇设立安边馆，从中也可看出海沧的特殊性。海沧地处沧江与九龙江交汇处，地处要冲，有着其他港澳无法比拟的交通优越性。

可见，柯乔上任之始，形势极为严峻，朝廷海禁政策几近崩坏，以佛郎机人为代表的武装海寇盘踞已久，走私贩私成风，猖獗一时，地方官、守军、番徒和沿海百姓深度参与其中，海禁令俨如一纸空文。沿海地区民风强悍，与夷人来往密切，易滋生事端。如海沧，民间习武成风，盛出"海沧打手"，名闻一时，为正则为良将勇士，为邪则为海寇盗贼。总之，都是狠角色。

福建巡按御史金城根据嘉靖皇帝旨意，要求刚到任的海道副使柯乔，以及漳州府知府卢璧，要严明海禁法纪，对走私贩私行为予以严厉打击，特别是对盘踞在外海浯屿岛上的佛郎机人，要设法将他们驱离，还闽海一片安宁。金城认为，佛郎机人身为匪夷，本性难移，难以驾驭，如果不采取严厉措施，设法将他们赶走，不仅难以向朝廷交代，而且后患无穷。可能金城并不知道海沧有坐佛郎机人盘踞的金沙公馆，他只知道他们以浯屿为巢，要是知晓他们早已涉足内陆，说不定会大发雷霆。

驱离佛郎机人，要一步一步地来。当务之急，是要收回金沙公馆。公馆收回，佛郎机人在漳州府陆上的活动就没有了据点，自然会乖乖地龟缩到浯屿岛上去。时机成熟，再相机考虑对浯屿用兵，彻底将佛郎机人赶出福建沿海。

柯乔到任后，很快就将海沧安边馆的情况弄了个清清楚楚。安边馆由福建八府通判轮流驻守，每人半年，下配八名捕快。弊端也由此而生。试问，每位通判轮值时间不过半年，谁会安心尽职？就算他们想做一件事情，若非速战速决，耗时稍长点的，这才开始不久呢，半年任期很快就到了，到时这功劳算谁的？因此，八府通判们被派到安边馆轮值，他们压根儿就没想着要有一番作为，只图把自己在任的这六个月时间糊弄过去。更有甚者，有的通判和手下捕快，利用工作之便，同佛郎机人、海商和番徒互相勾结，官贪吏墨，串通一气，与贼为市，从中牟取利益。如此一来，安边馆倒成了谋财的宝地。现在安边馆轮值的是建宁府通判蔡如拯，此人贪婪成性，口碑甚差。上梁不正下梁歪，安边馆的八名捕快也没有闲着，四处揩油偷腥。坊间有传言，安边馆十个人中，只有一个门子算干净的，其他九个都是"水老鸦"，一个个都是水里捞鱼的高手。

柯乔决定到金沙公馆去走一趟。

一天，他带着漳州府通判翁灿、龙溪县知县林松，以及汪可立、柯焰和几个亲兵，骑着马，向海沧安边馆而去。行前，柯乔并没有派人通知安边馆，而是突然到访，他就是想看到点真实情况。

路上，翁灿说："柯大人，我们漳州有句民谣，不知您有没有听过，'海沧蔡，月港薛，金银如水，夺命三绝'。"

柯乔一愣："愿闻其详！"

翁灿说："这是说海沧蔡容明和月港薛章义两个大海商，他俩各霸一方，是佛郎机人在漳州的代理和帮凶。他俩是师兄弟，一身武功，夺命的绝招有三，无人可破。"

柯乔沉默不语。到了安边馆，发现大门紧闭。军士上前敲门，敲了半天，才出来一个门子开门。他一边揉着眼睛一边嘟哝道："今天怎么这么早就回来了，也不让人好好睡觉。"

门子发现有点不对劲，定睛一看，门外站着几位当官模样的人，个个神情严肃。他没见过这阵势，当下脑袋就缩回了一半。柯焰问道："这大白天的，关啥门？"

"回大人，蔡通判他们都出去了，就我一个人在馆里看门，都怪小人该死，偷懒眯了一会。"

门子主动自责，弄得人都不好再说他的不是。柯焰问道："蔡通判他们到哪去了？"

"这……"门子吃不准眼前这些人的身份，欲言又止。

柯乔厉声说道："我们找他公干，这问你话呢，吞吞吐吐干吗？"

门子说："回大人……在他本家那。"

柯焰恼了："你这不是等于没说吗，我们怎么知道他本家是谁，又在哪里？"

门子杵在那里，一动不动。柯乔说："这样吧，我们也不进去了，你把门锁了，带我们去找他。"

门子低着头说："小人不敢。"

柯乔说："你将我们带到附近就行，我们不会为难你的。"

门子这才锁上门，带着柯乔向海沧码头边走去。不过一炷香的工夫，就到了码头边。柯乔一打量，这片澳湾里，泊着大大小小的船只不下百艘，没有一艘渔船。上货的，下货的，人流如蚁，货积如山，来回奔忙。

到了码头边，门子停住了，不敢再往前走了，只是朝不远处的一艘双桅大船努了努嘴。柯乔明白了，蔡如拯十有八九在那条船上。

柯乔示意汪可立和柯焰二人过去看看，他和翁灿、林松都穿着官服，怕惊动了蔡如拯。

汪可立和柯焰向那条大船走去，远远的，就听到一阵婉转的琵琶声。柯焰略通音律，知道弹的是《浔阳月夜》。到了大船边，柯焰正准备登上跳板，只听耳门边"嗖"的一声风响，两人被一条突然伸出的胳膊拦住了。胳膊又黑又粗，毛乎乎的。柯焰一看，一个铁塔般的汉子不知从哪冒了出来，正瞪着他俩呢，那意思是：干吗的？柯焰灵机一动说："安边馆来的，有事找蔡通判。"

听说是安边馆来的，那只毛乎乎的胳膊又收了回去。两人顺利登上了船，绕过码得整整齐齐的货物，循声径直来到后舱。

后舱中，一人身着官服，躺在卧椅上，脚却放在桌上，闭着眼睛，摇头晃脑地哼着小调。他的身边，两个容貌姣好的女子在替他打着团扇。窗边，坐着个弹琵琶的女子。

汪可立和柯焰突然出现在舱门口，琵琶声不自觉地停了。蔡如拯猛地睁开了眼，问道："怎么停了？"

女子指了指外面，示意来人了。

蔡如拯斜着眼朝舱门口扫了一眼，不认识。他用手指在空中点了几下，没好气地说："弹，接着弹，扫了本大人雅兴，一会将你扔到九龙江里去。"女子一个哆嗦，琵琶倒是响了，韵律却乱了。女子的手不由自主地哆嗦着，显然被蔡如拯的话吓着了。

蔡如拯对着舱外大叫道："哪里来的臭头鸡仔，还不快滚！"

臭头鸡仔是闽南语中骂人的话，柯焰是懂的。汪可立问道："蔡通判，这船上码放的上等丝绸明明都是违禁品，这是要运往哪里，你怎么不管？"

蔡如拯这才将汪可立和柯焰上上下下打量了一番，冷冷地问道："你们是什么人，为何扰了本官的雅兴？"

汪可立大声说："新任海道署长官柯乔柯大人到访安边馆，差我们来请你！"

蔡如拯一个激灵坐了起来，衣衫不整地冲了出来，说："本官前脚才到，没想到柯大人后脚就来了，罪过罪过，二位请前头带路！"

这时，一位一身短打服的黑汉子过来了，惊道："蔡通判，好好玩玩啊，小的将得月楼的三甲都请来了，还有什么不满意的您尽管吩咐，别走啊！"

汪可立猜测，眼前这汉子，应该就是翁灿说的海商蔡容明。蔡容明见蔡通判一言不发气呼呼地走了，不知道发生了什么事，跟在后面撵着。蔡通判前脚刚走，那八大捕快也不知从什么地方冒了出来，都跟着一溜烟跑了。

见到柯乔，蔡如拯尴尬极了，极力辩解道："下官带着捕快到码头巡查有无贩私货船，没想到柯大人前来，有失远迎，罪该万死！"

柯乔意味深长地说："你还知道巡查贩私货船，总算没有忘记自己的职责。那本官问你，巡查情况如何？"

崔如拯擦了擦额头上的汗珠："下官无能，海盗猖獗，贩私货船屡禁不绝。"

"你总算说了句实话。"柯乔说，"上峰有令，要将佛郎机人驱离福建沿海，当务之急是要收回金沙公馆，这是你分内之事，可有把握？"

"不瞒大人，下官绝无把握。"崔如拯说，"据下官了解，公馆系佛郎机人所建，他们在这里已住了近二十年，每年都按租约缴纳一笔不菲的地租，现在突然叫他们搬离，断然不会同意。"

"佛郎机人留在这里做什么？"柯乔的声音明显透出不悦。

蔡如拯说："不瞒大人，他们在这里有许多营生。"

"还不是？佛郎机人如果继续留在这里，海禁如何实施？朝廷禁令不成了一纸空文？夷人匪性难改，作奸犯科，乱我朝纲，况且，他们暗地里具体做了些什么，恐怕你这个通判也不一定十分清楚。"

蔡如拯说："是，下官确实是不甚清楚。"

柯乔说："我们到金沙公馆去看看，先礼后兵，要是他们识相答应乖乖搬走，那便罢；如若不答应，在咱们的地盘上，难道还怕这些夷人不成？就是赶也要将他们赶走!”

蔡如拯说:“只要柯大人有这份决心,下官一定和佛郎机人周旋到底,直到将他们赶出海沧为止! 家父是一位老夫子,一生仰慕包拯,他将下官起名如拯,就是希望我长大后成为一个包拯那样的人。包拯诗云'清心为治本,直道是身谋。秀干终成栋,精钢不作钩。'下官虽不才,舍身为国的决心还是有的!”

瞧着蔡如拯说得振振有词,柯乔都有点愣了,凭他所言,尚能算是个尽忠职守的人。可柯乔走上仕途已二十余年,知道人是复杂的,有些人当面一套,背后一套,当不得真。

一行人到了金沙公馆。公馆位于海滨的一处高地上,与周围民居相隔甚远,一大片红色的房子,远比一般的闽南大厝高大,耀眼宏伟。蔡如拯刚出现,就有佛郎机人冲他嚷着打招呼。显然,他是这里的常客。

听说海道署新任长官来访,佛郎机头领雷尔弗带着几个人亲自出来迎接。这是柯乔第一次近距离打量佛郎机人。他们个个身材高大,高鼻深目,凶狡桀骜,皮肤是一种病态的白。民间传言他们喜食小儿,这倒未必真实。不过,他们这长相,确实让人不敢恭维。见面后,雷尔弗假装热情地和大家一一握手。

院子里,有一座高台,上面陈列着一尊佛郎机巨铳,铳管要一人合抱,黑洞洞的铳口朝着大门外的海沧镇。雷尔弗带领大家参观,围着巨铳转悠着。雷尔弗嚷着谁也听不懂的语言,一个佛郎机通事用蹩脚的汉话翻译着。意思是,雷尔弗说:“这尊巨铳威力无比,只要三发炮弹,整个海沧就会灰飞烟灭。”

柯乔、翁灿、林松几个人对视了一眼,有些信,又似乎不信。望着这乌黑的铁家伙,它和佛郎机人一样,让人神秘莫测。不过,通事又翻译说:“雷尔弗先生说大家不用害怕,你们是尊贵的客人,况且这是尊废铳,炸过膛的,摆在这儿不过是吓唬吓唬一般百姓。”

进了客厅,大家坐定了。有人往每个人面前放了一只茶盏,不过里面并不是茶,而是一种黑乎乎的东西。通事说是“咖啡”,叫大家尝尝。大家端起看了看，并没有人敢喝。雷尔弗见状哈哈大笑，端起盏子一饮而尽。

该打开窗子说亮话了。柯乔站了起来，清了清嗓子，雷尔弗目不转睛地看着他，感觉有点不妙，这个镇静得可怕的海道署长官让他有点底气不足，毕竟在人家的地盘上。柯乔朝北方拱了拱手，说："在下奉吾皇之命，前来闽地，实施海禁。也就是说，严禁百姓和夷人私自贸易，夷人只能朝贡交易。本官今天前来，目的只有一个，就是向你们宣谕我大明海禁令，限你们佛郎机人在半月之内离开海沧！"

随着通事的翻译，雷尔弗连连摇头和摆手，哇里哇啦讲了一通。通事翻译说："雷尔弗先生的意思，我们可以大幅提高土地租金。要想让我们搬走，你说我们搬到哪儿去？"

柯乔大声地说："你们从哪儿来的就搬到哪儿去！"

雷尔弗的脸涨得通红，他现在才明白，眼前这个海事署大人是来找他们麻烦的。他开始以为，他们是来索要钱财的，用中国的话说，是来打秋风的，他也做好了放血准备。可万万没想到的是，他竟然要求他们滚蛋！他们在这里已待了二十年，赚取了巨额财富，现在突然要赶他们走，断他们的财路，这无异于要他们的命。

雷尔弗瞪着眼，用近乎哀求的口气说："只要不赶我们走，什么都可以商量，什么都可以谈！"

柯乔说："海禁是天子旨令，没有任何商量的余地，你们必须限期搬走！"

雷尔弗恼羞成怒，他捋起袖子，露出两条粗壮且长满了汗毛的胳膊。他捏着拳头，在空中挥舞着，用中国话说："不行！绝对不行！"

柯乔站了起来："本官再说一次，你们必须搬走，没有任何商量的余地！给你们半月之限，今天是第十五天，明天是第十四天，到时要是再不走，不要怪我们不客气！"

雷尔弗来到院子里，从房间里拿出一支佛郎机火枪，对着空中"砰砰砰"连开三枪。空中正好飞过一群鸟，有一只被雷尔弗打中了，掉了下来，在地上扑腾着。柯乔发现，他们这种火枪竟然可以连发，比明军的鸟铳强多了。空气中弥漫着一股火药味。雷尔弗吹了吹铳口的硝烟，说："那我们只有一个选择：开战！公馆里正好来了一批最新式的佛郎机火绳枪，可以派上用场了！"

柯乔说："既然你们敬酒不吃吃罚酒，那好，十五天之后，我们再用实力说话，叫你们瞧瞧大明军人也不是吃素的！"说着，带着一班人拂袖而去。

回到海道署，柯乔立即召见镇海卫指挥李希贤、汀州漳州二府守备俞大猷、漳州知府卢璧，命他们立即整顿军马，备足军需，做好半月后和佛郎机人开战的准备。三人虽面露戚色，但还是领命去了。

林松紧张地问道："柯大人，半月后，我们真的准备和佛郎机人开战？"

柯乔没有立即回答。翁灿接过话头说："万一他们到时真的赖着不走呢？我们必须从现在开始就要着手准备。虽然他们的火绳枪很厉害，但毕竟在我们的地盘上，佛郎机人势单力薄，何足惧也？我们就是困也把他们困死了。"

柯乔说："佛郎机人之所以不愿意离开，是因为他们有生意在海沧。我们要是让他们做不成生意，或者无生意可做呢？那他们继续留在这里还有什么意思？到时不用我们赶，他们自己就会卷铺盖走人！"

汪可立说："这个主意很好！我们刚地闽地，各方面情况都还不熟悉，不宜草率地和佛郎机人开战。上策是兵不血刃，让他们自行离开。"

柯乔道："我说的正是这个意思。从明天起，立即封锁九龙江口，除了渔船，所有货船禁止出入，内地的货物无法运出，外洋的走私货物进不来。如此一来，他们还待在这里干什么？"

林松说："要是他们还是赖着不走呢？"

"那也不怕。"柯乔说，"接下来的事情就交给你了。"

柯乔对他耳语了几句，林松恍然大悟："下官明白了，下官明天就安排人去办。如此一来，不怕佛郎机人不走！"

金沙公馆内，有百余名佛郎机人常年生活在这里，他们每天的吃喝拉撒都有一帮专人服务。当然，这些人都是本地百姓。

第二天清早，每天用板车往金沙公馆里送菜的老陈，照例买了一车的鸡鸭鱼肉和各类菜蔬，哼着小曲送往公馆。与往常不同的是，今天，通向公馆的路口处，站着两个身穿皂衣挂着腰刀的衙役。老陈没当回事，继续往前走着。走到衙役身边，一声怒喝"站住"，老陈被吓了一跳，车上的几只公鸡也乱扑乱叫起来。一个衙役举起了腰刀，冷冷地说："从今天开始，不许再往公馆里送菜！"

老陈壮着胆子问道："那，那佛郎机人吃什么菜呢？"

衙役眼望青天："吃什么菜是他们的事，你操哪门子心，反正不许卖菜给他们！"

这时，拉着板车送水的老李也到了，同样也被拦住了。衙役说："上边吩咐下来了，从今天开始，不许给佛郎机人送水！"

老李也急了："那佛郎机人喝什么？"

衙役说："喝什么关我什么事，没喝的，他们还可以喝自己的尿啊。"说罢，两个衙役笑得前仰后合。

老李无奈，只好掉转车头，说："我起个大早，从三眼井里才打的新水，可惜今天的生意做不成了。"

安边馆里，蔡如拯左手持书，高举着，目光却并没有落在书上。他摇头晃脑地吟着："廉者，民之表也；贪者，民之贼也。"这是包拯的名言，晨起背几句，是他每天的必修课。又吟道："关山临却月，花蕊散回风……"这是唐朝宰相陈叔达《听邻人琵琶》中的诗句。显然，蔡如拯仍回味着那天船上的情景。见室外无人，他将书在手心拍了拍，嘴里啧啧有声："多好的三甲，连看都没有看够，太可惜了……"

正在蔡如拯沉浸在惋惜之中时，门子通报，说蔡容明求见。话音未落，就见蔡容明扶着门框，大口地喘着气说："蔡通判……不、不好了……"

蔡如拯脸色"唰"地变了："怎么说话呢？冒冒失失，我这不好好地吗？谁说我不好了？"

蔡容明知道蔡如拯理解错了，他说："蔡通判，小人不是那个意思。今天一大早，小人押着货船准备出海，您猜怎么着，九龙江出海口，全是军船，外面的船进不来，里面的船不让出，那些当兵的一个个手里都拿着刀枪，谁不听命令就抓谁。那几个带兵的把总，平时吃咱的喝咱的花咱的，现在一个个都像不认识咱似的，都是乌贼一般的脸，没半点商量的余地。"

蔡如拯敲着手里的书，慢条斯理地说："这就对了。"

"这还对了？"蔡容明一脸陌生地瞅着蔡如拯，"这样下去，要不了几天，咱海沧就成了一座死镇。"

蔡如拯将书在蔡容明的头上敲了敲，说："你真是个榆木脑袋，一天就晓得挣钱。海沧死不了，这是新来的海道大人在使手段，逼佛郎机人离开，懂吗？只要佛郎机人走了，你们的生意不还是照做！"

"可佛郎机人要是离开了海沧，我们和谁做生意去？不还是我们海商吃亏？"

蔡容拯手中的书敲得更重了："他们还能跑到哪儿去，夷巢不是在浯屿吗？你们不过多跑点路而已！"

蔡容明仍怒气难平："我就是不想让佛郎机人离开，我这就到金沙公馆去，我手下也有几百号人，和佛郎机人联手，未必不能杀开一条血路！"

"愚蠢至极！"蔡如拯将手中的书在蔡容明的脖子上划了一下，蔡容明吓得一个哆嗦，脖子缩进了宽厚的双肩里。蔡如拯将手中的书"啪"的一声摔到地上，说："我听说半个海沧镇都是你的，别怪我没有提醒你，你要是没了，你那些家产可怎么办？"

蔡容明"扑通"一声跪在地上，"砰砰"地磕头道："谢谢大人指点，小人明白该怎么做了。"

"明白就好，明白就好。"蔡如拯将书捡了起来，吹了吹上面的灰尘，"今晚将得月楼的三甲送到后院来，小心点别让人知道，免得坏了本官的声誉。"

"小人明白，大人放心好了。"蔡容明起身告辞。

未及半月，佛郎机人实在无法忍渴挨饿，在海沧再也待不下去，主动搬走了。当柯乔听到这个消息时，欣喜万分。他带着漳州府通判翁灿、龙溪县知县林松等人再次来到金沙公馆。柯乔指着院子正中的佛郎机巨铳说："盼咐下去，立即将它拆了，在这里立一座孔子雕像。"

林松问道："柯公，您是不是要将公馆改造成一座书院？"

"正是！"柯乔说，"沿海一带民风粗犷强悍，鼠窃狗盗，多年难息，其根本原因之一还在于缺少教化。前人也早发现了这点，嘉靖十六年，泉州府通判唐泽就在海沧建社学，延师授课。将金沙公馆改为金沙书院，收纳海沧子弟入学，岂不是一桩利国利民的善举？"

"太好了，这办学的具体事宜，就交给下官吧。只是，这书院的山长人选，还得由柯公您亲自选定。"

"山长一职，当选本地德高望重的饱学之士充任。"柯乔说。

林松说："那当算邻县同安县林希元无疑。"

柯乔说："林希元这个人我了解一些，做官时声名颇佳，刚直清廉，关心民瘼，学问也做得很好，满腹经纶，学富五车，人称理学名宦。我同意！"

林希元是同安县山头村人。他少时家贫，读书较晚，但从小胸有青云之志。三十五岁方中举人，越年中进士，授南京大理寺评事，不久被擢升为大理寺丞。但由于他生性狂傲耿直，官做得并不顺。因秉公执法，他得罪上司，被贬为泗州判官。几年后因政绩官复原职，后又与权臣夏言意见相左，再次被贬为钦州知州。嘉靖二十年冬，时年六十的林希元被罢职回乡，可谓结局凄凉。柯乔邀请他出任金沙书院山长，他自然喜不自胜，欣然赴职。

林希元当了山长后，在县令林松支持下，在旧公馆的基础上加以改造、修缮，并增建号舍三十楹，将馆舍改建为一所颇有规模的学校。林希元在《金沙书院记》中记道："堂庭厢庖，咸拓其旧，梁栋榱桷，易以新材，又增号舍三十楹。由是诸生讲诵有所。五澳之民，远近闻风，咸兴于学。"金沙书院改造完成后，当地民众求学热情高涨，书院也由此成为当地士子读书治学的重地。柯乔、林松、林希元自然就成了金沙书院的创始人，载入了史册。

在柯乔的倡议下，金沙书院先后刊刻了闽版《汉书》《晏子春秋》等典籍，尤其柯乔版闽本《汉书》校勘成果影响巨大，之后全国各地重印《汉书》，多以闽本《汉书》为样本。嘉靖三十四年，书院首批学子之一周一阳，协助林希元在书院内重新刊刻了《古今形胜之图》。目的是"欲便于学者览史，易知天下形胜古今要害之地"。这幅图上，标明了明朝 1129 个县的山川地理，还有数千字的丰富注述。这幅地图，于隆庆年间通过月港流入海外，成为最早传入欧洲的中国地图，是欧洲汉学研究的起源文献之一，在西班牙一直珍藏至今。当然，这些是后话了。

　　佛郎机人虽然离开了海沧，但是，他们并未远离福建沿海，而是龟缩到了中左所（后称厦门）南面海中的浯屿岛上，继续明里暗里地做着走私生意。佛郎机人不走，海禁就是一纸空文。可是，要想让他们离开浯屿，绝非易事。对此，柯乔也颇为头疼。

　　这天，柯乔正在海道署为如何赶走佛郎机人思索对策，汪可立进来递上一份信札报："大人，建宁县知县张鹤年来信了。""哦，那一定是个好消息！"柯乔赶紧起身接过信札拆开阅读。"果然是个好消息！闽东最大的摩崖石刻建成了，甘泉先生的两幅书法都刻到星球岩上了！这个张知县办事很利索！"柯乔看完信，喜形于色。原来柯乔擢升海道副使时，他的启蒙老师、居于池州的李呈祥先生托人给他捎来一件礼物，那是湛若水先生赠予李呈祥的两幅书法作品，内容是心学六字诀，目的是鼓励柯乔按照心学要诀去做人处事。柯乔常把这两件宝贝带在身边玩味。一天，柯乔在建宁县巡视海防时，得知知县张鹤年亦精研湛若水心学，并深受影响。柯乔大喜，他拿出了湛若水的这两件书法作品向张鹤年展示，张鹤年自然欣喜万分。柯乔叮嘱张鹤年将它们刻于山石上，以教化世人。寿宁县鳌阳镇城西，有一巨石，约有三丈高，状若星球，故称星球岩。因其面对狮山，形如狮球，故星球岩又叫狮子球岩。柯乔和张鹤年在共同看过星球岩后，决定将湛若水先生的心学六字诀镌于其上。文分两个部分：

　　第一部分：嘉靖丁酉年（1537），吏部尚书湛若水书心学《六字诀》。正

148

文 80 个字，款识 32 个字，共 112 个字。如下：

甘泉子曰：可以与吾"随处体认天理"之学者，其古源李子乎！夫随处体认天理，此吾心学六字诀也，千圣千言之会也，尽之矣。苟能终日终身而致力焉，直上达天德无声无臭焉，至矣。李子其勖之哉，是在李子。

嘉靖丁酉十月廿五日，守南京吏部尚书，增城湛若水书以载履二赋古源李子歌。

第二部分：嘉靖十七年戊戌（1538），吏部尚书湛若水书。正文 68 个字，款识 43 个字，共 111 个字。如下：

赠子以裁裁，四直之中，撑柱乎！明明之高，昊中当以褭褭。素丝之履，平步乎！广广之大地。夫高山广大不直也。他自然而然，而毫末不加，嗟，惟古源李氏之子其殆可以与于此哉！

嘉靖十有七年，岁在戊戌四月既望，守南京吏部尚书，前祭酒侍读、国史经筵官、甘泉居士湛氏若水书于锡龟亭。

第一幅石刻意指：甘泉先生说，可以与我随处体认天理的学者，可能只有古源的李呈祥先生了！"随处体认天理"，这是我的心学六字诀，也是集各位圣贤理论之大成，其中的哲理已经讲得很透彻了。如果能一生致力于此，默默无闻，感悟天赋美德的最高境界，这就够了。继续努力吧，我相信李先生一定会达到心学的巅峰。

第二幅石刻意指：登高远眺，才能了解昊天的宽广无际；临川溯源，才能领略大地的深邃辽阔。只有站得高才能看得远，只有见多才能识广。虚心好学，踏实做事。对心学的研究，顺其自然，毫不牵强，唯有古源李呈祥先生能达到这种境界。

这是两件巨幅石刻，长宽均一丈有余。湛若水先生的书法龙飞凤舞，刻工也颇为精湛，较好地呈现了甘泉先生的书法神韵。这次张鹤年来信报告刻石完毕，大功告成，柯乔很满意。在繁忙的公事之余，像创办书院、刊印典籍、勒石刻碑之类文化之举，他总是乐此不疲，不厌其烦。

通过软硬兼施，将佛郎机人顺利赶出金沙公馆后，柯乔面临的下一个棘手问题，就是对盘踞于浯屿岛上的佛郎机人用兵。

福建巡按金城认为，佛郎机人身为匪夷，天性难移，如果不赶尽杀绝，必将后患无穷：首先海禁难施，无法向朝廷交代；其次任由他们留在浯屿，必定会再生事端。因此，柯乔到任后，金城交给他一个重要任务，命他整顿海防，训练军队，设法将佛郎机人驱离闽省外海。

浯屿是地处泉州府和漳州府交界处的一座海中小岛，距中左所（后称厦门）水程七十里。这里又是九龙江与外海交汇处，水道四通八达，是漳州、同安、中左所等地的海上门户。正是由于地理位置极其重要，明初曾于岛上设立水寨，是海防重镇之一。后来水寨内迁至中左所，浯屿处于无人管理状态，成了一座荒岛，无形中为番船到闽活动提供了便利，这里很快被佛郎机人占据，成了他们到浙闽从事走私贸易的基地。佛郎机人的船舶上，配备有火力强大的速射火炮佛郎机。明代将拥有这种武器的葡萄牙人和西班牙人泛称为佛郎机人，足见这种火炮的威力。除火炮外，佛郎机人还配有先进的火绳枪，其射程、精准度和杀伤力，远优于明军的火铳。

浯屿成了海商、海盗据与佛郎机人互市的"巢穴"。佛郎机人到浯屿泊船，运来香料、珠宝、药材等货物，在对面的繁华大镇月港和海沧等处出货。然后，采购他们梦寐以求的丝绸、茶叶、陶瓷等物品，运往海外。走私贸易利润巨大，沿海百姓趋之若鹜，以贩私为荣。

更为严重的是，部分管理海道的官员、卫所军官与海商互相勾连，深度参与其中，导致海禁问题进一步复杂化。柯乔前任、海道副使姚翔凤就是个贪得无厌的人，他在任职期间，放纵佛郎机人入境，以致闽地走私愈演愈烈，海禁法纪尽毁，结果被前任巡按纠劾，考察罢黜，等待朝廷发落。负责漳州一带水域安全的浯屿水寨，其把总指挥佥事丁桐不顾朝廷律令，大发走私财，利用职务之便，对走私货物违规纳税，对船舶收取入港费，明目张胆地将其合法化，且将收得的款项与卫所军士私分。类似现象不胜枚举。

漳州海道署签押房里，案上，一只海螺形状的紫铜油灯里，注满了亮汪汪的鱼油，从里面牵出两根灯芯，将房里照得透亮。柯乔望着案上的海防图，目光在浯屿、海沧、月港几个地方转来转去，神情冷肃，一筹莫展。汪可立说："柯公，真要打仗吗？"

柯乔并没有说话，而是从抽屉里拿出一封书信。汪可立接过来一看，是福建巡按御史金城写来的。信中，金城再次催促柯乔对佛郎机人用兵，早日将他们赶出浯屿。金城语气凌厉，似对柯乔到任数月按兵未动颇有微词。

收好信，汪可立说："要打仗了，多个人多份力，我写封信，将王青龙和郝地虎二人调来帮忙吧？"

柯乔抬起头："你不说我倒忘了，叫他俩立即赶来，这边正是用人之际。"

"海道一职，不同于一般的官员，是要上战场真刀真枪血拼的，而且还是和夷人作战。"柯乔望着汪可立说，"汪兄，你怕不怕？"

"要说不怕是假的，佛郎机人的铳炮和火绳枪的厉害我是领教过的，要是沾点火星，恐怕小命就没了。"

"是的，我们现在可做不得摇头晃脑读着四五书经的书呆子。佛郎机人的速射炮和火绳枪虽然厉害，但是，他们才几条船，几个人？难道能任由他们在我们的家门口胡闹？这仗必须要打，而且一定要打赢，怕的应该是他们。"

汪可立说："柯兄，您虽是文官，但毕竟从小习武，我是一介书生，比不得您，见到刀枪就犯怵，更不用说佛郎机人的神器了。不过，您这么一说，我的底气就足了。"

柯乔一乐，拍了拍汪可立的肩说："别怕，有我呢！这几天我们到几个卫所去看看，要和佛郎机人开战，没有点实力不行，我担心的就是我们的海防力量，有没有和佛郎机人叫板的实力。"

"海防废弛，缺兵少船，不去我都知道。"汪可立说。

柯乔叹了一口气，意味深长地说："打得赢要打，打不赢也要打，我们没有退路。漳州是我的恩师王阳明率军平匪的地方之一，正德十二年，先生出任南赣汀漳等处巡抚，平定了闽粤交界处持续了数十年的匪乱。值得欣慰的是，我终于能像恩师阳明先生一样，能带兵打仗了。先生平生经历大小战役无算，无一败绩，真神人也！"

汪可立说："您也会的。"

柯乔一笑："不敢不敢，不求有功，但求不给恩师脸上抹黑。说眼前的吧，交给你一个任务，你设法替我找一个熟悉浯屿岛上佛郎机人情况的海商，我要和他面谈。知己知彼，才能百战不殆。"

"这个不难，漳州这边和佛郎机人明里暗里做生意的商人很多。"

柯乔点了点头："那就好。时候不早了，我们歇息吧，明天还要早起。"

次日，柯乔到达海道署前的广场时，汀州漳州二府守备俞大猷、漳州知府卢璧、龙溪知县林松等人已等候多时。会合后，几人骑上战马，向漳州最大的卫城镇海卫奔去。

明朝实行卫所制，自京师到郡县，皆设卫所，省级设都指挥使司，府级设卫，县级设所。漳州龙溪县镇海村海滨，矗立着一座雄伟的滨海卫城，它就是镇海卫。为防备倭寇，明洪武二十年，江夏侯周德兴选址于此筑城。城墙以规整条石垒成，登高俯视，城下陡绝，以海为壕，易守难攻。城置东西南北四门和水门，门各有楼。该卫统左、右、中、前、后五个千户所。镇海卫与六鳌、铜山、悬钟三个守御千户所，由北向南等距离分布于海滨。守御千户所是明朝卫所制度中的一种特殊机构，它不隶属于卫，而直属于省都指挥使司。镇海卫管辖北起福州马尾、南到广东汕头的漫长海域。镇海卫历任长官皆重视文教，卫城之中设有文庙、学宫，开办有书院、义学，科甲连绵，培养了不少人才，素有"武功镇海疆，文教冠闽中"之誉。

进入卫城，只见楼台高耸，兵舍相连，一眼望不到边。在演武场，镇海卫指挥李希贤已率军士列队等候检阅。李希贤征求柯乔意见，让军士演示什么武技。柯乔说："不看弓矢骑射，今天只演火器，本卫铳炮、火铳数量多少，火药和铅弹储量够用吗？"

李希贤有些语塞："铳炮十来尊，火铳百余支……其中有相当一部分已经破损，至于火药和铅弹，储量不足，主要是缺少经费。本卫兵额五千三百零七，实际人数不及一半，士兵生活困难，有不少干脆逃遁，另谋他业。"

明代卫所收入主要来自屯田，镇海卫靠海，屯田很少，经费自然就捉襟

"学生一定在所不辞！那些佛郎机人坑过我好几回，把我坑惨了，巴不得你们能替我出口气。士可杀不可辱，有仇不报，岂有此理！"

一天，江陵县义士王青龙和郝地虎来到了漳州，向柯乔报到。柯乔大喜，将他俩安排到镇海卫李希贤那里，让他们练习海战，特别是火铳发射。经过一段时间学习，两人很快能熟练操作火铳，又回到柯乔身边，随时待命。

嘉靖二十六年五月，经过周密准备，柯乔准备对浯屿岛上的佛郎机人展开军事行动，将他们驱离。他一边加紧组织训练卫所军队，一边频频派生员郑岳上岛察看。为了严厉打击佛郎机人，柯乔决定选择岛上囤积的货物较多时出兵。为了稳住佛郎机人，他让郑岳向他们传达新任巡海道的口谕：为弥补沿海卫所经费不足，海道署可能将对佛郎机人的货物按照朝贡商品的标准征收货税。同时，海道署还将对入港船舶征收入港费。明廷规定，朝贡商品进入港口全部封仓后，待抽取百分之二十的货物税后才准开仓交易。

得知这个消息，佛郎机人欣喜若狂。若海道署对他们公开征收税费，就意味着对他们走私贩私行为的默许。本来，他们对这个刚到任不久的巡海道大人还有些吃不准，担心他会采取对他们不利的举措。郑岳带来的口谕让他们吃了定心丸。他们在岛上通宵达旦地畅饮狂欢，庆祝郑岳带来的好消息。

一天，郑岳急匆匆来到海道署，告诉柯乔说："近日，有多艘佛郎机大船陆续进港，卸下货物，浯屿岛上货物堆积如山。而且，满载着货物的船舶仍在源源不断地到来。漳州的贩私海商闻风而动，纷纷带着船只到岛上去交易，九龙江附近海面上，船只日夜川流不息。"

柯乔听之大喜，立即下令漳州知府卢璧、汀漳守备俞大猷："迅速组织卫所官兵待命，随时准备攻岛！"

柯乔交给王青龙和郝地虎一个特别任务，官军上岛后，他俩和郑岳设法进入佛郎机人居住的公馆，将一名善于制造火绳枪、外号"老佛"的佛郎机工匠劫持出来。

海道署的眼线当然不止郑岳一个人。很快，柯乔又得到信息，说今天有多位海商携十几艘大船相约到浯屿岛与佛郎机人交易，其中一个大海商带了四艘大船。俗话说，捉奸拿双，捉贼拿赃，这不正是打击走私贩私行为的好时机吗？柯乔通知郑岳带着王青龙和郝地虎先行上岛，稳住佛郎机人，他率军随后就到。

柯乔亲自率队，以去年佛郎机人"杀死番徒郑秉义而分其尸"为由出兵。一千多名官兵分乘几十艘各类船只，向浯屿进发。当中一艘福船，是柯乔到任后新添置的，作为镇海卫水师的指挥船。福船船体高大，三层舵楼，底尖上阔，首尾高昂，便于冲犁敌船，是海战的利器。

风高浪急，官军船队浩浩荡荡地向浯屿进发。这是柯乔第一次组织率领军事行动，而且又是在海上，心里难免有些紧张。船只慢慢靠近浯屿，很快，海螺声急促地响了起来。港口的蜈蚣船上，佛郎机火枪手迅速列阵以待。柯乔不禁暗暗佩服，看来，佛郎机人的警惕性高不是虚言。据说他们的人从来不会全部下船，总会留部分人看管船只，一旦有事，能迅速做出反应。

离浯屿只有一二里之遥了。俞大猷说："柯大人，大船不能再向前了，我看佛郎机人好像在操纵铳炮，那玩意儿厉害，再靠近就进入他们射程了。您在此驻守，我和李指挥各带一队上前。"

李希贤说："对，柯大人就在这里坐镇指挥，我们先率军上岛。"

"难道本官就坐在这大船上看着你们和佛郎机人你死我活地拼斗吗？不行不行，我坐不住！"柯乔急了，站了起来。

柯乔做事，向来身体力行，如此大战，他岂有在远处闲坐之理。说是坐镇指挥，可不就是闲坐么？俞大猷说："柯大人，您是三军统帅，不能轻举妄动。再说，您毕竟是文官，我和李指挥是军人，上阵杀敌是我们的事。"

任俞大猷怎么说，柯乔就是不同意。他说："这样吧，我随俞守备一队，从码头攻岛；李指挥率一队，从北面攻岛，要设法破坏木栅，然后设法登岛。只要官军上了岛，我们人多势众，佛郎机人就算有神器，恐怕也抵抗不住。"

兵分两路，李希贤带着一支水军向浯屿北面驰去。柯乔和俞大猷同上了一艘小船，率领大股官军，向南面码头杀来。佛郎机人建码头时选址很有讲究，故意选礁石林立的岛岸，中间有一段平坦的地方，留作码头。十几艘大船牢牢占据了岛岸位置，其他地方，悬崖峭壁，礁石如斧砍刀劈，船只根本无法靠岸。大队官兵根本无用武之地。无奈，他们只有向码头上的那十几艘大船冲去。此举正中佛郎机人下怀，他们早已做好了准备，正在船上严阵以待。

官军船队快速向前移动着，佛郎机火枪手如泥雕木塑一般，一动不动。眼看着离他们的蜈蚣船只有一箭之地了，突然，"砰砰砰"一阵乱响，火绳枪大作。一时间，硝烟弥漫，铅弹如雨。蜈蚣船居高临下，小船上的官军猝不及防，惨叫声不断，有的中弹落水。俞大猷指挥官军用火铳还击，可官军的火铳射程短，装药慢，杀伤力差，无法与火绳枪相比。

柯乔命令道："快速靠近佛郎机蜈蚣船，采用火攻！"

以火攻对付佛郎机人的蜈蚣船，是战前早就谋划好的作战方案。俞大猷指挥着官军冒死向前冲击。

正在这时，浯屿岛上佛郎机人堆积如山的货物突然多处起火。这也是战前谋划好的，一旦官军开始攻岛，躲在岛上的郑岳等三人就开始放火。果然，火光起时，佛郎机人一阵慌乱。趁这个喘息之机，已有多艘官军的小船靠近了佛郎机人的蜈蚣船。

佛郎机人终于进入官军的火铳射程之内，双方展开了面对面的交火。一时间，海面上烟雾弥漫，只听枪声大作，不时夹杂着惨叫声，根本看不见人影。柯乔很快发现形势不妙，佛郎机人居高临下，射手轮番射击。他们分成三组，一组射击，一组准备，一组装填，交替进行，有条不紊。相比之下，官军就混乱多了，一看平时就缺少训练，更要命的是火铳装药太慢，好多士兵一发射完，还未装好下一发火药，就已经被佛郎机人的火绳枪撂倒了。官军纷纷落水，落水后大呼小叫，惨不忍睹。

岛上的形势也不妙，柯乔发现，佛郎机人的货堆本来已有多处着火，可火不知什么时候全熄了。佛郎机人从容抵抗，毫不慌乱，岛上也静悄悄的，看来李希贤率领的那一队也未能取得突破。

俞大猷满脸焦黄，沮丧地对柯乔说："柯大人，你看，下官徒有一身武艺，可惜没有用武之地。形势对我军越来越不利，别看这些佛郎机人人数不多，可他们的火绳枪太厉害了。"

柯乔说："我们准备的火药包呢，现在不用，更待何时！"

"瞧我，脑袋都被佛郎机人打晕了。"俞大猷一拍脑袋，朝官军大吼道，"快扔火药包！"

火药包是将火药粉末用油纸封装，捆成一包一包，外挂引线。官军接到命令，点燃引线，朝佛郎机人的船上扔去。只听"轰轰轰"几声巨响，佛郎机人躲闪不及，被炸得血肉横飞。另有水手带着防水火药包靠近夷船。这种防水炸药俗称水底龙王炮，用牛脬做成防水外皮，以羊肠通引火线，用羽毛做成浮标，保证引火线不进水。水手下水后，待靠近敌船后施放、点燃，只听两声巨响，有两艘蜈蚣船都被炸出一个大洞，洞口很快进水，船身开始倾斜。可惜龙王炮只有几个，并不能对付所有的夷船。

这时，岛上的佛郎机人推出了八尊铳炮。只听接连几声炮响，一个个火球翻滚着直扑官军的福船。福船中弹，樯橹和官军的尸体一起飞到空中。未击中船体的炮弹在水中击起丈余高的水柱。柯乔倒吸一口凉气，这是他第一次见识佛郎机人铳炮的威力，这黑乎乎的家伙太厉害了，简直可以称为无敌王。

佛郎机人虽然损失了几艘大船，但凭借铳炮和火绳枪的威力，他们仍牢牢地掌握着战场主动权。他们干脆全部下船，在码头列队射击，官军不要说夺回岛屿，就连靠近都很困难。只要一进入火绳枪的射程，就有可能被打成活靶子。一时间，人人不敢上前，只远远地呐喊。

望着乱糟糟的局面，俞大猷问道："柯大人，我们火器比人家差了一大截，佛郎机人就是仗着这一点，素来不将我们官军放在眼里。怎么办？不宜硬拼，不如暂时收兵，从长计议吧！"

"收兵吧！留得青山在，不怕没柴烧，反正他们也逃不出我们手掌心，我们日袭夜扰，不怕赶不走他们。"柯乔无奈地说。

返程途中，遇见了同样败退的镇海卫指挥李希贤。李希贤丢盔弃甲，军服多处被火烧得千疮百孔。李希贤率军发动突袭，他们将羊油和松香点燃后安装到投射器上，一颗颗"油弹"击中了佛郎机人的货堆，货物呼呼地烧了起来。烟火虽然给佛郎机人造成了一定损失，但无形中向他们报告官军从后方攻岛了，他们的火枪手很快就赶来了，对官军进行射击。一时间，弹如雨下，官兵不敢近前。

见李希贤的狼狈样，柯乔也不忍心责怪他。李希贤说："柯大人，给您丢脸了，我们连岛上的沙子都没有挨着，佛郎机人就躲在木排后面射击，我们火铳射程短，根本拿人家没有一点办法，只有挨打的份。唉，打了大半辈子仗，还没这么窝囊过！"

柯乔安慰道："也不能怪你，是我们落后了，我们这边打得也不舒心，回去再寻良策吧！"

正在这时，一艘小船从浯屿方向飞一般划至。一看，原来是郑岳、王青龙和郝地虎三人。郑岳指着舱中欣喜地说："柯大人，我们得手了！"

柯乔大喜："你是说……"

郑岳打断他的话说："对！对！"

这真是意外之喜，没想到，郑岳三人还真把事情办成了。擒获佛郎机人工匠，可以算是这次行动的最大收获。

这场浯屿之战，官军有得有失。四五十人不同程度受伤，阵亡三人，福船中炮后自焚；得的是，摸清了佛郎机人的底细，见证了他们的实力，特别是擒得佛郎机人火绳枪制造工匠，让官军获得火绳枪神器制造技艺成为可能。

既然已和佛郎机人开战，遭一时失利，这事也不能就这么算了。尽管暂时不能将盘踞在浯屿岛上的佛郎机人驱离，但让他们做不成走私生意，还是能办到的。柯乔下达了海禁令，严禁走私贩私船只下海，派出海上巡逻队，发现一个逮捕一个。不到一月工夫，陆续逮捕私自下海走私的百姓三百六十余人。此举无疑断了那些海商们的财路，一时间舆论大哗，民情汹汹。海道署前，每天前来吵嚷骚扰的人络绎不绝，不胜其烦。

盘踞在浯屿岛上的佛郎机人也傻眼了，他们见海道署动了真格，而且一时半会不会松劲，运来的香料销不出去，要贩卖的货物也采购不到，那还待在这里干什么呢,只能徒耗光阴。生意人都是计算成本的,佛郎机人见在这里占不到便宜,只好载着货物,离开浯屿,另寻地盘去了。至于他们是否会去而复返,抑或是缓兵之计,已不得而知,反正他们暂时是离开了。

佛郎机工匠"老佛"被押到了镇海卫,在这里,他受到了贵宾般的礼遇。郑岳、王青龙和郝地虎按照柯乔的吩咐,找来了几名漳州工匠,跟在佛郎机师父后面学习制作火绳枪。柯乔表态,"老佛"什么时候把这几名漳州工匠教会了,就放他回去。人在屋檐下,不得不低头,"老佛"本不愿教,可现在身陷囹圄,为了早日脱身,只好没日没夜地传授火绳枪制作技艺。

据被捕的贩私者反映,官军开战的当日清晨,他们运载着货物,到浯屿去和佛郎机人交易。才出港不久,其中一个押着四大船货物人称林老爷的人,突然声称家中发生了急事,掉转船头返航了。当时,大家也没有多想,继续前往浯屿。事后想想,这位林老爷的行为未免太过诡异,大家怀疑他得到了内线情报。

柯乔很快打听清楚了,这个林老爷,就是生员郑岳的先生、金沙书院山长林希元。

佛郎机人并未离开福建，而是转移了巢穴，他们一路南下，来到漳州府漳浦县的横屿岛，在岛上重新集结，仍做着走私贩私的生意。这些海盗们都有一个共同的特点，就是"狡兔三窟"，他们在选定一个地方作为巢穴后，会到邻近地区再挑选一个地点，作为备用巢窟，以备不时之需。浯屿受到官军攻击，而且海禁甚严，佛郎机人感觉那里生意不好做了，他们就来到横屿，重操旧业。在官军的打击下，沿海百姓的贩私行为虽有所收敛，但仍无法绝迹。白天不行，他们就晚上行动，到横屿去和佛郎机人交易。

一天，镇海卫指挥李希贤来到海道署。见到柯乔，李希贤说："柯大人，佛郎机人转移了战场，沿海贩私的百姓又闻风而动，官军船少人少，形势不容乐观。"

李希贤眼圈乌黑，柯乔见他疲惫不堪的样子，安慰他说："巡按金大人要我们将佛郎机人驱走，可他们就像苍蝇一般，怎么也赶不走，根子还在于有利可图，获利丰厚。浙闽百姓贩私行为屡禁不绝，原因也在于此。"

"有些大海商视朝廷的海禁政策如儿戏，府县和官军对他们的行为也是睁一只眼闭一只眼，不敢拿他们怎么样。"

柯乔问道："有这样的人吗，比如？"

"林希元！"李希贤重重地说道。

柯乔站了起来，望着外面的重楼出神，空气中有一股湿重的海腥味。那是海的气息。它在人的肺叶间鼓荡着，山呼海啸般，层层叠叠，起起落落，让你不得安宁。沉吟半晌，柯乔说："怎么会是这样？林希元不是名重一方的大儒吗？堂堂金沙书院的山长，我，我实在无法将他与大海商联系起来。"

李希贤说："林希元世居同安县山头村。山头村地处海滨，东南面就是浯屿岛，距离近。在林希元的带动下，山头村形成了数个海商团伙，他们无视朝廷海禁令，家家贩私，屡禁不绝。"

"本官要到山头村去看看情况，叫林希元在老家等我。"柯乔吩咐道。

还是在朝中为官时，林希元就曾向嘉靖皇帝吹嘘过他家乡的美景，说"东有双狮弄球，西有鳄鱼把口。南有半月朝江，北有七星坠地。"这是说，山头村东有西岩山，村西海上有鳄鱼屿，村南是半月形海岸，村北有七座山头和高地。西岩山多石，又名狮岩。

林希元仕途几十年，由于清廉，一直生活于贫困的边缘。在泗州任判官时，他积劳成疾，归籍养病，竟无房可居，只得寄居在丈母娘家，"延宾无所，当道之见过者相接无常处，咸讶焉"。后因族亲争夺林家埭田反目，林希元只好在狮山中建一斗室，自名"艮斋"。艮，《易经》卦名，即山。他还自撰一联云："斗室只容妻与我，寸心不愧天地人"，横批"师承程朱"。

林希元返乡后，阖门百口，生活极为拮据，一日三餐都难以为继，一度到了举债维持生计的地步。在这种情势下，他不得已做起了贩私生意，尝到甜头后，一发而不可收。由于他曾是朝中名臣，人脉广泛，在乡里极富名望，地方官对他敬畏三分，没人敢动他毫毛，因而生意越做越大，很快发达起来。他家现拥有四条大船，对外声称是渡船。山头村周边如刘五店村贩私大户，也投靠到他的名下，寻求庇护。林希元俨然成了号令一方的大人物。他穷了大半辈子，老来贩私发家，因而成为朝廷海禁政策的竭力反对者。

一天清晨，柯乔带着汪可立、柯焰到山头村去拜访林希元。三人乘船出发，不到晌午时分，就到了山头村。

在村口的码头上，汪可立前去问路，百姓指着山下的村庄回道："你是问林老爷府上吗？上坡后往村里走，村口哪家的房子最好最大就是他家。"

几个人上坡，到村前一看，只见一派金碧辉煌，村里的民居全是独具特色的闽南红砖房，大多两层，红砖艳得像火。房顶两端，都是清一色的燕尾脊（即将正脊做成曲线状，两端往上翘起，类似上弦月形，而在尾端分叉为二，就像是燕子的尾巴一样，竖于空中，俏皮活泼）。汪可立说："百姓家家底如何，看他们的房子就知道了，这个村庄太富了！"

柯焰应道："还不是靠贩私发财。"

"海上贸易获利如此丰厚，朝廷到了应该反思海禁政策的时候了，现在连我都有些动摇了。"柯乔说。

柯焰说："说得也是，要是我们生活在这里，家家都干这个，我们能无动于衷吗？我看很难，就算我们自己能做到，这一大家子人呢，他们总要吃饭吧？"

到了村口，柯乔说："你们俩别说了，快看看哪一家是林宅。"

闽南话管房子叫厝。其实，不用看了，对面就是一栋精美的双层大厝，门楣上有一块横匾，写着两个大字："林府。"柯焰说："好大的口气。"看到这块匾额，柯乔不禁打了个寒噤。在明代，只有藩王才能称府，官员称宅，庶人称家。林希元这么做明显是僭越。好在山高皇帝远，叫了也就叫了，没外人看见。林家大厝非常显眼，鹤立鸡群，左右两边带有护厝，四面合围，布局颇似北方的四合院。廊道相连，雕梁画栋，精致华美。院子里还有座观景阁，芭蕉掩映，门窗皆绿。门前不远处就是大海，海风扑面，涛声隐隐。

柯乔欲拜访林希元，昨天就已派人送过名帖，林希元已在家等候。在他们观看的时候，一个红光满面的瘦高长者走了出来，远远拱手道："柯大人，老夫林希元，大人光临寒舍，有失远迎，还望恕罪！"

柯乔笑道："林老，久仰了，在京为官时就耳闻过您的许多故事，您主持书院教化儒生，善莫大焉。柯某钦佩您的为官为人，今日特来府上拜访，多有打扰！"

"哪里哪里，柯大人客气，您能光临敝宅，是林某的荣幸。"

进入客厅，宾主双方互相客套一番之后落座。柯乔扫了一眼客厅，座椅、桌子、卧榻和茶几，都是成套的紫光檀木。仅这套家具，京中的六部堂官府上也不一定有。茶几上有一尊顶盖镂空的紫铜香炉，香气袅袅，闻之神清目明。

见柯乔望着几上的香炉吸着鼻子，林希元说："这里烧的是沉香。不瞒柯大人，这香是来自交趾。产沉香的地方多了，交趾（今越南）、甘孛智（今柬埔寨），还有我国的海南岛，但老夫最喜欢的还是交趾沉香。"

"同样叫沉香，有区别吗？"柯乔问道。

"区别大了，一般人都搞不清楚。比如，这交趾沉香，香韵轻柔，闻之如春风拂面，又如蒙蒙细雨，让人神清智明。同样是沉香，缅甸沉香就稍显浓烈，味道有点冲，不适合我这般老年人。海南沉香色深味浓多油脂，行气温中，是药材中的极品。"

柯乔说："林老这般讲究，都是回到乡里之后才开始的吧？此前置身官场，那点俸禄，不要说熏香，恐怕连管一家人的生活都成问题。"

说到俸禄，林希元摇头苦笑："往事不堪回首，只怪老夫回乡太迟了，在官场上盘桓了大半辈子，一生穷困潦倒，最终落个罢职回乡。唉，也幸亏被罢了职，不然，老夫戴着顶乌纱帽，哪里会享受到现在的好日子！"

柯乔说："我听说过您的一件趣事，不知是不是真的，今天特向您求证。听说您在参加科举考试前，曾当过几年塾师。为怕人笑话寒酸，您叫人特地削了一只木鸡腿，餐餐用它蘸油下饭，以示生活过得不错，乡邻和学生们都信以为真。"

听柯乔说到这里，林希元乐得大笑："确有其事，惭愧惭愧，只怪那时太穷了，为这事还闹过笑话呢。有乡邻一天丢了鸡，有人就怀疑说，林塾师天天吃鸡腿，八成是偷了你家的鸡。那个乡邻为此还到私塾里来大闹了一番，我不得已才拿出那只木鸡腿，这才平息了纠纷。真是斯文扫地，斯文扫地啊！"

"您在大理寺当官时，执法如山，有'大明铁汉'之称。有件事在京中流传很广，说有一次一个谭姓御史犯案，先是找了您的同乡说情，被您拒绝；接着又找到您的上司大理寺卿陈琳说情，陈答应了。但您仍坚持原则，不为所动，为此得罪了上司，结果被贬为泗州判官。"

"确有其事，不过，现在想来，老夫仍不后悔。掌管天下刑狱，岂能儿戏？"说到这里，林希元远望沧海，仿佛仍沉浸在过去的岁月里。

柯乔这次前来拜访的目的，本来是想劝诫林希元利用自身在乡邻中的影响力，遵从朝廷的海禁令，不要再从事走私贩私活动。可再看林家现在的富裕程度，要想让他就此收手，不再涉私，可能性微乎其微。但是，禁令如山，身为巡海道长官，他的职责和使命就是落实海禁令，即使再难，也总是要试一试的。

　　想到这里，柯乔揭开了熏炉的盖子，铜质的盖子有点烫手，他拨了拨香灰，将燃着的香掩住了。柯乔似乎下定了决心："林老，作为曾经的朝廷命官，朝廷的海禁令您是知道的，现在，闽海走私贩私行为屡禁不止，听说您也参与其中。柯某受圣上差遣，来到闽地，宣扬律令，查私禁私，教化乡民，还望林老配合支持。"

　　刚才柯乔要熄灭香炉时，林希元似乎就预计到柯乔要说什么了。这时，他站了起来，严肃地说："柯大人来到闽地为官，想必也看见了，沿海地带山多地少，且田多斥卤，百姓无以为生。古谚云，靠山吃山，靠海吃海。沿海居民以海为生，岂能一禁了之？海禁完全是不顾百姓死活，早该废止了！"

　　"柯某身为朝廷命官，岂敢妄议朝政！且夷人匪性不改，常在沿海杀人劫货，作恶多端，将他们驱逐出境，也是造福沿海百姓之举。"

　　"能赶得走他们吗？官军驱逐盘踞在浯屿岛上的佛郎机人，可他们走了吗？还有活跃在浙江沿海的倭寇，人数也越来越多。海上贸易是大势所趋，民心所向，归根到底是一个'利'字，林某斗胆建议海道署顺势而为，不要将事情做绝！"

　　林希元打开柜子，拿出一封书信，继续对柯乔说道："致仕后居于余姚的谢宰相谢迁，他是成化十一年乙未科状元，太子太保、兵部尚书兼东阁大学士，辅政时天下皆称之为贤相。前些日子，他给老夫来信，他说状元如何，宰相又如何？都不如做海商来得逍遥快活。"

　　柯乔正色道："你们这些致仕要员，理应成为执行朝廷律令的典范，可现在，你们却和某些普通贩私者一样，站到了朝廷的对立面，公开和圣上唱反调，实在让人匪夷所思。"

　　"林某一生为人，只讲实际，不讲虚套。海禁令早该废除了，于国于民都是善举！"

眼见谈不下去了，汪可立朝柯乔使了个眼色。柯乔欲起身告辞，林希元拦住了他说："柯大人，你今天来都来了，不如在本村住一晚，明天上午老夫让你看场好戏。"

"什么好戏？"

"天机不可泄露，到时你就知道了。老夫能告诉你的是，这场戏绝对好看。"

柯乔看了看汪可立，汪点了点头。柯乔说："既来之，则安之，了解一下民情也好。不过，有一点还望林老理解，不要说破我们的身份，要是有人问起，就说是您的朋友就行了。"

林希元说："没问题。好戏不是常有的，入乡随俗，岂能错过？"

第二天上午，林希元带着柯乔三人，来到本县一个名叫万村的小村庄。主人许福先，是个养亲进士。所谓养亲进士，就是考中进士后，父母年老有疾，而家中又无人服侍，获准后即可暂留家中侍养其亲。据林希元介绍，许福先和郑岳同时跟在他后面学习做生意，可惜许是个冥顽不灵的书呆子，毫无经商天赋，跟在他后面做了几年，仍是一贫如洗，连给父母看病的钱都要东挪西借。跟他同时起步的郑岳生意做得风生水起，已能独当一面了。许福先有个妹子，年方二八，貌美如花，尚待字闺中，不知怎么被横屿岛上的佛郎机海盗看上了。海盗们上个月趁一个夜间将许小姐抢到岛上，让她做了首领佩雷拉的压寨夫人。许福先虽是个书呆子，但再呆的人也知道要钱，他觉得此举是天赐良机，可以敲诈佛郎机人一笔。他央求郑岳到岛上和佛郎机人谈判，要求将他妹子送回来，送上丰厚彩礼，明媒正娶，否则就要报官。佛郎机人在金沙公馆和浯屿被整怕了，要是许福先报官，有可能再次招来官军。他们有的是钱，就爽快地答应了。许小姐被送回来后，死活不愿意嫁给佛郎机人，可许福先心意已决，也顾不得妹子死活了。

柯乔看了看前来参加喜宴的百姓，着装讲究，大多绫罗绸缎，女性也多穿金戴银。到闽之前，他以为这里是蛮荒之地，百姓生活困顿，现在看来是自己错了，这里远比他此前任职的湖广地区要富裕得多。

这时，外面一阵骚动。接着，鞭炮齐鸣。原来是送彩礼的队伍到了。乡民们蜂拥而出，去看热闹。林希元对柯乔几人说："入乡随俗，我们也到外面去迎一迎，顺便看看情况。"

柯乔到外面一看，好家伙，迎面而来的是一个黄发碧眼身披红花的夷人，他应该就是新郎佛郎机人佩雷拉。他的身后，紧跟着送彩礼的队伍，一眼望不到头，全是清一色的精壮小伙，腰扎红绸，走在前面的，是两人一副的杠抬，约三十来抬；后面是肩挑的担子，又有三四十担。鱼贯而行，故意走得很慢，带有展示和炫耀的意思。许福先家的房间和院子里，很快就摆满了彩礼，各种担子将走道挤得严严实实。

这种阵势，在场的人都没有见过，就算在京城里，也没有这样的派头。乡民们都以羡慕的口气，称赞许小姐有福气，找了户好人家。

接着是彩礼展示，首先揭开一个大礼盒，围观的乡邻不约而同发出"啊"的一声叫。只见是一盒西洋大珠，估计有百余颗，颗颗珠圆玉润，闪着荧光。这时，又有人端来一只盖着红绸的盘子，佩雷拉将它揭开了，露出一只纯金王冠，中间缀着一颗宝石。众乡邻又是"啊"的一声叫。佩雷拉指着金冠，嘴里哇啦哇啦地说个不停，估计是在介绍它如何珍贵。一个个大礼盒相继被揭开了，里面是码得整整齐齐的银锭、各式黄金首饰，不下几十种珍贵香料，还有几坛水银，等等，众乡邻眼花缭乱。许福先自彩礼进门，脸上的笑容就像海里的波澜，一层一层地向上涌动，经久不息，真比当年中了进士还要高兴。

这时，只听"啊"的一声尖叫，一个身穿大红嫁衣披头散发的女子从内室冲了出来，大叫着"我不嫁！我不嫁！……"疯了一般向外面跑去。几个妇人紧跟在后面撵着，试图将她拉回来。显然，此女就是许小姐。许小姐跑着，忽然一跤跌倒了，几个妇人一拥而上，将她牢牢地按住了。许福先吼道："快将她捆起来，不能再让她跑了！"几个妇人将许小姐抬了起来，她仍在大喊大叫，但嘴被人捂上了，发出"呜呜"的闷响。一个媒婆样的妇人对着许小姐其实也是对着客人们说道："女子出阁前都这样，哭呀叫呀的，一到婆家去就乖了。"

柯乔再也看不下去了。林希元将他按住了，柯乔说："林老，您这是什么意思？佛郎机海盗在此，柯某身为朝廷命官，岂有不拘之理？"

林希元低声说："柯大人，你还是按兵不动的好，给老夫个面子。试想，如果你拘了新郎，拘着拘不着且不论，等于是生生拆散了这桩婚姻，许进士会同意吗？众乡邻会同意吗？到时你能不能顺利走出许家，都很难说。"

柯乔承认林希元说得有理。可今天的情景，让他觉得像是吞下了一只苍蝇，如鲠在喉。他站了起来，说了声："告辞！"说着，带着汪可立和柯焰走出了许家。林希元见状，也起身撵来说："柯大人，老夫送送。"

柯乔也不理会他。出门后，柯焰小声对柯乔说："我刚才和乡邻们闲聊时，打听出了那个勾结佛郎机海盗强掳许小姐的人。"

柯乔停住了脚步，惊道："那个无耻之徒是谁？"

"你认识。"

柯乔瞪着双眼看着柯焰。柯焰说："大家都怀疑是郑岳干的。"

柯乔痛苦地闭上了眼睛。完全有可能！郑岳和这班佛郎机海盗过从甚密，为了讨好他们，或者为了利益，就为他们提供了许小姐的信息。如果没有熟人指引，盘踞在海岛上的佛郎机人如何会知道万村这个小地方，更不会知道许家有位长相过人且尚未许配人家的小姐。

临别时，站在万村村口，几个人默默地伫望着远处的大海。林希元意味深长地说："柯大人，我们穷怕了，现在终于尝到了点富的滋味，这日子再也回不去了。我们只能向前走，向前是大海，海阔凭鱼跃；向后是礁石，粉身碎骨。"柯乔重重地哼了一声："林老，今天的情景你也看见了，前有郑秉义被分尸，今有许小姐被强娶，难道身为朝廷命官，就任由佛郎机人胡作非为？"

"郑秉义被杀也是有因由的，他多次故意拖欠货款不还，佛郎机人不得已才下了狠手，确实过分了些。至于许小姐，婚姻向来是父母之命，媒妁之言，民间这般强扭的瓜多了去了，许福先凭空得了一大笔钱财，他这辈子都花不完。许小姐又何乐而不为？"

柯乔说："这次同安之行，让柯某大开眼界，本官还是那句话，朝廷海禁令必须执行。还请林老理解柯某苦衷。告辞！"

　　回到海道署，柯乔密令镇海卫指挥李希贤，加大海上查禁力度，特别是林希元家的船队，是重点关注的对象。擒贼先擒王，只要将林希元这般有影响的大海商绳之以法，其他小商就不敢轻举妄动。

　　几天后，海道署内，柯乔和俞大猷议事完毕，闲聊起来。柯乔早听说俞大猷在驻守闽粤赣边境山岭间的武平千户所时，曾于所内筑一轩，取名读易轩。闲暇时，即于轩内研读《易经》。柯乔问道："俞兄，你身为一员武将，每日里不是舞刀弄枪，而是捧着本《易经》在读，这是何故？难道《易经》中还有什么武学秘籍不成？"

　　俞大猷说："柯大人，还真被你说着了。我从师父那里，学习了一套'以易演兵家奇正之术'，对阵交锋为正，设伏掩袭为奇，其中变化，可谓无穷，能参透者，可将千万之兵。俞某天性愚钝，尚不能领悟一二，至今仍是门外汉，惭愧惭愧。"

　　"你这么一说，我倒也好奇了，等有空时一定重读《易经》。"

　　两人正说着，柯焰来报，说李希贤求见。

　　李希贤腋下抱着头盔，脸颊上有好几处烟熏火燎的痕迹。见俞大猷在座，两人打过招呼。柯焰打来一盆热水，李希贤胡乱擦了一把脸。

　　柯乔关切地问道："李将军，你这是从海上回来？巡查还顺利吧？"

　　李希贤将头盔重重地放在桌上："那个郑岳是内鬼，我略施小计，故意说去省城办事。他果然上当，第二天，林希元家四条大船都出动了，满载着货物，到横屿岛去和佛郎机人交易。在海上，我率军突然出击，你猜怎么着？船上的人竟然拿出了四把火绳枪，开枪阻止我们靠前。这真是见鬼了，装备比官军还先进。双方一番互射，大船和赃物被扣下了，只是伤了两个兄弟。"

　　柯乔问道："船和赃物呢？"

　　"在镇海卫码头上，不知下一步如何处置？"

　　俞大猷听后说："前几任指挥千户都被林家收买，林家的船在海道上向来畅通无阻。李将军敢动林家的船，俞某佩服！姓林的虽然致仕，但在朝中还有几个熟人，此人向来睚眦必报，估计他不会善罢甘休。"

"报复我倒是不怕，只是捋了虎须，不知拿这只老虎怎么办，特地来海道署拿个主意。"

按明朝规定，一般致仕官员并无俸禄。因此，他们致仕后的谋生方式也五花八门，或从事商业经营，或躬耕于垄上，或主讲于书院以及受聘担任私人塾师。林希元显然属于第一种情况。致仕官员仍可参言朝政，此举一方面可以凭借其丰富的阅历和经验来解决朝廷面临的棘手问题；另一方面，也为在职官员处理政事提供有益的借鉴。朝廷对致仕官员向来比较宽容，即使有轻微违反律令行为，一般也很少受到惩处。因而一些并不安分的致仕官员，仍在利用自身政治影响，肆意干扰地方，并给当地带来不利的影响。

柯乔说："收了他家四条大船及货物，看来这次损失不轻，就算想继续贩私，也没有船只了。我们暂不动他，以静制动，希望他能以此为戒，就此收手。"

李希贤说："林希元属冥顽不灵之辈，身后有一大帮拥趸和跟随者，这些人多年走私贩私，获利丰厚，现在是欲罢不能，别的营生他们不会干了，也不屑干。所以，末将揣测，他们不但不会收手，而且会变本加厉。"

"那就像这次一样，露头一次，打击一次，要让他们血本无归！"柯乔厉声说道。

晚上，柯乔躺在床上，翻来覆去的，怎么也睡不着。他感觉此时仿佛正置身于一个巨大的漩涡里，被挟裹着，找不到方向。客观地说，他也觉得朝廷的海禁令有问题，既然海上贸易利润巨大，为什么不能放开禁令？这从明初实施了一百八十年的海禁是不是从一开始就错了？至于说夷人匪性难改，这并不是难事，他们来到我们的地盘上，不怕他们不遵守我们的法令。海禁再难实施下去了，现在已经造成了沿海百姓和朝廷的严重对立。可身为朝廷专管海道的官员，他又不得不听从朝廷的调遣，实施严厉的海禁。到底孰对孰错？

这天晚上，柯乔做了一个梦，梦见自己划着一叶小舟，在茫茫无际的大海上艰难地前行着。突然，他的身边出现了一支庞大的船队，一眼望不到头，每一艘船上都满载着走私货物。船上，有手持火绳枪的佛郎机人，也有手持雪亮倭刀的倭寇，他们全都张牙舞爪，得意地指着船上的货物，朝他哇哇大叫。柯乔气急了，可他的手中只有弓箭。他拈弓搭箭，弦如满月。忽然，"嘣"的一声，弦断了，箭矢一头栽进了海里。海盗们笑得更狂了。柯乔气急败坏，醒了，兀自在暗夜里喘着粗气。

还没等官方采取行动，林希元倒是先下手为强。十几天后，柯乔突然接到巡按御史金城通知，说林希元弹劾镇海卫指挥李希贤交通佛郎机海盗，佛郎机内奸在镇海卫内逗留达一月之久，出入卫城如闲庭信步，军士震惊，百姓惊骇，闽海禁令如一纸空文，走私贩私愈演愈烈，甚至有军士亦参与其中。嘉靖皇帝在看了奏疏后大发雷霆，命金城严查。

柯乔大惊，赶紧面见金城，向他解释扣留于镇海卫城内的佛郎机人乃是制造火绳枪的工匠，目的是逼迫他传授制造技术。金城说："你说的我信，可皇帝信吗？朝中那些支持海禁的大臣们信吗？沿海卫所军官屡屡被海盗收买也是实情，在此情境下，凡遭弹劾，就是跳进海里也洗不清，免职待查吧！身为巡按，我对朝廷也好有个交代。"

好在李希贤对此倒并不是太在意，他说："末将早已萌生退意，当兵的太穷了，一点月粮不够养家糊口。我也到月港去弄点营生做做，凭我这身武艺，至少当个保镖啥的不成问题。"

李希贤去了，他的话虽说得轻松，心里肯定不是滋味。柯乔的心情更为沉重，海禁究竟往何处走，可谓步履维艰，进退两难。

浙江余姚县泗门镇，是一座毗邻杭州湾的美丽小镇。致仕的大明状元，累官至太子太保、兵部尚书兼东阁大学士谢迁就居于这里。谢迁的府邸大学士第，当地人称宰相庄园，在泗门是极为显赫的建筑。致仕后的谢迁并没有闲着，做起了走私贩私的生意。泗门邻近海滨，是著名水乡，水路四通八达，为走私贩私提供了便利。自做起了海上生意，谢家很快发达起来，庄园里宅第成群，亭台楼阁，簇拥着中心的状元楼，众星拱月一般。

明嘉靖二十六年（1547）六月的一天深夜，谁也想不到，宰相庄园里突然冒起了冲天火光。火光中，夹着兵器杀伐和凄惨的哭叫声。周边百姓谁也不知道发生了什么事，加上又是夜里，没有人敢上前一探究竟。

　　天亮后，人们才发现，偌大的宰相庄园已化成一片灰烬，财物已被洗劫一空，谢宰相一家数十口全部被杀，惨遭灭门。

　　谁是凶手？宁波府在经过侦查后，认定是盘踞在舟山双屿岛的一股佛郎机海盗所为，为首者叫兰沙洛特·佩雷拉。谢迁长期拖欠佛郎机人货款不还，他们忍无可忍，遂痛下杀手。谢氏血案上报到朝廷，举朝震惊。去年，备倭把总白濬、千户周聚、巡检杨英等多名军官在执行公务时，都曾被盘踞在双屿的倭寇所掳。接连发生的惨案，让嘉靖皇帝决心剿倭。剿倭就要选帅，嘉靖皇帝看中了朱纨。当时，朱纨以右副都御史身份，巡抚南、赣、汀、漳等处。南、赣即江西南安府、赣州府，汀、漳指福建汀州府、漳州府。这四府地处数省交界，山险林深，匪患严重。王阳明也曾于此担任过巡抚。于是，朝廷任命朱纨为浙江巡抚，兼管福建福州、兴化、漳州、泉州和建宁等处海道，并提督军务，府衙驻扎杭州。朝廷设立同时执掌浙、闽两省军事的长官，这自大明建国以来是没有过的，此举是为了便于统一指挥、管辖和调度，说明东南倭患已成为嘉靖皇帝的心头之痛。

　　朱纨到任后，立即到浙闽沿海巡视，发现这里的走私贩私行为远比他想象的还要严重，日本浪人和佛郎机人身着奇装异服，大摇大摆地招摇过市，百姓走私贩私成风，最恶劣的是部分官员或明或暗地参与其中，与倭寇狼狈为奸，串通一气。朱纨还发现，那些盘踞在海岛上的所谓倭寇，主体成员却是本国沿海百姓，只有极少数日本武士参与其中，为首者叫许栋。许氏四兄弟来自徽州歙县许村，老大许松，老二许栋，老三许楠，老四许梓。以许氏四兄弟为首的海商集团，在海上贩私多年，亦商亦盗，作奸犯科。许栋于嘉靖十九年从福建越狱入海，开始涉足海外贸易。许氏兄弟将佛郎机商人从马六甲引到浙江双屿港、大茅港，并为之组织货源，充当经纪人角色，收取高额佣金。后又与福建海商李光头（又名李七）结成团伙。嘉靖二十三年，许栋载货到日本交易，次年回国时带来了几名日本商人，盘踞于双屿港。不久，许松被明朝官兵捕杀，许楠丧亡。而许栋不断扩大势力，招纳匪徒，另一方面，采取吞并和联合方式扩充势力。嘉靖二十六年，海盗林剪驾船七十余艘至双屿港，与许氏兄弟合伙。至此，以许栋为首的海商集团正式形成，他们盘踞一方，实力强大，根本不将明军放在眼里。

朱纨经过巡查，然后下令实施最严海禁：革渡船，严保甲，搜捕奸民，加强海防，追歼倭寇。一时间，东南沿海风声鹤唳，百姓的走私贩私行为有所收敛，盘踞于海岛上的倭寇和佛郎机人一时也不敢轻举妄动。

朱纨上任不久，即亲赴福建漳州、泉州等地巡视。他发现，漳、泉卫所败坏，官兵缺员，月粮不足，战船残破。巡视中还发现一个名叫黎秀的总督备倭官，既不知军数，也不知船数，是个一问三不知的糊涂官。类似黎秀这样的军官并不是个别现象，而是为数不少。朱纨认为"海防大坏又如是，曰兵、曰食、曰船、曰衙门墩台等项，计非岁时所能整顿，而夷船贼船乘风往来，瞬息千里，又非仓促所能捍御"。他要求，"革乡官之渡船，严地方之保甲，以救仓促不能捍御之患"。

自嘉靖二十六年（1547）十月二十九日始，朱纨命令在漳州、泉州、兴化、福州四府所属州县实行保甲法，"每十家一纸，即成一甲……每纸各要甲头甲尾联络明白，用印钤盖副本甲人户，用板裱装完固，面则牌格，背则告示"。每个牌格有十行，每行都标明日期，"每月一家，输直三日，第一家输初一、十一、二十一，以次分去，第十家输初十、二十、三十日，互相讥察，输日者悬牌于门。"并且规定官吏、生儒、军匠等人，不许容情优免。保甲法编制十分严密，处罚相当残酷，"使贼船不得近港湾泊，小船不得出港接济"。

此外，朱纨还申明盐法，令将盐船"编号定界"，严加约束。这样做，是为了保证明政府盐课收入，但更重要的，是为了防止"以海为家之徒，借此为名，出洋通贼"。

朱纨到福建沿海巡查，福建都司指挥佥事卢镗、巡海道副使柯乔陪同。在镇海卫，朱纨命卢镗和柯乔抓紧练兵备战，随时听候调遣。卢镗曾任镇海卫千户，对闽海防务再熟悉不过。柯乔趁机向朱纨报告林希元弹劾镇海卫指挥李希贤事宜，朱纨听后说："李希贤不仅没有通番，反而是有功之臣，现在正是用人之际，先官复原职，让他好好练兵，朝廷那边由本抚负责解释。"

柯乔心里一动，觉得朱纨做事雷厉风行，敢作敢为，敢于担责。当下说："这样实在太好了，柯某代李希贤感谢军门。"

朱纨说："至于林希元这样的豪滑之徒，不能就此算了。势必派人严加监视，若他就此收手，或许放他一马，若是再有异动，要严加惩处！"

有了朱纨的坚定表态，柯乔像吃了定心丸："属下明白，这就安排人前去监视！"

王青龙和郝地虎划着一条小渔船，到林希元家所在的同安县山头村去负责监视。在村前的码头上，两人果然看见泊着一艘双桅大船。一打听，附近村民说是林府的渡船。王青龙说："姓林的果然贼心不死。"郝地虎说："渡船也犯法，朱军门说要革渡船，谁知道他家渡船里装的是什么东西。"

两人回来将情况向柯乔做了报告，柯乔命令他们次日带人去查扣。王青龙和郝地虎带人再次赶到山头村时，村口的码头上空荡荡的，没有一艘船。他们在附近海域查找，也没有找到昨天那艘双桅大船。显然，林希元已得到消息，情知不妙，提前将大船转移走了。

柯乔得知手下扑了个空，感慨地说："真是个狡猾的老狐狸，不过，只要他不就此收手，我们总有逮住他的那一天。"

浙江巡抚衙门位于杭州城内，虽然朱纨驻地于杭，但他布置了众多眼线，因而对浙闽沿海的情况一清二楚。自实施最严海禁后，福建沿海在海道副使柯乔的努力下，私自下海行为大为减少，走私贸易得到有效遏制。相比而言，浙江沿海的情形就严重得多，海上来来往往的走私船只仍形同往日，穿梭不绝。具体原因朱纨也很清楚，这些走私者神通广大，与宁波地方官和官军有着千丝万缕的联系。也就是说，宁波府县及沿海卫所，是走私者的保护伞。走私行为屡禁不绝，根子还在自己人身上。指望这些人去实施海禁，无异于与虎谋皮。

针对这种情况，朱纨采取双管齐下之策。一方面，他向嘉靖皇帝请求颁发王命旗牌，给予他便宜行事之权，以达到铁腕治海的目的；另一方面，他暗中实施向福建"借兵"计划，准备向宁波双屿岛用兵。为什么要借兵？理由很简单，浙江沿海卫所的将和兵他都信不过，也许官军尚未出发，双屿岛上的海盗们就逃之夭夭了，到时官军会白跑一趟。待官军一走，他们又会卷土重来。只有借兵突袭，打海盗们一个措手不及，才能达到出奇制胜的效果。他已安排柯乔和福建都司指挥卢镗秘密练兵，只待一声令下，即赴浙江开展行动。

目前，在双屿岛上，盘踞着三股海盗，最大的一股是以许栋为首的许氏海盗团伙，人多船多，最为活跃；一股是以闽人李光头为首的海盗团伙；还有一股是以佩雷拉为首的佛郎机海盗，他们就是余姚谢氏灭门案的主谋，虽然人数不多，但由于有火绳枪，战斗力强悍。双屿是佛郎机人在中国最早的居留地，他们对这里可谓情有独钟，虽然他们后来又将活动区域延伸至福建沿海，建立了新的巢穴，但双屿仍是他们重要的活动据点。

朱纨为什么要请王命旗牌呢？因为王命旗牌具有临阵生杀处置的便宜行事大权，文官五品以下，武官四品以下，许以军法从事，处死逃兵和叛将，无须向朝廷请示。还可以在辖区内号令军队。王命旗牌不仅仅施用于军事领域，还涉及行政与司法，可以征调地方人力物力，拥有诸多特权。

自汉以后，各朝都规定，凡死刑都要逐级报经皇帝批准。明朝的死刑，分为立决（立即执行）和秋后决（秋后执行）两种形式。凡是性质特别严重的死刑案件，如谋反、大逆、谋叛及杀人、强盗罪中之严重者，要立决，一般死刑则待秋后处决。立决的死刑案件先经刑部审定，都察院参核，再送大理寺审允，经三法司会奏皇帝最后核准。秋后处决的死刑案件，则要经朝审制度加以审核。有了王命旗牌，死刑核准的程序就可以省略，直接对案犯宣判立决。由此可见，朱纨打击走私治理海防的决心是多么坚决和强悍。

朱纨从清剿海盗和深挖内奸两方面做了充分准备，他早已整理出了一份多达百人的海商及其保护伞"黑名单"，作为主要整治和打击对象。余姚谢氏灭门案的主谋是双屿岛上的佛郎机人，而为佛郎机人充当内线的，则是宁波张氏。张氏为宁波豪族，从事走私多年，手下爪牙众多。为首者名叫张珠，其侄张德熹现任宁波府推官。正是仰仗着侄子的庇护，张珠在朱纨实施最严海禁后，仍肆无忌惮地横行海上，为佛郎机海盗源源不断地输送物资。而宁波官方和军方只要见是张氏船只，就睁一只眼闭一只眼，默许他们通行。

朱纨决定直接派出巡抚衙门卫兵，设法捉拿张珠。只要擒住张珠，就能震慑一方。

这一天，像往常一样，张氏大船从宁波江夏码头出海了，向双屿方向驰去。风速正好，主桅上的帆鼓了起来，几个水手收起了桨，让船完全依靠风速前进。船头上，写有"张氏渡船"四个大字的旗帜随风翻飞。船上有十几个香客，带着香烛水果和鲜花等供品，他们声称到普陀山去进香。当然，这些香客都是假扮的，是张珠花钱雇佣来的，充当他走私的幌子。海上不时有军船迎面而来，见到船头上的旗帜，那些当兵的显然都认识，连寻常的盘问都省了。

能看见双屿岛了，舱中的张珠走了出来，来到了船头上。海风迎面吹来，他须髯乱舞，眼望前方，面无表情，仿佛一尊海神。张珠平时是不押船的，今天的情况有些不同，舱板下的夹层里，有十八坛硝磺。佛郎机人催了多次，风声这么紧，他一直不敢运送。朱纨要对双屿岛用兵，外面多多少少有了些风声，海盗们也在积极备战，火药就成了抢手货。这次，他们许下了一两硝磺一两银子的高价，张珠有些心动，为防止意外，才决定亲自跑一趟。

见双屿近在眼前，张珠松了一口气，看来他的担心是多余的，道上的朋友还是给面子的。不料，从双屿方向突然迎面驰来了两艘小船，张珠开始还以为是佛郎机人前来迎接他的，近了才发现是军船。

船靠近了，只见一个年轻校尉举着一枚铜牌大声说："浙江巡抚令牌在此，请立即停船检查！"

浙江巡抚，那不就是朱纨吗？这海上巡查的人员，有浙江海道的，有宁波府的，有定海县的，有卫所的，可巡抚衙门的卫兵到宁波外海来巡查，这真还没听说过。可那金晃晃的巡抚令牌在此，断然不会有假。张珠的心里一个咯噔，他情知不妙，真恨不得一头扎进海里。可哪里逃得掉？就是扎进海里，他也很快会被人揪起来的。

无奈，他只有硬着头皮说："军爷，我们这是运送香客的渡船，是前去普陀进香的。"

年轻校尉义正词严地说："渡船也在查禁之列，官府的公文难道你没有看见吗？"说着，就带人上了船。张珠见状赶紧递上一包银子："军爷们辛苦了，给兄弟们喝一碗薄酒。"以往，这都是屡试不爽的招数。可今天巡抚衙门的卫兵们并不买账。校尉一把推开了张珠。"香客"们假装一阵骚乱，卫兵们并不理会，在船上仔细搜查着。这些人都是火眼金睛，很快，藏在舱底夹层里的火药坛子被搜了出来。

朱纨得知张珠替佛郎机海盗运送火药，大怒，当天就由巡抚衙门直接审判,定为斩立决。得知亲叔被巡抚衙门的卫兵直接带到杭州,他的侄子、宁波府推官张德熹大惊,自然设法营救,就央求宁波知府魏良贵陪他一道到巡抚衙门求情。魏良贵平时得张珠好处不少,明知此行会碰壁,但碍于情面,还是硬着头皮一试。

见到朱纨,张德熹也顾不得面子了,"扑通"一声跪在他面前,鼻涕一把眼泪一把地哭诉道:"军门,小人自幼失怙,由叔父一手拉扯长大。当日之事,事出有因,叔父这一向身体不好,遂搭乘自家渡船到普陀进香,哪料到府中管家和海盗早有勾结,瞒着叔父,暗中潜藏了十几坛硝磺,叔父全不知情。请军门看在小人面子上,高抬贵手,给小人叔父一条活路,自此绝不下海半步。请军门明鉴!"

朱纨心想,哼,真狡猾,连台阶都给本抚想好了,替罪羊也找好了,场面上都说得过去,外面也能有个交代,本抚只要稍微有点动摇,一条大鱼会就此脱钩。想到这里,朱纨说:"你叔父走私多年,在宁波称得上是数一数二的海商,这些情形,想必你这个侄子是知道的。他替匪夷运送硝磺,岂会是偶然之举?再说,案情已快马上报朝廷,加急文书都出门半天了,难道还能追回来不成?"

听说加急文书已呈报朝廷,张德熹脸色惨白,身子像一摊烂泥,瘫倒在地上。魏良贵将他搀了起来,向朱纨央求道:"军门,事情一点回旋余地都没有了吗?"

朱纨黑着脸说道:"你来得正好,等核准的旨意下来,你担任监斩官,就在江夏码头设个临时刑场,声势不妨大点,氛围不妨做足点,要达到斩首一个震慑一批的效果。"

魏良贵傻眼了,看来事情已成定局,说什么都已多余。

张珠的案子经三法司最后审定并上奏嘉靖皇帝核准,立即执行斩首。

宁波江夏码头地处三江口,码头的后方有条江夏街,是宁波城里最繁华、最富庶之地。监斩台上,魏良贵身披红斗篷,侧着身子坐在台前。张珠披头散发,声嘶力竭地叫着:"魏大人,救救我……"魏良贵的心情糟糕透了,朱纨怎么安排自己担任监斩官呢?这不是将他放在火炉上烤吗?论起罪来，张珠死得一点不冤。近些年，张氏叔侄两人内交军政，外勾海盗，走私生意做得风生水起。身为知府，他岂能不知情？不过是装聋作哑罢了。朱纨杀了张珠，张德熹岂会善罢甘休？毕竟是他的亲叔。更大的风雨恐怕还在后面。

剑子手报告说时辰到了，他扶了扶乌纱帽，抽出一支令箭扔到地上："斩！"

只见剑子手起刀落，众人眼前红光一闪，眨眼之间，张珠已身首分离。魏良贵例行公事地说了一声："走私贩私者戒之！"说完，头也不回地走了。

张德熹抱着叔叔的尸首，放声大哭，咬牙切齿地说要为叔叔报仇。

再说福建海道副使柯乔，自接受朱纨布置的练兵任务后，他带着精心挑选的一千余名福清精兵，在镇海卫附近海域抓紧操练。明军士兵的兵器以长枪为主，只有少量鸟铳和火绳枪。经过一段时间操练，这些福清兵的枪法大有长进。柯乔得知，福建都司卢镗已从浙江松阳等县招募了一批能征善战的乡兵，他们目前屯驻在海门县，也在日夜操练。只待朱纨一声令下，他和卢镗将分头向双屿发起攻击。这是一次突袭，势必要重挫盘踞在双屿岛上的中外海盗。

嘉靖二十六年九月底，柯乔接到朱纨密令，让他三日后，即十月三日晨，率兵东进，直扑双屿。就在万事俱备之时，十月二日清晨，柯乔尚未起床，杭州巡抚衙门又快马送来朱纨密函。柯乔打开一看，朱纨曰："日本使团提前来贡，已泊外海，行动推迟，并请关注双屿夷情，恐生事变。"

日本使团，全称是日本朝贡贸易使团。宋代以后，中国政府准许外国使节以进贡的名义，随所乘船舶、车马携带商货来中国进行交易，这种方式称为朝贡贸易。明初实行海禁后，对朝贡贸易做出许多规定，如只允许在规定时间、规定地点开展朝贡贸易。外国商船载贡品及各国方物土产来华，明廷接收贡品、购买方物后，以"国赐"形式回酬外商所需中国物品。贡船必须持有明廷事先所颁"勘合"（执照签证），故又称勘合贸易。对海舶输入商货中的禁榷品，由中国政府全部收买；对非禁榷品，抽取一部分，收购一部分，其余可民间买卖。由于朝贡贸易具有外国使者"朝拜"的性质，中国政府不会让进贡者吃亏，为不失大国风范，一般都会给予朝贡者优厚回报。因为朝贡有利可图，出于利益，一些国家甚至争相向中国派出贡使。

接到朱纨的密函，柯乔大惊：怎么会这样？在这场战事一触即发的节骨眼上，日本朝贡使团突然来了？这是偶然巧合，还是早有预谋？当务之急是派出暗探，先弄清楚情况再说。

宁波之名，始自明代。太祖朱元璋取"海定则波宁"之义，赐名宁波。宁波是中国东南的海上门户，由于东望日本的地理位置，它成为明初设立掌管海外贸易事务的三个市舶司所在地之一，主要贸易对象是日本。在宁波，嘉靖年间发生了诸多对外交往的重大事件，如嘉靖二年的日本"争贡之役"。当年六月，日本左京兆大夫内艺兴遣使宗设抵达宁波；稍后，右京兆大夫高贡亦遣使瑞佐偕宁波人宋素卿同抵宁波。由于宋素卿贿赂宁波市舶太监赖恩，宴会时得以坐在宗设上座，其货船虽然后至，但先于宗设货船受检。宗设怒杀瑞佐，焚其船只，追杀宋素卿至绍兴城下，沿途大肆劫掠。沿路追击的明备倭都指挥刘锦、千户张镗战死，多名无辜的中国军民被杀或被掳，浙中大震，史称"争贡之役"。这一事件直接导致明廷废除福建、浙江市舶司，仅留广东一处，明朝与日本的贸易由此中断，倭寇滋生，这也为后来的"嘉靖大倭乱"埋下了伏笔。

日本人赴明朝贡纯粹是为了营利，故其船数、人数及货物量每年不断增加。而明廷却将他们当成贡使看待，由地方和礼部出面接待，给予与普通商人迥异的优厚礼遇。如此一来，直接导致日本朝贡过于频繁，贡船和贡品过多，且贡品标价虚高，而明廷却按规定照单全收，给财政造成巨大负担。仅以日本刀剑为例，每把定价高达一万文，而其实际之价不过八百至一千文。鉴于此，明廷对朝贡贸易严加限制，规定"贡毋过三船，人毋过三百，刀枪毋过三千"，限时限地限货，违例则以寇论。

情况很快打听清楚了，此番日本使团，由正使策彦周良、副使钧云率领。日方每次派来朝贡的使团构成，一般是正使、副使各一人，居座、士官、通事各数人，其他还有船员、水手以及搭乘的随从商人等。商人从最初的搭乘逐渐变成朝贡贸易的主体。说是商人，其实亦商亦盗。这是策彦周良第二次入明，第一次于嘉靖十八年三月，他以副使身份入明朝贡。策彦周良初渡功成，返还京都后，声名大振。此番朝贡，贡舶4艘，人员共637人。而且比原定的朝贡时间提前了两年，贡品中倭刀达24000多把，铜298500斤。也就是说，策彦周良此番入明，时间、船数、人数和刀枪数量，均不合体例。由于二十多年前发生过血腥的"争贡之役"，浙江海道、宁波沿海卫所和府县官员如临大敌，不敢放他们进港，命使团自行在外海择地停泊，一面派人飞速赶往杭州，向浙江巡抚朱纨报告。

听说日本朝贡使团提前到来，且人数多达637人，朱纨也大为震惊。一则使团的到来彻底打乱了他的剿寇计划；二则这么多人居于宁波外海，还不知会闹出什么事来。想想嘉靖二年"争贡之役"的血腥场面，让人不寒而栗。于是，朱纨立即通知正在备战的柯乔和卢镗，命他们推迟进剿，并提高警惕，防止日本使团滋事生乱。

策彦周良热爱中国文化，熟读历史，且深有研究，他精通儒释道诸家经典，能诗善画，举止优雅，说话行事得体。他于嘉靖十八年首次入明时，当时的身份是副使，其实行使的就是正使职责，给明廷和宁波地方官员留下了良好印象。这次由于违例入贡，宁波府禁止使团入港，无奈之下，他们只好在舟山诸岛中选择了一个叫作吞山的海岛临时停靠。策彦周良一次次言辞恳切地向浙江海道、宁波市舶司和宁波府提出进港请求，但没有人敢答应。

如何处置日本使团，是朱纨当前面对的头等大事。如果得不到妥善处置，双屿清剿之役根本无法进行，而且，这庞大的使团本身就是不安定因素，贡船附搭的六百多商人，其实是亦商亦盗。要是他们的要求得不到满足，身份转换不过是眨眼之间的事。使团自抵达宁波外海后，由于生活不便，强烈要求入港停泊，但市舶司不敢批准，请朱纨定夺。身为巡抚，朱纨也做不了主，必须向礼部和嘉靖皇帝报告。

朝中，得知日本使团提前违例入贡，反对派的声音立即占了上风。闽人林懋和时任礼部主客司郎中，主张让策彦周良等人原路返回。还有一种意见，主张让日本使团停泊在外海，等待两年后的贡期。朱纨认为这两种观点都不可取。日本使团浩浩荡荡637人已经抵达宁波外海，这来都来了，强迫他们原路返回，于情于理不合；至于要求他们泊在外海等待贡期，貌似合理，实则也不可行。一则等待时间太久，使团的衣食住行都成问题；二是迟则生变，宁波外海海盗活跃频繁，贡船满载货物，与双屿岛近在咫尺，是送上门的肥肉，岛上的海盗李光头、许栋与门徒王直等自然会虎视眈眈。种种这些，不可预测的因素太多，此前的"争贡之役"已有了血腥的教训。

经过朱纨和礼部多次文书磋商，并经嘉靖皇帝同意，先行允许日本使团入港居住。文书几来几往，时间已经到了嘉靖二十七年三月。也就是说，日本使团在宁波港外的岙山停驻了近半年。嘉靖皇帝允许使团入港上岸居住以待贡期，让朱纨看到了希望，他再次上奏，请求朝廷同意部分使团成员进京朝贡。

日本使团入住地为嘉宾馆，位于宁波府东南，是专门招待日本贡使之所，规模较大。宾馆中为厅，周围有井屋三十六间，厅后为川堂，又为后堂。后堂之左为庖舍，右为土神祠，中为大门。大门外街衢上有两座关坊，东曰观国之光，西曰怀远以德。宾馆东还有两座驿馆，使团有所需，可以向驿馆中的明朝派驻人员提出。嘉宾馆的东侧，还有用于贮放贸易物资的仓库东库。

一天，柯乔正在镇海卫监督练兵，突然接到浙江巡抚衙门紧急通知，让他速到杭州去一趟，朱纨有要事召见。接到通知，柯乔和汪可立分别骑着一匹快马，向杭州赶去。

两天后，柯乔风尘仆仆地赶到了巡抚衙门。见到柯乔，朱纨很是高兴，第一句就是："兵练得咋样？"

"回军门，属下亲自精挑细选，选取了1200名新兵，都是个顶个的壮汉，天天在训练，就等军门一声令下，直扑双屿。"

朱纨满意地点了点头："很好！要不是日本使团突然到来，战事说不定都结束了，少安毋躁，事情在朝有利于我们的方向发展。"

"军门，属下还有一个疑问：双屿用兵，您用的都是征调的福清兵，还有招募的乡兵，宁波有临山、观海、定海和昌国四大卫，虽说兵额不足，但少说也有万余人，您怎么不用四卫的兵，他们不是会有意见吗？"

朱纨脸色冷峻，他站了起来，踱到窗前："他们能有什么意见？本抚已向天子请颁王命旗牌，有便宜行事之权，征调军马本就是本官分内之事。也不妨和你直说，我信不过他们！"

这证实了柯乔的猜测。不然，怎么会放着现成的宁波四大卫里的兵不用，反而从外地调兵呢？朱纨从案上拿出一个精致的木匣子，拿出一封明黄色的信笺，打开了，原来是嘉靖皇帝给朱纨的敕书。他对柯乔说："你过来看。"柯乔朝圣札恭恭敬敬地行礼，然后移步上前。随着朱纨手指的方向，他小声地读道：

近年来，福建漳泉等府豪民通番入海，因而劫掠沿海军民，肆行残害，甚则潜从外夷敢行作叛。宁绍等处也亦然。虽各设有海道兵备及总督、备倭等官，全不举职……今特命尔前去巡抚浙江兼管福建与建宁漳泉等处海道，提督军务……如有地方海贼和海寇生发，或倭夷入贡为乱，尔即调度官员即时剿捕防御，仍一面奏闻。其事情重大者先行具奏请命。凡应与巡按御史计议者，须同议处而行。遇有用兵，各该三司掌印、守巡兵备等官，才堪委用者听尔随宜调委。文职五品以下武职四品以下，如不用命，应拿问者径自拿问，应参究者参究。事关军机重大者许以军法从事。其福建漳泉等府海寇出没，地方有事，尔须往来督视，设法剪除……尔为风宪大臣，领此重寄，秉公守廉，殚心竭力，务使盗息民安，地方宁谧，以副朝廷简任之重。如或处置乖方，贻害生民，责亦有归，尔其钦承之。故谕。嘉靖二十六年九月初一日

这封手谕，看时间，应该是朱纨出任浙江巡抚前嘉靖皇帝写给他的。敕书中，权责明确，语气严厉，就连柯乔也感到肩上沉甸甸的，深感责任重大。

朱纨收起了敕书，放回原处。他说："你让我怎么相信浙江海道和宁波府这班人，别的不说，就以允许使团入港上岸居住这事为例，从本官发布告谕至宁波府，到使团入住嘉宾馆，依你看，前后大约要多少天？"

柯乔说："四五天足矣。"

"他们整整花了一个多月时间。"朱纨说。见柯乔没有吱声,他继续说道,"这不是故意拖延吗?本官也不想问什么理由,他们也一定会有一套貌似合理的说辞。如此行事之法,教本官如何相信他们?而且,使团上岸后,谣言四起,有说抚臣奉皇帝之命,要在夜间突然派兵前来围杀他们;也有说朝廷一旦拒绝使团北上入贡,使团就会大肆杀戮,让宁波杭州血流成河……"

这些谣言,一直关注日本使团情况的柯乔自然也听说了,只是他不便说出来而已,没想到朱纨也听说了这些谣言并且主动说了出来。谣言从何而来,显然是别有用心者在暗中散布的。他们的目的也很明显,就是挑起使团和官方的冲突,他们好从中渔利。

朱纨说:"使团入住嘉宾馆,酝酿着更大的不确定性,甚至可以说危机四伏,637人啊,谁知道他们藏着什么心事?我们不可不防,且要严防。为了确保安全,不再发生'争贡之役'那般的惨剧,本抚安排了一明一暗两股人马。明的,由昌国卫总兵刘东山率军日夜监视;这暗的,就交给你了,交给别人我不放心。至于你采取什么方式监督他们,本抚不管,我信得过你。总之,要密切关注使团动静,一旦有任何异动,立即报告本抚。"说着,朱纨抽出一支令牌,递给了柯乔:"必要时,可以亮明身份,说你由本抚指使。"

柯乔郑重地接过令牌,放进了袖子里,表态说:"请军门放心,属下一定完成任务!"

朱纨说:"进击双屿时间,大约在半个月后,请等我密令。我拟于你们行动后次日抵达宁波。万勿泄露军情,就是对身边的人也要三缄其口,否则,打草惊蛇,我们苦心孤诣的一战就会变成打水漂。"

"请军门放心,属下谨记!"

朱纨向后屋招了招手,这时,有人捧出了两只酒坛。朱纨说:"这是两坛桂花陈酿,是杭州的特产,前几天一个本地友人送我的,现转送于你。祝你旗开得胜,马到成功!"

柯乔接过酒坛:"那属下就不客气了。军门,告辞了,我们宁波再会!"

返程时，柯乔和汪可立顺便取道宁波，到嘉宾馆附近侦察了一番。如何在暗中监视日本使团呢？还尽量不要暴露身份，以免带来不必要的麻烦。商量来商量去，汪可立建议让柯焰带着一班可靠的兄弟到嘉宾馆附近去开一家酒馆、一家轿行。轿行嘛，免不了会有一班轿夫，这样就能巧妙地在嘉宾馆附近安插人手。至于酒馆，是为了吸引日本使团和住在附近驿馆里的官员和士兵常来坐坐，便于了解信息。柯乔同意了。

嘉宾馆附近，一家轿行和一家江氏酒馆低调地开业了。酒馆掌柜自称姓江，他身穿长袍，留着山羊须，见人就笑容可掬。不用说，这位老板就是柯焰，他本来是不留胡子的，为了装得更像个掌柜，这才粘上了胡须。王青龙、郝地虎带着一班兄弟在隔壁开着轿行。大家明面上做着生意，暗地里都在留意着对面宾馆里的动静。

日本使团的活动范围基本被限制在宾馆里，至多可以在宾馆所在的街道溜达溜达，从东牌坊到西牌坊，一口气的工夫就走到头了。宾馆外头，悬着腰刀的明军士兵日夜在街上晃来晃去，日本人要想到城里去，要有正经理由，还要经过他们的批准。正使策彦周良对使团成员约束很严，不许他们随便出门。日本人在宾馆里等候着皇帝的旨意。京城天高地远，谁也不知道旨意什么时候下来，他们只有干等着。日本人很憋屈，焦躁不安，但又不甘心返回。为打发时间，他们整车整车地往宾馆里运酒，把自己灌得烂醉。

通过几天跟踪观察，柯焰发现，这些日本人总喜欢找各种理由上街，比如采买生活物资。本来，驿馆那边的官员也可以安排店家送货上门，但日本人嫌送来的东西不合适，非要出门选购。选购不过是个幌子，是要借机到外面去透透气，到酒楼撮一顿，找点好吃的，寻点乐子，这才是醉翁之意。他们最喜欢去的地方就是位于江夏码头后街的鲜来食酒馆，往往是上午出门，要一直在那里赖到天黑才回来。鲜来食的菜做得好，厨娘风骚漂亮，自然成了日本人寻欢作乐的好去处。日本使团常去的地方，自然也成了柯焰关注的重点，他也隔三岔五地去鲜来食喝几杯，一来二去，和掌柜厨娘都混熟了。这是家夫妻店，掌柜的姓马，长得尖嘴猴腮，为人木讷，不善言辞；厨娘是他的老婆，名叫杨凤，伶牙俐齿，喜与客人打情骂俏，暗送秋波。也难怪，没有她这般招徕客人，生意也难做得下去。

一天，柯焀正在店里的二楼上观察着嘉宾馆方向的动静。忽然，只见一班衙役搀扶着四个日本人哼哼唧唧地过了牌坊，向宾馆走来。这几个日本人是上午出门采买货物的。来到了宾馆门口，只见一个身材魁梧留着络腮胡的男子朝里面吼道："叫你们正使出来，看看你们日本海盗干的好事！"

正使策彦周良带着翻译吴通事很快出来了。见到四个使团成员被打得浑身是伤，衣服也被撕得稀烂，有的地方还留着一道道红色的鞭印。策彦周良脸色大变："这……官爷，到底发生了什么事？"

这时，宾馆里的人几乎全出来了，街上黑压压一片。见同伴被人打得遍体鳞伤，使团成员一个个瞪着眼，嘴里乌拉乌拉地发泄着愤怒。柯焀生怕听不见，也挤到了人群里。

"本官是宁波府推官张德熹，奉浙江巡抚朱纨大人之命，对你们这些倭国海寇严加看管，凡滋事扰民者一律捉拿是问，严惩不贷！"这个自称是张德熹的人，一手叉腰，一手用马鞭指着使团成员。随着吴通事的翻译，日本人就像炸开了锅一般，一个个朝张德熹吼着，有的拔出了雪亮的倭刀。张德熹一点也不慌张，喝道："你们想干什么，一个个都不想活了吗？再闹把你们全抓起来，关进杭州巡抚大牢！"

柯焀当时就很纳闷，眼前这个张德熹，明明是自己对日本使团出言不逊，为什么总是要往朱纨身上扯呢，这不是有意推卸和激化矛盾吗？

好在策彦周良还算冷静，他一个劲地对张德熹赔着笑脸，并制止住了愤怒的使团成员。他指着那四个受伤的同伴问道："请问官爷，他们这是犯了什么事？"

"哼，什么事！"张德熹冷哼一声，"他们在鲜来食酒馆酗酒闹事，调戏厨娘，被本官的人逮了个正着，那个厨娘在本官这里将你们的人告下了。你说，他们该不该打？"

"这……该打，完全该打，打了活该！"听说自己手下的人调戏妇女，策彦周良也恼了。

张德熹说："这事情还没完呢！那个厨娘平白无故地被你的手下调戏了，

难道就不该补偿补偿？听说她还在寻死觅活的，本官还要替你们去安抚她，要是她不依不从，出了人命……"

听到这里，策彦周良赶紧说："张大人，您说怎么个补偿法？"

张德熹伸出了一根手指。策彦周良说："大人是说，要一两银子吗？"

张德熹在他耳边轻轻说了一句，策彦周良脸色大变。柯焰从张的口型上看出来了，他要的是一千两。张德熹说："今天天黑前要是不将银子送到宁波府，本官就将四个调戏民女的倭寇送到巡抚衙门去，交给朱纨发落！"

吴通事将张德熹的话刚刚翻译完毕，日本人个个恼羞成怒，这人都打成了这样，还要赔一千两银子，这也太过分了。有几个日本人又"唰"地拔出了倭刀，架到了张德熹的脖子上。张德熹一点也不害怕，他说："在下是奉了巡抚大人之命，对你们严加监管，你们要是敢动我半根汗毛，大明官军马上就将你们扔到海里去喂鱼！"

策彦周良吓得面无人色，将那几把架在张德熹脖子上的刀一一拨开了，忙不迭地说："送，送，马上就送……"

张德熹又用马鞭指着使团成员说："你，你们，一个个都给我放老实点！"说着，在日本使团成员的怒目而视中，扬长而去。

待张德熹离开，柯焰立即来到江夏码头后街的鲜来食酒馆。发现酒馆仍正常营业，厨娘杨凤仍在忙碌着，招呼着客人，像什么事也没有发生一样。柯焰将她叫到一边，打听日本人酗酒闹事的经过。杨凤"扑哧"一笑："张大人说这些日本人是海盗，要治治他们，搞他们几两银子花花，就叫我过去劝酒，按他的吩咐去做，答应事后分我一半。小女子不敢不答应，否则今后就做不成生意了。我不过和他们说笑了几句，至于后来的事，我就不知道了。"

柯焰还听到一个重要情况，这个张德熹，就是此前被朱纨下令斩杀的海商张珠的亲侄子。难怪他在对日本使团的训话中，总是有意无意地暗示他是受浙江巡抚朱纨指使。这明显是激起日本使团对朱纨的敌意。

柯焰将这些情况向柯乔做了报告，柯乔命他继续关注事态发展，要特别留意张德熹的一举一动。

长期作为兄长的随从，柯焰养成了一个习惯，警惕性很高，即使在睡觉时，只要外面有个风吹草动，他也会自觉地醒来。特别是来到福建后，突然过上了刀口上舔血的生活，开始时他很不适应。好在他也像柯乔一样，自幼习武，也经过名师指点，身强体壮，很快就习惯了。自接受了暗中监视日本使团的任务后，他晚上就更不敢安心睡觉了，他很清楚，那些心怀叵测的人，更喜欢选择在夜间行事。

春寒料峭，三月的晚上还是有些凉的。迷迷糊糊中，柯焰似乎听见轻微的脚步声，他一骨碌爬了起来，习惯性地从天窗里瞅瞅不远处的嘉宾馆。只见大门紧闭，两盏灯笼半死不活地亮着，门口没有人。一幢一幢的馆舍，在夜色里黑魆魆的，没有什么异常。日本人白天喝得烂醉，晚上睡得比猪还沉。仔细地听，静夜里甚至能听见馆舍里传出来的鼾声。柯焰心想刚才可能是自己过于紧张了，哪里看见一个人影呢？他揉揉眼，正准备继续睡觉。突然，他听到了一声猫的惨叫。凝神听了听，感觉那叫声有些奇怪。为什么只叫了一声呢，会不会是被人踩了？柯焰睡意全无，索性出了门，打算去街上转转。

刚刚出门，只听嘉宾馆里突然"嗞"的一声响，眨眼之间，半边天似乎都亮了，刺得他的眼睛都难以睁开。柯焰平生从未见过此等景象。第一感觉，他以为是闪电，但马上又否定了自己的想法，闪电总是伴随着雷声的，这亮光来得悄无声息，真是太诡异了。紧接着，火光起来了，馆舍着火了！

柯焰马上明白了，这是有人在纵火。刚才那片突然而起的亮光，可能是硫黄之类的纵火物。他大声叫着王青龙和郝地虎的名字，迅速跑到宾馆门口，嘭嘭地砸着门，大喊道："起火啦，快起来救火啊——"

宾馆的门尚未打开，王青龙和郝地虎赶到了，带着一帮兄弟越墙而上，到了屋顶上，扑打着刚刚烧起来的火苗。这时，日本使团成员也一个个地醒了，他们不知道发生了什么事，还以为是明军杀到了，到处乱窜，争相逃命。得知是起火，这才松了一口气，一个个返回救火。策彦周良仔细察看了火情，发现了硫黄燃烧过后留下的刺鼻气味。显然，是有人故意纵火，要烧死日本使团。幸亏柯炤发现及时，只是烧着了几间房顶，且很快被扑灭，损失不大。不然，这些房子一旦被引燃，这些沉睡的日本使团会遭受怎样的厄运，真是不堪设想！

天明后，柯炤立即将昨晚发生的情况向兄长柯乔做了报告。结合前几天发生的事，柯乔隐隐感觉，在日本使团背后，藏着一只看不见的手，总是在试图激怒他们，和官方发生冲突。这样，那些隐藏在幕后的人好从中渔利。

柯乔将日本使团入驻嘉宾馆以后发生的事向朱纨做了报告，并建议在双屿采取军事行动之前，以巡抚署的名义，对使团进行一次安抚，好让他们安心等候朝廷的正式答复。

数日后的一天，日本人成群结队地涌进了江氏酒馆，个个兴高采烈，眉飞色舞，像是捡到了宝贝似的。柯炤向吴通事一打听，原来，他们刚刚收到了从杭州发来的公文《巡抚署谕日本使臣策彦周良》。在这封告谕中，朱纨明确地告诉正使策彦周良，大明皇帝隆恩，初步同意日本使团入贡，只是入贡人数和细节需进一步磋商，让他们安心等待。也就是说，他们北上入贡只是时间问题。

入贡就意味着会有赏赐，按惯例，朝廷会对使团的每一位成员赏赐数量不等的钱物；就意味着他们运来的大宗货物会被购买或交易，意味着丰厚的回报，意味着不虚此行。总之，入贡获利丰厚，皆大欢喜；返回则白跑一趟，劳民伤财。这叫日本使团怎么不高兴呢？

显然，朱纨采纳了柯乔的建议。一开始，柯乔安排柯炤到嘉宾馆对面开轿行和酒楼，柯炤还老大不情愿。现在，自己的工作得到了巡抚大人的认可，虽然是间接的，说明他的潜伏卓有成效，他的劲头更足了。

一天，江氏酒馆里进来了一位秀才打扮的人。只见他三十多岁的年纪，头戴秀才方巾，身穿蓝布长衫。进来后，选了个角落，叫了两个菜，安安静静地吃喝起来。柯焰自开了这家酒馆以来，还是第一次进来秀才模样的人，自然引起他的关注。柯焰发现，此人虽是秀才打扮，但颜面、颈部和前胸的皮肤呈黑褐色，双手和胳膊也是如此，这是长期受强烈的日光照射、海风和盐分侵袭的结果，是典型的海洋性皮肤。也就是说，此人很可能并不是一个秀才，而是一个长期泡在海上的人。

秀才见柯焰老是盯着他看，正好他也有话要问，四目相对，两人就此攀谈起来。书生自称姓汪，人称汪秀才，他到这里来，是听说日本正使正在收购货物。此人消息倒是很灵通，他说得不假，策彦周良一进入宁波，就大肆收购中国货物，他买的东西与众不同，丝绸之类不用说了，还包括书籍、纸、墨、画、筒、茶碗、镇纸、瓶、金扇、针、食笼、线、方盆、果盒、白蜡、箱子、锁、器皿、坐毡、灯台等，民间工艺品、日常器皿、丝毛织物、中药材等，几乎无所不包。一句话，大凡他看得上的东西，都有可能收之囊中。这几乎是公开的秘密，民间传言策彦周良带来了一船银子，常有宁波百姓到嘉宾馆向他兜售货物。不过，策彦周良是很挑剔的，并不是见啥都收，也有好多人高兴而来，失意而归。

柯焰说："你要卖什么呢，在下正好认识正使，可以帮你介绍一下。"

汪秀才从袖子里掏出一只银质佛像。柯焰看了看，佛像是空心的，手工打制，做工倒也精致。他说："我可以介绍，但正使是否看得上你这件东西，我不敢保证。"

汪秀才淡淡一笑："你放心，我保证他看得上。"

听说有人要卖东西，策彦周良很快来了。一看到佛像，他马上就作揖参拜，一脸虔诚。他看了看佛像，点了点头，说："这尊佛我请了，答谢二十两银子。"

汪秀才迟疑了一下，看来策彦周良的这个出价并没有达到他的预期。但他还是将佛像递给了策彦周良，说："行，就这个价吧，我不图钱，只图交个朋友。"

成交了，策彦周良很高兴，看得出他买到了便宜。两人又小声交谈起来，显然是正使向汪秀才打听手头上还有哪些货，汪秀才自信满满地点了几样，策彦周良瞪着眼，嘴巴越张越大，几近失态。

几天后，汪秀才又来了，见到策彦周良，他从身上拿出一个蓝布包裹，里面是一叠旧书，是宋版《东坡集》。此书是苏轼生前亲自编定，但在宋徽宗崇宁二年被下诏禁毁，因此存世并不多，非常珍贵。柯炟还是第一次看见这书。果然，策彦周良一见，连连惊讶，然后就将书紧紧地抱在怀中，大概自觉失态，又放了下来。汪秀才倒是一副见惯了大场面的样子，脸上始终挂着淡淡的笑，深不可测。

策彦周良给了个价，汪秀才想也没想，就点了点头。临走时，策彦周良将汪秀才又搂又抱，并约定下次再见。

从此，这个汪秀才就成了正使的座上宾，常常进出嘉宾馆。他在正使、副使或首座的陪同下，常在街道上闲逛。甚至被带到东库里，察看日本使团这次入贡带来的珍贵贡品。

柯炟越发断定，这个汪秀才不是个普通的秀才，而是大有来头。但是，他实在看不出他是何等身份。无奈之下，在汪秀才离开的时候，他安排王青龙实施跟踪。但跟了几次，都被他成功地甩掉了。王青龙也认为，这个汪秀才绝不是一个普通人，而是个练家子，有一身武功，每次他都能够很快发现"尾巴"并顺利甩脱。但几次跟踪下来，王青龙也并不是一无所获，他发现，汪秀才最后都是夜间在一处小码头附近消失的。由此王青龙推断，汪秀才是出海了。当然，这只是推断，王青龙并没有亲见。柯炟就更加糊涂了，这夜间出海，会去哪里？海上夜航，危险性极大，稍不小心就有可能葬身鱼腹。汪秀才的身份就越发神秘了。

朱纨的密令到了。

一天，柯乔正在海道署里和汪可立研究着海防图。忽然，亲兵进来报告说，浙江巡抚署派人送公函来了，说要亲手交给柯大人。柯乔心里一动，他有一种预感，朱纨进剿双屿的密令到了。传令兵进屋后，先是亮出了巡抚署令牌，接着亲手交给朱纨一封密函。柯乔撕开朱红的火漆封口，里面是一封朱纨亲手书写的密令。朱纨在信中命令柯乔，三天后，即三月二十六日辰时前，势必率军出发，于午时后赶至双屿，与卢镗部南北夹击，势必一举剿灭盘踞于双屿港的海盗。

双屿港位于舟山列岛第三大岛屿六横岛的西部。六横，是指岛上有南北走向的六道山岭，双屿港背靠最西面的一道山岭。六横岛属宁波府定海县，处于进出宁波的主航道双屿洋上，距宁波百余里。双屿洋是进出宁波甬江的海上必经通道，是宁波的贸易大门。六横岛上，有座岑家山，它将岛屿一分为二，分别名为上庄和下庄，东西两屿对峙，双屿之名即由此而来。两座岛屿之间，有一条宽阔的水道，长二十余里，水深二十至二十五尺，南北俱有水口相通，入口处有小山如门护佑着水道，藏风聚气，是船舶理想的避风、锚泊、候潮和补给地。双屿处于宁波外海主航道线上，水路广阔，四通八达。16世纪中叶，率先进入中国东南沿海的佛郎机人来到六横岛，很快相中了这里，建立了第一个贸易居留地。他们以六横岛的岸线为依托，在居留地周围，建立了一系列泊船的港口，其中以一对"双屿门"环抱的港口为主港口，并在此设立海防要塞，双屿很快成了一个繁华的民间贸易港。

朱纨确定了"合闽浙二省之兵，协力夹攻，待时而动"剿灭双屿港海盗的作战方案，他信任的其实是福建都指挥卢镗和福建海道副使柯乔。按照方案，为防止海盗逃逸，卢镗率福清兵由台州海门卫进击。卢镗和他的部队已在海门卫城内训练数月，做好了作战准备，就等着朱纨一声令下。

午时后，卢镗和柯乔率军先后抵达了双屿洋面。两千余士兵，百余条战船，成扇形在洋面上摆开。六横岛上，海螺声大作。盘踞在岛上的倭寇和佛郎机人很快发现了官军。

双屿港位于一片湾澳里。远远望去，海岛像一条臂弯，将港口挽于怀中。入口处较为狭窄，只有小船才能进入，大船只能泊在港外。为了保护港区，港口外以大木为栅，并以巨缆牵绊，非经允许，不得入港。发现官军后，海盗们显然乱成一团，山间到处是跑动的人影，大呼小叫声响成一片，个个惊慌失措，他们从来没有见过这么多军船来到双屿。东、西两山的半山腰上，各有一处平台。平台上，硕大的油毡覆盖着一个庞然大物。全副武装的佛郎机人掀开了它们，露出了两尊佛郎机大铜铳。这是他们的护港神器，每门重达一千三百余斤，自几年前安装在这里后，还没有用过，今天算是派上了用场。

盘踞在双屿港的海盗共分三个部分：以佩雷拉为首的佛郎机人，中日混杂并以中国人占主体的李光头部和许栋部。佛郎机人来到双屿最早，占据了这里的最佳位置，他们的住处称连房，离港口近，一栋连着一栋，交错相通，内部设施齐全，装饰考究，里面诸多器物日本和中国的海盗连见都没见过。石道两边仅有的几座山洞，他们享有专用权，用来贮存货物。许栋和李光头来得迟，他们自然得到山中另辟场地，位置自然离港口要远一些。最重要的一点，在整个双屿港内，佛郎机人对岛上的淡水、食盐、药品和食物等一切资源享有优先使用权。即使海盗们抓来了个女人，也要先送到连房里去。李光头和许栋手下的人对此当然有意见，但他们敢怒不敢言，佛郎机人来得早不说，主要是他们手中持有利器，他们有能在百步之外一打一个准的火绳枪，还有威力更大的巨铳和中铳，巨铳超过千斤，中铳也有两百斤。一艘大型福船，可以将小舟当作蚂蚁般碾压；但一尊中铳，一发铅弹就可以让一艘福船灰飞烟灭。这些玩意儿，日本和中国海盗没见过，更不会用。他们手中至多只有一把倭刀。所以，佛郎机人对他们来说，是神一般的存在，平时见到他们都要恭恭敬敬，哪里还敢惹恼他们！

佛郎机人推出千斤巨铳，装上火药和铜球，只听"轰"的一声巨响，地动山摇，一只巨大的火球翻滚着朝港口外的官军船队飞去。又听见"轰"的一声巨响，火球在船队中心炸开了花。几只小舟应声而翻，碎片和官军残肢飞到空中。佛郎机人和海盗们应声狂呼，港区一片沸腾，好像他们已经胜券在握。柯乔急令船队散开后撤。待另一发炮弹飞来时，落入水中，击起丈余高的水柱，官军并未受伤。

柯乔和卢镗都没有料到，佛郎机人在半山腰处心积虑地安装了两尊巨铳。要是不解决掉它们，官军是无法靠近港口的。两人一合计，决定趁夜间派水手潜入港区，炸毁巨铳。好在战前柯乔就将王青龙和郝地虎调到军中，他俩是从宁波直接前来会合的。两人曾当过数年湖盗，水技高超，是担当此任的不二人选。

柯乔和卢镗所在的指挥船是一只福船，船体高大。就在两人全神贯注凝望着远处的六横岛，商议着如何进军的时候，突然，只听"哗"的一声，从海里钻出一个怪物，身手敏捷得像个猴子。有士兵已经认出他来，大叫道："李光头来啦！""快抓住李光头！"柯乔大惊，李光头的名字他当然知道，是盘踞在这里的一支海盗的头领。他只是想不到，李光头竟然敢只身前来，并且针对的就是指挥船。他意欲何为？形势根本不容他多想。只见李光头手持倭刀，脚尖在甲板上轻轻一点，身体腾空而起，连人带剑向柯乔飞来。

柯乔正站在船帮边，退无可退，只好顺势向后倒去。他在倾倒前的一刻，已将长枪抓在手中。他的身子完全从船上栽下，眼看就要落水。说时迟，那时快，他用左手钩住船帮，用右手的长枪去格挡李光头的倭刀。只听"当"的一声，刀枪撞击，发出一声脆响。就在李光头一愣神的工夫，柯乔左手一用力，一个纵身，人已经落到了船上。李光头显然也没料到情况会变成这样，他一刺得手，明明见一个军官模样的人已失足落水，没想到又飞身回到船上。他向来瞧不起明军将领，认为他们不堪一击，故而他今天才斗胆前来只身行刺，准备给官军一个下马威，没想到官军中竟然也有如此深藏不露的高手。当下，他也有点紧张，因为卢镗的长枪正向他刺来。纵使他武功再高，也敌不过眼前这两位高手。

突然面对两把长枪，换一个人，也许早已吓破了胆。李光头不愧是李光头，他那硕大锃亮的脑袋上，海水尚未干。只见他一甩脑袋，倭刀一分为二，成为两把。这正是他武器的巧妙之处，两把薄薄的倭刀合在一起，既能做一把刀使用，也能根据形势分开。李光头能双手持刀，左右开弓，一般的人，很难架住他一番猛攻。

柯乔和卢镗一前一后，将李光头夹在中间，两把长枪如蛟龙出水，刺得他手忙脚乱。李光头左格右挡，突然，他一声长啸，双臂张开，像一只大鸟，腾空而起，跳下海去。

官兵射箭的射箭，放铳的放铳，箭矢和铅弹雨点般朝李光头飞去。可他

"扑通"一声落入水中，根本未伤半根毫毛。就在官兵们望着海面出神的时候，"哗"的一声响，李光头又从水里飞了起来，落到了官军的小船上。船上的官军一阵慌乱，小船差点倾覆。箭矢和火铳再次瞄准了李光头，未及发射，他又潜入水中。如此三番五次，官军阵脚大乱，却半点奈何他不得。折腾够了官军，李光头又像一只大鸟般，在官军的船上接连几个起落，上岛去了。

柯乔无奈地说："这个李光头不简单，可惜了一身武艺，他这一番来去，哪里将官军放在眼里？这不是蔑视官军，乱我军心吗？"

"有什么办法，谁叫我们技不如人？这个仗打得太憋屈了，官军连港区都还没有进呢，就被这帮海盗折腾得团团转。"卢镗应道。

"卢将军，忍一时海阔天空，表面上看我们是没占到便宜，其实是占到了，他们不是被我们围在港区里了么？现在不能出海，不能动弹，显然是着急了。"

"对啊！"卢镗笑了，"我怎么没想到这一点。那我们就安心待在这船上，相机而动，就是困也要困死他们。"

柯乔说："我们要少安毋躁，海盗一定比我们更着急，他们很快会采取行动的。到那时，就是自投罗网。我们以逸待劳好了。"

说着，两人就夜间如何炸毁佛郎机人的巨铳又商议了一番。

夜深人静，涨潮了，海水翻滚着，冲刷着近处的战船和远处的岛屿，天地间訇然作响。王青龙和郝地虎二人乘一叶小舟，在海浪间穿行，悄悄地靠近了双屿港口的木栅。两人将小舟系在木栅上，神不知鬼不觉地潜入水中。

上了岛，趁着夜色，两人悄悄上山。为了炸掉巨铳，药量自然要带足，每人一大包，夹在腋下。两人躲在山岩和灌木的阴影里，小心翼翼地前行着。走到半道上，两人分开了。两尊巨铳，隔着数百步远呢！

虽然外洋上巨浪起伏，可双屿港内，并没有什么风浪，高大的山体挡住了飓风，曲折的岸线和众多的湾澳将海浪的威势消解掉了。几百艘大小各异的海盗船停泊在港湾内，大多数上面还堆放着货物。真不愧是一座良港。

王青龙和郝地虎二人安装好了火药。突然，只听"轰""轰"两声巨响，半山腰间，两尊佛郎机巨铳都被掀翻了，其中一尊沿着山体往下滚着，落到了海里。连房里的佛郎机人举着火把端着火绳枪冲了出来，来到巨铳台一看，一尊巨铳不见了，另一尊被炸废了。佛郎机人气得哇哇乱叫，朝四周的山体上胡乱地放着枪。王、郝二人，已鬼魅一般回到了小船上，顺利地原路返回。

失了巨铳，被围的佛郎机人显然急了。第二天，他们分乘着十几条大黑船，大船上还码放着货物。大船后面，是七八十条形状各异的小船。庞大的船队从港口内依次而出。看这架势，佛郎机人显然已倾巢出动，他们可能是想逃离这里。仗着铳炮和火绳枪，他们根本没有将官军放在眼里，准备硬闯官军的船队。曾经暗杀余姚谢氏一门的佛郎机头领佩雷拉站在船头上，亲自指挥突围。

柯乔和卢镗早有防备，他们料到佛郎机人和海盗会逃离，各率本部船队，静观其变。敌船出港时，官船远远散开，围而不打。卢镗那边官兵配备的火器少，柯乔所率的官军火器较为精良，所以迎战佛郎机人成了柯乔和所率官军的主要任务。经过浯屿一战，柯乔对海战已有心得。海中战法，攻船为上。一旦船只损毁，对方人员落水，不战自败。

佛郎机人的大黑船上，配备有中型火铳。中型火铳虽比千斤巨铳要小得多，但也有足足两百斤，多数筒内装填石、铅、铁等物，俗称"实心弹"；少数则装填爆炸性的球丸，射程远，能达一里开外。不说一般的小船，就算有"铁船"之称的广东福船，也架不住一颗弹丸。特别是爆丸，只要击中，一艘大船轻则严重破损，重则解体沉没。

柯乔密令指挥李希贤，放过大船，直冲后面小船，将佛郎机人的船队一分为二。如果成功截击后面的七八十艘小船，给他们造成重创，也是大捷。

果然，排在前头的佛郎机大黑船一边疾驰，一边朝远处的明军船队胡乱放炮。一时间，海面上硝烟弥漫，炮声隆隆，让人有天崩地裂之感。此举果然有效，明军军船根本不敢靠前，大黑船所向披靡，无人敢敌。船头上的佩雷拉手持单筒望远镜，前后左右胡乱地望着，越望越开心。他哇哇地叫着，张开双臂，朝明军挥舞着，那意思是："你们有种就过来啊，过来吃佛郎机的炮子，我要将你们一个个炸成粉末!"

大黑船乘风破浪，眼看着和后面的船队拉开了一定距离。李希贤一声令下，官船像一把利剑，迅速将佛郎机船队一分为二。佛郎机火绳枪手开始射击，可是，他们没想到的是，明军也有了火绳枪队。以往，官军见到佛郎机人的火绳枪，往往吓得两股战战，未战先败，要么被击中，要么落荒而逃。这次，柯乔在各地乡勇中挑选了一批胆大精壮的青年，成立了机兵队，充实到官军中，并精心组织训练，还有从"老佛"那里学到技术制造的一大批火绳枪，现在都派上了用场。只见他们手持火绳枪，装药、筑实、下铅子、瞄准、点火、射击，动作娴熟，一气呵成。这次轮到佛郎机人傻眼了，他们没想到明军也有了火绳枪队，面对雨点般飞来的铅弹，手中连遮挡的盾牌都没有，显然缺乏准备，被打得哭爹叫娘。有的见状掉转船头，试图退回到双屿港里去。可哪里去得了呢? 官军的船只已占据了双屿港北大门外的洋面，他们的后路已被官军切断了。

大黑船上的佛郎机人见状，试图掉转船头，前来营救同伴。可现在官军船只和佛郎机人的小船混战在一起，巨铳不能施放，会伤着自己人。况且，明军的小船就像幽灵一般来到大黑船四周，官军放箭的放箭，放铳的放铳，大黑船上的人只要稍一露头，就会被打个正着。这样纠缠下去，肯定会吃亏。几艘试图营救同伴的大黑船在转了一圈后，见讨不到什么便宜，就丢下同伴，向外洋逃去了。

大黑船一逃，小船上的佛郎机人就失去了主心骨，阵脚很快就乱了，完全处于官军的包围之中。佛郎机人被捉的捉，杀的杀，只有很少一部分逃了。自此，他们不得不离开盘踞了近二十年的双屿港。

佛郎机人与明军交战的过程，李光头和许栋两部的海盗们看得清清楚楚，他们就站在海岛的高岩上，一个个伸长着脖子，看着远处海面上的动静。他们满以为，凭佛郎机人的利器，冲出包围圈完全没有问题。没想到，他们只逃出去了几艘大黑船，众多小船都落入明军的包围圈，被打得七零八落。这股明军，从指挥和战法上来看，不像是宁波府卫所里的官兵。他们不知道这股官军从何而来，倒有点像天降神兵。佛郎机人的惨败，让李光头和许栋等海盗吓破了胆。

李光头善于伪装，他的身上挂着许多树枝，枝叶纷披，常年如此，已成了一种习惯。他到了哪儿，要是不经意，根本看不出是来了一个人。有时，他也弄一身海苔或金丝柳，伪装千变万化。他拂了拂头上的枝叶，忧心忡忡地对许栋说："兄弟，看来我们的好日子到头了。我昨天去探了一趟，两位带兵的将领我都不认识，个个有一手好枪法，要不是你老哥还有几把刷子，昨天恐怕就回不来了。我纵横江海几十年，还是头一回感到害怕。"

许栋说："这些兵是从哪里来的？真是怪事！"他回转身子，对身后的一个亲信说道："王兄，前些日子你去宁波府打探情况，拍胸跟我说官方近期不会用兵，卫所里的兵都在防范着日本使团。现在你怎么说？"

这位被许栋称作王兄的人，就是他的得力助手王直。他们同是歙县许村老乡。王直前些年投靠他后，因足智多谋，善用奇招，很快成为心腹，是他手下的二号人物。这个王直，就是多次到日本使团住处嘉宾馆打探情况的汪秀才，也难怪柯焙看不出他的真实身份。朱纨到任后，雷厉风行，打击走私，李光头和许栋都担心这位新到任的巡抚会对双屿用兵，就派王直到宁波去打探情况。王直在宁波官方和军方有很多眼线，经过他一番窥探，得知卫所里的兵除增加了巡逻次数外，一点也看不出要打仗的样子。所以，王直断定，朱纨近期不会对双屿采取军事行动。他压根儿没想到，他离开宁波才几天，官军就大兵压境。

现在说什么都是多余的了，许栋明显是在责怪他办事不力。留得青山在，不怕没柴烧。当务之急，是要抓紧想个办法，保住兄弟们性命才是大事。王直说："这肯定是朱纨从什么地方调来的官军，连佛郎机人都不是他们的对手，咱们更是不能硬拼。两位老哥别急，调来的兵不长根，他们能在海上待几天？咱们现在出去避避风头，到时他们一走，这双屿不还是咱们的地盘吗？"

李光头心头一喜，对许栋说："对，现在佛郎机人死的死，溜的溜，少了这个眼中钉，这双屿将来就是咱们的天下了，我在东，你在西，大家共同做生意！"

许栋这才转怒为喜："太好了，这么说来，这官军来了倒是他娘的好事，替我们收拾了佛郎机人。三十六计走为上，快招呼兄弟们，赶紧逃吧！"

许栋指着港区里堆积如山的货物说："这些物品咋办，佛郎机人丢下不少值钱的东西，他们的连房里还有女人，我真舍不得。"

王直说："都什么时候了，你还有心思想这些？许兄，咱们分头逃命吧，后会有期！"

许栋恨恨地说："便宜官军了，这么多货物，怕是要值几大船银子呢！"

官军这边，柯乔和卢镗迅速兵分两路。因为双屿港的水道是南北畅通的，要防止海盗南下，卢镗率兵转战到南面水口去了。柯乔留下少数人守着入口外的洋面，然后指挥着本部士兵，乘船进入港区。

港内的海盗四散奔逃，远远地，能看见他们在山林间出没的身影。他们逃不掉的，因为南北出口处都有官军，况且他们又无船只，只能在山间乱窜而已。躲得过初一，躲不过十五，迟早要落网。大船在港内水道上无法通行，柯乔改乘小船，从北向南，向深处搜索。擒贼先擒王，当务之急是擒住李光头、许栋、王直以及日本浪人。

柯乔率船队沿着水道向南前行，行了十来里，他和卢镗会合了。卢镗说："柯大人，你怎么到现在才来？先前有四五条快船，载着三四十个人，为首的是一个把总，自称姓汪，持有海道署的令牌，说是发现了王直的踪迹，奉你之命前去捉拿，也不知他们擒住了没有？"

柯乔一头雾水："奉我之命？令牌？我何曾下令？我的人都在这里啊，我们正在搜寻海盗，目前还没有发现一个头领。"

卢镗大惊："难道有诈？"

柯乔说："这次清剿，我们招了一些乡兵，由于相处时间不长，不说我们不认识他们，就是士兵之间也互不熟悉，你没有认出来也属正常。"

"都是官兵嘛，我想都没想会有问题，况且他还持有海道署令牌。"

柯乔问道："那个持令牌的把总自称姓汪？"

"对，穿着一身新军服。"

柯乔惊道："如果我猜得不错，这个汪把总很可能就是王直，他向来喜欢隐瞒身份，常扮成秀才模样。此人颇富心机，他平时弄些军服藏着，关键时刻就能派上用场，来个鱼目混珠，从我们眼皮子底下逃走了。"

卢镗说："我派人去追！"

"来不及了，估计已跑远了。"柯乔说，"现在海岛上还藏有大量倭寇和海盗，我们还是先解决这里的问题吧。至于王直，谅他也跑不到哪里去，迟早要落网的！"

卢镗说："柯大人，双屿港并不大，这里交给你吧。海盗们被打散了，六横岛港澳众多，到处都能藏人，我到外围去搜寻搜寻，防止走脱。"

卢镗预料得还真不错，当天下午，他就在六横岛外洋上活捉到了倭寇首领许栋以及日本浪人稽天、辛四郎等。许栋等人贪财，随身带了几十包银两。人为财死，鸟为食亡，带着这么多银两，自然逃不快，结果在一处湾澳里被卢镗擒获了。也是许栋这些人运气不好，适逢海水退潮，他们的船搁浅了，只有乖乖束手就擒。柯乔率军在双屿港内仔细搜索，那些躲在密林和山洞里，甚至海岛山岩缝隙间的中外海盗被官军一一搜寻了出来，集中关押到了佛郎机人的连房里。

官军大获全胜，获胜后的官军看押着海盗和倭寇，等候着浙江巡抚朱纨前来发落。

　　朱纨来了。他在下令官军进击双屿的次日，即三月二十七日，就来到了宁波，住进了浙江海道署。听说朱纨从福建调集军队清剿双屿，浙江海道副使魏一恭、宁波知府魏良贵、昌国卫总兵刘东山前来进见，三人面露惭色，深感不安。这倒好，一个是专管海道的副使，一个是辖地知府，一个是属地军卫总兵，在自己的地盘上，双屿发生这么大的战事，他们此前一个都不知道，压根儿就没有他们仨什么事。魏一恭尤其惭愧，这场战事，不但兵是从外地调来的，连粮草、淡水、船只等军需人家也一并包办了。这背后的原因，根本不敢往深处想，干脆彼此装糊涂到底，大家面子上都好看些。

　　四月六日，朱纨来到双屿港。他身着一件旧官服，手扶宝剑，横眉怒目，神情冷肃。他登上半山腰，须髯乱飞，俯视着整个双屿港。柯乔和卢镗一左一右，一直紧跟着他。稍后，是魏一恭、魏良贵和刘东山等浙江省官员。朱纨不说话，大家谁也不敢说话，默默地打量着眼前的山海。远处，仍可以看见商船在来来去去。本来，他们是要进入双屿停泊的，但并不知道官军已占据了这里，到跟前才发现不对劲，赶紧又匆匆逃去。官军也懒得追赶，毕竟，商船太多了。

　　眼前的双屿港，死寂一片，只有海风吹着山林发出的呼啸声。朱纨心里很清楚，只要官军一撤离，佛郎机人和海盗就会卷土重来，走私贸易就会恢复到战前状态，说不定还会变本加厉。如何处置双屿港呢，这是摆在他面前的一道难以逾越的坎。

　　置兵防守当然是上上之策，可是，这里离宁波毕竟有百余里距离，补给困难。更困难的是，有几个士兵愿意长年累月待在这孤寂的海岛上？可是，如果不派兵驻守，那这一仗就等于白打了。朱纨问道："这里将来如何驻守，几位有何高见？"说着，望了望昌国卫总兵刘东山。

双屿是宁波府辖地，这剿倭可以借兵，驻守还得依靠辖地卫所。刘东山说："回军门，双屿孤悬海外，驻军极为不便，而且还极为危险。"

"这险从何来？"朱纨有些不解。

"如果驻军，这里能驻多少人？最多一个千户所。佛郎机人和海盗在这里盘踞多年，他们是不会轻易放弃此地的，要是他们去而复来，官军孤立无援，处境就相当危险。属下拙见，双屿不宜驻军！"

刘东山说得不无道理，一时间无人再说话，场面有点尴尬。朱纨又将目光转向魏一恭和魏良贵。

魏一恭说："下官觉得刘总兵说得有理，且不说有没有军士愿意在此驻守，要是海盗来袭，这里断然是守不住的，断粮断水，就是困也把官军给困死了。"

魏良贵也附和说："下官也认为这里不宜驻军，那无异于羊入虎口，实难抵御。海盗凶残至极，官军占了他们的巢穴，他们会日夜侵扰，不达目的誓不罢休。"

朱纨有些恼了："照你们这么说，这双屿我们就不管了吗？任由海盗在此胡作非为？那朝廷的海禁令不成了一纸空文？我们这些官员，食朝廷俸禄，上不能替天子分忧，下不能保境安民，要我们这些人干什么？"

柯乔劝道："军门，这里驻军，确实有些困难……就没有别的办法了吗？"

朱纨想了想："既然守不住，当然更不能拱手让给海盗，那就只有一个办法了，废了它！"

"如何废？"柯乔问道。魏一恭等也吃惊地望着朱纨。

"填了它！"朱纨指着双港说，"你看这港区，其得天独厚的优势，全在两山之间这一条沟通南北的黄金水道，可泊船，可避风，可装卸货物，可自由来去。虽说长达二十余里，可宽仅数丈，水也不深。不妨用巨木块石填了它，这里不能泊船，谁还会再来这里？双屿就成了一座废港。是守是填，你们说说。"说着，又将目光投向魏一恭等三名浙江官员。柯乔和卢镗自是不好表态，闲走了两步，装着打量港区。

魏一恭等人面面相觑，朱纨的话让他们深感震惊。填塞双屿，这二十里长的水道，也是项大工程。这驻军也好，填港也好，反正任务都责无旁贷地落在他们三个人身上。他们没有其他选择，现在只能二选一。填港比起驻军，情况要好得多。驻军要是造成伤亡，他们要承担责任。填港虽说工程浩大，命令层层传达下去，自有成千上万的民夫，大不了多费点钱粮，没有什么后患。三人都是聪明人，自然都会做如是想，当下几乎齐声说："属下同意填港！"

于是，浩大的填港工程开始了。一船船粗大的桩木被陆续运抵双屿，一队队民夫扛着斧锯锤等工具来到了港区，他们削木为桩，就地采石，填塞水道。整个六横岛沸腾了，到处是忙碌的人群，斫木声、炸石声、打桩声，还有号子声，一浪高过一浪，汹涌澎湃，比涨潮时的海浪还要壮观。

朱纨在写给嘉靖皇帝的捷报中，对双屿清剿行动的战果做了如下记叙："生擒日本倭夷稽天、辛四郎二名，贼犯林烂四等五十三名。初六日生擒哈眉须国黑番一名法哩须、满剌加国黑番一名沙哩马喇、咖夫哩国极黑番一名嘛哩丁牛，喇哒许六、贼封直库一名陈四，千户一名杨文辉，香公一名李陆，押纲一名苏鹏，贼伙四名邵四一、周文老、张三、张满。"

再说王直，他早有预谋，备下了几十套明军军服，就是为了在关键时刻用得上，甚至连浙江、福建两省巡抚及海道衙门的令牌，他都提前假冒备下了。当官军大举攻入双屿时，他的这些东西很快就派上了用场。在他的主子许栋忙着收拾金银时，他什么也不要，而是叫上平时精心栽培的几十个心腹，换上了明军军装，从卢镗的眼皮子底下逃出了双屿。

按常理，海盗在逃出双屿后，大难不死，肯定会找个落脚的地方，躲过眼下的追剿再说。可王直不是一般的海盗，他熟读兵书，狡猾奸诈，杀伐果断，从不拖泥带水。海盗有个习惯，他们在选定主巢时，一般会在周边地区再选择一至两个副巢，且派人看守打理，以备不时之需。许栋部在舟山列岛距双屿几十里地一个叫马迹山岛的地方，建有副巢。马迹山中有小潭，内蓄淡水，又称马迹潭。王直到此后，仅休息了一天，就迅速纠集了一批倭寇，分乘了二十余条快船，向宁波港驰来。

王直心中有一个歹毒的计划。官军在双屿大获全胜，大家都以为，佛郎机人也好，海盗也罢，在官军的强大攻势下，都已作鸟兽散，一个个争相逃命去了。此时，正是沿海各地防守最松懈的时候，要是在此时挑起事端或实施抢劫，也是最容易成功的。王直和其他海盗想法向来不同，他不想做生意，虽然走私贸易获利丰厚，但毕竟也是需要成本的。他想做无本生意。如何做？一个字，抢。现在，他手下有两百余号人，缺银子，也缺生活物资，当务之急，就是要实施登陆抢劫。地方他都已经选好了，永宁卫，一座富庶的卫城。为了确保成功破城，王直已派人去联络李光头，他知道那个狡猾的家伙躲在什么地方。

官军端了双屿倭巢，让王直和他的同伙居无定所，四处乱窜，他岂能就这么算了？一个大胆的报复计划已在他的头脑中酝酿成熟。他早就瞄上了日本使团，一个六百多人的庞大使团，战斗力强悍。要是能挑起他们和明军的冲突，那一定会是场血腥和惨烈的战斗，其程度肯定会超过嘉靖二年的"争贡之役"。此前，由于正使策彦周良对使团成员约束甚严，他一直都没有找到好的办法。现在，他有了。

一天上午，一股"官军"分乘五艘快船，在宁波港上了岸，有两百余人。上岸后，他们列队向日本使团住所嘉宾馆方向走去。因为是身着官军军服，沿路没有人盘问他们，更没有人敢拦他们。他们顺利地抵达了嘉宾馆。

双屿战事期间，柯焰奉兄长柯乔之命，天天寂寞地守着酒馆，哪里也不能去。嘉宾馆里风平浪静，什么事也没有，那些日本使团成员好像习惯了这漫长的等待，每天除了喝酒还是喝酒。那个策彦周良呢，倒是隔三岔五地来酒馆，他不是来喝酒的，他滴酒不沾，他是向柯焰打听那个汪秀才来了没有。汪秀才每次来，都能带来策彦周良心仪的宝贝。他有些日子没来了，策彦周良也念叨得更加频繁了。

这支"官军"到达之前，柯焰一直在打瞌睡。街上没有一个人影，嘉宾馆的大门敞开着，但没有人出来。策彦周良对使团成员管束严格，无事不许出门。当这支队伍一出现，由于长期养成的警觉，柯焰一个激灵就醒了，且立马就发现了这支"官军"的异样之处：脚步轻捷，行动快速，鹰瞵鹗视，一点不像平日里明军士兵那般松松垮垮；其次，他们的右手都放在左腋下，这是倭寇独有的持刀习惯。官军要么是腰刀，要么是长枪，绝不会有这样的动作。

　　见到这一幕，柯焰预感有不祥之事要发生，他立即做出反应，紧急召集隔壁轿行里的所有轿夫，伺机待命，静观其变。果然，这支"官军"在走到嘉宾馆大门口时，一个个从左腋下拿出倭刀，举刀向宾馆里冲去。

　　很快，宾馆里传出激烈的刀剑撞击声和声嘶力竭的惨叫声。在疯狂地砍杀了一番之后，这些人又迅速退了出来，风一般向码头方向逃去。在人群中，柯焰突然看见一个熟悉的面孔一闪而过。他马上明白了！

　　在这股"官军"闹腾一番之后，日本使团所有成员才反应过来，明白是受到明军攻击了。他们人人拿着倭刀，拥到了街道上，抬着十几个被砍得血淋淋的伤者，哇哇乱叫着，要到卫城去讨个说法。

　　在看到那张熟悉的面孔，结合这些人的所作所为后，柯焰瞬间茅塞顿开，多日的谜团迎刃而解：他们是倭寇，明显是要挑起日本使团和明军的冲突！

　　想到这里，柯焰带着轿夫们，迅速向昌国卫赶去。愤怒的日本使团已经抵达了昌国卫城下。他们高举着倭刀，大吼大叫着。城头上，明军根本不知道发生了什么事，以为日本使团前来闹事，想再现"争贡之役"。他们刀出鞘，箭上弦，严阵以待。一场大战眼看着就要爆发。

　　柯焰迅速冲到策彦周良面前，大声地说："请立即劝返使团成员，这是一个圈套，刚才那股官军是倭寇假扮的，意在挑起流血冲突！"

　　策彦周良能听懂汉语，眼前这个酒馆掌柜如此一说，他好像也明白点了什么。刚才嘉宾馆发生的一幕，他一直心存纳闷，为何明军冲进宾馆不问青红皂白见人就砍？为什么在连伤数人之后没有任何解释又迅速逃去？这也太令人费解了。只是刚才形势紧急，没来得及多想，现在经这么一提醒，他马上就明白了。

柯焰又说："请你们想一想，要是明军打算对你们使团采取行动，还用等到今天吗？三四个月前就动手了！还有，这股明军是哪位将领带队？他们逃到哪里去了，难道是进了昌国卫？"

听柯焰说到这里，策彦周良算是彻底明白了，其中有诈！好险，差点酿成一场大祸。他对柯焰说："江掌柜，幸亏您来得及时，太感谢您了！您拯救了我们使团！"说着，他大声招呼着使团成员，将柯焰提出的疑点复述了一遍。众人都觉得有理，于是，抬着伤者收兵回嘉宾馆。

没有酿成更大的惨案，柯焰稍稍松了一口气。但是，让他更加放心不下的是，王直那伙"明军"到哪里去了，他们的下一个目标又是哪？他们穿着明军军服，欺骗性极强，要是不及时采取措施，将这股倭寇歼灭或驱离，还会酿出更大的祸端。他迅速修书一封，将这股假冒明军的倭寇情况向兄长柯乔报告。

双屿战事结束后，柯乔已率军回到了漳州。接到八弟急报，他大吃一惊。倭巢被捣，就像捅了马蜂窝一般，倭寇四处逃窜，他也料到他们必然会窜到闽地沿海，只是没想到，他们会来得如此之快，简直没给官军喘息之机。更没想到的是，他们竟然继续假扮明军，要是他们以官军身份登陆某地，那个地方的卫所会毫无防范，倭寇就会长驱而入。他们可能会轻松叫开一座卫城，然后大肆杀戮和抢劫，真正的明军会在仓促之中招架不力，被杀得溃不成军……

柯乔不敢再往下想了，一场更大的灾难即将来临。他立即派出快马，紧急通知闽地沿海各卫所和府县，要严密防止一支身着明军军服的倭寇登陆，一旦发现，要迅速组织反击，并立即报告。柯乔希望各地能在倭寇登陆前收到这份急报。

再说王直，他的主子许栋被将军卢镗所逮，他被拥立为原许栋部的总舵主，也就是新倭王。他迫切需要通过一场行动来扬名立万。他和从双屿逃出来的李光头约定干一票大生意，那就是进攻永宁卫城。

永宁卫城位于泉州府晋江县永宁镇，东濒大海，地势雄峻。卫城状如鳌鱼卧滩，故又称鳌城。它下辖福全、中左、金门、高浦、崇武五个千户所，并设有祥芝、深沪、围头三个巡检司。永宁卫与天津卫、威海卫并称为明代三大卫，兵额也远高于一般卫城，达 6935 名。

王直和李光头之所以选择永宁卫动手，就是要闹出点大动静，以报双屿之仇，让明军知道他们不好惹，不要动辄兵戈相见，不要把他们逼急了，否则玉石俱焚，大家一块玩完。

王直和李光头的人现在加在一起，大约六百人，这些人刚刚经历了双屿惨败，如惊弓之鸟，迫切需要一场胜利来提振信心。永宁卫兵员虽说不足额，但三千多人还是有的，毕竟是大卫城。王直很清楚，凭他和李光头的这六百人，要是硬攻，胜算极小，只有智取，方为上策。

王直将队伍埋伏在海滨的观音山，此山三面环海，距永宁卫只有数里地。然后，他带着一个随从，混在一个泉州南音的戏班子里，装着搬运戏箱的车夫，混进了永宁卫。

王直之所以要选择跟随一个戏班子进城，一来，戏班子进城方便，不容易引起注意；二来，他还有一个更重要的考虑，永宁卫有个把总名叫赵胜，他和此人有过接触，是一个贪财好色的主。赵胜新纳了个沙姓小妾，此女出自乐户。赵胜原配不同意丈夫纳妾，他就一纸休书，将发妻赶出了家门。按《大明律》规定，军人娶乐籍女子为妻妾，要罚到别卫任差。别卫是指条件要差得多的偏远卫所。赵胜贪恋沙氏美色，自然也顾不得许多了。沙氏爱看戏，每来戏班子必看，每次赵胜都亲自陪着。王直就选中了他作为突破口。

永宁卫城的城门边有座城隍庙，坐北朝南，位于卫城的中轴线上。城隍庙规模宏大，有门楼、前殿、戏台、拜亭、主殿、左右厢房。庙里除了供奉城隍爷外，还有二十四司、四大将、三夫人、衙役差官等近百尊神仙。庙里有座古戏台，南音戏班子当晚就在这里演出。

城隍庙内外，一盏盏灯笼亮了起来。城隍老爷，还有那些各路神仙，个个满面红光，好像它们也在等待着欣赏一场精彩的大戏。百姓争相从外面涌入，呼朋引伴，抢位置，聊剧情，品角色。还有人在准备着碎银铜钱，准备一会打赏用。更多的人在延颈鹊望，期待着好戏开场。

　　戏楼对面四间包厢，正中的一间，正对着戏台。王直透过幕布的缝隙，目不转睛地看着对面。

　　戏开场了，闹哄哄的场面安静了下来。正戏之前是"请神"戏，这是诸多地方戏的共同之处。南戏要请的神很多，除田都元帅外，还有土地公公、金丝舍人、分花娘娘、半路夫人。或三请、或五请，三请就翻唱三遍，五请就翻唱五遍。

　　一个惠安女弹着南音琵琶，唱道：

弟子坛前专拜唠请唠，请卜田都元帅都降临来。
田都元帅你神通真广唠大唠，法令咒水来救万民。
献钱献钞买路过，献钱献钞都买路行。
……

　　请神到了尾声，正戏开场前约一刻钟，赵胜带着一个娇媚的女子，在几个随从的簇拥下，出现在了戏池里。两人的年龄反差太大，女子做赵的孙女都绰绰有余。赵胜满面油光，腆着肚子，趾高气扬，带着女子径直进了正中的包厢。他俩前脚进去，后面端水果的、递热毛巾的、递零食的，四五个人陆续进了包厢。

　　看到赵胜的样子，王直就放心了，一段时间未见，他的肚子似乎又大了一圈，脸上的油光似乎也更亮了。这说明他的生活越来越优裕，这样的人比常人怕死。王直喜欢和怕死的人打交道，他们容易就范，一逮一个准。

　　当晚唱的戏是《荆钗记》，说的是"义夫节妇"的故事。一个名叫钱玉莲的女子，拒绝巨富求婚，宁肯嫁给以"荆钗"为聘的温州穷书生王十朋。王中了状元，遭奸相逼婚。经种种磨难，王、钱二人最终珠联璧合。赵胜目不转睛地望着戏台上正受难的钱玉莲，嘴里不时发出啧啧的惋惜声，一副怜香惜玉的样子。

　　看了一会，他走出包厢，要去小解。走到楼梯口，突然，他觉得腰部被一个硬硬的东西抵住了。低头一看，原来是个毛巾把子裹着尖刀。他裆里一热，当时就尿了。王直闻到股骚味，鄙夷地撇了撇嘴，轻轻地说："把总，借一步说话。"

赵胜不敢挣扎，乖乖地被王直牵着走。到了一个无人的角落里，王直拿出四根金条，放在了他的手心里，说："我知道你值守南门，明天上午，有一小列官军要进城，到时麻烦你开一下城门。"

赵胜掂了掂手里的金条，分量不轻，又见对方有求于自己，于是撑了撑胆子，又恢复了先前傲慢的样子。他乜斜着眼问道："你是什么人？"

王直晃了晃左腋，腋下露出一个黑乎乎的刀把。赵胜明白了，他一个哆嗦："这……怕是要出大事吧？"

"你要是不同意，我现在就杀了你！"赵胜感觉抵在腰部的刀尖就要穿透锦袍了，赶紧求饶道："唉，本将也顾不得许多了，毕竟保命要紧。不过，本将有个要求，凡我赵家之人，不能动半根汗毛。"

王直说："行，你和家人说一声，只要面墙而立，手扶墙壁，就可保安然无恙。"

"行，那我回去看戏了。"赵胜一侧身子，离开了刀尖，看见墙边娘娘的雕像，正杏眼圆睁地怒视着自己，吓了一跳，感觉裆里又是一热。

他大步如飞，可腰间还是凉飕飕的，那人明明不见了，可那把尖刀好像还是撵来了，抵着自己，怎么都挣不脱。他气喘吁吁，惊魂未定地回到包厢，哪里还有心思看戏？拉起小妾就跑。小妾正看得入神，嚷嚷着还要看戏。赵胜如丧家之犬，紧捂着腰，埋头直跑，那柄尖刀像长着翅膀，又像长着眼睛，腰间始终疼疼的，像是被扎着了一般。

次日上午，永宁卫南门，一列"官军"大摇大摆地来到城下，为首者举着一枚巡抚衙门的令牌，嚷嚷着要求打开城门，说要进城。赵胜假装出城查看，打开了城门。官军人人亮出一把闪着寒光的倭刀，见人就砍。守门的士兵还没明白是咋回事，就成了刀下之鬼。正在这时，永宁卫指挥使杜钦爵手里拿着柯乔刚刚派人送来的急报，目睹了刚才的一幕。他明白，一切都太迟了。

至此，永宁卫的将士才明白，倭寇进城了。王直一旦得手，就命人向李光头报信。墙头上，一名倭寇吹响了海螺，惊心的螺号声向城外传去。在观音山待命已久的李光头大喜，六百名倭寇杀气腾腾地冲向永宁城。

杜钦爵率领守城士兵向西门赶来，可毕竟已失了先机。明军向来畏惧倭寇，听说倭寇已经进城，一路上都有人溜号。也难怪，军人的家属都在城中，这些贪生怕死的人，还试图回家收拾细软，然后带着家人逃命。

官军和倭寇在城隍庙广场遭遇了。三千官兵，对阵六百余倭寇。刚才抢夺城门时，倭寇们已杀死了一批军民。他们个个将鲜血涂在衣服、手臂和脸上，面目狰狞，让人胆战心惊。再看倭寇队伍，一片血光，刀都是红的。李光头冲在队首，他的全身，像在血里滚过一般，遍体通红。倭寇齐声长啸，声嘶力竭。一看这阵势，明军人人腿肚子发软，胆小的已开始逃跑。

杜钦爵叫道："大家不要害怕，倭寇在装神弄鬼，快给我杀！"说着，他带着亲兵杀进倭寇群中，接连撂翻了几个。一股倭寇迅速围拢过来，将他围了起来。杜钦爵拼死砍杀，身边的亲兵也死伤殆尽，可他就是无法冲出包围圈。

赵胜早备好了一驾马车，家中值钱的东西早早都收到了车上，码得满满当当，他和小妾缩在箱子缝隙间。车子刚出城门，他就被人认了出来，有人高声叫道："赵把总出逃啦！赵把总出城去啦！"

赵胜的出逃，给了正在与倭寇作战的官军致命一击，军心顿时大乱。正在拼杀的官兵争相逃命，可哪里逃得了呢？倭寇的刀就像夺命鬼神一般，明军很快死伤一片，街道上血流成河。

永宁卫是一座繁华的古城，城内街道交错相通，类似龟背上的纹理。主街有两条，东西大街直贯，南北长街纵横全城，民居和商铺鳞次栉比。倭寇在杀光了明军后，关闭四门，开始在城中抢劫富户。街道上，各种物资堆积如山。他们仍不满足，继续在城中挨家挨户地搜寻。

奇怪的是，城中家家大门紧锁，百姓们不知逃到什么地方去了，倭寇连找些搬运物资的民夫都很困难，他们只好自己动手。王直和李光头骑在马上，在城中到处巡视着。在走到一个叫水关沟的地方时，花岗岩石板路，依地势逐渐上升，可两匹马都不走了，怎么打就是不听使唤。

王直和李光头情知有异，动物有灵性，它们不会无缘无故地不肯前行。

遂叫人在水关沟附近来来回回地仔细查找。突然，李光头大叫："王兄，你听！"王直侧耳一听，说："我听到了婴儿的哭声，不过，好像隔得很远。"李光头说："我琢磨着这声音怎么像是从地下传出来的？"

王直马上就明白了："这地下藏着人，难怪战马不肯前行，它们是嗅到了生人的气息。"

终于找到了入口，原来水关沟是卫城的一条排水道，长两三里地，里面挤满了男女老少。他们的藏身之地被发现后，开始涌出来，四散奔逃。倭寇们看见女人，一个个兴奋得手舞足蹈。王直看着李光头，李光头明白他的意思，是叫他拿个主意。李光头摸了摸锃亮的脑壳，说："没用的全部杀掉。"王直提醒他和赵胜达成的协议："摸壁不杀！"

李光头说："去他娘的摸壁不杀，难道我们还指望着和姓赵的还有下一次合作不成？留下民夫和女人……哈哈……"说着，发出一阵大笑，硕大的脑壳上，一块红色的血迹像一个张牙舞爪的恶魔。

倭寇开始胡乱地杀人，一个又一个无辜的百姓倒下了。水关沟里鲜血成河，尸横遍野。永宁的大街小巷，到处是死难者的遗体，横七竖八地躺在地上，有的人至死还睁着惊恐的眼睛。

第二天，下起倾盆大雨，整整持续了两天两夜，雨水将永宁卫的大街小巷以及水关沟内外冲洗得干干净净。人们都说，这是老天爷在为永宁城军民哭泣呢！由此，永宁城留下了一个风俗，即每年的农历四月廿三"陷城日"，民间都要进行集体祭奠。奇怪的是，廿四那一天，无论前一天和周边地区天气多么晴朗，永宁几乎都会下雨。如果无雨，百姓则挑来井水，从南门、小东门、北门再到西门，按当年倭寇实施暴行的路线进行"洗街"，冲洗血腥气，纪念死难的军民。这就是永宁风俗"陷城洗街"，持续数百年，一直延续至今。

得知王直和李光头率部攻打永宁城，柯乔和俞大猷急率两千多军马，迅速赶到永宁救援。到了城外，遇见从城中逃出的百姓，才知道倭寇已经占领了卫城且进行了残酷地杀戮。天正下着大雨，柯乔吩咐安营扎寨，再寻对策。

帐篷外，雨在哗哗地下着。柯乔和俞大猷面面相对，默然而坐。许久，柯乔站了起来，使劲嗅了嗅，说："我们来迟了，空气中都飘着股血腥气，这么大的雨都冲不散。"

俞大猷喟然长叹："三千多官兵，抵不住六百倭寇，我们卫所里的兵，也太不经打了。"

柯乔说："要对付倭寇，仅靠卫所里的兵是不行的，他们平时的主要任务是屯田，把兵屯废了。兵要练，月月练，日日练，不刻苦操练，武艺生疏，兵甲不全，如何对敌？当前抗倭，还是要募兵，挑选各地乡勇中精壮之士，充实军营。我们面对的是凶狠残暴的倭寇，不是一般的山贼盗匪。"

俞大猷说："募兵不难，各地乡勇资质不错，我们也优选了一批，重要的是要解决军费问题。"

"这个由我负责，俞将军只管招兵好了。"柯乔拍了拍胸脯说。

俞大猷说："柯大人如此表态，俞某感激不已，如此抗倭有望，只要兵精粮足，何愁倭患不平！"

柯乔说："我已看过天象，明日天晴，我们来商议一下作战计划。这股倭寇血洗永宁，滥杀无辜，犯下滔天罪行，一定不能放过他们！要谋划一个万全之策，势必将他们一锅端！"

俞大猷说："柯大人有这个决心，我们将士决不贪生怕死，纵使舍了性命，也要为死难的乡亲报仇雪恨！"

柯乔认为，倭寇已占据了卫城，不宜硬攻，那只会徒添无谓的伤亡。况且他们是流窜犯案，只为抢劫财物，不会盘踞于一城一地。可派骑兵于卫城四周活动，给他们一个强烈的信号，意即官方援军已到，随时有可能收复城池。这样，待明天天晴，他们势必会倾巢出动，向海边搬运抢劫到的财物。待他们聚集到海滨，官军再全体出击，歼灭这股倭寇。

俞大猷也认为柯乔的谋划可行，可以最大限度地保证官军胜算。

于是，永宁城头上的倭寇突然发现，城门外，不时可以看见官军的骑兵冒雨驰过。有人及时将这种情况报告给了王直和李光头。两人一合计，一致断定是官军的援军到了。永宁城虽好，但不是久留之地，要是官军攻城，凭他们六百来号人，是断然守不住的，他们也不擅长守城。于是，两人传下令去，立即清理抢劫到的钱财，准备转移战场，以防官军反扑。

倭寇盘踞于海岛，他们登陆抢劫，主要的交通工具就是船只。对他们来说，保护船只特别重要，一旦失去船只，不仅抢劫到的货物无法运走，连人员到时都无法撤离，会处于十分危险的境地。因此，他们每次登陆，必安排一部分同伙看守船只，绝不会弃船不顾。柯乔早安排哨探探明了情况，这股倭寇的船只停泊在观音山东部的一个码头。柯乔和俞大猷做了分工，待倭寇装运货物时，柯乔率军从观音山、俞大猷率军从海上，海陆夹击，务必将这股倭寇歼灭于海滩。

次日，雨后初晴，倭寇们吃过早餐，将货物装车，什么牛车、马车、骡车，能用得上的车辆都用上了。什么生丝、布匹、粮食、酒等等，大凡值钱的东西，他们都要。很快，各类货物装车完毕。运货的车辆一辆接着一辆，排了整整一条街，倭寇们押运着车辆，开始向码头进发。

在车队必经之地，王青龙和郝地虎带着一班招募的机兵，装成民夫，在山上伐木。王直和李光头骑在马上，远远地看见了他们，对手下说："将那边的民夫叫过来，帮助我们搬运货物，抗命的立即宰了！"

很快，王青龙、郝地虎等加入了运货队伍。车辆吱吱呀呀地叫着，车队前行的速度果然快了许多。王直和李光头很满意。车队抵达了倭寇船队所在的码头，货物堆积如山。倭寇们指挥着民夫，快速地向船上搬运着货物。同时，倭寇的哨探也到了山上的高位，警惕地观察着四周动静。

突然，山顶上响起了螺号声。正在忙碌的倭寇们大惊失色，人人持刀在手，紧张地四处观望着。他们发现了远处的海面上出现了一支船队，正在朝他们这边驰来。王直大叫："不好，有官军！"水面上有劲敌，陆地上岂会没有？只不过他们还没有出现而已。海上断后，陆上强攻，这是要将他们赶尽杀绝！

王直忧心如焚，看了看身边，没有发现李光头。他大叫道："李哥，你在哪里？李哥，李哥……"王直有一种预感，这家伙逃了。李光头就是这个德行，他一旦发现势头不对，就会丢下兄弟们率先逃命。他逃得比谁都快。

就凭这一点，他就不配做老大。王直的心里七上八下，但他不能表现出半点紧张情绪。

抢来的货物肯定是带不走了，多好的东西！少说也要值几万两银子。王直担心的是这次来了多少官军，自己还有没有活路。形势容不得他多想，瞬息之间，他很快有了对策。

他命将已装满货物的船只在海面上一字排开，又命将码头上的货物也一字排开，然后命令倭寇们守在其间，静观其变。

王青龙、郝地虎和几百民夫一起，被倭寇赶到一边。民夫们都来自永宁卫，对这些倭寇恨之入骨，只是不是他们的对手，才不敢轻举妄动。王、郝二人将他们召集在一起，告诉他们说："大家不要离开，官军来了，报仇的机会来了，我们一会也杀将过去！"王、郝命民夫人人操几块石头在手，一会准备给倭寇来一场石头雨。

俞大猷率领的水军渐渐近了。到时候了，柯乔率领官军也从观音山中杀出。王直从容不迫，大叫一声："点火！"

船上的货物被点燃了，海面很快出现了一条长长的火龙。王青龙和郝地虎二人这才明白，难怪王直命将船只一字排开，他就是打算以火阻止官军水陆夹击。大火烧了起来，官船果然停了下来，一时毫无办法，只能待货物烧尽。

在点燃船上货物的同时，一列倭寇也举着火把，走近了码头上的货物。原来，王直是要以两条火龙，分别阻止陆地和水上的进攻。不能不佩服他是一个聪明人，难怪他在倭寇中享有"智多星"的美誉。

哪能让倭寇顺利地点燃货物呢？王青龙大喊一声："砸！"石块像雨点一般砸向点火的倭寇，砸得他们头破血流，狼狈而逃，把火把都砸灭了。倭寇们持刀要来杀他们，王青龙一挥手，民夫全消失于林中。待倭寇又要点火，他们又出现了，乱石再次砸向倭寇。如此三番五次，码头上的火始终没有点着。

这时，柯乔和李希贤率领着一千余人马赶到了。幸好货物没有点着，要是烧着了，一条火龙就挡住了官军。倭寇们躲在货堆后，和官军周旋着，有的挤上了有限的几条小船，开始逃跑。可哪里逃得掉呢？俞大猷率领的水军正在不远处等着他们。

除少数倭寇潜水逃走外，绝大多数人，不是在混战中被杀死，就是做了官军的俘虏。

柯乔来到永宁城中，看到城中的凄惨景象，不禁潸然泪下。他下令安葬死者，救治伤者，安置孤寡，同时清理街道，恢复市井，又从下辖的五个防御所里抽调了兵员，充实守城力量。做完这些，他的心情丝毫没有放松。清理战场后，倭首王直和李光头生不见人，死不见尸，显然是趁乱逃脱了。柯乔很清楚，他和他们再次相遇时，又会是一场血腥的战斗。

　　再说王直，他拼死杀出重围，狼狈逃到舟山马迹山岛时，果然发现李光头正坐在由一座天然石窟改建的府邸中，悠闲自得地品着香茗，享着清福。王直气不打一处来，冲上前去，一把揪住李光头的胸襟，眼睛里差点瞪出血来，说：“你这个贪生怕死的东西，丢下兄弟们不管，还有什么资格当老大！”

　　李光头并不恼，他挡开了王直的手：“官军人多势众，硬拼无异于拿鸡蛋碰石头，我不逃还能咋地？”

　　“就算逃，你也不能光顾着一个人逃啊？”

　　“瞧你这话说的，”李光头面露愠色，“都逃的话，能逃得出来吗？逃出来一个算一个，你不也逃回来了？”

　　李光头问得王直无话可答。他说得不错，在那种情势下，怎么可能都能逃出来呢？能逃出来的，肯定是极少数人。李光头倒了一杯酒，递给了王直：“早逃晚逃，不都是一个逃字？既然逃不可避免，为什么不早走一步呢？早逃早活命。”

　　王直一口将酒干了，将杯子砸到了地上，杯子碎成了八瓣。他闭上了眼睛，在心里说：“算了，以后还要和这个王八蛋合作，下次大爷也多长个心眼就是了。”

　　王直问道：“下一步我们怎么办？”

　　李光头说：“还能怎么办？招兵买马，造反扯旗，和明军干到底！”

　　王直心里又暗暗佩服，但转念一想，这种蛊惑人心的话也许是说给他和兄弟们听的。真要是到了危险时刻，这家伙肯定会故伎重演，逃得比兔子还快。得，自己将计就计吧。他说："王某佩服李舵主的决心，这才是当老大的样子，我决定到东瀛走一趟，召集一批日本浪人。那些家伙，为了银子和女人，什么事都干得出来，连爹妈都可以不认。"

李光头点了点锃亮的脑袋："王兄有远见，日本武士武功精湛，能以一敌百，要是能招纳一批浪人，我们就如虎添翼。"

"那就这么说定了，我明天就动身。"

李光头叮嘱道："多带点银子，少了他们不动心。"

经过与海盗的几次正面交锋，柯乔愈来愈认识到，拥有一支指挥得当、战斗力强悍的军队是多么重要。没有战事时，柯乔对军队的训练一刻也不敢放松。根据倭寇和佛郎机人的作战特点，柯乔和几位将领也在日夜琢磨着战法，寻找着破敌制胜的妙招。经过仔细研究，他们发现，闽南民间御匪的"宋江阵"很有特点，它将阵法与南拳武术相结合，常常在对匪作战中获胜。"宋江阵"按"三十六员天罡""七十二座地煞"可安排 36 人、72 人。还有一种应该是 108 人，但因为水浒 108 人时被招安，不吉利，所以排阵时不会安排 108 人，而只会安排 107 人。行阵时，扮演宋江者管理总指挥旗，行阵时由正副旗手执丈二长矛领路，其余队员持各种兵器随后，在锣鼓声中表演"穿针"（绕场一周向中间直行）、"内外环"（正副旗手逆行环绕后会合）、"面线拗"（"8"字形穿绕）、"长蛇阵"（队形"S"形前进）、"环螺阵"（队伍先取逆时针方向收拢靠近，而后再顺时针以扇形展开）等多种阵法。宋江阵还有一大亮点，那就是"阵中阵"八卦阵，由 32 人演练，刀盾对棍棒，根据鼓点循环对练，近距离格杀。"宋江阵"变化多端，聚沙成塔，最大程度地发挥阵法的力量，要是有小股匪徒进入阵中，往往很难逃脱。

柯乔对"宋江阵"很感兴趣，命令镇海卫指挥李希贤组织士兵抓紧操练。镇海卫的练兵场上，官军按照阵法要求，分成一个个"宋江阵"，各自组织操练。通过一段时间观察，柯乔发现，"宋江阵"虽有很多优点，但在临敌时也会存在不足。如它最少要求 32 个人才能组成一个"宋江阵"，战场上，敌情瞬息万变，要始终保持32人的阵形不乱，似乎很难做到。还有，32人的阵法，要求场地平整，这样才能发挥威力，一旦场地受限，其杀伤力就会大打折扣。虽发现这些存在的问题，但并无破解之法，柯乔也颇为困惑。

一天，柯乔正在研究着海防图，汪可立手里拿着一卷东西从外面走了进来，说："这是急递铺刚派人送来的。"

"知道是什么东西吗？"

"不知道，看这上面落款，是你的好友唐顺之从老家宜兴寄来的东西。"

听说是唐顺之寄来的东西，柯乔大为惊奇。打开一看，原来是一卷手稿。唐顺之在信中说，他被削职这些年，居于宜兴山中，也没有闲着，而是精研文武之道。他正在著述《武编》一书，现将其中专讲"阵"法的三四卷抄录予柯乔，希望能对他御倭有所帮助。唐顺之在信中还说，倭寇皆是亡命之徒，且长于搏击，上策是御敌于海上，想方设法阻止其登陆；一旦登陆，一对一作战，他们刀法凌厉，凶悍敏捷，我军绝非其对手，会被各个击破，伤亡惨重。必须以阵法对之。针对倭寇特点，他参照天下阵法，独创一阵曰"鸳鸯伍"。五人一伍，配有一面盾牌，一支狼筅，两支长枪，一把短兵器腰刀。盾牌手为伍长。

狼筅是个什么玩意儿呢？它是种特殊的长枪，是"鸳鸯伍"的核心，其械体重滞，非力大之人所不能用，杆长达一丈五尺，械首尖锐如枪头，械端有数层附枝，如同一根大竹枝，长短不一。附枝是克敌的关键部件，必不能少于九重，十重、十一重均可。其技击之法主要有拦、拿、挑、铲、镗等十几种，变化多端，专克倭刀，一扫一片。

柯乔阅后大喜，多日来"宋江阵"的困惑一扫而空。奇人就是奇人，你永远不知道他一不留神就会做出些什么。嘉靖十八年，唐顺之复职，但不久就犯了一个严重错误。由于皇帝长期深居内宫，不受朝贺，不见外臣，唐顺之忧虑朝政，他和几位同僚请求朝见太子。嘉靖皇帝活得好好的，你请求朝见太子居心何在？结果，唐顺之被削籍，回到故里常州，长期居于宜兴山中。在信中，唐顺之还说，他于三十六岁那年正式拜枪术大师杨松学习枪法。他还解释说，身逢乱世，自觉百无一用是书生，遂研习兵法，苦练枪术，希望将来有一天能守土安疆。柯乔想起多年前京师会试时唐顺之向自己学习棍法的往事，不胜唏嘘。

柯乔命令人按照唐顺之提供的狼筅草图，打制了几把。你别说，还真管用！这玩意儿的厉害之处就是让倭寇无法近身。"鸳鸯伍"继柯乔运用后，后经抗倭名将戚继光发扬光大，他将每伍由五人增至十二人，并命名为"鸳鸯阵"，在东南抗倭战场上大显神威，让倭寇闻风丧胆。

柯乔给唐顺之回了一封信，高度评价了"鸳鸯伍"阵法，说它神奇、有效，且操作简便，易于实战，官军正在按他提供的阵法抓紧操练，不日将在抗倭战场上初露锋芒。

王直去了趟日本平户港，广撒银钱，终于招募了一批由辛五郎、金太郎为首的日本浪人。同时，同乡徐惟学和其侄徐海也带了百余人来投，王直将徐惟学任命为远洋船团团长，专门负责对日本贸易。徐海曾在杭州虎跑寺出家为僧，法名普净，又名明山。因受不了佛门清苦，遂投靠他的叔叔徐惟学。徐惟学将他带到日本种子岛，得知日本民众向来敬慕大明僧人，徐海在日本恢复僧装，加之他能说会道，善于随机应变，一时受到日本民众追捧，从而获得大量香火钱。

王直足智多谋，有"智多星"之称，通过一番所谓的招贤纳士，他在短期内实力倍增。队伍大了，小小的马迹潭已经容纳不下，王直又选择烈港作为走私贸易据点，精心布局，决心要建成另一个双屿。

王直部下分为几大船团，代表性的船团长有浙江人毛海峰、徐元亮，安徽人徐惟学，福建人叶宗满。王直人脉广泛，并且得到了浙江官方的暗中支持，他的部下甚至可以明目张胆地到宁波和苏杭等地去交易，一些唯利是图的百姓也争相将子弟送到王直的船队中。很快，王直确立了自己"海上霸主"的地位。除王直外，在东南沿海，还活跃着陈思盼、卢七、沈九等部倭寇，但实力都不如王直。

王直向来注重暗中培植心腹，李光头的地位现在有点尴尬，他只不过是名义上的老大，已没有多少人追随他了。三月下旬双屿被剿，这覆巢之恨，像一块石头般一直压在王直的胸口，让他喘不过气来。指望李光头复仇是不可能的，他只要有酒有肉，日子就过得很快活，王直越来越瞧不起他。现在兵强马壮，是骡子是马要拉出去遛遛，王直决定干一票大的。这次，他亲自选定了一个新目标：连江。

连江县地处闽江口北岸，距省会福州百余里。境内有鳌江贯穿东西，距鳌江入海口十余里处有座古镇，名浦口镇。这里自古盛产瓷器。宋代，连江的制瓷业发展进入全盛时期，成为福建五大窑系之一，以浦口的"三十六龙窑"最为出名。窑口分布在镇后东安山、外厝山、后岚山、锦山尾等散落的小山丘上。浦口窑以烧制青瓷、灰白瓷和乌金釉为主，质地细密，釉面光洁，是朝贡贸易和走私贸易中的抢手货。浦口因产瓷而镇，集镇向来繁华，约有1300户人家，多商贾富户。

定海湾是连江著名的历史古港和番船泊地之一。该海湾内水域宽、潮差小、锚地好，可避风浪，番国大船多在此候潮进入福州港。浦口水运便捷，瓷器通过鳌江进入定海湾，再销往他处。

王直之所以选定连江，就是看中了这里富裕的瓷商和丰富的瓷器资源。瓷商可以掠财，瓷器可以劫货，一举两得，再没有比这更适合的地方了。王直要下一盘大棋，这次只能成功，不能失败，失去双屿倭巢之后，又遭受永宁之败，现在好不容易拉起一支队伍，再经不起打击了，现在迫切需要一场胜利来提振士气。特别是辛五郎、金太郎那批真倭，仗着一身蛮力，刀法过人，个个盛气凌人，根本没将他王直放在眼里，他们远涉重洋而来，只图发财，要是不能满足他们的欲望，说不定哪天他们就会扬长而去。

倭寇每次在实施抢劫前，必会派出探子，暗中对被抢劫地进行仔细摸底，有多少人口，多少富户，分别住在什么地方，有哪些值得抢劫的货物，是否有乡勇防卫，他们都会弄个一清二楚。这样，待开展行动时，他们就直扑目标，不至于无的放矢，空手而归。当然，探子摸底有时也容易暴露身份，一旦被人识破，百姓就会报告官军。在倭寇时常侵袭的村落，百姓也会修墙筑寨，并组织乡勇防守。他们要是得知倭寇可能来犯，会提前做好防备，那抢劫的难度会大大增加。

王直这次决定来个全面开花，即同时确定多个目标，有虚有实，有真有假，并且可以根据形势的变化随时调整攻击目标，让明军摸不着头脑。他同时向福州、连江、浦江和月港派出四股暗探，浦江一地，由他亲自出马。

自浯屿之战后，柯乔遂安排信息灵通的秀才郑岳负责搜集闽东南各地倭情，一旦有异常情况，及时向海道署报告。一天，郑岳急匆匆地来到海道署，面见柯乔，通报最近在福州、连江、浦江、漳州、月港五地相继发现倭寇暗探。

柯乔愣了，问道："你这消息准确吗？倭寇怕是疯了吧，连省城他们都敢打主意？漳州都出现倭寇暗探了吗，就在我们眼皮底子打探消息？"

郑岳说："消息千真万确，学生听说，这次为首的仍是王直和李光头，他们还联络了佛郎机人，准备将福建闹个天翻地覆。"

"肯定是为了报双屿和永宁之仇。"柯乔望着墙上的海防图出神。

郑岳说："大人，要抓紧调集官军，早做防备，倭寇说来就来。"

"你继续去打探，有新的情况及时报告本官。"柯乔叮嘱道。

王直之所以同时列出五个攻击目标，就是为了迷惑官军，让他们弄不清自己的真实意图，从而来不及做出反应。五个目标之中，他的首选目标是连江浦口，其次是漳州月港，这两处均是富庶之地，其次离海口都很近，进击和撤退都很方便。连江县城距浦口约十里地，可以沿鳌江向北直达，完全可以作为备选地。福州距连江百余里，是省城重地，由将军卢镗镇守，王直断不敢轻易涉足。漳州是省海道署衙门所在地，由名将俞大猷镇守，且海道副使柯乔文韬武略，也是王直忌惮的对象。声称进犯福州和漳州，不过是虚张声势，迷惑明军。王直心里很清楚，以弱犯强和舍近求远均非上策。

一天，浦口镇的码头上，走来一位身着青衣、头戴方巾的秀才，他拄着根龙头拐杖。拐杖的末端，包有黄铜，在码头的青石上发出有节奏的声响。书生戴着副叆叇，就是后来的眼镜。这玩意儿是个洋货，纯金的框子。就凭他鼻梁上的这件玩意儿，就可知这个书生不是一般的人。

书生后面簇拥着几个跟随，再后面，是几对抬着木箱的杠夫。箱子沉甸甸的，都上着黄铜大锁，也不知里面装的是什么东西。一行人径直来到了浦口镇陶瓷商会所在地姚氏大屋。

姚会长听说来了贵客，急忙从窑口赶了过来。见到姚会长，书生说："在下姓王，平时在苏杭做生意，偶尔也跑跑海运。"

他这么一说，姚会长就懂了，所谓在苏杭做生意，不过是个幌子，后一句话才是重点。姚会长才不关心这些事，他说："幸会幸会！在下姚进，我们浦口瓷商乐意为您效劳。"

王秀才说："我们急要一批高档瓷器，至少十万件，一个月后交货。价格嘛，好说，定金我们都带来了。"

他朝手下人努了努嘴，几口木箱被打开了，里面码着整整齐齐的银锭，白得晃眼。

姚会长定了定神，晃了晃脑袋，说："十万件瓷器，工期只有一个月，时间是紧了点，"他望了望箱子里的银锭，继续说，"不过，我们来得及，保证不耽误您的事儿。"

签订契约，清点定银，王掌柜满意地走了。这是桩大生意，这意味着，接下来这一个月，浦口所有的窑口都将满负荷生产，且不得对外销售一件，这样才能满足客户的订单需求。为了确保能按时交货，根据王掌柜的要求，十万件瓷器的任务分配到户，三十六座龙窑，三十六位窑主，各人喜滋滋地领着订单回去忙活了。一次订购这么多瓷器，很可能是运往海外，姚会长没有过多打听客户的意图，这是道上的规矩，一切凭定金说话。

也就是说，王直将在一个月后发动对浦口的突袭。到那时，各种瓷器堆积如山，他们只要多带些船只过来就行了，这些瓷器运到日本，又能大赚一笔。至于那笔定金，不过是在三十六位窑主家里暂时存放一下而已。

在定海湾，官军有支重要的防御力量，那就是小埕水寨，现任把总王麒。该水寨属福宁卫，兵额4402名，以城堡为中心，沿城凿壕注水，绵延数千米，气势宏伟，系闽海五大水寨之一。小埕水寨扼守定海湾，倭寇若想进入连江，必须经过水寨。

连日来，柯乔亲自督导"鸳鸯伍"训练，只见一杆杆狼筅带着风声挥来舞去，扫、挑、夹、转，假扮倭寇对阵的军士手中长刀把持不住，稍不留神，就会被狼筅末端的附枝扫落脱手。倭寇要攻击狼筅手吧，还隔着一丈五尺长的长杆呢！况且他身边还有两个长枪手和一个盾牌手护佑着。训练的效果不错，就是不知道真正临敌时是否管用。

柯乔和汪可立等人经过仔细分析，认为倭寇进犯福州和漳州的可能性不大，最有可能遭到倭寇侵袭的，倒是浦口、连江和月港。

一个月的时间转眼过去了。为了这次长途突袭，王直做了精心准备。他让李光头率部进攻小埕水寨，不求攻破水寨，只为拖住官军，守好定海湾，同时吸引其他卫所援军注意力，以为他们要夺取水寨。同时，派出小股人马，每天在连江县城周边活动，佯装要攻城，让城里的官军不敢出城救援。王直自己，将亲率主力，乘船直扑浦口。

这一天终于到来了。一天清晨，天刚刚亮，海面上雾气弥漫。太阳升起来了，雾散了，小埕水寨值班哨兵吃惊地发现，定海湾的海面上，停着几十艘开浪船。这种船船头尖，吃水三四尺，四桨一橹，善于破浪而行，快捷如飞，每船能乘三五十人。海面上，最常见的是小渔船，其次是货船，而这种开浪船，一船用作军船。水寨的大门关得死死的，本寨的军船都安安静静地泊在寨内，怎么突然出现了这么多开浪船？哨兵的第一感觉是：倭寇来了！

倭寇将小埕水寨团团围住。锣声大震，把总王麒被人从被窝里叫了起来。他慌慌张张地来到城头上，只见倭寇人人长刀出鞘，正气势汹汹地骂战。王麒两股战战，脸色惨白，吩咐道："快向福宁卫和海道署求援，就说倭寇大批来袭，水寨危在旦夕！"

收到小埕水寨的求救，柯乔同时还收到了连江县的示警，说县城周围有小股倭寇活动，可能会向县城发起攻击。奇怪的是，柯乔认为最有可能受到倭寇抢掠的浦口镇却没有任何消息。

实在是太蹊跷了！柯乔立即安排柯焰带着王青龙和郝地虎二人，装扮成普通百姓，前往浦口察看。

天亮了，浦口镇陶瓷商会姚会长起床了，他在脖子上挂了条毛巾，走过一段石板路，来到了鳌江边。他蹲下身子，在江里洗着脸。水面上不时漂过几片红叶，秋水有些凉意。在江边洗脸，这是他坚持了几十年的习惯，即使是冬天也是如此。他太喜欢这条江了，江水和黏土，是世上罕见的一对好夫妻，你中有我，我中有你，谁也离不开谁。它们的结合，是天造地设，珠联璧合。添上把柴火，一件精美的瓷器就诞生了。浦口人世世代代就是靠这水和土活下来的，这水和土是他们的粮食，是天和地。

生活在这片山水间，怎能让人不感到惬意呢！姚会长这辈子哪里也不想去，就喜欢待在老家，待在这片山水间。外面的世界再好，有一点绝对可以肯定，没有鳌江的水和浦口的黏土。他怎么舍得离开呢！离开的是浦口瓷，它们走得很远很远，穿过五湖四海，进入千家万户。他们这些老窑工是不走的，走了，浦口窑就断了。

洗好脸，站在江堤上，村口的码头上，瓷器堆积如山，王掌柜预定的十万件瓷器全部烧制好了，就等着验货装船了。整整一个月，三十六座龙窑都没有熄火，上千窑工没日没夜地忙活着，终于圆满地完成了任务。因此，今天洗脸时，姚会长感觉格外惬意，江水像他孙女的小手，在脸上摩挲着，胡茬间都是笑意。

抬起头，姚会长发现，他盼望的船队到了！是那种船头很高的开浪船，一看就是从远方赶来的。王掌柜数了数，整整二十艘。来得真巧啊，昨天货才备齐，王掌柜今天就来了，一天都没有耽搁。姚会长对着村里吆喝道："懒鬼们，快起来上货，客人都到了！"

姚会长看见王掌柜过来了，后面跟着好多人，这些人个个发型怪异，头上剃得有一块没一块的，头顶上束个发髻，像本地小姑娘的那种丸子头。着装也很怪，上半身是宽松广袖的黑色直垂，下半身竟然是裙装。他们的背后，或是腰间，人人都插着刀剑，有的还插了两把。这些人面无表情，眼神凶悍，像是从地狱里出来的一般。姚会长打了个冷战，刚开口想打个招呼："王掌柜……"待看见那些奇怪的人，后面的话竟被吓回去了，再也说不出来。

倒是王掌柜像没事人一般，主动和他打起了招呼："姚会长，货都备齐了吗？"

姚会长这才醒悟过来："备齐了，备齐了，一件不少，昨天备下的，你们今天就来了。"姚会长的话虽然顺了，但还是忍不住，不断地睃几眼王掌柜身后的那些人。

"不错，你们窑商的信誉倒是很好。"

"那当然，我们浦口瓷商都是一口唾沫一个钉。"

"把你们的窑商都叫来，我有话要和他们说！"

"行，你等着，他们很快就到了。"

三十六位窑主陆陆续续地来到了姚家大屋。进屋后，他们发现气氛不对，有人试图出去，但被黑衣人拦住了。待人到齐了，王掌柜站到了台前，咳嗽了一声，指着站在屋内和屋外的黑衣人说："他们是东瀛来的武士……"

有人大叫一声："倭寇——"

屋子里躁动起来。"别说得那么难听！"王掌柜提高了音量，"他们大老远地来，只为两件事，一为借些货，二为借些盘缠。货嘛，你们已经备下了；盘缠嘛，也不能少了，在下建议，每位窑主出一千两。"

三十六位窑主全站了起来，争相向门口挤去。"嘭"的一声，门关上了，一个武士抱刀而立。

王掌柜说："不要再做无谓的抗争了，现在，整个浦口镇都封锁了，连一只苍蝇都飞不出去。你们只有乖乖地听话，否则……"

姚会长觉得自己身为会长，应该为窑主们说句公道话，他来到王掌柜身边，说："王掌柜，你们不能这样，窑主们起早摸黑地制坯烧窑，大家都不容易……"

王掌柜朝身边的黑衣人使了个眼色，大家根本没看清那人是怎么出手的，只见他动了一下，一道亮光闪过，姚会长一声尖叫，那人又迅速抱手而立。姚会长便倒在了地上，一动不动，地上是一摊血。

王掌柜挥了挥手："系块石头，扔到江里去喂鱼。不能让他漂走，下游的人看见就暴露了。"

姚会长的尸体被抬了出去。屋里安静了，只听见众人喘着粗气的声音。王掌柜说："现在还有谁不愿意出盘费？……嗯，很好，没有人说话，那意思就是都同意了。现在大家回家去拿银子，每位窑主我们安排两位武士陪同。我提醒大家一句，拿银子要快，要是让这些武士看上你们家的大姑娘小媳妇，我可不敢打包票他们会干出什么事来……"

一听这话，窑主们吓得快要瘫了，他们争相跑到王掌柜面前，哀求道："王掌柜，不劳兄弟们大驾，一炷香的工夫，我们自己送来，保证盘费不少！"窑主们人人都拍着胸脯保证。

"也是，谁家没个大姑娘小媳妇呢。那好吧，看在你们也是实诚人的份上，就不安排人陪了，我们到码头上等着，反正你们跑不掉。我再叮嘱你们一句：千万别耍花招，我们这些武士可是什么事都干得出来的！"

"王掌柜，您放心吧，我们就是借，也要把这一千两银子凑齐了！""一炷香的功夫，保证缴齐！"……窑主们纷纷表态。王掌柜挥了挥手，门开了，窑主们一拥而出，回家拿银子去了。

柯炤带着王青龙和郝地虎乘着一艘快船，没多久就到了浦口镇。他们发现码头边停着一长溜开浪船，民夫们正在上货，就预感这些可能是倭寇的船只。他们拿出渔网，一边假装打鱼，一边慢慢接近码头。还没等靠近，就有人过来让他们离开，说："这里不准打鱼！"柯炤又借口说镇上有亲戚，要进镇看望。被告知说："窑主们正在谈桩大生意，镇子封了，今天一概不许进出！"这进一步坐实了柯炤的判断，做生意哪有封镇的道理呢？他躲在船舱里，偷偷地打量着那些正在上货的民夫。柯炤问王青龙和郝地虎说："看出什么来了吗？"两人摇了摇头。

柯炤说："再看仔细点，第三条船上，那个上货的民夫是不是在哭？"

两人仔细一看，果然是，那人一边干活一边抹泪。再细看，他们又在别的船上陆续发现了好几个正在抹泪的人。

柯炤说："我们快回去报告吧，倭寇封了村，再迟了百姓要遭殃。"

柯乔接报后，迅速和镇海卫指挥李希贤率两千精兵赶往浦口救援。几十艘快船在海浪上疾驰，长长的狼筅露在舱外，附枝张牙舞爪，这玩意儿就像一个放大的铁蒺藜装上了柄，他真不知道唐顺之如何别出心裁地琢磨出这种怪兵器。这是"鸳鸯伍"首次投入实战，希望它能一展神奇的威力。

天黑之前，官军终于赶到了浦口镇。那些往船上运装瓷器的民夫们，故意慢腾腾地装船，借此拖延时间，也是希望官军能及时赶来救援，没想到真给盼来了。见官军来了，他们知道有希望了，一个个乐得手舞足蹈，却又不敢发出声音，生怕惊动了倭寇。镇上，倭寇们占了百姓的房子，正在大吃大喝。有的倭寇喝多了，靠在银袋上，发出响亮的鼾声。王直在镇上巡视着，这一趟出来很顺利，兄弟们都夸他有眼光，地方选得好，带着大家一起发财。

突然，一声长长的螺号声划破了山里的静谧。王直大惊，他想不到这时候还来了官军。他大叫道："快过去看看！"正在吃喝的倭寇们一个个抓起长刀，向码头冲去。

见倭寇举着刀潮水般涌来，少说也有七八百人。柯乔大叫一声："鸳鸯伍！"两千官兵沿鳌江按阵法一字排开，大战一触即发。

要是以往，官军和倭寇早已混战成一团，可今天，王直发现有点不一样。他迟疑了一下，没有立即下达作战命令。今天的官军有点怪，兵器怪，队形怪，不知道为什么要玩这些花样，他有点吃不透。

大家都望着他呢，王直硬着头皮说："冲！"那些真倭早等得不耐烦了，辛五郎、金太郎冲在队伍的最前面。王青龙和郝地虎都是狼笕兵，他们见倭寇过来了，立即举着长长的狼笕，转动着扫了过去。倭寇们从来没见过这种怪玩意儿，用倭刀去砍和挑，狼笕上的九重附枝都是铁制，有弹性，倭刀使不上劲。想抽回再砍，那玩意儿一个转动，铁枝条翻飞，倭刀被带走，身上也多处被划破。辛五郎连连后退，立即又有人递给了他一把刀，没用，又同上次一样脱手了。他想弯腰去捡，破绽露出，一个长枪手挺枪刺来，辛五郎弃刀急退，退到一边，大口喘着粗气。

辛五郎朝四周一看，他的同伴们都同他一样，一个个倭刀脱手，身上也被狼笕的附枝划得鲜血淋漓。他们还从来没有遇到过这种情况，空有一身超人的武艺，可根本使不上劲，压根儿挨不上官军的衣襟。

金太郎是日本民间传说中的神秘杀手，相传是女妖之子，杀人无算，从未失手。金太郎本名叫坂田金野，用它做了自己外号，用意不言自明。他身材矮小，身轻如燕，出手快捷，能在眨眼之间取人性命，是个可怕的对手。金太郎自出道以来，还从没有败过，狂妄至极。他看出来了，明军之所以能占得先机，完全依仗那件奇门兵器，他就不信这个邪。他手持四五把倭刀在手，冲到阵前，只见他瞄准一个狼筅手，倭刀脱手抛去，盾牌手见状赶紧去挡，可这把倭刀是挡住了，金太郎的另一把倭刀也脱手飞至。那个狼筅兵被刺中身亡。狼筅兵是"鸳鸯伍"的核心，他的阵亡，代表着五人阵形被破。

王青龙见状，挺筅而上，直逼金太郎。狼筅带着风声向金太郎扫去，金太郎一个飞身，待狼筅扫过，然后脚尖一点，身体像一只灵巧的燕子，连人带刀，向王青龙冲去。王青龙大叫一声"不好"，想抽回狼筅，可那玩意儿又大又沉，挥动尚且费力，哪里是想抽回就抽回的？王青龙被刺中了，就在他被刺中的同时，保护狼筅的两个长枪手的长枪也刺中了金太郎。金太郎一声惨叫，瘦小的身子被两把长枪挑了起来。要不是这一刺一挑，王青龙说不定会当场毙命。

在高处指挥作战的王直将这一切都看在眼里，他知道，今天要想满载而归，看来是不可能的了，当务之急应考虑如何全身而退。想着银袋里那白花花的银子，眼前船上码得满满当当的瓷器，他的心在隐隐作痛。可以说，要不是那些要命的狼牙棒般的奇怪兵器，对付眼前这些官兵，他们并非没有胜算。看来人算不如天算，这场精心谋划的奇袭浦口恐怕要就此泡汤了。

现在连如何逃走都成问题了。自己的船只上装满了瓷器，如何逃跑？就算将全部瓷器推入水中，也不是一时半会儿的事。看到官军来时所乘的船只，突然，他有了个主意。他立即安排了两股人手，一股驮上从窑主们那里掠夺来的银两，不带上它们不行，有了这些银两，就算折了几个同伙，回去好歹还有个交代；一股去抢夺官军的船只。如此可一举两得，他们可以从容逃去，官军又无船追赶，真是个绝妙的好主意。

就在一股倭寇向官军船只方向移动时，柯乔就察觉了他们的意图，大叫道："快拦住金太郎们，倭寇要夺船！"

可哪里来得及，守船的官军看到倭寇杀来，有的还抵抗了几下，有的干脆跳江逃命。柯乔和李希贤喊破了嗓子也没用。况且此时的倭寇已到了穷途末路，抢占船只他们才有一线生机，个个使出绝杀，明军哪里是他们的对手？只好任由他们夺去船只，逃命去了。

　　柯乔命军士帮助卸下船上所有瓷器，并在惊魂未定的众乡亲请求下，陪伴了他们一夜。次日，乡亲们又从江里打捞起姚会长的尸体，将他安葬了。

　　此次连江县浦口作战，虽没有杀死多少倭寇，但柯乔认为还是取得了重大收获，那就是检验了"鸳鸯伍"特别是狼筅的实战效果。实战证明，"鸳鸯伍"只要运用得当，这种阵势对抗倭寇是有效的，能在短时间内消减倭寇的冲锋。而在以往，明军面对强悍的倭寇，往往不堪一击。他决定给宜兴山中的好友唐顺之写封信，感谢他的奇思妙想，为战胜倭寇发明了利器。

　　王直率领的那批倭寇逃往哪里了呢？毫无疑问，他们会在定海湾和攻打小埕水寨的倭寇会合。柯乔推断，虽然进攻浦口失利，但是，倭寇们的实力基本没有受到影响，舟山倭巢已经被毁，不可能再回双屿，而是会重新选择下一个目标。毫无疑问，那会是场更为艰辛的战斗！

　　柯乔命镇海卫指挥李希贤继续组织士兵操练"鸳鸯伍"，同时命沿海各卫所加强戒备，广泛招募乡勇，参与守土安疆。回到海道署，汪可立对他说："看看邸报吧，有一个好消息和一个坏消息。"

　　"你就说给我听听吧，我要给朱纨巡抚拟封急件，镇海卫报告，硝磺库存严重不足，火绳枪训练都舍不得装药，只好放空枪。"

　　"那是要催，我听说佛郎机人有一部分又回到了浯屿。和他们对阵，没有火药，官军就成了活靶子。"汪可立揪心地说。

　　"先说邸报上的好消息吧！"

　　柯乔一边写信一边听着。汪可立说："日本朝贡使团即将启程，朝廷终于同意他们进京朝贡。不过，进京使团限一百名，我觉得也不错了，总算有了一个两全其美的结果。"

　　柯乔放下笔，大喜，接过邸报，匆匆浏览。一开始，嘉靖皇帝和礼部只同意按照惯例选派五十名成员进京。朱纨认为五十名太少，又竭力争取，朝廷终于放宽到一百人。且双方贸易之事，委托朱纨全权处理。

　　柯乔说："这个庞大的使团，达六百多人，我一直担心会出事，一旦出事就是大事。正使策彦周良约束和管理有功，真是善莫大焉！"

　　"您别光顾着高兴，还有个不好的消息呢！"

　　"哦，对，我差点忘了。消息在哪？"

　　汪可立翻着邸报，手指轻轻敲了敲，只有短短几句话："给事中叶镗、监察御史周亮各论奏巡抚两省事体未便。事下该部议，奏谓：宜查照先年事例，暂设巡视，相应依拟。今特改尔巡视浙江兼管福建沿海地方提督军务。"

柯乔抖搂着邸报说："这是什么意思？"

"意思不是很简单么，叶镗和周亮都是福建人，朱纨强力推行海禁触犯了闽人利益，他们不乐意了。"汪可立说。

柯乔喃喃自语："巡抚、巡视，巡抚、巡视……"

汪可立说："别看这一字之改，表面上看，朱纨的权限并没有变化，但汪某揣测，这背后隐藏的圣意颇可玩味。"

"说详细点。"

汪可立接着说道："朱大人是圣上钦定到浙闽实施海禁的，而且圣上还赐了王命旗牌，有便宜行事之权。按理，圣上应该全力支持朱大人在浙闽采取的行动，怎么能轻易就信了那班宵小之徒对他的攻讦呢？这才开始呢……"

柯乔说："朝中浙闽籍官员大多反对海禁，朝中海禁派和弛禁派官员斗得很凶，这皇上要是主意不定，当起骑墙派，我们这些在地方上办事的人可就为难了。"

"大人也不必过于担忧，圣上应该还是相信朱大人的，我们该咋办还得咋办。"

接连几天，柯乔都接到哨探密报，说有大批倭寇陆续在浯屿岛集结。柯乔忧心如焚，隔两天就向远在杭州的朱纨发一封催要硝磺的急件。朱纨每次都说正在催办，叫他静候佳音。根据新的倭情，柯乔开出的数字有点大，申请拨给硝 2000 斤，磺 100 斤。这还是保守数字，真要是打起来，这些量可能还远远不够。

倭寇在浯屿集结，他们要针对的下一个目标很明显，那就是：月港。

古代的港，是指江河的支流或其产生的河湾。港，字如其意，指水中的巷道。月港地处九龙江入海处，"外通海潮，内接山涧"，因其港道"一水中堑，环绕如偃月"，故名月港。这里自古就有造船通番的习俗。"闽人通番，皆自漳州月港出洋。"这里海舶穿梭，商贾聚集，市井繁荣，是闽南一大都会，有"小苏杭"之称。嘉靖《龙溪县志》载，"月港，南接田尾港溪源，北接西溪上流，潮汐吞吐，通舟楫，溉田以万计，两涯商贾辐辏，一大市镇也。"明初，朝廷施行海禁，但月港地处偏远，施行不力，对这里的走私贸易并未形成多大影响。至嘉靖年间，月港已形成七大码头。从月港输出的商品有丝绸、陶瓷、布匹、茶、铁铜器、砂糖、纸、果品等；输入的商品有胡椒、香料、香藤、象牙、西洋布、槟榔、樟脂等，多达百种以上。也就是说，月港是东南沿海走私贸易的交易中心和进出货港口。

月港由于地处海滨，田地斥卤，多盐碱地，所产粮不足食，百姓大多寄生于山水鱼盐，居民"以海为生，以津舶为家者十而九也"，主要从事渔盐和航海贸易。从明成化年间开始，月港及其对岸的海沧百姓，开始下海通番，他们毫无顾忌地在东西洋上闯荡，甚至周旋于倭寇、佛郎机人等各方盗贼之间。柯乔来到闽地任职后，很快发现，那些专以勾引番人杀掠的海中贼人，大多为深谙水道及能操舟善斗者，其籍贯多为漳州、泉州和福宁，而漳州多出梅岭、海沧、月港等处。

想到在清剿双屿时见到的佛郎机巨铳，柯乔就有些心惊。巨铳响处，地动山摇，一切灰飞烟灭。佛郎机人正是仗着这些利器，才敢于长途跋涉，远涉重洋，亦商亦盗，大发其财。那些能装到船上的中铳、小铳的威力也不容小觑。只是，他们同明军一样，也缺火药。佛郎机人的火药主要依靠走私渠道从浙闽海商那里秘密高价购买。但火药是重点违禁品，向海盗出售，那无异于递刀杀人，而且杀的还是自己的同类。但总有利欲熏心之徒，不惜铤而走险。

柯乔的恩师王阳明先生也是一位文弱书生，然而，他在南赣、汀、漳等处剿匪时，却往往能出奇制胜。柯乔师从阳明先生多年，深知他善用兵法。《孙子·谋攻》明确提出："故明君贤将，所以动而胜人，成功出于众者，先知也。"这里的先知，就是指情报，指先于敌方获取了战场动态信息，先于敌方了解了对手的企图和行动。这些，才是获胜的根本保证。

柯乔这次比哪次都感到担心，一则敌人实力实在过于强大，倭寇和佛郎机人，哪一股势力都不好对付，而这次他们联手来犯，存心要把水搅浑。王直和李光头率领的倭寇，步步紧逼，大有不达目的不罢休的势头。其次月港太大了，虽则是一湾碧水，但镇区面积大，有万余户人家临水而居，仅码头就有七座，街道纵横，商号鳞次栉比，来敌在哪里都可以登陆。更让人担心的是，月港街巷狭小，人流密集，各类货物拥塞，大队人马作战根本无法施展，"鸳鸯伍"难以找到合适的场地。

名将俞大猷被紧急从漳州府调来了。柯乔率俞大猷、李希贤、龙溪县知县林松等到码头上巡查，商讨对敌方略。

站在月港地势最高的天桥码头上，全貌尽收眼底，沿着月亮形河湾，呈北斗星状，一共分布着七座大型码头，其间还有无数星星点点的小码头。码头上，上货的，下货的，人头攒动，异常忙碌。港内，大大小小的船只来往穿梭，川流不息。这时，只见一个汉子撑着只竹筏，船头上站着一位惠安女，头披花头巾，背着个金色斗笠，只听她唱道："大声喊你同年哥，赶紧个前来哟同凳坐，我是你的同年妹，你是我的同年哥……"

林松说："一幅多么和谐富裕的海港图！唉，要是没有倭寇多好！"

俞大猷说："这九龙江里流的不是水，是白花花的银子，正是因为这里太富裕了，富得流油，才惹得倭寇和佛郎机人眼红，闽地那么多穷乡僻壤他们为什么不去，却一个个铆着劲往这里钻？还不是指望着来发财！"

林松回道："他们想发财，百姓可就要遭殃了。"

柯乔指着港湾说："你们说说看，倭寇和佛郎机人要是想攻入咱们月港，他们会怎么进来？我们又该如何抵御？"

俞大猷说："这还用说吗？他们肯定是乘船来，进港后抢滩登陆。"

"那我们该如何抵御，或者说击退他们？"柯乔问道。

俞大猷沉思起来，没有立即回答。李希贤说："我们要是在码头上建立防线，如此大的海湾，又不知道他们具体要在哪里登陆，要是全线防御，少说也要上万人。"

俞大猷说："佛郎机人有火绳枪队，他们想在哪里登陆，在我们的防线上撕开一条口子，并不是什么难事。"

李希贤说："这即将到来的月港之战，海战不像海战，陆战又不像陆战，而是一场海陆混合战，连正规的战场都没有，镇区根本施展不开。这仗不好打！"

柯乔听着他们讨论，没有表态，一行人在码头上转来转去。汪可立看见边上有座茶棚，说："我们进去喝碗茶吧，顺便歇一歇。"

几个人围着一张满是油污的桌子坐下了。一个老人佝偻着腰，在他们每个人面前上了一碗茶。然后，老人静静地坐在门边，拨拉着老虎灶里的柴火。

几个人喝着茶水，喝完了，老头又过来给他们续水，又去烧茶水。柯乔说："我有一个想法，这场仗我们可以这么来打。"他用手指蘸了点茶水，在桌上点画着，声音越来越低，低到快听不见了……

老头本来坐在外面老虎灶前，听见说话的声音小了，拿了个抹布进了茶棚，一边抹着桌子，一边侧着耳朵听着。柯乔"嘭"的一声重重地放下茶碗，喝道："你是什么人？"

老头见被识破身份，一个纵身，飞出茶棚，向码头下一个翻滚，像只鱼鹰一般，一头扎进了九龙江。

俞大猷、李希贤、林松和汪可立几个看得呆了。俞大猷惊道："柯公，您是怎么看出这个老头有问题的？"

柯乔说："一个卖茶水的老头，收入应该是很微薄的，此人却身体肥胖，油光满面。还有，你看他给我们倒茶，轻捷稳准。最主要的是，他在棚外看柴火时，心思明显在我们身上。我就想试他一试，故意胡诌了几句战术安排，引他过来，没想到他果然上当。"

柯乔一边踱步，一边思索，突然恍然大悟："想起来了，这个人我见过，难怪有点眼熟。"

俞大猷几人更加糊涂了，柯乔竟然见过此人？大家都不解地注视着他。柯乔说："如果我猜得不错，他就是倭酋李光头！"

没有谁会想到，这个老头，竟然是前来月港打探消息的倭寇老大李光头。李光头善于化装，他的化装术，要是不说破，就算是天天跟他泡在一起的同伙也认不出来。

几个人更是大吃一惊："李光头？"

柯乔说："此人艺高胆大，轻功了得，水性过人，官军在攻打双屿时，他只身一人，竟然冲上我和卢铠将军的座船，前来行刺，一番拼杀过后，竟然被他从容逃脱。"

汪可立说："说明倭寇也在千方百计打探官军的消息，我看不光一个李光头，这月港镇，不知还有多少倭寇的探子在打探军情呢。"

柯乔吩咐林松："立即吩咐下去，在月港全镇搜寻可疑人物，特别是平时与倭寇有往来的人，像大海商薛章义之流，一旦发现，立即拘捕。"林松领命去了。

薛章义家后花园的凉亭里，一个书生模样的人，正坐在一张石桌前喝茶。他的身边，站着一个锦衣华服的中年人，掌心里握着两个玉石球，骨碌碌地转动着，此人正是薛章义。这位书生正是王直。他喝了一口茶，脸上露出不屑的神情，说："你们闽地的茶叶，味道就是不行，太冲了，哪里比得上我老家的。"

薛章义说："哪能和总舵主您的老家比呢？徽州是什么地方？高山峡谷，终年云雾，天生好茶，自然好喝。"

"不说这些了，说点正事，我受佛郎机人所托，请你设法弄点火药，不然这仗没法打，佛郎机铳啊、枪啊全成了哑巴。官军的'鸳鸯伍'阵法很厉害，没有佛郎机火绳枪，我们没有胜算。"

"'鸳鸯伍'？我怎么没听说过？"

"你是个商人，他们练个阵法还会跟你说吗？"

薛章义摇了摇头说："火药很难弄，有银子都没地方买去。再说，沾这玩意儿，要是被官军逮到了，那可就彻底完了。"

王直说："你做了几十年黑生意，手上人命少说也有几条，官军什么时候逮住过你了？别怕，薛兄，我相信你的本事。"

薛章义半天沉默不语，王直说："月港七大码头，有几座是你的？"

这话戳到了薛章义的痛处，码头就是地盘，就意味着白花花的银子，月港有十大海商，而码头却只有七座。十大海商拼拼杀杀，争个你死我活，能在其中拥有一席之地就不错了，哪里还谈得上几座？

薛章义低声说："一座。"

"等这场战事结束后，另外六座都是你的。"

薛章义瞪大眼睛："那他们的主人会同意吗？"

"哈哈哈，"王直放声大笑，他拍了拍薛章义的肩膀，说，"死了，此役之后，他们都死了，死了的人还会和你争地盘吗？"

薛章义脸上的肌肉在扯动着，两只玉珠在掌心里乱跳，发出的声音像炒苞谷一般。他满脸堆笑："感谢总舵主抬举，那薛某就冒死想想办法。"

"对了嘛，这才像月港老大的样子。那我告辞了！"

"外面风声很紧，我也就不留总舵主了，您就等着我的好消息吧。"

王直脚尖一点，从凉亭里飞到了墙头，又一个纵身，消失在树丛里。

一盏昏暗的油灯下，薛章义和几个心腹头挨着头，在嘀咕着。几人商议了半夜。天光微亮，几个心腹骑上快马，分头出发了。

晚上，柯乔坐在灯下，苦思冥想着破敌之策。忽然，他想起了好友唐顺之给他寄来的《武编》手稿，遂拿了出来，翻看着，也许这家伙有什么好的对策呢。翻着翻着，看到手稿中说，破倭之法，要御敌于海上，设法阻击其登陆。不觉眼前一亮，对啊，御敌于海上，阻止登陆，这不正是他苦苦寻找的良策吗？

接下来，就是谋划如何御敌于海上了。柯乔很快有了主意，即沿着九龙江江口，将军船一字排开，设置三道防线，阻止倭寇和佛郎机人登陆，让他们的船根本进不了月港。在船上，他们的本领施展不开，连一日三餐都会成问题。如此一来，自然坚持不了几天。

九龙江上，三道由军船组成的防线很快建立起来，所有出海船只都要经过仔细盘查。江面上，戒备森严，连一只鸟儿都难以飞越过去。与此同时，在外洋的主要水道上，加强巡查力度，严禁民船向浯屿和横屿方向行驶，一旦发现，按通倭处理。

一天，柯焰兴冲冲地进签押房报告说："火药来了！"柯乔大喜，随他到码头去接货。运送火药的船员和海道署吏办正在办理交接。柯乔朝船舱里伸头一看，才十来个坛子，大失所望，问道："才这么点货吗？"

一个老兵回道："禀报大人，在下张瑞，奉朱纨巡抚之命，特送来硝三百五十四斤，火药三百六十四斤，现在交割完毕，我的任务也完成了。"

"怎么才这么点，况且，只有硝没有硫黄如何配成火药？"柯乔真的急了。

张瑞说："弄到这么点东西还不容易呢，朱纨巡抚还是费了九牛二虎之力。老朽只负责押运，别的一概不知，大人要问，还是去函问朱巡抚吧！函我可以顺便给您带过去。"

硝与硫黄按配方是九比一，如此配制出的火药称为"顺药"，用于枪炮、火铳，燃爆时不会炸膛；硝与硫黄按七比三配方制出的火药称为"横药"，主要用于爆破。没有硫黄，光有硝没用。

柯乔命将老兵带下去用膳。又命人设法去寻一些硫黄来，哪怕高价从黑市上购买亦行，只为将这些硝派上用场。真要是到了作战的时候，多一点火药，说不定就能多撂倒几个对手。

为了充实防守力量，在柯乔的要求下，县令林松发动民间力量，招募乡勇，组建突击船队。乡勇大多为月港渔民和码头装卸民夫，他们水性好，体格强壮，人数有五六百人，由月港勇士陈孔志任队长统一指挥。

为防止海商趁夜间接济倭寇和佛郎机人，在柯乔的安排下，王青龙和郝地虎带着巡逻队，分乘两只小船，夜夜在通向浯屿的主航道上不间断巡查。夜间，海面上黑魆魆一片，什么也看不见，只听见海浪声和风声。夜间行船，风险也极高，稍不小心就会偏离航向，根本找不到目的地。月黑风高夜，正是胆大妄为者沟通海盗的大好时机，他们善于以夜色作为掩护，向他们运送物资。

夜间行船，全凭天上星座和罗盘定位。王、郝二人长期在水上生活，都练就一身夜间识人的本领。但凡方圆两三里的海面上，只要有船只经过，王、郝二人都可以凭借过人的听力察觉出来。

王直来到薛章义的府上，向他开出高额回报，请他设法帮他们弄一批火药。薛章义发动关系网，开出比平时高出数倍的价格，硬生生从官方承运吏那里弄到了一批现货。据说，这批火药本是运往福建省海道署的。收到货后,薛章义大喜,为确保万无一失,他决定趁夜间亲自押送这批火药至浯屿岛。

夜间,满天星光,刮着东南风,正是偷运的好时机。出发前,为了防止被官军夜间巡逻队发现,薛章义撒出"诱饵"。即由其他船只分别装运淡水、蔬菜、粮食、生丝、瓷器等走私物,先行出发,它们的使命只有一个,就是让官军的巡逻队发现并"抓住",然后押送回月港。待巡逻队离开主航道后,薛章义才押着运送火药的船只乘风破浪,神不知鬼不觉地抵达浯屿。一切安排妥当,"诱饵"船先行出发了。

果然,"诱饵"船进入通向浯屿的主航道后,陆续被王青龙和郝地虎率领的巡逻队发现了。平时,夜间要是能逮着一二艘走私船就不错了,可今晚一气就逮到了六艘,称得上战果颇丰,按理完全可以收兵回营了。可心细的王青龙发现,今晚的贩私船有点不正常,那些被逮的贩私者,一点不显害怕和慌乱,好像被抓是预料之中的事。凭着多年水上讨生的经验,王青龙有种预感,他们不过是小鱼小虾,后面可能有大鱼。

于是,王、郝二人一合计,命另外一艘官船押送这几艘贩私船先行回港,他们率另一艘官船继续蹲守。

果然,没过一炷香的工夫,王、郝二人就听见远处传来整齐划一的快桨声。很明显,这是一艘开浪船发出的声音。二人大喜,静静地守株待兔。待船近了,王青龙命点亮船头的防风灯笼。灯笼亮了起来,上面写有"海道署"三个大字。

再说开浪船上的薛章义,突然看见海道署的巡逻船,吓得魂飞魄散。怎么办?当然不能束手就擒。好在他闯过诸多大风大浪,见巡逻船不过只有一艘,且是小渔船,眨眼间他就有了主意。他下令道:"全速前进,直接撞上去,撞沉小船,送他们到海里喂王八!"

王青龙和郝地虎早就料到开浪船上的贩私者会丧心病狂地反抗。当开浪船全速向小船冲过来时,他们早做好了防备,一个转舵,小船就躲开了。开浪船眼见撞击不成,就想甩开小船。可哪里能甩脱呢?王青龙和郝地虎就像黏住了他们,牢牢地咬住大船,寸步不离。

　　薛章义见一计不成，又生一计。他的船上，带了两名火绳枪手，他命令枪手射击。王青龙一见点火的火光，大叫一声："快趴下！"几人迅速缩到船舱里。渔船的外表特地蒙了层生牛皮，火绳枪的子弹打在牛皮上，发出"噗噗"的响声，船头上写有"海道署"字样的灯笼也着火烧了起来。射击了一番，小船上没动静了，上面的人应该全部见了阎王。薛章义心里喜滋滋的。没想到，船头上又挂出了一盏灯笼，和被烧掉的那只一模一样，也写有"海道署"三个大字。薛章义看见这三个字就心烦意乱，下令枪手继续射击。

　　可是，正当他们全神贯注地瞅着后面小船的时候，几条黑影"嗖嗖"地窜上了他的船头。船上的人根本没有发现。王青龙和郝地虎首先将两个火绳枪手掀翻了，推进了海里。紧跟在后面的巡逻船捞取了他俩，等回月港后发落。

　　薛章义操起一把倭刀，迎战王、郝二人。黑暗中，只见船上黑影乱窜，刀击声叮叮当当，火星四射。一番打斗后，薛章义知道今晚遇到了高手，丢失财产事小，保全性命事大，遂决定逃跑。他猛攻数刀，击退王、郝二人，然后脚尖一点，一个鹞子翻身，落进了水里。他本想借助自己良好的水性，溜之大吉。可没想到，落水后，船上那两人也紧跟着跳了下来，他感觉脖子被一个甩过来的绳套套住了。一挣扎，绳套却拉得更紧了，他有点喘不过气来。

　　他知道自己今晚栽了。要是不出现奇迹的话，明天，他就会蹲在海道署的大牢里。想到这里，薛章义有种生不如死的痛苦。他还想逃，可是，命运已经不给他机会了，一张大网将他牢牢地罩住了，他的手脚施展不开，成了一只瓮中的鳖。

　　薛章义的开浪船上，发现硝磺共一千余斤。柯乔十分高兴，让他没想到的是，他在湖广地区收编的两个"湖匪"如此能干，成了自己的得力助手，他厚赏了二人。

　　次日，福建盐运分司巡逻队来报，在海上查得座船两只、杠船四只，共搜出私盐二千四百斤，象牙五十斤，胡椒、苏木等番货若干。经过打听，得知此六艘船只主人，系户部主事宋曰仁家人。宋现在京任职，长期纵容家人贩私。宋家走私船明目张胆地横行海上，向来无人敢问。柯乔命按规定没收货物和船只，涉私人员收监听审。

月港之战打响了。明军船队，沿九龙江口，设了三道防线。排在前面的，是四艘高大的福船，上面都装有铳炮。佛郎机人和倭寇的船只也在外海一字摆开，挤满了海面。排在前面的，是佛郎机人形状怪异的四艘海盗船，人称蜈蚣船。这种船船体狭长，两旁架橹四十余支，橹多人众，在海上疾驰如飞。船体两边各有铳手四十余人，操作铳炮若干。佛郎机铳炮大者千余斤，中者五百余斤，小者百余斤。蜈蚣船上配备的主要是小铳，铳弹内铁外铅，重量从三五斤到七八斤，射程达百余丈。中弹处，木石皆成齑粉，不用说人了。明军虽也配有铜炮、铁炮、火绳枪以及火球、火箭等火器，但和佛郎机人的铳炮相比，在威力、精度、射程等方面，都要差远了。蜈蚣船的后面，才是大大小小的倭寇战船。显然，佛郎机人充当了打头阵的角色。

在岸上指挥的柯乔心里非常清楚，佛郎机人的这种蜈蚣船，千万不能和它硬碰硬，否则要吃大亏。对付这种船，一要消耗他们的弹药；二要抵近作战，不在铳炮射程范围之内，铳炮就无法发挥作用。

柯乔也早料到了官军会迎来佛郎机人的猛烈炮火，这阵炮火要是顶住了，他们就胜算大增。他也早备好了应对之策。

官军的船只上，从远处看去，每只船的船舱里，都埋伏着持枪的兵士。其实，全是鲜树枝扎的假人。为什么用鲜树枝，就是为了防止中炮后着火燃烧。

"轰，轰，轰……"佛郎机人蜈蚣船上的铳炮响了。一时间，整个月港，地动山摇。硕大的炮弹拖着长长的火龙飞向九龙江口的军船。那炮弹就像长了眼睛一般，明军的军船接连中弹，被炸飞到了空中。月港湾内，炮弹接二连三地落入水中，不时激起冲天的水柱。明军的防线很快被撕开了一个口子。

可是，还没等对手高兴，缺口处很快就有新的船只补充了进去。如此三番五次，轮到佛郎机人招架不住了，他们的炮弹是很有限的。原本的安排是，由他们用铳炮将明军船队炸开几处缺口，然后倭寇船一拥而上，抢占各大码头，登陆抢劫。现在看来，明军调度有序，第一道防线始终无法冲破，倒是他们的炮弹越来越少了。

夜晚来临了，敌船后退了数里，并没有离开。显然，他们是要和明军针锋相对，不达目的不罢休，一副将月港困成死港的势头。

柯乔想起恩师王阳明在多年剿匪生涯中，极善于运用"疑兵"之术，真真假假，虚虚实实，让敌人摸不着头脑，然后再伺机发动致命一击。特别是在平定宁王朱宸濠叛乱过程中，他将用诈、反间、布疑等计谋运用到极致，这才取得最终的胜利。现在，面对强势的佛郎机人，柯乔的对策是，必须采用"疑兵"之术等非常规手段，消耗他们的火药。一旦火药用尽，佛郎机人就会不战自退。而余下的倭寇，官军毕竟占了人数优势和地利之便，并不畏惧他们。

趁着夜色，柯乔派出一支船队，船舱里装满干柴，上面撒了硫黄。待船队靠近蜈蚣船时，划船的水手潜水逃离。睡梦中的佛郎机人看见有陌生船只靠近，一齐向它们射击。一只只小船很快烧着了，海面上烈火熊熊。佛郎机人担心大火殃及蜈蚣船，划动船只，飞速地逃离了。

如此这般，佛郎机人白天费铳炮，晚上费火绳枪。三天三夜下来，火药已捉襟见肘。他们连明军的影子都没有见到，也始终无法靠近月港一步。佛郎机人自觉这个仗无法再这样打下去，第四天，他们退出了战斗，划着蜈蚣船，逃往横屿岛方向去了。洋面上只剩下倭寇的船只。

对付倭寇，要换一种战术了，倭寇他们远比佛郎机人狡猾和残忍。倭寇擅长格斗，刀法凶悍，个体战斗力强大，像一群野狼。针对他们，就要发挥明军的火器优势。那些火绳枪、火球之类的玩意儿，在佛郎机人的铳炮面前不值一提，但对付倭寇还是很有杀伤力的。

倭寇自然也懂得扬长避短，他们不是傻子，眼睁睁地往明军的枪口上撞。他们试着冲了几次，见明军枪火猛烈，又不得不退了回去。但他们不甘心就此收手，双方就这样僵持着，谁也不敢轻举妄动。

一天，柯乔接到内线密报，说倭寇眼见月港防线无法攻破，决定明天天亮前大举从山头村登陆。与山头村毗连的刘五店村，有刘氏七兄弟，长期与倭寇勾连。他们眼见倭寇攻击月港受阻，主动出头愿充当他们的耳目，从山头登陆后，从陆路进攻月港，打官军一个措手不及。山头村就是林希元的老家所在地，离月港不过十余里，倭寇善于长途奔袭，登陆成功后，很快就会杀到月港。真要那样的话，官军就会腹背受敌，两面作战，可能会难以招架。

柯乔决定兵分两路，他命俞大猷率军镇守月港，自己亲率镇海卫指挥李希贤和三千精兵，趁天黑赶赴山头村。

天黑时分，刘氏七兄弟被揪到了柯乔面前，个个痛哭流涕。柯乔说："现在给你们个机会，将功赎罪，你们装作什么事也没有发生，明天天亮前将倭寇引到山头村。要是敢耍花招，老账新账一起算！"

刘氏兄弟唯唯诺诺地去了。柯乔命士兵在山头村海滨埋伏下来。

柯焰带人打算搭一顶帐篷，作为晚上过夜的场所。柯乔阻止了："不用搭了，帐篷目标太大，要是被倭寇哨探发现得不偿失。"

柯焰说："哥，那你晚上睡哪？"

"找块岩石靠一晚算了，大战在即，能睡得着吗？"

柯焰找出件厚外套，披在了柯乔的身上。"找个背风的地方吧，这海边的风可真大，石头都能吹得跑。"

"你忙你的去吧，我行的。"柯乔抱衣而立，合上了眼睛，他要休息一会。

夜间，柯乔感觉身上凉凉的，原来下雨了。夜色如墨，空中没有一颗星。柯乔急命士兵到村中躲雨。特别是随行的二十几位火绳枪手，要是淋湿了火药和引子，那就麻烦了。

雨下了一会儿就停了。真是天公作美，要是一直下个不停，官军的火绳枪不能发挥作用，那作战威力会锐减。天亮前，官军按阵形埋伏好了，静等倭寇到来。

天蒙蒙亮，海浪狂躁地拍打着岸边的礁石，声音传得很远。大家屏声静气，目不转睛地盯着远处的海面。突然，海面上出现了一群像是鸥鸟般的小黑点。小黑点出现时，刘氏七兄弟就乘着一只渔船出发了。显然，是去迎接他们的。在海上会合后，小黑点向岸边快速地移动着，向官军方向驰来。

柯乔下令："倭寇来了，准备战斗！"

倭寇在船上待了好几天，现在看见陆地，一个个乐得哇哇大叫。柯乔大致数了数他们的船只，有五十多艘。倭寇下船了，首先跳下船的是真倭。走在队首的两个柯乔认识，正是辛五郎和金太郎。金太郎在浦口镇作战中被长矛刺中，现在看来，这家伙只是受了点轻伤。

倭寇登陆后，一个个伸胳膊伸腿，活动着身子骨。刘氏七兄弟在前头带路，他们还算识趣，将倭寇带进了官军的埋伏圈。柯乔见他们近了，下令："开火！"二十多把火绳枪几乎在同一时间启动了，"噗噗噗"声响成一片，将走在前排的倭寇撂倒一批。

倭寇阵脚大乱，但他们很快镇定下来，发现才二十来个官军，一个个挥着刀哇哇大叫着扑了过来。突然，只见沙滩涌动起来，一个个明军士兵站了起来。原来，他们将自己埋在了沙堆里。只听柯乔大叫一声："鸳鸯伍——"士兵们五个一组，列阵以待，嘴里发出"吼吼吼"的叫声，声威气壮，向倭寇步步紧逼。

这班倭寇在浦口镇见识过这种阵法的厉害，一时不敢上前。在队后指挥的王直急了，好不容易成功登陆，难道就这么退回去吗？况且，退回去又能怎样？月港那边防守得如同铜墙铁壁，倒不如在这里拼死一战，说不定能杀出一条生路。

佛郎机人临走时，送给了倭寇几尊铳炮。王直留了个心眼，将那些铁家伙带来了两尊，辛五郎和金太郎还嫌带那玩意儿碍事，他们向来只相信手中的倭刀。王直命将铳炮从船上抬了出来，架到了岸头上。

炮手手忙脚乱地点着了铳炮。"轰——"的一声响，炮弹拖着火焰从明军士兵的头顶上飞过。虽然打远了，没伤着人，但这一炮，还是让明军军心大乱。谁也没料到，倭寇竟然也用上了向来只有佛郎机人才有的铳炮。官军的气势被压住了，士兵们一个个趴在沙滩上，动弹不得。

突然，天又下起雨来。柯乔站了起来，李希贤也站了起来，柯焰、王青龙、郝地虎等更多的人站了起来。李希贤笑道："天助我也，倭寇的炮哑了！

兄弟们，冲啊！"

柯乔提醒道："保持阵形！保持阵形！"

本来，一炮打响，明军吓瘫，倭寇人人振奋，本以为今天胜算在握。可没想到人算不如天算，一阵急雨从天而降，炮弹、引线、火石全湿了，铳炮成了废铁，毫无用处。

倭寇再无可退，众人都望着王直问："总舵主，怎么办？"

王直咬咬牙，决定今天和官军"鸳鸯伍"拼个你死我活，他就不信，凭他们高超的刀法，就对付不了这些竹篙一般的玩意儿吗？他吼道："冲上去，杀——"

一场混战在雨中展开。"鸳鸯伍"再次显现出了它克倭的威力，狼筅手能在第一时间扫落倭寇手中的刀，没有了刀，纵有再高的刀技也无法施展。换刀再战，也依然难以接近明军士兵。倭寇要伤狼筅手，必须要力克一支狼筅和两把长枪。所谓一寸短一寸险，以短对长，倭寇并无优势。所以，一番混战下来，沙滩上多了三四十具倭寇尸体，受伤的更多。

王直一直在观察着战场上的变化，这样打下去，他们要吃大亏。于是，他命人吹响螺号撤退。一行人狼狈不堪地挤上了小船，向月港方向逃去。

柯乔和李希贤率军回到月港，和俞大猷一合计，决定乘胜出击，攻破倭寇在外洋上的封锁。

于是，九龙江口，千船齐发，如一支支离弦之箭，射向倭寇。倭寇就算战斗力再强大，也挡不住这种军民联手而来的浩大攻势。月港勇士陈孔志一船当先，率领着突击队，直奔倭寇船队中的一艘高大的福船，那显然是一艘指挥船。柯乔怕陈孔志吃亏，急命王青龙和郝地虎两人率队前去接应。

果然，李光头就在这艘船上。陈孔志立功心切，见到李光头就挥刀砍了上去。李光头眼见船队被冲得七零八落，正气不打一处来，见来了个不知天高地厚的愣小子，打算杀了他解气。一交手，陈孔志就后悔了，他没想到，眼前这个光脑袋的海盗如此厉害，力大刀沉，自己远不是对手。他想逃，哪里逃得了，浑身上下都被李光头的刀光罩住了。

正在这节骨眼上，王青龙和郝地虎二人"噌噌"地窜上了船头。王青龙大叫："陈兄小心，此人是倭寇头子李光头！"陈孔志早闻李光头大名，没想今天糊里糊涂地和他交上了手，要不是王、郝二人及时赶到，自己今天恐怕在劫难逃。

王、郝救出陈孔志，李光头也无心恋战，船也不要了，只见他一个纵身，像一只水鸟，敏捷地潜入水中，眨眼间就不见了。

陈孔志向王、郝两人一拱手："谢谢二位救命之恩！"王青龙说："都是兄弟，就不说客气话了，我们快追倭寇去吧，杀一个是一个！"

可是，谁也没料到，为了阻止明军追击，逃跑中的倭寇突然放起了铳炮。陈孔志所在的渔船不幸中炮，小船被炸得粉碎。陈孔志当场身亡。

听说陈孔志中炮身亡，柯乔下令停止追击。陈孔志的遗体被放到了一艘大船上，身子被洗得干干净净，头发还水淋淋的，像刚刚洗了个澡，正在酣睡。柯乔悲伤不已，一个勇冠三军的小伙，转眼间就长睡不醒。柯乔命将陈孔志厚葬，并刻碑纪念。

《福建通志》载："陈孔志，海澄人，臂力绝人。嘉靖己酉，倭掠澄邑，海道柯乔急征勇士，孔志慨然应募，独舰冲贼，杀获甚众。中炮死。乔立石致祭。"

倭寇来得快，去得也快，他们并没有返回不远处的浯屿，可能他们认为浯屿也不安全了。倭寇的船队纷纷南下，显然是战前就谋划好的撤退路线。柯乔知道，南边还有另一个倭巢，那就是漳州府诏安县的走马溪。

月港又恢复了往日的繁华。回顾月港之战，可谓一波三折，柯乔想想自己作为一个文官，却率军在闽浙和倭寇几番激战，虽未能像恩师王阳明那样屡战屡胜，但迄今为止，倒也未致惨败，为靖海安民尽了力。想到这里，他心潮澎湃，作《征夷诗》一首。诗云：

> 夷航驾海寇中原，文学长才握将权。
> 计出万全寒虏胆，攻收一战净狼烟。
> 海沧浪息渔张网，月港潮回客泛船。
> 从此升平征有象，祥光夜夜照南天。

月港的地理位置太重要了，它是漳州的门户，富庶甲东南沿海，自然也是倭寇侵袭的重要目标。为了月港的长治久安，同时也为加强对周围海域管控，早在嘉靖二十七年六月六日，柯乔向朝廷上书，建议在月港设县。不久，朝廷答复为"适地方稍宁，暂停止"。虽上疏设县暂时未获准，但在几年后也有收获，嘉靖三十年，朝廷议准将设在海沧镇的安边馆迁到月港，并更名为"靖海馆"。隆庆元年（1567）终于在月港设海澄县。

月港一带，民间从此流传着柯乔当年率军御倭、为民请命的故事。农历六月六日，是柯乔上奏月港设县的日子，从此成了纪念日。每年的这一天，月港百姓会在水边放飞孔明灯，祈福许愿，怀念柯乔。

据哨探侦察，围攻月港的佛郎机人和倭寇逃到走马溪去了。

在闽粤之交的漳州府诏安县大海中，有一座硕大的海岛，名东山岛，乃闽省第二大岛。别称陵岛，因形似蝴蝶，亦称蝶岛。东山岛与地处它北面的梅岭半岛形成了一个巨大的天然海湾——诏安湾。

东山岛西南部，有一条溪河，名叫"走马溪"，直通诏安湾大海。走马溪的名字几经变迁，最早，它叫"鸟仔溪"，因溪流周围食物丰富，聚集大量海鸟而得名。后来，海盗相中了这里，泊船交易，百姓又改称它为"贼仔溪"。再后来官军剿匪，飞鹰走马，人们又改叫它"走马溪"。走马溪比舟山双屿港环境更为优越，溪面宽阔，两岸众峰壁立，溪之北为古炉山，东隔为大帽山，溪南是凤门山和弧面山。总之，这里溪海相通，湾澳密布，有利于人员躲藏和泊舟备战。早在元代开放海商时期，走马溪就已成为外国商船由粤趋闽的始发地，入明后成为走私贸易的重要交接之所。明《备倭记》载："走马溪，在五都海滨，内有东澳，亦呼贼澳，为海口藏风之处，凡寇船往来，俱泊于此。"

从月港九龙江口通向走马溪途中，有一座佛郎机人盘踞的小岛，名曰横屿，属漳州府漳浦县。它像一颗钉子，钉在通向走马溪的主航道上。要想向走马溪用兵，这颗钉子非拔去不可。

横屿离岸约十里，和大陆之间隔着浅滩。涨潮时，海水将岛屿与大陆分开；潮退后，此间尽是泥淖。佛郎机人在岛上苦心经营，修建了营房，沿海一面修筑了防御工事。他们盘踞于此，随时有可能登陆，始终是个威胁。

可是，要想从陆上进攻横屿，还真是个难题。若涨潮时行船，水太浅，普通的小渔船都容易搁浅；若退潮时直接穿越，泥淖有齐腰深，根本无法行走，要是被佛郎机人发现了，就成了他们的活靶子，到时连撤退都很困难。可横屿上的佛郎机人不除，官军就不便向更远处的走马溪进军。

夜已经很深了，柯乔举着油灯，在墙上一幅巨大的海防图前照来照去，一筹莫展。向窗外看去，远处，燃着几个火堆，隐隐约约还传来哭声。歇息时，柯乔问程氏说："夫人，你有没有听见海道署后衙的山脚边有人在哭泣？"

程氏说："怎么没有听见，你难道没有看见那几处火堆吗？"

"看见了，咋了？"

程氏说："最近城中瘴疫流行，天天都有人病死，那不是百姓在烧纸哭泣么？奴家实在害怕，最近都不敢让孩子们到街上去玩。"

柯乔大惊："我怎么还没听说呢？"

"夫君您管的是海道，瘴疫是府县职责范围内的事，他们可能觉得这是小事，不是年年都要犯一会么？又无药可治，天灾人祸，死人是难免的，就没有向您禀报。"

柯乔听了心事重重，一晚上没睡好。次日，又向汪可立打听城中瘴情。汪可立说："闽南多山，林深树密，天气湿热，因此疫瘴流行。不过，听说今年的瘴情要比往年重一些，各府县病死者为数不少。我听说，在整个福建，只有一个地方没有瘴情。"

"哪里？还真是奇怪了。"

"就是我们明天要去的漳浦县。"

柯乔到漳浦，是要去查看横屿的地形，谋划下一步战事。他暗暗将汪可立说的记住了，准备忙完公事后，再详细了解漳浦无瘴情的原因。

次日，柯乔带着漳州知府卢璧、镇海卫指挥李希贤，还有汪可立、柯焔等人来到漳浦海边，察看情况，商讨驱逐佛郎机人之策。

到了海边，正值退潮之际。远处的横屿岛，状若一线。满眼全是泥滩，泥淖中，鱼虾乱蹦，周边百姓早已在岸边等候多时，他们和着齐腰深的泥水争相抓取。李希贤皱着眉说："你们看，这么深的淤泥，行走尚且困难，如何打仗？"

柯乔说："要想赶走岛上的佛郎机人，要解决两个困难：一是如何对付他们的火绳枪；二是如何登岛。"

几人围着海滩来来回回地走着，不时小声议论着。汪可立说："依我看，只能突袭，让对手来不及反应。"

柯乔补充说："选个雨天突袭，火绳枪会威力大减，甚至哑火。"他又指着一望无际的泥滩说，"官军如何穿越这片滩涂？"

柯炤说："我有一法，可以一试。让士兵每人夹块门板，在泥淖上拼出一条路来。"

柯乔和汪可立相视一笑。柯乔舒了一口气："八弟这主意不错，如此一来，驱逐佛郎机人有望矣！"

进击横屿的方案基本就这么商定了，余下的事，由指挥李希贤和漳州府知府卢璧落实。这时，柯乔像是想起了什么似的，说："我还有件私事，为不惊动百姓，就由八弟陪同，其他人到驿站歇息。"

经过向乡里三老一打听，柯乔很快弄明白了，漳浦县并非没有发生瘟疫，而是在瘟疫发生时，很快就被扑灭了，这多亏了该县境内一个名叫信然的和尚。柯乔决定前去拜访信然。

走在路上，柯乔忽然想起一件事来。几年前，一个名叫章利民的宫廷御医，因不满皇帝长期不上朝，只知炼丹修道，任凭严嵩父子掌管朝政，胡作非为，就带着一份祖传的珍贵药方，到闽南山中隐居去了。柯乔有种预感，这个信然和尚说不定就是章利民。不然，一般的民间郎中，断然是治不了瘟疫的。

山叫璞山岩，位于海滨。山门别具一格，由两块石条斜立互倚构成三角形，上书三字："不二门。"山顶有一座寺庙，构造也很独特，屋顶由一整块巨石覆盖，形成岩寺。寺外，等药的百姓排成了长队。

柯炤说："哥，我们又不抓药，干脆直接进去吧？"

柯乔说："这些排队的百姓家里都有病人急等着用药呢，我们又没什么急事，还是老老实实地排队吧！"说着，他站到了队伍的最后。

前面的百姓全都满意地拿着药走了，最后才轮到柯乔。眼前的信然，六十上下的年纪，脑袋硕大，头顶上烫着两行整整齐齐的戒疤。他坐在一只药柜前，上面摆着许多坛坛罐罐。柯乔深深地吸了一口，一股药香沁人心脾。信然问道："施主是要看病吗？"

"不，我路过此地，前来讨口水喝。"柯乔说。

信然让弟子沏茶。茶沏好后，柯乔直视着信然，说："在下向师父打听一个人。"

"阿弥陀佛，小庙只有一僧一徒，施主要打听谁？"

"宫廷御医章利民。"

信然一个激灵，呆若木鸡。柯乔说："章利民先生因不满佞臣当道，远离朝廷，听说他来到闽南，隐姓埋名，流落民间，敢问先生知道他的下落吗？"

信然站了起来，将柯乔上上下下打量了一番，他没想到眼前这个中年汉子竟然一口叫出了他的俗家姓名，一脸纳闷。

柯乔只好自报家门，信然这才知道眼前站着的正是百姓人人称颂的福建海道署长官柯乔。他双手合十，深鞠一躬："阿弥陀佛！早闻将军大名，将军爱民如子，又英勇抗倭，人人敬仰，贫僧失礼了！"

两人一边喝着茶，一边聊了起来，越说越投机。得知柯乔上山是为百姓求治癀的良方。信然说："不瞒将军，在下正是章利民，天道无常，浮云蔽日，宵小横行，眼见得瘟疫流行，正心潮难平，今日将军既然专为寻在下而来，老衲焉能再安于青灯古佛，甘做一个世外闲人？甘愿献出此方，救民于水火。"说着，一挥而就，将一张药方递于柯乔。信然说："此方治疗癀疫极为灵验，可命人照此方采药，如此癀疫可控也。"

柯乔双手合十："柯某代天下黎民苍生谢谢大师！"

信然坚持送柯乔兄弟下山。第二天，柯乔就命人上山采药，精心配方，请信然大师监制，制出片剂，发放于民。于是，中国传统名药"片仔癀"应运而生。因药方是僧人信然所献，它因而也被人称作"佛门圣药"。

　　数天后一个雨天，柯乔兵发横屿。前军铺设门板，拼成一座临时木桥。官军顺利通过泥淖，突然登上横屿岛。岛上静悄悄的，柯乔大手一挥，官军兵分两路，迅速对十几栋住房形成合围。佛郎机人哪里料到明军从天而降？仓促应战，大雨又致使火绳枪无法点火。无奈之下，他们只好和明军拼起了刺刀。一时间，岛上杀声震天。失去了火器优势，佛郎机人哪里是明军的对手？他们拼死杀出一条血路，弃岛登船，逃之夭夭，向闽粤之交的走马溪方向逃去了。

　　诏安湾被称为闽粤门户，自古就是海中交通要道。诏安湾内有处梅岭港，凭借海上交通要道和天然避风港的优势，唐代以降，这里海上贸易活动一直非常活跃。商船成阵，桅杆高耸，南来北往。宋代学者赵汝适《诸番志》中载："时漳潮一带之丝绸、布匹、瓷器、盘银、茶叶、砂糖、纸张、果品诸类，即从梅岭港出口输往外洋，并从外洋输入香料、珠宝、药材、香米、绿豆、番薯、金、锡、矾土、玳瑁。"宋时，梅岭港已是漳州府对外贸易的主要港口。泉州、广州两港的船只往返"东西二洋"，常以梅岭港为休整补给站，外番船只来漳亦每每以此为发泊地。元末明初，梅岭港出现繁荣局面，海上对外贸易活动盛极一时，进出梅岭港的商船络绎不绝，濒海的悬钟、赤石湾已成市肆。

　　梅岭港的繁荣与富庶，引起海盗们的垂涎与掠夺。梅岭半岛位于诏安县东南部，东与东山岛一水之隔，西临宫口港，形状如一支倒挂梅花浮于海上，位于半岛上的小镇也因此得名梅岭。该镇有林、田、傅、何、吴五大姓氏，聚族而居，一千余户，分布在沿海线上。这里虽地处偏僻，却非常富裕，男人不耕不作却可以餐餐大鱼大肉，女人不蚕不桑却可以个个穿金戴银，百姓的主要生计就是下海走私，"或出本贩番，或造船下海，或勾引贼党，或接济夷船"，他们和佛郎机人、倭寇都保持着千丝万缕的联系，尤以吴氏为甚。甚至，这些家族中就不乏出海为盗者。梅岭民风剽悍，百姓"凶顽积习，险狠成风"，官府差役不敢登其门，如需要追捕案犯，轻则遭受抗拒，重则聚众持械殴打，仿佛法外之地。

　　嘉靖二十七年腊月来临了，梅岭镇上，各大商号都屯足了货物，准备在腊月好好赚一笔。街上人来人往，市声鼎沸。家家户户门口都挂着红肠，这是闽南人家的必备年货，它用丹凤高粱混合猪前腿肉，加上佐料精心制作而成。看家道是否殷实，就看外面晒了多少红肠就知道了。梅岭人家晒红肠，不是三串两串，而是几十串上百串地晒。阳光灿烂的日子，整个梅岭一片丹红，那情景倒真像梅花开放了一般。

梅岭镇南，有一座依山而建的悬钟所城，系洪武二十年江夏侯周德兴奉诏所筑，目的是抗御海盗侵扰。所城周围五百五十丈，条石砌成，东西南北四门上各有城楼，其东西二门临海，北门通路。所城兵额1120名，实际不到一半。城中有座果老山，山前有座关帝庙。临近年关，关帝庙香火旺盛。

一天上午，一股倭寇神不知鬼不觉地在梅岭镇登陆，为首者是李光头。到了镇区附近时，他们吹响了海螺。另有一股倭寇负责防御悬钟所城官兵，他们早已悄悄来到城墙下，等待着同伴信号。他们在听到螺号后，立即来到城门前，集体鼓噪呐喊起来，雪亮的倭刀在空中翻来覆去地晃动着。此举果然收到了震慑效果，很快，所城吊桥高悬，城门紧闭，守城军士龟缩在城头上，人人面如土色。倭寇并不是真的要攻城，而是要以此阻止官兵出城救援。

街上的百姓听到螺号响，就像是闻知地狱中的厉鬼闯出来一般，开始四散奔逃。倭寇在街口长啸、号叫，丑态百出。百姓们逃得更快了。转眼间，街面上空空荡荡，不见一个人影，货物丢得到处都是，一片狼藉。

倭寇这才闯进店铺中，家家年货都备得很足，他们心花怒放，那些粮店、肉铺、酒庄、布草店、生丝店等，都成了他们重点洗劫的对象。奇怪的是，他们对门上画了三角形标记的店铺，一概放过。

倭寇们满载而归，十几条大船码得满满当当。他们在海岛上待得久了，最缺的就是生活物资。为这一趟劫掠，李光头谋划已久，他选择在春节前半个月动手，时机把握得很准。李光头身为老大，其实在倭寇中的威信已远不如王直，这次他成功得手，不折一兵一卒，就能让兄弟们过一个衣食丰足的肥年，自然名望大增。

三天后的一个夜间，万籁俱寂，梅岭镇的人正在熟睡中。突然，外面响起了"砰砰砰"的火绳枪声，其间还夹杂着哇啦哇啦的说话声，谁也听不懂是什么意思。那些闯过洋的人明白，就是佛郎机人抢劫来了！可镇上三天前刚被倭寇洗劫过一回，哪里还有东西供他们抢呢？可佛郎机人像是做过摸底似的，这次，他们专抢门上做了标记的吴氏商号。这下轮到吴氏遭殃了，三天前他们还庆幸躲过一劫，没想到最终还是没能躲过黑手。

柯乔收到诏安县的告急文书后，立即快马飞报远在杭州的巡抚朱纨。与此同时，漳州府和悬钟所城的告急文书也呈到了朱纨的案头。柯乔在急报中指出，双屿之战后，倭寇和佛郎机人南下，目前大部盘踞在闽粤之交的东山岛和南澳岛，继续从事走私贸易，并不时登陆抢劫。柯乔很忧虑，指出："闽中衣食父母尽在此中，一时奸宄切齿，稍迟必贻后悔。况漳州反狱入海，宁波教夷作乱，俱有明鉴。"最后，他建议朱纨早日派军剿灭。

嘉靖二十八年二月初，朱纨分别飞饬福建都指挥使卢镗和福建海道副使柯乔，命卢镗率军南下，从海上剿灭盘踞在诏安湾走马溪一带的倭寇和佛郎机人；命柯乔从陆路，即梅岭方面，阻止倭寇和佛郎机人登陆。朱纨的意图很明显，让卢镗负责海上清剿，柯乔负责陆上阻击，水陆结合，务必重创这股中外海盗。

经初步调查，柯乔得知，世居梅岭半岛上的林、田、傅、何、吴五大家族关系较为复杂。五大家族的人平时以走私贸易为生，平日里和倭寇联系紧密。这五大氏族中，吴氏由于人丁稀少，处于相对弱势的地位。但近年吴氏出了位狠角色，名叫吴平。他拉了一支千余人的乡勇队伍，以梅岭港为活动中心，亦商亦盗，神出鬼没，不时侵扰其他四大家族的利益。据说，去年腊月那次倭寇对梅岭的洗劫，就是吴平导引的结果。铁证就是倭寇在抢劫时，对吴氏族人秋毫无犯。另四大家族得知真相后，气愤难平，决定联手报复，又派人导引佛郎机人登陆抢劫。吴平扬言采取行动，威胁要将四大家族赶出梅岭。如此这番折腾来折腾去，吃亏的还是梅岭百姓。

几天后，卢镗率军抵达了漳州附近海域。为了打好这一仗，他必须和柯乔好好谋划一番。

海道署内，卢镗和柯乔共同拿着一张海防图。卢镗说："柯公，这一仗不好打，倭寇也好，佛郎机人也罢，经过双屿、浯屿、月港等几场交锋，他们也知道官军的厉害了，走马溪距广东南澳岛太近，要是得知官军前来围剿，说不定作鸟兽散，到时我们很可能白忙活一场。"

柯乔沉吟了一会："只有一个办法，将他们引诱进入诏安湾，来个瓮中捉鳖。"

诏安湾像个口袋，东面是东山岛，西面是梅岭半岛，只有南面通向外洋。诏安湾西南，就是南澳岛。将敌人引入诏安湾，当然是上策。卢镗不无担忧地说："就算他们进了诏安湾，这只鳖也不好捉，弄不好它会狠狠地咬我们一口。"

柯乔说："如果倭寇和佛郎机人进了诏安湾走马溪，到时派一支官军守住南面湾口，你在东山岛发起攻击，他们唯一的可逃之处就是梅岭。"

卢镗说："梅岭很关键，倭寇和佛郎机人在那里的眼线很多，要是顺利登陆，不但逃出了口袋阵，而且会带来一场新的劫难。"

"这点我也想到了"，柯乔放下地图说，"所以我必须亲自到梅岭走一趟，统一几大家族的想法。战时，我会坐镇梅岭，这次一定不能让他们再逃掉了！"

卢镗伸出手，和柯乔的手紧紧握在一起。卢镗说："如此我就放心了，只是辛苦柯公了！"

"将军客气了，保境安民，本就是海道分内之事，我明天就出发去梅岭。"柯乔说着，送别了卢镗。

次日，柯乔率镇海卫指挥李希贤、诏安县典史陆复及两千名左右军士，向梅岭进发。为了不打草惊蛇，官军选择在天黑后进驻梅岭悬钟所城。悬钟所城千户周华见到柯乔，痛哭流涕地说："卑职率五百老弱残兵困守此城，深感失职，不说抗倭，平日里连乡勇都欺负咱们。"柯乔理解这些带兵将领的苦衷，军户父子相继，世代相袭，不准脱籍。可当兵待遇低，无法养家糊口，有门路的就选择了逃籍，没有门路就在军营里死撑着。本朝的卫所，兵员就没有不缺额的，特别是沿海一带，缺额过半甚至大半的亦不在少数。一旦有事，指望这样的卫所兵去打仗？周华这一哭，背后有许多深层次原因，军户世袭已远远不能适应当前形势需要。

　　柯乔决定，去吴平的水寨会一会他。无论他过去做过什么，这次清剿行动，他的立场很重要，他手下毕竟有一支千余人的乡勇队伍。这是一支重要的力量，他们要是站在官军这边，就是如虎添翼；若站在倭寇和佛郎机人那边，那就是助纣为虐，会对官军的行动造成不可预测的后果。

　　吴平向来瞧不起官军，听说海道副使柯乔要前来拜会，他大吃一惊。虽然他与柯乔从未谋面，但是，他知道柯乔和卢镗是巡抚朱纨的左膀右臂。他从倭寇口中，经常频繁地听到过这个名字。倭寇们在提起柯乔时，无不是又恼又恨。无事不登三宝殿，柯乔来访，很可能是来者不善，这说明，官军已经瞄上他了。

　　来就来吧！吴平决定，借这个机会，向柯乔展示一下他的实力。让他知道，他吴平不是好惹的，不要轻易打他的主意，拿豆包不当干粮。

　　柯乔一行向梅岭港附近走去，远远地，看见了一片水寨，依山而建，各类船只有几百艘，一眼望不到头。再看水寨，用一根根原木搭建成挡浪墙，内有一座连着一座的营房。营房中央，是一座高高的瞭望台。寨中，乡勇正在进行训练，刀枪撞击，叮当有声，你来我往，喊杀声震天。看这气势，甚至超过了官军水寨。

　　李希贤冷冷地哼了一声说："一群乌合之众，偏偏在装神弄鬼，这不明明是做给我们看的吗？"

　　柯乔说："你看他们握刀和持枪的手势，拉拉胯胯，像三天没吃饭，哪里像是在打仗，一看就是没经过正经训练。也可以理解，他们毕竟是普通百姓，被吴平拉拢到一块，非要他们天天舞刀弄枪，也是难为他们了。"

　　李希贤说："这些人见了倭寇，跑得比兔子还快，柯大人，您看可能指望得上他们？"

　　"他们是梅岭百姓，必须将他们争取到我们的阵营中来。试想一下，如果他们站在倭寇一边，会造成什么后果？"

　　"我懂了。"李希贤说，"成事也许不足，败事肯定有余。"

　　忽然，螺号声大作。柯乔皱了皱眉："他们怎么也用螺号，这是倭寇的联络信号。"

千户周华说："大人别误会，吴平这是在欢迎您呢！"

果然，有人迎接来了。领头一人，个矮敦实，脑袋浑圆，两只眼睛滴溜溜乱转，像两只蹦跳的算盘珠子，总是在盘算着别人。显然，此人就是吴平了。周华和他是熟人，他拦住吴平介绍道："这位是海道副使柯大人，这位是镇海卫指挥李将军。"吴平表示热烈欢迎。

到了水寨门口，柯乔一抬头，只见寨门门楣上方吊着三颗骷髅，而且吊得很低，差不多就要挨着头顶了。虽然柯乔一向胆大，但见了这几颗骷髅，还是不禁心中一凛。吴平见了，得意扬扬地指着骷髅说："这三颗骷髅，可是正儿八经的倭寇，都是我吴某人亲手杀的。有人说闲话，诬蔑我通倭，这三颗骷髅就是最好的证明！"

进了客厅，双方分宾主坐下。按事先商量好的方案，千户周华站了起来，只见他一脸浓髯，浓眉大眼，气宇轩昂，左手扶着刀把，右手指着吴平说："吴平，腊月倭寇洗劫梅岭，都说是你将他们引来的，大丈夫敢做敢当，你不会不承认吧？"

吴平也站了起来，不疾不徐地说："各位大人，这可真是天大的冤枉，我吴某也是梅岭人，难道会勾引倭寇来残害自己的父老乡亲？那种禽兽不如的事情，我吴某是绝对不会做的！"

周华说："你勾引倭寇，残害其他家族，好让你吴氏一家独大。如果不是你所为，我且来问你，为何倭寇对你吴氏族人秋毫无犯，这不是明摆着的事吗？"

吴平竭力反驳道："那是因为倭寇怯于我吴平的势力，他们敢动我的族人吗？这都是那些不明事理的百姓造谣攻击我吴某人，还请各位大人明鉴！"

话说到这里，也就达到效果了。柯乔此行的本意，也不是追究吴平的责任，而是敲山震虎，提醒下他，别把官军当瞎子，大家彼此心知肚明，目的还是要让吴平站到官军一边。

柯乔咳嗽了一声，压了压手，示意他们别再争论了："好了，你们不要再说了，过去的事情我们暂且将它放在一边。"柯乔转向吴平："倭寇和佛郎机人盘踞在东山岛和南澳岛，就算你不导引，他们也可能随时到梅岭劫掠。就凭你手下这些乡勇，能挡得住他们？现在，大军压境，势必清剿这股倭寇和佛郎机人，我们此番前来，就是想看看你的态度，请问吴壮士，你到底站在哪一边？这次你可要看清楚了，要是站错了队，后果你是清楚的。”

吴平的脸黑一阵白一阵，毕竟心里有鬼，做过不少坏事，在柯乔的旁敲侧击之下，他再难镇定自如，额角都沁出了汗珠。

吴平顿了顿，昂首挺胸，大声地说：“请柯大人放心，我吴平虽是粗人，倒也不傻，拉起这支队伍的目的，就是守土御倭。我们绝对听从官军的指挥，柯大人说一，我吴某人绝不说二！”

“好！”柯乔接过话茬，大声地说，“我要的就是你这个态度！不过，我可丑话说在前头，你既然信誓旦旦地说听从官军指挥，说到就要做到，来不得半点含糊！”

吴平再次表态说：“我吴某说到做到，愿听从柯大人差遣！”

柯乔瞧了瞧外面的乡勇，说：“你们这么训练不行，得有正儿八经的教官。我今天留下两人，他们都是一等一的水中悍将，有他俩相助，包你们的战斗力快速提升。”

柯乔一挥手，王青龙和郝地虎站了出来，对吴平一拱手说：“愿为吴壮士效劳！”

吴平心里暗暗叫苦，这哪里是帮我们训练，这不明明是监视我们吗？但又不能不答应。他只好勉强地说：“那谢谢柯大人，辛苦两位教官！”

这正是柯乔的高明之处，他对吴平当然不放心。有王、郝两人现场监督，吴平纵使有再大的胆子，也不敢不听从官军调遣，更不敢勾结倭寇。

接着，柯乔一行又相继拜访了林、田、傅、何四大家族的族长。果然，一番交谈之下，四大家族对吴氏充满了仇恨，至于信任与合作，更是无从谈起。柯乔反复劝说，并称已安排两名将领日夜监视吴平的一举一动，四大家族这才同意放下旧怨，齐心协力，一致对敌。

两天后，卢镗派来的密使悄悄进入悬钟所城。卢镗在密函中说，他率领官军已进入东山岛埋伏，经过他初步打探，发现最近活跃在走马溪的倭寇和佛郎机人并不多，他们大多盘踞在广东南澳岛，要设法引蛇出洞，将他们引入诏安湾，然后才好关门打狗。柯乔回函，说歼敌先要诱敌，诱敌之事由他来做；他叮嘱卢镗不要轻举妄动，以免打草惊蛇，并和卢镗确立了具体联系方式。

次日，在柯乔安排下，两艘货船，满载着生丝、布匹、茶叶和瓷器等物，从月港出发，进入诏安湾。显然，是到湾内的走马溪去交易。外洋上，日夜活跃着倭寇的哨船。他们发现货船后，立即回南澳岛报告。李光头大喜，这送上门的肥肉不能不吃，立即带着十几艘船只向诏安湾赶去。

李光头的警惕性向来很高，见到货船，他并没有饿虎扑食般撵上去就抢，而是派出几艘哨船，四处侦察了一番，确定没有危险后，才率倭寇进入诏安湾，直扑货船。货船上的人见倭寇来了，仿佛被吓破了胆，纷纷跳入海中逃命。李光头满载而归。他回到南澳岛时，佛郎机人坐不住了，一个个露出羡慕的神色。佛郎机人自恃船坚炮利，向来不将倭寇放在眼里，眼见他们劫得货物，只能妒火中烧，风言醋语，暗中也向诏安湾方向派出哨船，生恐再次落后。

这两艘货船，正是柯乔安放的诱饵。眼看倭寇中计，柯乔不动声色，开始实施下一步计划。

第二天，风平浪静，又有五艘货船从月港方向驰出，驰向诏安湾海口。李光头接到哨船报告后，大喜，也不叫上王直，带着一批人就径直下海了。佛郎机人那边，也一直派人在暗中留意着倭寇的动静。曾盘踞双屿岛、制造过余姚谢氏一门灭门案的佛郎机头领佩雷拉、曾盘踞在金沙公馆的头领雷尔弗，听说倭寇已经出海，心急火燎地带一班人，上了三条蜈蚣船。看他们的架势，是志在必得，不能再次让李光头那班倭寇占了便宜。

诏安湾的海面上，出现了罕见的一幕：五艘货船在前，后面紧跟着二十余条倭寇船只，再远点的洋面上，三艘佛郎机人的蜈蚣船正飞驰而来。货船上的人发现情势不妙，迅速向东山岛中的走马溪方向驰去。倭船和佛郎机船队紧跟着进了诏安湾，在货船后紧追不舍。

在悬钟所城外一座濒海山丘上，有一块巨大的山岩，光滑如镜，上面刻有"望洋台"三个大字。这是嘉靖五年三月福建布政司右参政、临海县人蔡潮所题。望洋台的东面，就是诏安湾的入口。站在此处，整个诏安湾尽收眼底。待敌船进入诏安湾，柯乔立即向埋伏在对面东山岛的卢镗发出了准备出击的信号。

敌船毫无防备，根本没料到他们已进入官军的包围圈，仍在紧紧地追赶着前面的五艘货船。

望洋台边，矗立着三尊铳炮，乌黑的铳口正对着诏安湾狭小的海面，这还是上次清剿双屿时从佛郎机人那里缴获的，这次正好派上了用场。再看东山岛那边的海面上，卢镗率领的船队已经出现，他们守在山脚下，以逸待劳。

倭寇和佛郎机人的船只终于撵上了五艘货船，并将它们团团围在核心。突然，货船上冒出了滚滚浓烟，接着燃烧起来，船上的人也纷纷跳进了海里，转眼间就不见了人影。倭寇和佛郎机人这才发现上当了，他们掉转船头，向诏安湾口驰去。可是，还没到湾口呢，只听"咚咚咚"三声炮响，炮弹落在海里，湾口的洋面上激起了数丈高的水柱。炮声响过，东山岛上，锣声鼓声大震，几十艘军船飞驰而出，占据了诏安湾出口的有利位置。倭寇和佛郎机人傻眼了，现在要想逃出去是不可能的了，只有抢占有利地形，和明军拼死一搏，说不定还有一线生机。

倭船和佛郎机战船向走马溪逃去，卢镗率领官船紧追不舍。诏安湾里，战鼓阵阵，狼烟四起，喊杀声此起彼伏。

一天过去，两天过去了，卢镗故意围而不攻。佛郎机人的火药早用完了，他们仓促出海，根本没料到要打仗，所以火药带得不多。倭寇几十条船挤在走马溪里，要吃的没吃的，要喝的没喝的，他们已经穷凶极恶，商议上岸突围。现在的问题，选择从哪里突围？

东山岛这边有将军卢镗率部截杀，他们唯一的选择就是对面的梅岭了。梅岭守军情况不明，不过，倭寇向来不将明军放在眼里。况且，梅岭几大家族和倭寇素有交往，李光头和吴平关系尤好，平时见面都是称兄道弟。要是有几大家族暗中帮忙，突围就不是一件难事。

李光头对同伙说："我去和吴平对接一下，对接好之后，你们再到梅岭登陆，请大家放心，这次我一定带着大家冲出去。"

辛五郎、金太郎当然不相信李光头的话，辛五郎拍了拍李光头的脑袋："不行，你到哪里，我们就到哪里。这次你要还是丢下兄弟们不管，用你们中国人的话说，当心我把你的脑袋拧下来当夜壶。"

金太郎向来自诩是死不了的战神，能杀他的人还没有出世，他在浦口之役中不过受了点轻伤。见李光头要走，他说："你识相点，不要试图单独逃命，否则我也要对你不客气。要走我们一起走！"

李光头本想开溜，见势头不对，他对同伙一拱手说："请兄弟们放心，我李光头和大家生死不离，既然大家信任我，那我们一起突围！"

李光头率着倭寇向吴平水寨方向驰去。他暗自思忖，凭他和吴平的交情，再送他一笔买路钱，他应该会同意他们在梅岭登陆。至于悬钟所城里的官军，根本不足虑。此时，李光头尚不知道柯乔已率军至梅岭，要是知道他来了，打死他也不会选择从梅岭窜逃。

夜半时分，李光头一行悄悄抵达了梅岭乡勇水寨。水寨里挂着一排排的灯笼，有多名乡勇在值守。李光头对辛五郎和金太郎说："你们在这等着，我上去看看。"

辛五郎说："不行，我们跟着你。"金太郎也表示要跟着。

李光头说："你们是日本人，一露头就会被逮住的。"

金太郎"唰"地抽出刀，架在了李光头的脖子上。李光头知道这家伙不好惹，无奈地说："好说好说，不就是一道吗？多大的事，用得着动刀子？"

三人悄悄地上了岸。刚才那刀光一闪，值班的乡勇已经有人看见了。有几个人举着火把向他们走来。李光头叮嘱道："你俩不要说话，待我上前对接。"

李光头叫乡勇禀报吴平，就说有故人相见。吴平很快来了，这么一折腾，王青龙和郝地虎两人也醒了，悄悄跟着吴平来到了海边。一见李光头等三人，王、郝大惊，这仨他们都认识。李光头和吴平耳语了几句，吴平就吩咐厨下做菜，大约这三人都快饿疯了。毕竟在海上漂了三天，铁打的汉子也受不住了。

王青龙叫郝地虎快去向柯乔报信。柯乔正率军日夜镇守在望洋台附近，听说倭寇打算在乡勇水寨登陆，带着官军迅速赶了过来。

乡勇水寨中，吴平和李光头、辛五郎、金太郎几人频频举杯。很快，几人都趴在桌上睡着了。王青龙在他们的酒中下了药。可是，眨眼间，王青龙发现李光头不见了。他拿着刀出门寻找，在海面上仔细地搜寻着，根本就没有他的踪影。正在焦急万分时，柯乔带着官军来了，周华命令将辛五郎和金太郎绑了，送到悬钟所城关押。

听说李光头不见了，柯乔也很着急。他问明情况，断定李光头没有逃远，肯定就藏在水寨中。

"这次要是让他逃脱了，下次就更难抓了。"柯乔对镇海卫指挥李希贤说，"这样，你带人去对付海边的倭寇，立即将这水寨放火烧了，留着也没用了。我带人在高处观察着，不怕他李光头不出来！"

李希贤带着官军向海边去了，那边很快传来了喊杀声。水寨里，大火烧了起来，将海面都映红了。

李光头正躲在寨中的一棵大树上。众人都在海面上四处寻找，哪里料到他就躲在他们头顶上。刚才，李光头喝了一杯酒后，感觉眼前有点恍惚，就知道酒有问题。他不动声色，寻机哧溜一下就爬到了树上。可这下面的大火熏得他实在受不了，只好"扑通"一声跳到海里。

"李光头跳海啦！"官兵很快发现了他。王青龙和郝地虎带人前去抓捕，一番打斗之下，李光头毕竟喝了下了蒙汗药的酒，头重脚轻，乖乖地束手就擒。

那些跟随李光头前来的倭寇，正眼巴巴地等着他的消息，没想到等来了官兵。官兵也不和他们近战，乱石如雨，向倭寇们砸去。他们已三天没有吃饭，加上夜间慌乱，哪里是官兵的对手？结果是丢下几十具尸体，余下的逃上船，向走马溪方向去了。

天亮后，柯乔和卢镗分海陆两路夹攻，向盘踞在走马溪的倭寇和佛郎机人发起最后的攻击。经清理战场统计，走马溪之战，通计擒斩佛郎机海盗和倭寇239人，并击沉其大量战船。其中生擒96名，包括佛郎机国王3名，辛五郎、金太郎等真倭和以李光头为首的中国海盗93名。另获佛郎机千斤铜铳2门、中铳10门、脚铳12筒，各类护甲、刀枪等大量战利品。

这就是被史册记载的走马溪大捷。朱纨在《六报闽海捷音事》中兴奋地写道："本月二十日，兵船发走马溪，次日，贼夷各持鸟铳上山，被梅岭伏兵乱石打伤，跑走下船。卢镗亲自挝鼓督阵，将夷王船二只、哨船一只、叭喇唬船四只围住。贼夷对敌不过，除铳镖矢石落水，及连船漂沉不计外，生擒佛郎机国王三名……前项贼夷，去者远遁，而留者无遗；死者落水，而生者就缚。全闽海防，千里肃清。"

第十八章

暗流涌动

通向漳州府大牢的几个路口，站满了手持刀枪的士兵，无关人员一律禁止通行；在监狱四周高墙外的道路上，三步一岗，五步一哨，防范周密，戒备森严。位于监狱中央的望楼上，东南西北四个方向，各有四支乌黑的火绳枪口正对着下方的狱舍。可以说，在漳州府大牢里，就是想飞出去一只苍蝇，都是很难的，不要说有人企图越狱了。虽然此前这里多次发生过被囚海盗逃跑事件，但那毕竟是过去的事，与现在不可同日而语。

漳州府大牢里关押着走马溪大捷中抓获的 96 名俘虏，其中包括三位佛郎机国王。现在，这些人成了烫手山芋，如何处置他们，成了摆在浙江巡抚朱纨面前的一道难题。走马溪大捷，朱纨先后收到卢镗和柯乔的捷报。这些战俘大多是将军卢镗擒获的，特别是三名佛郎机人，卢镗亲自审讯，根据佛郎机人供述，认定他们三人是佛郎机国王。听说抓获夷王，朱纨也大为兴奋，因为自佛郎机人横行东南沿海以来，擒获他们的国王尚属首次。朱纨将走马溪大捷情况，以《六报闽海捷音事》专疏，向嘉靖皇帝报捷。

经过漳州知府卢璧和通判翁灿初审，发现这 96 名俘虏成分复杂，有佛郎机人，有倭寇，有海盗，有专事走私的海商，有被佛郎机人买来的苦力，甚至还有用来抵押货款的人质，等等。卢璧将这些情况报给了柯乔，两人的意见是一致的，他们都认为，应根据这些俘虏的罪行予以量刑。让柯乔感到惊喜的是，曾在竟陵盗窃《茶经》手稿的日本商人羽田一郎也在这批俘虏之内。

柯乔派翁灿请来将军卢镗，告知他初步审讯结果，以及他和卢璧对这批俘虏的处置意见。卢镗急得涨红了脸："我已经向朱纨巡抚禀报过了，说这批俘虏是佛郎机国王、倭寇和海盗，其中海盗三分之二以上。至于你们说的什么苦力、人质，明显他们眼见大限将至，临时编造出来妄想逃脱罪责的谎言，他们的话难道你们也信？"

卢璧说："要不，我们再仔细审审？"

柯乔说："这么多人，一时半会儿怎么审得清楚？有的还言语不通。要一一认定他们的身份和罪行，就要逐个搜集和核实人证物证。依我看，没个半年甚至更长时间是不行的。"

卢镗双手扶桌说："这样拖下去要出大事，漳州府大牢从来是关不住海盗的，海盗同伙和家属买通狱吏，这些年也不知发生过多少次越狱事件。据了解，这批俘虏的同伙和家人正在四处活动，煽动民众，甚至说要劫狱救人。关了这么多人，要是拖个一年半载，肯定要出大事，到时我们都无法交差。"

卢镗说的是实情，就算花个一年半载时间，这些人的身份和罪行还不一定都能一一弄清和坐实。要是其间发生越狱事件，上方肯定会追责。

柯乔和卢璧都看着卢镗，意思很明显，就是究竟该如何处置，请他拿主意。卢镗说："这些人祸害一方，杀人越货，不值得同情。为防夜长梦多，以绝后患，宜将这批人定成死罪，从快斩首！"

柯乔和卢璧面面相觑，要是按卢镗说的，全部杀掉，是能省去不少麻烦，也能震慑活跃在中国沿海的夷人和闽浙通番走私者，但这96人，是否人人够得上死罪，也许只有天晓得了。柯乔犹豫不决，不知如何是好。

次日，卢镗手举着一封信，满脸兴奋地来到了海道署签押房。见到柯乔，他扬了扬手中的信件说："朱纨巡抚来信了，他在信中再次强调实施最严海禁，他已请出王命旗牌，将这96名人犯在漳州就地处决，由您和卢璧担任监斩官。我估摸着，王命旗牌这两天能到。"

柯乔点了点头："那就按朱巡抚的意见办吧！"

为什么处决人犯朱纨要请王命旗牌呢？这是因为，明代对判处死刑非常慎重。明朝有死刑复奏制度，每年霜降之后，对全国上报的死刑案件予以朝审，进行复核审理。朝审由中央三法司会同有关公、侯、伯爵，由吏部尚书（或户部尚书）主持。对朝审犯人有四种处理结果：情真、可疑、缓决、可矜，其中只有"情真"即情况属实，必须执行死刑，其他三类暂缓。朝审的结果须报皇帝批准。属于"情真"的罪囚，由刑科给事中三复奏，等候圣旨下达后方可执行。所以，朱纨下令要处决这96名人犯，是一件大事，必须请王命旗牌，使用他的便宜行事之权。

果然，旗牌官带着王命旗牌两天后就到了。这一天是嘉靖二十八年三月十六日，也是处决走马溪之战中96名人犯的行刑日。

听说巡抚朱纨请出王命旗牌斩首人犯，谁见过这种场面啊？市民奔走相告，纷纷赶来看热闹。漳州府临时刑场上，一大早就人山人海，挤满了看热闹的人群，可谓水泄不通。

天阴沉沉的，空气中飘荡着若有若无的雨丝。雨丝看不见，但人人的头发都湿漉漉的。伸出舌头，舌尖上凉凉的，雨丝中好像夹杂着一丝苦味。刑场四周站满了兵丁，他们手持长枪，面无表情地站立着，那情形不像是在值班，而是在梦游。场上乱极了，人群推来搡去，地面上丢失的鞋、帽子，随处可见。夹在人群中的地痞流氓，不时在女人身上捏一把，惹来阵阵尖叫和哄笑。小偷们就更是如鱼得水了，那些丢了钱包的人，坐在地上号啕大哭。兵丁们就像没看见一般，任由他们闹去。

监狱中，96名人犯已饱餐一顿，吃得油光满面。吃完饭，漳州知府卢璧先是宣读了他们的罪行，接着大声说："将所有人犯验明正身，押赴刑场，斩首示众！"

人犯们这才吵闹起来，有的还试图逃跑，可人人都被戴上了沉重的刑具，哪里能逃得掉呢？那三个所谓的佛郎机国王，还有真倭们，说着谁也听不懂的话，歇斯底里地吼叫着。辛五郎、金太郎用手铐朝自己的头上砸着，满脸是血，面目狰狞。李光头倒是很平静，耷拉着脑袋，像霜打的茄子，脖子都快撑不住了一般。快要被押赴刑场了，他的嘴里还在呷巴着什么，像在回味着刚刚吃进肚里的那盘烧鸡。

惊心的锣声响了起来，漳州府满城轰动。老人们都说，打从记事起，还没见过一次性杀这么多人。96 名人犯被兵丁们押送着，排成长长的一列，慢腾腾地朝刑场上走去。

柯乔、卢铠和卢璧三人监斩。三人都披着件红色斗篷，坐在监斩台上，面如沉铅，一言不发。坐下后，瞧着乱哄哄的刑场，三人都直皱眉。柯乔恭敬地叫道："请出王命旗牌！"只听一阵急促的马蹄声，全副武装的旗牌官擎着写有"令"字的蓝旗和圆牌进入场中。旗系用蓝缯制作，牌用椴木涂以金漆，一共八枚，象征着皇命。旗牌官在台前站定了，叫道："王命旗牌到，全体跪迎！"全场哗啦啦跪倒一片。

由于是阴天，看不出太阳的位置，让人觉得时间过得特别慢。三名监斩官都有些焦躁不安。雨忽然大了起来，刑场上更加混乱，有人朝王命旗牌前挤着，想看看那究竟是个什么玩意儿，竟然能下令杀人；更多的人则朝 96 名人犯前面挤，特别是佛郎机人和真倭，百姓还从没有如此近距离打量过这些夷人，对着他们指指点点，像观看天外怪物。

望着长长一列待斩的人犯，柯乔突然想起，他们连供状都没有。供状是案件关键证据之一，上面有人犯对自己所犯罪行的供述，供状必须经人犯亲自画押才有效。这些人犯虽经初审，但都是草草过堂，并没有详细的供状。这万一事后追查起来，谁能说得清他们的罪行呢？弄不好还会落个草菅人命的罪名。想到这里，柯乔对卢璧说："卢大人，这些人犯连供状都没有录呢！"

经柯乔这么一提醒，卢璧也知道了事情的严重性："眼看着快到午时三刻了，这可怎么办？"

柯乔说："现在补录还来得及，多安排几个师爷，要是没有供状，将来万一要是上方追查起来，谁能说得清楚呢？"

坐在一边的卢铠也说道："那就抓紧时间录吧，录完叫他们画个押。"

三人的意见基本一致了，要补录人犯供状。卢璧站了起来，大手一挥，对站在不远处担任传令官的通判翁灿说："传令下去，补录供状！"

翁灿听清楚了，他又冲着那些临时充任刽子手，正准备行刑的军士说："暂缓行刑，补录供状！"

可现场委实太吵了，那些临时刽子手们早已等得不耐烦了，见台上喊话，他们根本没听清翁通判说了句什么，但这种场合，能说些什么话呢？他们误以为是下达行刑令。于是，一个个手起刀落，96 名人犯眨眼间身首异处。

柯乔一见，赶紧冲下台去试图阻止，可哪里来得及？人犯斩了，血腥四处弥漫，现场太过恐怖，人群一哄而散。

雨越下越大，雨水挟裹着鲜血到处流淌，刑场上一片血红。柯乔、卢铠和卢璧呆若木鸡，不知道事情怎么会弄成这样？

卢璧不住地指责道："你们这些人是怎么了，怎么听话也听不清？我叫你们杀了吗？"

那些行刑的士兵，这才知道刚才下达的不是行刑令。不是行刑令，那就是杀错了。这些当兵的，哪经过这些事？一个个都吓傻了，胆小的已经吓瘫在地上。

翁灿也不知如何是好，指着横七竖八的尸体说："卢大人，这，这可咋办？"

柯乔长叹了一口气，无可奈何地说："大家都别互相埋怨了，事情已经发生，说再多也于事无补。这是他们的命，也是我们的命，现在赶紧清理刑场，每个人犯安排一口棺材，尸体有人认领更好，无人认领的寻个地方安葬。"

士兵们如释重负，一个个又忙碌去了。柯乔悄悄来到卢璧身边，对他耳语道："卢知府，这些人犯没有供状，这可不行，能否做些补救措施？"

卢璧说："我懂了，这就安排人去补。"

让柯乔没想到的是，卢璧一错再错，他在前期对人犯初审供述的基础上，将罪轻的添加罪名，变成重罪；对那些没有供状的，就盲目借用以前死刑犯的供状，改个名字，李代桃僵，充进案卷。就这样，卢璧将96名人犯都问成了非杀不可的重罪，将案子办成了"铁案"。他觉得这样一处理，事情就变得天衣无缝。

没想到，朱纨以王命旗牌斩杀走马溪大捷中的 96 名俘虏，在浙闽两省掀起轩然大波，而且很快波及朝廷，大臣们也展开了空前激烈的争论。表面上看，是该杀和不该杀之争；本质上，是支持海禁和反对海禁两股势力的斗争。

林希元家中，院门和大门紧闭。室内，高朋满座，却没有人发出一点声响，静得能听得见彼此的呼吸。这时，管家走到林希元身边，轻声耳语道："主人，来了。"

林希元蹙了多时的眉头一挑："快请！"

很快，一个身着西洋铁色褐长衫大腹便便满面红光的老人走了进来。进门后，他朝室内诸人拱手一圈道："宋某来迟，还望各位海涵！"

林希元站了起来："林某今日请诸位光临敝宅，有要事相商。朱纨昨天在漳州斩杀了96名人犯，其中大部分是我沿海百姓。靠山吃山，靠海吃海，百姓为了生计，贩卖点生活物资，赚点蝇头小利，何罪之有？朱纨等人罔顾事实，惨无人道，在沿海大肆杀戮，分明是要断我沿海百姓生路。现在闽省苍生涂炭，万民哀号，生计无望。今日特请诸位前来，就是要共同拿个主意，我们就这样坐以待毙，还是另行他策？"

林希元在说话的时候，那位自称姓宋的老者一直在闭目养神，手上正盘着一个玳瑁手串。从他急剧的动作来看，心绪一定也在激烈地起伏着。林希元说完，就直视着他的脸，充满期待。显然，这位宋姓老者的表态将至关重要。身为主人的林希元看着他，室内其他人自然也都在看着他。

此人名叫宋文章，其子宋曰仁正在朝中担任户部主事一职。宋文章共养了九个儿子，除宋曰仁外，家中另外八子均专事贩私，几乎垄断了闽省的私盐买卖。宋家通番贩私多次被官方逮到过，但由于他家的特殊地位，大多不了了之。虽说宋文章的儿子宋曰仁不过是一个区区正六品的户部主事，但毕竟是在职官员，且在京城浙闽籍官员中很有些活动能量。如此一来，宋文章自然得到了林希元的器重。

宋文章咳嗽了一声，清了清嗓子，指着桌上的香炉说："这里烧的是什么香，怎么闻着有股异味？"

林希元的脸上有点挂不住了，自己燃的是上等降真香，怎么能说有股异味呢，这不是让主人难堪吗？但他不动声色地说："是降真香，宋公要是不习惯，老夫叫人换一种？"

宋文章一挥手："算了，给我端杯刚开的热水来。"

热水上来了，宋文章的亲随从口袋里拿出一个精美的小匣子，打开，从里面小心翼翼地拈出一块黑乎乎的东西，放进了热水里。一股淡淡的香气随着热气飘散开来，宋文章将鼻子凑近杯口，用力地吸着。他先是打了一个响亮的喷嚏，接着又吐出一口痰，这才长长地舒了一口气，说："姓朱的这是把我们这些人当作废柴呢，不给点颜色瞧瞧，他们哪里见识过大风大浪！林公是文曲星下凡，快向京中闽官遍撒文书！让他们妖秀！妖秀！"由于过于激动，宋文章又剧烈地咳嗽起来，又将鼻子凑近杯口，鼻翼颤动，贪婪地吸着。

林希元想了半天，才想起来宋文章吸的是种名贵的安息香。它既是一种香料，同时还是味祛痰药，置于热水中吸入含香蒸气，能够平喘化痰。这个宋老爷子，将这些番货玩得透熟。至于他说的"妖秀"，闽南语，意思是"夭寿"，将人弄死。宋文章表了态，其他人也早已按捺不住，一个个咬牙切齿地说："妖秀！""妖秀！""妖秀！"……

这时，一个膀大腰圆的老者站了起来，一手叉腰，一手在空中挥动着说："这事就这么说定了，这文书嘛，自当由林公亲自起草了，不妨将情形说得严重些。我们都签名，这叫联名揭发。到时谁要做缩头乌龟，我黄某人第一个不饶他！"

这个自称黄某人的老者，是闽县人，系朝中现任礼科给事中黄宗概的父亲。黄父话音刚落，众人都附和着说："联名，联名有分量！"

林希元啪地一拍椅子："这事就这么定了，联名信老夫就勉为其难，今晚开始起草。还有，你们给自己京城中的孩子，特别是闽籍官员，老乡也好，亲戚朋友也好，大凡能在朝中说得上话的，都要分别去封信，告知他们朱纨等人在我福建胡乱屠杀残害无辜，闽浙百姓生活无着嗷嗷待哺。咱们双管齐下，不愁扳不倒朱纨和他的左膀右臂柯乔、卢镗！"

商议已毕，各人回府忙着修书去了。林希元奋笔疾书，历数朱纨、柯乔和卢镗等人"罪状",洋洋洒洒万余言。写毕,命人誊写多份,次日派人送到出席昨天会议的各户家中签名。然后,快马飞驰京城。

嘉靖二十八年初夏的一天,刚过午时,京城冰窖胡同的漳州会馆,丝竹飞扬,人来人往,热闹非凡。今天,会馆老板邀请浙闽籍官员看戏。会馆戏楼分两层,重要的角色,都坐在戏台对面的大包厢里。今天唱的是昆腔名戏《杀狗记》。

这部戏是明人根据宋元旧本改编,说的是"杀狗救夫"的故事。孙华和孙荣是兄弟俩,孙华与市井无赖柳龙卿、胡子传交往,将孙荣赶出家门。孙华的妻子杨月贞杀狗伪装成"人尸",放置门外。孙华深夜归来,担心惹下人命官司,便去找好友柳、胡商议,二人都不肯帮忙。孙荣念兄弟之情,帮助哥哥将"人尸"安葬。柳、胡二人为贪赏去官府告发孙华杀人移尸。真相大白,孙华与兄弟和好如初。

今晚前来看戏的浙闽籍官员,都收到了来自老家的书信,一个个本来就心事重重。现在看到这个戏名,不禁让人浮想联翩。他们哪有心思看戏,一个个闷着头喝茶。

戏台上,身为兄弟的孙荣正凄惨地唱道:"哥哥占田庄,教弟弟受凄凉。本是同胞养,又不是两爹娘。我穿的是粗衣破裳,你吃的是美酒肥羊……"

听到这里,户部主事宋曰仁再也忍不住了,牢骚满腹地说道:"这唱得都是什么戏,《杀狗记》,狗看家护院,何罪之有?不赏赐一根骨头而对之以屠刀,良心何在?"

礼科给事中黄宗概笑道:"宋主事,这是南戏经典,你说的都是哪跟哪?有话不妨直说,不要含沙射影,大家都是明白人!"

"直说就直说,我宋某还怕了谁不成?"宋曰仁愤愤不平地说,"人命至重,贵过千金,岂能如砍瓜切菜一般,一次就杀了96个!朱某不过是个小小的巡抚,后来还改了巡视,他有何等权力,草菅人命,屠杀苍生,其罪不共戴天!"

昆山人、现任福建道掌道事、御史陈九德淡然一笑:"你们只知道生气,都没有说在点子上。"

大家都看着陈九德。宋曰仁说："陈爷有什么高见，我们愿闻其详。"

陈九德说："钦降八面令旗令牌，是有明确使用范围的，仅在军前对敌时可以便宜斩杀。朱某斩杀96名人犯是在军前吗？明明是在战后了。这不是僭权是什么？"

大家再也无心看戏，很快商定，弹劾朱纨越权擅杀之罪。这些人都是官场的人精，他们明明是反对海禁，却不明说，因为嘉靖皇帝支持海禁，反对海禁就是和皇帝过不去，他们没有那个胆。但是，他们选择攻击施行海禁的重臣，寻找他们工作中的瑕疵和过失，揪住不放，群起而攻之。很快，一封弹劾朱纨的奏疏呈到了嘉靖皇帝的面前。御史陈九德弹劾朱纨"残横抚臣，不候明旨，专擅刑杀，乞赐究治，以昭国法"。周亮弹劾柯乔、卢镗"从党助澜"。兵部尚书翁万达亦会同三法司商议，认为斩首之事"似非临阵，纵系应死之人，自宜并发所司，再三鞠审，奏请施行，乃便行杀，委属有违，况九十六人之中未必皆渠魁。"兵部侍郎詹荣积极附和上司，状奏朱纨越权擅杀。一时间，弹劾朱纨的奏疏接二连三地飞到嘉靖皇帝的御案上。

当初提名朱纨担任浙闽巡抚的，是内阁首辅夏言。朱纨的任命敕文就是夏言"手自窜削，委任颇重"。朱纨代表朝廷实施海禁，自然也得到了夏言的支持。而其时，夏言已被严嵩害死，朱纨没有了倚靠。众口铄金，积毁销骨，接到群臣弹劾奏疏后，嘉靖皇帝下旨清查。派兵科给事中杜汝祯来到福建，与福建巡按御史陈宗夔一道，到漳州府调查情况。

明代有个规定，凡是受到弹劾的官员，要立即停职，接受调查。也就是说，自陈九德和周亮上弹劾奏疏时起，东南沿海的海禁工作实质上就停止了。朱纨再也不能发号施令。他大失所望，心灰意冷，预感大势已去。在这种情势下，嘉靖二十九年五月，朱纨以身体不适为由，回到故里苏州府长洲县养病。

杜汝祯、陈宗夔到漳州后，很快查明卢璧补写、更改供状等实情。调查完毕，杜汝祯面色凝重讳莫如深地离开了漳州。

先是朱纨称病回籍，接着嘉靖皇帝又派杜、陈二人前来核查，就算是傻子也能看出来，实施海禁的官员处境不妙，有可能要遭罹祸端。作为朱纨的得力助手，柯乔预感自己可能会被降职甚至免职。二十余年的努力将付诸东流，换谁也会受不了。皇帝既然派朱纨来浙闽强力实施海禁，就应该充分信任朱纨，怎能仅凭几封弹劾奏疏就派人前来核查！圣心难测，凭柯乔对嘉靖帝的了解，觉得他是一个谁也不会完全信任的人。也许，他连自己也不信任。否定朱纨，其实就是否定朝廷正在实施的海禁政策。嘉靖帝就是这样一个矛盾的人！

柯乔决定到镇海卫去一趟，汪可立、柯焰、王青龙和郝地虎几人陪着他。他们都以为主人这是心情不好，要到海边去散散心。出门时，柯乔嘱咐："把周师父传给我的那杆长枪，还有朱军门送的两坛桂花陈酿带上。"

柯焰两手一摊："现在无仗可打了，还带枪做什么，派不上用场了。"

柯乔说："带上吧，我自有用处。"柯焰只好将枪带上了，只是不知兄长作何用处。

到了镇海卫，指挥李希贤出来迎接。柯乔命李希贤将善用"鸳鸯伍"的士兵带到练兵场上，他要检阅一下演练效果。李希贤有点不解，感慨地说："这阵法不知是否还有用武之地？"话中明显有所指。

柯乔说："走马溪一战中，被俘的倭寇并不多，特别是以王直为总舵主的那一班人，他们龟缩在南澳岛，不可能长期按兵不动。只要浙闽海禁稍有松动，他们一定会卷土重来。所以，'鸳鸯伍'一定还会大显神威，这一点毫无疑问。"

李希贤点了点头，表示认同。练兵场上，士兵五人一伍，盾牌手为伍长。伍长在前执长牌，身后为狼筅兵；在狼筅兵身后，是两位长枪兵，一旦有倭寇试图靠近或者被狼筅兵控制，两位长枪兵就会迅速上前进行击杀；最后一位是持刀兵。

看了一番演练，柯乔很满意。他对李希贤说："'鸳鸯伍'是一个阵法，必须五人齐心协力，勇猛杀敌，才能发挥它的威力。盾牌手在向前冲锋时，其他四人必须迅速跟上，稍有懈怠，盾牌手就处于危险之中。必须制订最严军令，若盾牌手牺牲，其他四名士兵要以军法严厉处罚，甚至以畏敌罪斩首。"

李希贤说："柯大人想得周全，标下谨记在心！"

柯乔拍了拍李希贤的前胸和后背，满意地点了点头："李将军身体壮实，一看就是经常训练，久经沙场。"

"岂止经常训练，标下夏练三伏，冬练三九，一天也不曾落下。"

"很好！"柯乔说，"我们数次并肩作战，却从未切磋过武技，也不知彼此虚实。柯某有一想法，愿向将军讨教一二，如何？"

李希贤大窘，赶紧拱手施礼道："大人言重了，岂敢当得起'讨教'二字。标下素知大人枪法过人，武技肯定远在李某之上，李某就是有天大的胆子，也不敢在大人面前炫技。"

柯乔说："不过是切磋一二，有什么不敢的？拿枪来！"

柯焰这才明白兄长让带上长枪的目的，可能是身子骨痒了，要找个高手比画比画。柯乔持枪在手，李希贤就是不想比试也不行了，他只好也拿起一杆枪，说："柯大人，得罪了！"

柯乔摆了个蛟龙出水的姿势，枪尖对着李希贤："早听说过你得自家传的'李氏三杀'威名，过来吧，谁得罪谁还不一定呢！"

两人就这样你来我往地战在一起。一开始，李希贤打得还有些拘谨，可柯乔步步紧逼，专刺他的要害，一点也不留情面。李希贤这才急了，开始奋力还击。围观的兵士越来越多，大家跟着他们厮杀的节奏不断叫好。

李希贤心里琢磨着，今天还真不能轻易就败了。自己毕竟是个武将，败在一个文官手里，这面子上太难看，影响自己在军中的威信。可是，要是胜了吧，柯乔的面子就有点难看，毕竟是上司，胜之不武。就在他为难之时，柯乔愈战愈勇，就是要逼他使出绝活。

看来，不亮出绝招是不行了。李希贤枪法一改，连撺三步，熟悉他枪法的兵士们齐声叫起来："李氏三杀！"

柯乔自然高度警惕，连连格挡。他决定将计就计，就在李希贤紧撺他的时候，他持枪便跑。李希贤心里一喜，他也早知道柯乔善使回马枪，这明显是要以绝招对绝招。李希贤格外小心，留意着柯乔的一举一动。

果然，正在后退中的柯乔不知什么时候已掉转枪头，枪尖正从腋下向李希贤刺来! 李希贤早有防备,瞅准刺来的枪尖,使劲一挑。不出意外,柯乔的长枪会被挑开,人也会摔倒,他完全经不起李希贤用尽全力的一击!

不错,李希贤的目的达到了。一挑之下,柯乔的身子剧烈一抖,眼看着就要栽倒。围观的人不禁发出了一声声惊叫。

李希贤心头暗喜,却见剑光一闪,他大叫一声"不好",一件东西应声落地。众人定睛一看,原来是他的盔缨。柯乔的手中,不知什么时候多了一把剑。

李希贤惊出了一身冷汗,他惊魂未定地说:"柯大人,您这回马枪什么时候冒出了一把剑? 您这不是要李某的小命吗?"

"你的注意力都在枪上,所以着了道。我这回马枪一般不使剑,只有在遇到顶尖高手难以取胜时,才使出这一招。"

"果然厉害,要不是柯大人手下留情,李某恐怕已经去见了阎王。"

柯乔哈哈大笑:"我们不过是切磋一下,你并未使出全力,我也不过是侥幸得手。"

李希贤说:"柯大人就别谦虚了,李某输了就是输了。只不过,您这套枪法,确实高超,且变化多端,让人防不胜防。"

"知道我今天来有何目的吗?"

"标下猜不到,难道不是和我比试枪法?"

柯乔一乐:"把兵士叫过来,我要将这套枪法传给他们,将来抗倭能派得上用场。"

柯乔这么一说,柯焰什么都明白了。原来,兄长此行是来传授枪法的。看来,他已预知自己仕途不妙,很可能会就此离开福建,这才想着留下点什么。然而,他有什么可留的呢? 想想也只有这套枪法了。想到这里,柯焰悲从心中来,泪水模糊了双眼。

一列精心挑选过的兵士站到了柯乔面前。柯乔说:"我这套枪法,少时得传于九华高僧周金师父。现传授于你们,希望诸位将来能在抗倭战场上大显身手!"

兵士们齐声答道:"谢谢师父!"

柯乔开始专心致志向兵士们传授他的枪法。平时，对这套枪法，柯乔秘不示人。现在机会难得，汪可立、柯焙、王青龙和郝地虎等人也在一边看着，不时比画几下，也偷偷学了个大概。

晚上，李希贤特地安排厨下烧了几个菜，都是海货，有大黄鱼、海黑鱼和海蛎子、扇贝等。柯乔提议将酒菜端到城头去，吃喝边赏月。大家都说这个主意好。

城头临海，月亮升起来了，就像是在海水里洗过一般，光洁透亮，海天之间，一片皎洁。海浪轻轻地拍打着岸边的礁石，夜色中的礁石，安详地卧着，像一个个熟睡的婴孩，做着甜美的梦。

柯乔命柯焙打开带来的朱纨送的两坛桂花陈酿，给在场每人斟上一大杯酒，大家举起了酒杯，纷纷起身要敬柯乔一杯。柯乔说："慢。"说着，他站了起来，端起满满一杯酒，来到墙垛前，望着夜色中的大海，说："先敬这美丽的山海一杯！"说着，举起酒杯，朝城下缓缓倒去。其他的人也学着他的样子，将酒朝城下倒去。柯乔和众人再斟满酒杯，柯乔向北方举起酒杯接着说："这酒是朱军门在双屿海战之前送我的，我一直没有舍得喝，今天我们遥祝朱军门好人能有好运！"说罢，将酒倒在城墙上，众人如法仿效。空气中飘荡着桂花酒香，内心里却荡漾着苦涩。柯乔是在祝福朱纨，其实也是在为自己祈祷！现场充满了悲壮的气氛。

柯乔吟道："'浊酒一杯家万里，燕然未勒归无计。羌管悠悠霜满地，人不寐，将军白发征夫泪。'此时，才觉得范公这词，真是盖世无双，写得真好！"

重新坐定，柯乔又端起一杯酒说："这几年大家跟着我受苦了，我敬大家一杯！"众人不免推辞一番。就这样推杯换盏地喝开了，一直喝到月上中天，将两大坛桂花酒彻底消灭为止。几人都喝得大醉。

再说兵科给事中杜汝祯回京后，将他在福建了解到的情况奏报给嘉靖皇帝，并呈上了张冠李戴和涂改过的所谓"供状"。嘉靖皇帝大怒，诏逮浙江巡抚朱纨至京讯鞫，福建都司都指挥卢镗、海道副使柯乔下狱论死。除三人外，参与抗倭的军政官员通判翁灿、指挥李希贤、知府卢璧等都受到不同程度的惩处。

圣旨下来的时候，柯乔大惊，他万万没有想到，自己和卢镗竟然会被嘉靖皇帝直接定为死罪。他命汪可立、王青龙和郝地虎各自回家，命柯焰带着嫂子程氏和孩子们回老家池州九华山。分别时，大家免不了痛哭一番。然而，君要臣死，臣不得不死，又有什么办法呢？送别家人和好友，柯乔和卢镗被押到福州，关进了死牢，由福建按察司审理后待决。

进入狱中不久，柯乔和卢镗就得知朱纨已在家中服毒自尽的噩耗。朱纨得知遭闽浙官员弹劾，嘉靖皇帝轻信，派出锦衣卫捉拿他进京治罪，悲愤地说："我既贫且病，平生负气，必不会去对簿公堂。即使天子不杀我，那些闽浙官商也绝不会放过我。我弗如自裁。"他在自尽前留下绝命词："去外国盗易，去中国盗难；去中国滨海之盗犹易，去中国衣冠之盗尤难！""死于盗贼之手，尚存忠义之魂；死于鼻舌之锋，长作冤号之鬼。所谓死天下事易，成天下事难！"

朱纨自尽，举朝震惊。身为巡抚，抗倭有功，却落得如此下场，实在太过凄凉。朱纨死后，朝中人人避而不提抗倭之事，他的职位也长期空缺，无人敢接任，东南沿海倭患也死灰复燃，愈演愈烈。

　　进入牢中，柯乔带了恩师王阳明的《传习录》《文录》《别录》等几本著作。他也得以有时间对自己从政以来的行为进行了检视。自嘉靖八年进入行人司，步入仕途，来到湖广，直到福建，可以说，自己一天未曾懈怠，晨兢夕厉，孜孜矻矻。到最终，却做梦也没有想到会身陷囹圄。初入监狱时，他未免有时还感叹几声，几天一过，他也习惯了，整日只顾看书。

　　卢镗的监室位于隔壁，他见柯乔每天只管埋头看书，不解地说："柯公，咱俩也没几个月的活头了，只等秋后问斩。你一天只知道死读书，读那些劳什子有啥用，能救命不？"

　　柯乔淡淡一笑："能。"

　　卢镗揶揄道："你是说，书能救命？"

　　"能救我的命，却不一定能救你的命。"

　　"柯夫子，你就别卖关子了，就你那薄薄几张纸，真的能救命？打死我也不信。"

　　"都这种时候了，我还能骗你不成？阳明先生知道天下人多有苦难和冤屈，这才呕心沥血，写成文章，传授真经，救人性命。"

　　"真有这么神奇？反正闲着无事，你读一段给我听听，看看那老夫子说得有没有道理。"

　　"那我就来一段阳明先生和弟子萧惠关于生死的讨论吧！不过，你听了也未必会懂。听好了啊！"柯乔读道：

萧惠问死生之道。先生曰："知昼夜即知死生。"

问昼夜之道。曰："知昼则知夜。"

曰："昼亦有所不知乎？"先生曰："汝能知昼！懵懵而兴，蠢蠢而食，行不著，习不察，终日昏昏，只是梦昼。惟息有养，瞬有存，此心惺惺明明，天理无一息间断，才是能知昼。这便是天德，便是通乎昼夜之道而知，更有甚么死生？"

读完后，卢镗沉默不语，似有所思。柯乔见状问道："卢将军，听懂了吗？"

卢镗摇了摇头说："什么知昼夜即知死生？还有，命都快没有了，如何养息？不懂，一点不懂，我看不过是老夫子故弄玄虚。"

柯乔大笑："我说你未必会懂吧，所以说它救不了你的命！阳明学说只能救天下能读懂之人。"

"这么说，你能活着出去？"卢镗不解地问道。

"不能，我们难免一死。"

"那你读懂了又有何用？不和我不懂一样吗？"

"非也，非也！"柯乔摇着头说道，"生即死，死即生。怎么会一样呢？"

这下轮到卢镗哈哈大笑："我看你是读书读傻了！"

柯乔大声吟道："乾坤由我在，安用他求为？千圣皆过影，良知乃吾师。"这是王阳明先生的诗作。阳明有谓："须从根本求生死，莫向支流辨浊清。"只有从根本处着眼，方能彻底洞悉生死规律，这就需要保守"真己"本体。人人本自具足，故生死之超脱，惟依人之自身，而非由外在的东西所支配。说通俗点，即摒弃私欲，守住真我，回归本体，与天地万物同在，从而实现对生死的彻底超脱。这些道理，只可意会和体悟，不可言传，又哪里是善于行军打仗的卢镗所能懂的呢！

到了秋天，柯乔和卢镗并没有被问斩，可也没有被释放。可能嘉靖皇帝也觉得他俩有些冤枉，要说"越权擅杀"，那也是朱纨的事，他俩不过是奉命行事，罪不至死。况且两人均是奉朝廷之命实施海禁，奋勇抗倭，都是有功之臣。柯乔和卢镗在死牢中被关了两年余，一直到嘉靖三十一年（1552），东南沿海倭患大炽，他俩的命运才迎来了转机。

再说王直，他在浙闽和朱纨、柯乔、卢镗等人的对抗中，屡屡受挫，不得已逃往日本。到日本后，王直在萨摩州之淞浦津建立了新的贸易基地，大肆召集流浪武士。王直自称"徽王"，僭号曰"宋"，手下部属皆有名号。他派部下控制了日本各要害之地，称雄岛内，眼看时机成熟，开始引倭内侵。

嘉靖三十一年（1552）春，王直率徐海、陈东、麻叶等心腹，率武装船舰数百艘，人数上万，浩浩荡荡，蔽海而至。倭寇在浙江沿海登陆，占台州，侵黄岩，扰及象山、定海。他们攻州掠县，杀死朝廷命官，烧杀抢掠，庐舍一空，无恶不作。由于倭寇人多势众，又善突袭，沿海卫所官军无法抵御，往往一触即溃。一时间，东南震动，人心惶惶。浙闽再次危急，朝廷上下抗倭呼声日高。嘉靖皇帝诏令，要求立即恢复海防巡视制度。七月，任命山东都察院右佥都御史王忬任浙江巡抚，提督浙江、福建沿海军务。王忬上奏朝廷，前方抗敌不力，主要在于缺少良将，建议释放抗倭经验丰富的柯乔、卢镗等将领，以解危局。王忬的建议得到了嘉靖皇帝的批准。

一天，福州府阴森森的死牢里，突然走进几位官员，他们疾步快行，个个神情严肃。为首一人，身着红色锦鸡补子官服，此人正是新任浙江巡抚王忬。到了柯乔和卢镗监舍前，早有人打开了牢门。王忬拱手说："在下新任浙江巡抚王忬，柯大人、卢将军，二位受苦了！"

王忬接着转达了旨意，嘉靖皇帝命令二人戴罪立功，即日起奔赴东南沿海，剿灭倭寇。

抗倭先要练兵。倭寇来袭，沿海卫所士兵逃散殆尽，仅剩的也缺乏战斗力。柯乔借鉴在福建抗倭经验，大肆招募民间壮士，即土狼兵，并抓紧集训，重整海防军力。很快，一支抗倭劲旅就组建成立。这股队伍主要由海盐盐兵、丽水坑兵、湖州水兵等组成。盐兵是指平时巡逻稽查私盐的士卒，现被征调抗倭；丽水坑兵特别值得一提，他们自幼开坑掘矿，身体强壮，凶悍善斗；湖州水兵善于水战，抗倭也能派上用场。关于柯乔训练军队的场景，他的同年好友、嘉靖八才子之首王慎中在《与柯双华》一文中，记载他亲眼所见柯乔训练军队情况："其日闻，躬临会兵馆校阅水军，仪观甚壮，气势甚盛。"再次回到抗倭战场，激荡于硝烟和战火之中，柯乔勇猛攻敌，奔袭督战，军士信心大振。除柯乔、卢镗外，俞大猷、汤克宽、尹凤等将领也加入战斗，成为当时抗倭前线主要将领，他们统率乡兵，严督防御工事，分兵围剿，通力合作，先后重创多股倭寇。嘉靖三十二年（1553），王直勾结诸路倭寇，战船数百艘，大举骚扰浙江沿海各府县。柯乔奉命与卢镗、俞大猷、汤克宽等，分别逐击倭寇于舟山、太仓、南汇、吴淞、江阴、嘉定、海盐、海宁等处，组织了系列抗倭战役，并屡次挫败倭寇。

一天，柯乔正在军营里指挥练兵，忽然，有个亲兵走到他跟前说："柯将军，营门口有个自称是您弟的人找您，我们不认识，请您去鉴别一下。"

柯乔一愣：难道是柯焰来了？去年出狱时，他向家里去了封书信，告知家人他已出狱，以免他们担忧。柯乔在信中还特别叮嘱柯焰照顾好老娘，并没有要他到自己身边来。

到了营门口一看，果然是柯焰。他的身边，还站着王青龙和郝地虎。柯乔惊道："哎呀，你们怎么来了？"

柯焰说："娘对你放心不下，让我无论如何到你这来帮帮忙。出门前，我给王青龙和郝地虎修书一封，邀请他们也过来，我们几个在杭州会合。"

王青龙说："眼下正是用人之际，我们总能尽些绵薄之力的。"

郝地虎说："将军是我们的恩人，恩人到哪，我们就跟到哪。"

柯乔不无担忧地对王、郝二人说："此番倭情，比几年前更为严重。王直在日本建立了据点，麾下人马众多，实力强悍，他们内外勾结，引贼入内，比前番更难对付，形势也更加凶险。要是你们有个闪失，我如何向故人交代？你们还是回去吧！"

王、郝二人哪里肯依？王青龙说："这来都来了，岂有回去的理？王直不还是那个王直吗？难道去了趟日本，就长了三头六臂？"

郝地虎说："我们这也是守土保疆，要是你也不来，我也不来，说不定倭寇哪天会杀到湖广呢！"

柯乔无奈地说："既然这样，就留下来吧，难为你们了。要处处小心，千万不要有什么闪失。"

王直瞄上了乍浦古镇。乍浦位于浙江平湖县东南，南濒杭州湾，通江达海，历史悠久，地势险要，故有"江浙门户"和"海口重镇"的美称。早在春秋时期，越王勾践就在此地驻军防守。南宋在乍浦开埠，设市舶司，商贸繁荣。元代亦于此设市舶司，桅樯林立，舟楫往来，客商云集。明洪武十九年，太祖朱元璋为了加强沿海防御，命大将汤和巡视乍浦。汤和在亲临乍浦察看地势后，建起了一座高二丈、周九里的方城，有陆门四座、水门一座，设置守御千户所，建山寨、烽堠等军事设施。乍浦所城从此就成了明朝沿海七十二座卫城之一。乍浦地理位置异常重要，南有钱塘江可深入内陆腹地，并有天然海港联系东洋和南洋，水陆交通便利。王直早就瞄上了这座古城，试图长期占据，以此作为陆上的巢穴。

四月二十一日，一股倭寇自金山进入乍浦，驻扎在汤山上的天妃宫内。乍浦东南海边，有座九龙山，九座山峰自西向南依次排开，分别是雅山、苦竹山、汤山、观山、龙湫山、晕顶山、高公山、益山、独山。九龙山绵延二十余里，是乍浦一道天然的海防屏障。九龙山西面，就是乍浦所城。站在天妃宫上，可以远远地看见城池里的动静。这股倭寇进驻天妃宫后，又有百余新到倭寇与他们会合。驻乍浦备倭把总王应麟得知倭寇已进入本镇，大惊，急忙率兵将这股倭寇团团围住，双方僵持三天。倭寇眼看陷入险境，遂拼死突围，在乍浦抢掠船只后出海。三天后，他们在海上纠集数百倭寇，驾驶七艘海船，再次闯入乍浦，四处劫掠。浙江巡抚王忬派汤克宽、柯乔率兵增援，围剿倭寇。援军到达后，倭寇眼见难以取胜，乘船逃跑，少量倭寇逃往高公山，被官兵歼灭。

倭寇逃走后，汤克宽率军到他处平倭，王忬命令柯乔率千余军士留守乍浦。倭寇在乍浦接连两次失利，柯乔估计他们很可能再次来犯。他命令设在九龙山上的各瞭望台增加岗哨，日夜监视海面动静。

果然，五月初四，设在汤山顶上的岗哨突然发现海面上出现大量不明船只，正在向乍浦海岸扑来。不甘失败的王直再次纠集三十七艘海盗船，人数达两千余人，亲自带队，气势汹汹，三犯乍浦，志在必得。他们直扑汤山西面的龙王堂，伺机登陆。

一时间，九龙山烽火台上，狼烟四起，锣声震天。柯乔一直率军驻守在九龙山下，他和好友唐顺之的作战观点是一致的，即想方设法御倭于海上，一旦登陆，势必很难对付。可沿海登陆之处甚多，倭寇善于奇袭，阻止他们登陆谈何容易？必须在第一时间发现他们，并有效组织反击。因此，柯乔将军营设于九龙山下，就是为了及时阻止倭寇登陆。乍浦守御千户所有两名千户，分别名叫高才、王镗，柯乔让王镗守城，高才随自己驻守九龙山。得知倭寇来袭，柯乔立即率领高才到海边迎敌。

柯乔命火铳手躲到礁石后，待大部倭寇登上沙滩后，才一齐开始射击。海盗船靠近海岸，见无人防守，一个个乐不可支。前面的船靠岸了，倭寇迫不及待地跳下船，清一色留着月带头，举着倭刀，向陆上冲去。眼见有一大半倭寇登陆了，柯乔下令："开火！"一时间，火铳声大作，走在前面的倭寇很快被撂倒一片。

倭寇见官军有埋伏，立即上船，改变战术。一股十余艘的船队从龙王堂前海面离开，柯乔判断，他们可能谋求从另外的地方登陆，遂命千户高才带一批火铳手密切监视。

倭寇集中到船上后，并未远离，双方僵持着。王青龙和郝地虎来到柯乔面前请战，王青龙说："柯将军，这样僵持下去不是办法，要让倭寇知难而退。"

柯乔面露难色："你们有没有什么退敌的好办法？"

郝地虎说："要发挥官军的火器优势，朝他们船队中扔几个火药包，来个中心开花。"

柯乔看了看海中的海盗船，说："这么远，怕是有两里地呢，谁有那么大力气？"

王青龙说："让湖州水兵护送我们靠近倭船，出其不意，炸他们一个措手不及。"

柯乔想了想，虽觉得此举十分危险，但还是可行的，值得一试。当下说："待天色暗一点，你们趁夜色靠近，要千万小心，倭寇的燕尾箭射得远。"倭寇长弓重矢，箭头似燕尾，非常锐利，穿透力强，被射中者往往当场毙命，威力远胜于明军箭矢。

王、郝说："将军放心，我们自有分寸。"

夜色降临，海面上渐渐暗了，倭寇仍没有退去的意思，在船上吃喝起来。王青龙和郝地虎趴在舱中，由湖州水兵划着两条小船，在夜色的掩护下，悄悄接近了倭船。

眼看着离倭船还有两丈远的距离，王青龙和郝地虎带头，两人分别夹着一个用油皮纸包着的火药包，点燃引信，然后从自己的船头上一个旱地拔葱，冲天一跃，像只燕子般轻盈地落到了海盗船上。倭寇们正在大吃大喝，哪料到从天上突然掉下个人来。王、郝扔下火药包，脚尖一点，又轻盈地落进了海里。只听"轰""轰"两声巨响，海盗船上腾起了冲天火光。至少两只船被炸沉了，只见几十个倭寇遍身是火，哇哇大叫着跳进了海里。倭寇去追小船，待追上了，船上却空无一人，湖州水兵早从海里逃走了。

指挥船上的王直大惊，他准备趁夜里偷袭登陆，没料到明军先下手为强，给他们来了这一狠招。眼见当场被炸死了几个兄弟，烧伤的也有几十个。要是再赖着不走，明军肯定还会来第二波第三波攻击，到时吃亏的还是他们。于是，他赶紧下令，退回到不远处的海岛上，另外想辙。

倭寇退走以后，柯乔并没有半点轻松。按他的经验，他们绝对还会卷土重来，而且人数更多，攻势也会更加凌厉。他命令守城千户王铠发动城内外百姓向城头上搬运石头，每个垛口都要码满。倭寇攻城时，这些石头就是守城利器。

五天后的五月初九日，乌云翻滚，电闪雷鸣，下起了倾盆大雨。九龙山下的军营里，帐篷一顶接一顶地被大风掀翻，士兵们只好到林中避雨，个个被淋得浑身透湿。千户高才提出让士兵到乍浦所城中避雨。柯乔凭与倭寇长期作战的经验，知道倭寇善用恶劣天气发动突袭，便没有同意。

高才见自己的建议没有得到批准，很不高兴。他认为，这样的暴雨天气，倭寇是不可能前来偷袭的。于是，他趁着柯乔不注意，带着一班亲兵，悄悄溜进附近村庄避雨去了。

突然，只听汤山顶上锣声大作。在林中避雨的士兵赶紧冲了出来。柯乔一看，倭寇已全部登陆。天色昏暗，加上暴雨，瞭望台上的哨兵并未能及时发现倭寇来袭。于是，明军仓促组织应战。由于下雨，火器无法使用，官军的战斗力大打折扣，倭寇偷袭得手，士气大振，人人拼死格杀。一时间，明军伤亡惨重。

柯焰见状，急忙对柯乔说："哥，倭寇人多势众，我们赶紧撤吧，这样拼下去不是办法，守城要紧！"

柯乔朝人群中搜寻着，问道："高才呢，怎么没发现他？"

柯焰说："我也没看见他。"

"撤吧，待雨停后我们再组织反扑！"柯乔下令道。

官军匆匆撤进了城里，千余倭寇冒着暴雨在乍浦顺利登陆。官军撤进城里后，本以为可以松一口气，没想到，倭寇很快追到城下。他们驮着云梯，越过护城河，冒雨攻城。他们显然是有备而来。

倭寇先是趁暴雨登陆，接着又驮着云梯追踪而至，柯乔知道这股倭寇不简单，绝不能掉以轻心。否则，可能乍浦所城不保。乍浦城里住着五六百户人家，两三千人口，且不少是军户，一旦城破，这些人性命危在旦夕。更严重的是，倭寇会以所城为巢，抢掠周边城镇，甚至威胁杭州。柯乔心里很清楚，无论如何，他必须死守乍浦城，一旦城破，他将难辞其咎。本就是戴罪立功，到时朝廷可能会老账新账一起算。

再说千户高才，他向柯乔提出撤进城里避雨的建议被拒后，积了一肚子怨气。他平时养尊处优惯了，现在淋了一场暴雨，而且这雨还半点没有停的意思，岂能就这样待在雨中傻等。于是，他带了几个亲随，一头钻进雨幕，溜到乍浦老街上常去的醉仙楼喝酒去了。

酒楼老板姓余，见高才来了，赶紧迎了上去："哟，军爷，有些日子没来了，这身上的衣服怎么都湿了？"

高才说："你别管那么多，赶紧给兄弟们整几个硬菜，来一坛上等的绍兴黄酒驱驱寒气。"

余掌柜说："高爷请到楼上雅座，小的这就给各位军爷上菜！"说着，将高才几个向楼上引去。

楼上雅座里很快就喝开了。没多久，酒店门口又来了一群客人，为首一人，撑着油纸伞，戴着方巾，身着长袍，一看就是位书生。他的身后，是七八位普通百姓，人人头上都戴着一顶斗笠。

他们也叫了一桌酒菜，吃喝起来。余掌柜感到有些奇怪的是，本地百姓，凡是雨天戴斗笠的，进室内后都会取下来，而这些人吃喝的时候依旧戴着斗笠。让余掌柜更奇怪的是，除了那个书生，这些人谁也不说话，只顾埋头吃喝，就像哑巴一样。

楼上高才那班人动静弄得很大，书生侧耳听了听，向余掌柜招了招手。余掌柜过来了，书生问道："楼上是什么人？"余掌柜没有吱声。书生放下一锭银子。余掌柜这才说："乍浦千户所的千户高才。"

书生径直上楼去了。很快，高才的几个亲随连滚带爬地下了楼。雅间里，只剩下了高才和书生。

过了许久，高才和那位书生才下楼来了。两人谈了许久，可谁也不知他俩谈了什么。书生还是面不改色，高才呢，哭丧着脸，头上的盔帽也不见了。一个亲随见状，急忙上楼，在地上找到了高才的帽子。

高才带着亲随出门了，奇怪的是，跟随书生来的那七八位百姓，却跟在高才的亲随后走了。余掌柜弄不懂是咋回事，看了看仍坐在桌边的那位书生。书生又对他招了招手，余掌柜喜滋滋地来到他边上，书生拿起桌上的抹布，一把紧紧捂在余掌柜的脸上。余掌柜挣扎了一番，死了。书生剔着牙，走到门口，从容撑起油纸伞，像什么事也没有发生一般，扬长而去。

晚上，柯乔正在城头上巡查，守城千户王铠陪同。望着城下倭寇的营寨，柯乔的胸前像压着块石头，喘不过气来。倭寇进入了乍浦，城外的百姓可就遭殃了。他们烧杀抢掠，将乍浦变成了人间地狱。身为将领，龟缩在城中，不敢出城迎战，实在是窝囊至极。

柯乔看了看身边的王铠，他连日组织士兵和百姓往城头上搬运石头，累得疲惫不堪，站都站不稳，手不时要在城垛上支撑一下。柯乔见状说道："王千户，你下去睡一会儿吧，看样子倭寇今晚是不会攻城的。"

王铠说："可是，柯将军，您不也没睡吗？"

"我还能撑得住，巡查一圈后，我也就在这城头上睡会儿。"

王镗还是不愿下去，柯乔又劝了一番，才勉强回营房休息去了。

柯乔已向驻扎在平湖县城的参将汤克宽发出了求援书，报告了乍浦目前的形势，说大批倭寇昨天已登陆，乍浦所城危在旦夕，请求派出援军，内外夹击，击退倭寇。否则，一旦倭寇在乍浦站稳脚跟，局势将更加难以收拾。

城头上，火把通明，三步一岗，五步一哨，梆锣铃铎响个不息。柯乔在城头巡视一圈后，夜已深了，他在城头上找了处避风的地方，和衣躺下了。王青龙和郝地虎叫他回屋去睡，他不放心，坚持睡在城头上。

由于太累，柯乔很快睡着了。睡梦中，他被人急促地叫醒了。睁眼一看，是八弟柯焰。柯乔迅速爬了起来，城头一切依旧。他这才松了一口气，问道："八弟，发生什么事了？"

"王镗父子被人杀了。"

"你说什么？"柯乔怀疑自己听错了。

柯焰垂着头说："王千户和他的儿子被人杀了。"

柯乔说："快带我去看看！"

柯焰将柯乔带到王镗的房间，推开门，一股血腥气扑面而来。外室的床上，躺着一位青年。再看内室，只见王镗的尸体歪躺在地上，身下是一摊血。他的手上，还握着一柄断剑。室内一片凌乱，显然有打斗的痕迹。

柯乔看了看王镗的断剑，又看了看他父子身上的伤口，惊道："看这断剑和伤口，明显是倭刀所为，据我的判断，倭寇的奸细已进了城。"

"我也是这么猜测的，只是没敢说。"柯焰说，"可是，他们为什么要杀王镗父子呢？"

王青龙插话说："这还不简单，杀了王千户，守城就少了一员干将。他的儿子守在外屋，肯定是顺道一块杀了。"

"形势比我们想象的还要严重。"柯乔说，"现在我们要连夜查出奸细，否则，他们里应外合，乍浦所城危矣！"

听说王千户突遭不测，高才也迅速赶了过来。他扑倒在王千户的尸首上，大哭道："兄弟啊，你们父子死得好惨啊，谁这么狠心，我高某一定要手刃仇人，将他碎尸万段，替你报仇雪恨！”说着，又是一番痛哭。

柯乔对高才说：“高千户，现在不是伤心的时候，你应该也看出来了，眼前的这股倭寇，显然不是一般的倭寇，我甚至怀疑他们的总舵主王直已进了乍浦镇！”

高才瞪着眼：“柯将军，情况有这么严重吗？这所城还能不能守住？”

“能，一定能！一旦所城落入倭寇之手，乍浦就成了他们的倭巢，浙江从此无宁日，到时你我都吃不了兜着走！因此，官军要与乍浦城共存亡！”柯乔说道。

高才说：“属下愿跟随柯将军与倭寇决一死战！”

柯乔下令道：“当务之急是揪出倭寇奸细。立即派出四个组，按东西南北四个城区，挨家挨户搜查，做到不漏一户，凡是能藏人的地方，都不能放过，务必在天亮前搜出奸细！”

众人领命去了。一时间，乍浦所城内，灯火通明，到处是举着火把搜查奸细的官军。

王青龙和郝地虎带着一班人搜查军营。当搜到千户高才的住处时，他正好从里面出来，王青龙说：“高千户不是在带兵搜城吗，怎么回来了？”

高才说：“回来拿件东西。怎么，我的住处也要搜吗？”

王青龙说：“高千户说笑了，难道我们还会信不过您？这乍浦所城都是您的地盘，我们不过是援军，说不定哪天就会离开的。”

“这还差不多。”高才说，“要不你们还是进来查一下吧？”高才推开了自己房屋的门，手握着门扣，说是让王、郝来查，身子却将门拦住了。

见高才没有挪开身子的意思，王青龙也没有多想，朝他的屋内例行公事地扫了一眼，说：“算了，我们信得过高千户。”说着，就到别的地方搜查去了。

折腾了半宿，将城中翻了个底朝天，却还是一无所获。对这样的结果，柯乔无法接受，也很无奈。也难怪，城池这么大，要想在短时间内将几个奸细搜出来，实非易事。天快亮了，倭寇很快会发起新一轮攻势，还得抓紧布置城防，准备迎接更加残酷的战斗。

柯乔镇守的是西门，这里也是倭寇主力所在地，本来这里由守城千户王铠镇守。王铠被害，柯乔决定亲自坐守。高才镇守南门，南门临海；另三座城门也分别由指挥和百户等军官分守。

乍浦城墙共有两千多个垛口，柯乔规定，每垛安排一个士兵和两个乡勇把守，每十个垛口设一个甲长监督。城门是防守的重点，每座城门由五十个士兵防守，由军官指挥，落实到人，失职问责。倭寇从上午就开始攻城，他们用燕尾箭射杀城头上的士兵和乡勇。倭寇用的弓有七八尺长，燕尾箭如小型长矛，有四五尺长，杀伤力极强。城上军民稍一露头，倭寇的箭矢像长了眼睛一般，往往被射中。官军用鸟铳还击，铅弹一炸一片，打得倭寇无力招架。不过火药珍贵，不到危急时刻一般不用火铳。那些丽水坑兵就派上了用场，他们常年开山掘矿，膂力过人，用巨石还击倭寇，被砸中者非死即伤。倭寇轮番攻打一天，伤亡上百，可乍浦城依旧安然无恙。

子夜时分，高才带着几个士兵在城头上巡查。查看一番后，他们在城楼上挂了一盏红灯笼，然后就沿着步道下了城池，来到了城门边。守门的士兵见千户来了，一个个都抖擞起精神。高才拍了拍他们的肩膀说："夜深了，倭寇也不会来了，兄弟们去睡一会儿，这里有我呢。"

"高千户，那我们就不客气了啊，睡会就来。"士兵们守了半夜，正困着呢，听高才如此一说，一个个放下枪，钻进营房睡觉去了。跟着高才来的几个亲随接管了城门。他们就是前天在醉仙楼里跟在书生后面的那几个人，都是倭寇。昨晚上，他们就躲在高才的房中。现在，他们都换上了明军军服，摇身一变成了明军士兵。

夜间，柯乔照例睡在城头上。他刚刚躺下，就被一阵喧闹声惊醒了。他持枪站了起来。喧闹声是从南门那边发出来的。他正要去看个究竟，就见柯焰火急火燎地跑来了，叫道："哥，不好了，倭寇进城了！"

"你说什么？"柯乔大惊。

"倭寇进城了，是从南门进来的，人数还不少。"

柯乔急红了眼："你有没有搞错，我根本没见到他们攻城啊！"

这时，王青龙和郝地虎也来了，两人手持钢刀，浑身是血。王青说：

"情况大致弄清楚了，倭寇根本没有攻城，是有人开城门放进来的。"

"奸细里应外合。快随我去夺回城门，无论如何，所城不能丢！"说着，柯乔下了城池，骑上马，率先向南门方向奔去。柯焰等人赶紧跟了上去。

到了南门前一看，已有大批倭寇涌进了城中。柯乔长枪连挑，接连刺倒了几个。柯焰、王青龙和郝地虎也率领士兵赶了过来，和倭寇混战在一起。这时，柯乔突然看见城楼上有两个熟悉的人影，正站在一盏红灯笼下，窃窃私语。再仔细一看，不是别人，正是大名鼎鼎的"倭王"王直和千户高才。王直仍是一副秀才打扮，手中竟然拿着一把折扇，正对着楼下指指点点。柯乔一见，义愤填膺，拈弓搭箭，朝王直射去！

只听"啊"的一声，箭矢射落了王直的方巾，他的头发散了开来。突然中箭，他惊恐万状，面目狰狞，像个厉鬼一般，寻找着箭矢的来源。高才手指着柯乔所在的方向，由于惊吓，胳膊也伸不直了，牙齿发颤，浑身哆嗦，说："柯、柯、柯……"

王直这才明白，是柯乔来了。他大声叫道："抓住柯乔！活捉柯乔！"大批倭寇向柯乔涌了过来，形势越发危急。

柯乔杀红了眼，混战中，他的马匹被人杀死了。他一手持枪，一手拿剑，奋勇拼杀。可是，无论他怎么冲锋，倭寇反而越来越多。

柯焰冲到他面前，大叫道："哥，我打听清楚了，高才叛变投敌，引倭进城，乍浦守不住了，我们快撤吧！"

"不行，我们一定要夺回城池！"

"倭寇太多，再拼下去官军就要被拼完了。快撤吧！"

柯乔向城头上扫视了一眼，果然到处都是倭寇。这个可恶的千户高才，一座如此重要的城池，竟然葬送在他的手里。无奈之下，柯乔只好下令向东门突围。东门外就是九龙山，可以隐蔽和扼守。

乍浦一战，由于双方实力悬殊太大，官军又是突然遭袭，加上千户高才叛变，死伤惨重，千户王铠牺牲，多名指挥、百户等战死。柯乔本想据守九龙山，养精蓄锐，试图有朝一日夺回乍浦所城。数日后，他接到巡抚王忬指令，命他率残军退守平湖县城休整。

倭寇在占领乍浦后，开始大批登陆，并分兵四掠，向浙江腹地蔓延，所到之处，焚屠殆遍，东南沿海倭患达到顶峰。因乍浦失利，柯乔受御史赵炳然弹劾，后被罢官，降为布衣。

接到旨意的那一天，柯乔异常平静。他对柯焀、王青龙和郝地虎说："阳明先生的墓就在绍兴兰亭附近，平时忙于公务，无缘一拜。现在无官一身轻，你们愿意陪我走一趟吗？"

三人都说："愿意！"

柯乔一行乘船离开了平湖，数日后，抵达了绍兴。他们雇了条乌篷船，朝绍兴西南面柯桥的兰亭方向驰去，抵达了一个名叫洪溪的地方。缘溪而上，再下船步行一段时间，就到了阳明先生的墓地鲜虾山。这里距兰亭不过两里，可谓近在咫尺。

王阳明祖籍绍兴山阴，先生去世之后葬于洪溪，也算是魂归故里。墓地位于半坡之上，地方是他生前亲自选定的。陵园坐北朝南，背依山岗，顺依山势，逐级升高，视野开阔，风水绝佳。登百余级台阶，越四层平台，即是墓冢。青松环侍左右，庄严肃穆。

从下船步行开始，柯乔不发一言，颇有些神思恍惚。秋光正好，山色斑斓，他也无心欣赏。落叶满径，走上去沙沙地响。柯乔不说话，其他人自然也不好说什么，大家只顾埋头登山，沿着石阶上行。

他们哪里懂得柯乔的心思呢？自嘉靖八年从礼部观政之后，担任行人司行人一职，后来到湖广、福建，仕宦生涯二十四年，恪守奉公，呕心沥血，先是两年牢狱，最终落得削职为民，叫他如何能释怀？他如何向故去的老父、白发苍苍的老母交代？又有何面目去见江东父老？

鲜虾山重峦叠嶂、草木萋萋，处处林鸟啁啾、蜂蝶翩翩，流水潺潺、行云片片，似乎全为陪伴柯乔祭奠王阳明先生齐刷刷地围拢而来。眼前景象使柯乔感到自己在天地间像一根草木一样渺小。柯乔缓步到了恩师墓前，柯乔顿感一阵寒凉。先生一代大儒，立身立言，功高盖世，死后墓冢亦不过是一座普通土丘。墓园里杂草丛生，秋天的狗尾巴草沿着山坡层层叠叠，随风摇曳，就像起伏的海浪一般。那情景，让柯乔顿时有一种置身海域的感觉，他的耳边山呼海啸，杀声震天。

一阵风起，一枚枫叶贴到了他的脸上。他没有动。枫叶落到地上，柯乔看见了，那枚叶子已被虫噬得千疮百孔，可它残存的部分，仍灿烂如霞。

柯乔走到墓前，跪下了。他轻抚着墓碑，哽咽着说："恩师，弟子看望您来了……"说着，放声痛哭。

"先生，我拜师时，您送学生六个字'立德，立功，立言'，努力至今，学生还没有很好地做到，真是羞愧啊！"柯乔在老师阳明先生墓前一边拜祭，一边喃喃地说着。他有着太多的委屈要对先生诉说。

泪光中，他陪同阳明先生游九华的情景又浮现在眼前。他们说说笑笑，寻访名人遗踪，遍览全山胜景，好不开心！那些日子，他每天聆听教诲，耳提面命，感悟深刻，有一种豁然开朗之感。那一年，他二十三岁，已接连两次乡试名落孙山，正处于人生低谷期。他怕承受不了再次失利的打击，准备放弃参加科考，终老故里。是阳明先生让他重新鼓起了勇气，再次走进了考棚，最终如愿踏上了仕途。本以为人生从此会顺风顺水，像先生一样干一番事业。他殚精竭虑，恪尽职守，出生入死，几度沉浮，两袖清风。可是，谁能想到，二十四年后，他一无所有，成了一介布衣。这份冤屈，天下有几人能受得了？

柯乔仕途三起三落，都是因有人进了谗言，他也由此深感人言可畏、人心难测。他问道："先生，弟子如何才能看透人心呢？"

满丘荒草沙沙有声，柯乔仿佛听见阳明先生在说："人心，则杂于人而危矣，伪之端矣。"

阳明先生这意思，是叫柯乔不问人心。柯乔想了想，又问："我入仕二十四年，如今一事无成，落拓归家，弟子大半辈子白活了。"

阳明先生仿佛在说："人须在事上磨炼，做功夫，乃有益。"

这是叫他不问结果。柯乔又问道："弟子也想仿效恩师，成就一番大业，可最终难有所成，凄然而归。世上之人将会如何视我？"

阳明先生说："是是非非自有定论，哪怕天下人都来谤我，也改变不了什么!""过去未来事，思之何益？徒放心耳。"

这是叫他不问过往。至此，柯乔心中才有些释然。他在先生坟前又拜了几拜，起身告辞。

他回头最后看了一眼阳明先生的墓园，仿佛看见了先生荷锄的身影，他还是那样清瘦，不疾不徐地走着，无论柯乔怎么叫他，他就像没听到一般，慢慢走入秋林深处，边走边吟："放锄息重阴，旧书漫披阅。倦枕竹下石，醒望松间月。起来步闲谣，晚酌檐间设。酣时藉草眠，忘与邻翁别。"

柯乔懂了，先生这是在以身示范，告诉他回去后过他将要过的生活。安贫乐道，躬耕田园，诗书自娱，做一个村夫野老。

嘉靖三十二年（1553）秋天的一日，柯乔回乡了，回到了九华山下的故里莲玉里柯村。回乡后，他先是祭拜了柯氏祖坟。身为柯氏子孙，因忙于公务，已连续十多年未归，自然也未能到先祖坟前一拜，柯乔深有愧意。

接着，他在九华山双峰下的柯村修缮了原有的双峰草堂，大门依然面对东面双峰。又为母亲精心布置了一间卧房。这些年来，他一直在外仕宦，奉养老母之责，一直由其他弟兄代劳。现在，该轮到他来尽孝了。

一天，柯乔忽然收到恩师湛若水先生的来信。他欣喜万分，打开一看，信中说道："与柯双华宪副：昔闻双华罹不测之患，昌言于众，以明华夷大义，方以为戚。及闻双华自安如羑里读书，以为慰。今者是非大明，得遂归。双华其外务谢绝，修得力可知。想日与古源究竟大道，斯道有托矣。幸甚！幸甚！良便布小启兼新图，附上一览，庶万里如同席也。九思九歌，老怀不忘。九华九鲤，湖梦若验，或终如愿也。"

湛若水先生年近九十，离开官场十余年，却依然关注着柯乔这位得意门生，得知他返乡，特赐书前来，一则对他遭遇不测表示安慰，二是对他光大理学寄予厚望。湛若水又给柯乔的启蒙老师李呈祥写信："与李古源上舍：廿年之别，怀念孔殷。甲寅之春，有传贵札自罗浮者，恍然如古源在罗浮矣。乃贵乡里不能直至，托徐上舍开缄，则止见与端溪往来辨学之言，而古源乃卓有的见矣。斯道之托，非古源其谁耶？往岁曾有诗卷奉寄，叹双华之事。今双华得归，相与究竟此学，其乐何如！兹以良便，草草布复。适有九思九歌奉览，知吾此情终当如愿。"湛若水的意图很简单，就是希望李呈祥与柯乔联手，进一步研究理学，弘扬"随处体认天理"的核心思想，将"王湛之学"发扬光大。

湛若水，号甘泉，明代大儒，他虽官历南京礼、吏、兵三部尚书，但一生致力于心学研究，独树一帜创立了甘泉心学，影响很大。以他的号命名的甘泉书院遍布全国多地，弟子数千人。时人将他与王阳明的理论并称为"王湛之学"。

嘉靖三十三年（1554）年初，柯乔将自己青年以来，热爱家乡和寄情山水的诗作，汇编成《九华山诗集》上下二卷，并自作序文，付梓印刷。书问世后，他寄给了老师湛若水一套。

刊刻完自己的诗集，柯乔就病倒了。持续二十多年的官宦生涯，让他负累不堪。特别在巡海道任上，整顿海防，行军作战，历尽艰险，倾尽心血。两年的牢狱生涯，进一步掏空了他的身体。他累了，实在支撑不住了。

四月二十三日夜，重病多日的柯乔在家人的搀扶下从床上爬了起来。他沐浴焚香，面对窗外的双华峰，正襟危坐。此时是夜间，双华峰隐藏在夜色里，看不见山影。柯乔虽处病中，却身姿挺拔，端正如山。他这一生，三起三落，但亦能称得上"无悔"二字。就像这双华峰一样，矗立于天地之间，光明磊落，顶风傲雪，永不屈服。

长子汝唐、次子熹年可能预感到父亲大限将至，一左一右地拥坐在他身边。熹年问道："爹，您还有什么要叮嘱孩儿的？"柯乔想起恩师阳明先生临终前，弟子们问他有何遗言时，阳明先生说："此心光明，夫复何言？"是的，还有什么可说的呢？他一生的经历就是最好的说明。他摇了摇头，只用手指了指窗外。熹年打开了窗子，外面一片漆黑，什么也看不见。汝唐极聪明，问道："爹，您是不是看到了双峰？"柯乔点了点头。

柯乔神色安详，慢慢合上了双眼。他面对双峰而逝，享年58岁，与王阳明先生逝世的年岁刚巧相同。

突然，只听一声雷响，大地震动，一道闪电撕裂长空。那一瞬间，窗外九华山的双峰露了出来，它矗立在夜色里，苍松簇拥，像一尊神。紧接着，大雨倾盆，风雨交加，持续了一夜。次日，人们发现，柯村东面双华峰下的广山，有一块十几丈高的巨石被雷电从中间劈开，此石从此人称"雷打石"。似乎是老天也为柯乔的冤屈和英年早逝而惋惜。

《双华公墓记》由曾任陕西河南巡抚、都察院右副都御史的柯氏宗亲柯相所做。是年，柯相已73岁高龄。九月十七日，在柯乔墓前，他老泪纵横，饱含深情地宣读了墓记，闻者无不动容泪下。墓记中，柯相简要回顾了柯乔的一生，并对他平寇治疆的业绩做出了高度评价。全文如下：

呜呼！此吾同宗弟讳乔，字迁之，别号双华之墓也。盖吾柯氏先世自唐神龙初应诚公，以池州刺史复迁蓉城九子山之西莲玉里，散处于广德、尧封、棠河、峡川、陡坑，为士族。

双华之曾祖原民，才识超拔，纳交皆一时名流，若安成李司成、吴兴凌都宪、淮南高学士、吾乡檀府丞、佘通政诸公是也。宗兄东冈暹，居给事时，以言事忤旨。淹蓺棘者，三年睭馈如一日，有逾骨肉，晚年归隐云松致政，巡抚周文襄亦相过话旧，可以想见其贤矣。祖（父）志洪孝悌力田，里评推重。父崧积学入邑庠，以岁荐铨授武义县司训，复升河南王府教授，以子乔贵，敕封贵州道监察御史，享有遐寿。

双华自幼即有志学圣贤，阳明先生游九华讲道于化城寺，乃率同袍施宗道辈以师礼事之，讲明良知之学诸经奥义，直探其关钥，阳明先生深器异之。已而，复师李古源，讲明"知行合一"之学，尤极精诣，学成名立，遂领戊子科乡荐，明年己丑连捷，礼部观政授行人司，行人乃闲职，复约同年有志者从甘泉湛先生，讲明"随处体认天理"之学。未几，以才望选授贵州道监察御史，获预经筵侍讲。无何，为同进者所忌，蓁菲猬兴，当道者弗察，降为黄州府推官，未任，丁父忧，服阕改推永平府。再逾年，召为户部主事迁员外郎，升沉荣辱喜愠不形，官评题之。嘉靖十九年庚子岁，遂擢湖广按察司佥事，驻节沔阳，沔阳多沮洳深泽，葭苇荟广，潦集则弥望平湖，民艰粒食。乃周视环度，思以拯之。睨而叹之曰："汉水讵能溺人？咎在官吏匪人耳！"遂躬自上下，原隰丈度区分，筑江堤周回数千里，工程浩穰，作其勤而咸其不用命者，未几而堤岸告成，远近老弱观者如堵，咸扣舆加额曰："微我公民其鱼乎！"次乃修长道以立厘市，创浮桥以通商旅，兴学校以作士气，辨冤狱以判直枉，孔刷秕政百尔具作。癸卯岁大旱，民苦不雨，即出郊虔祷而灵，雨应期如澍，民甚德之，颂声洋洋乎四起。暇则俭约身心，阐明道义以振起俗学，沔阳遂为荆江一文明雄镇矣。岁乙巳升福建布政司参议，沔阳人挽舆泣送，无下数千人脱靴袍，立生祠以系去思，亦足以证其惠爱矣！

入闽二年，迁本省按察司副使，专理海道。闽俗多以通商贸货为常，双华至，乃下令一以公法裁之，诸有势力者辄呶呶，哄称不便，嗣是毁谤交流，市虎三至，遂文致附会，构成大狱，直欲置之死地而后已。

赖天子明圣，台谏卿辅察其非辜，放还原籍，亦不为不幸也矣。迩来海寇猖獗，流毒两省，上厪当宣分遣文武大臣大张杀伐，而犹未即勘定其难，如此则吾双华之非罪可一印证也。使其不死，公论起而用之，当何如感奋思效也，然亦已晚矣！

惟念双华平生有用世之志，有戡乱之才，有独立不惧之操，有万夫莫回之勇，乃兹赍志以殁，遗憾可胜悼哉！时嘉靖三十三年甲寅岁四月二十有三日，将卒，无一语及家事，正襟端坐观化而逝，痛哉！享年五十有八。世短泽长，其在后嗣已乎？妻叶氏贤，克余内蛊，继娶程氏，雍睦相副，昆弟八人：烨、烦、容、俊、尚、美、石，友爱周恤均平如一，割腴田以赡其业，推余润以沃其家，厚之道也。其子二：长尧年、次熹年，皆程氏出，聪明不凡，足世家学。女三：长幽兰、次蕙兰皆叶氏出，又次芷兰程氏出，长适贵邑包嘉美，次适施文臣，三聘李坦之子爱，古源孙也。孙一尚幼。尧年等将以是年十月六日祔葬东庄垄先茔之旁，乞余铭诸墓石，遂拭泪书之。铭曰：

九华秀兮双华特，双华为号兮吾宗杰。希圣希贤兮孔孟正脉，龙虎榜中兮文翰两绝，豸绣荣亲兮封章烨烨，揽辔澄清兮沔阳尤烈，芟芜画界兮成阡陌，生死鼎峙兮香火热。闽南海岛兮挠寇贼，一鼓而擒兮渠魁得，夫何丑正庇邪兮天日黑，彼苍卒佑兮舆情叶，生还故里兮期终雪，誓不诛此凶孽兮心不白，大命弗延兮谁之厄？永言长号兮三叹一诀，后嗣振振兮籍先德，克绍芳躅兮视余铭刻。

大明嘉靖三十三年岁次甲寅九月十七日 之吉

赐进士出身嘉议大夫前奉

敕巡抚陕西河南等处地方、都察院右副都御史　柯相

　　柯乔病逝后不久，朝廷已查明他的冤情，得知乍浦之失乃是有内奸串通倭寇造成，于是嘉靖皇帝诏令其进京授职。当诏书到达柯村时，可惜柯乔已离世数月。嘉靖皇帝听说后，甚感愧疚，于是赐其"双华公"，追授"副宪"（正三品），敕令建造"柯乔门坊"以纪念之。

　　柯乔逝世以后，柯乔次子柯熹年，继承父亲遗志，奔赴东南沿海前线抗倭。柯熹年先是任福建永宁卫经历，后升宁州判官，一生勤勉有加，政声颇佳。

　　不幸的是，柯乔长子柯汝唐于四年后病逝，年仅二十三岁，葬于柯村东广山山麓，碑文云："大明茂才柯汝唐之墓"，人称"状元坟"。这里还隐藏着一个传说。

　　嘉靖十四年八月二十六日，柯汝唐出生。他是长子，自然受到父亲柯乔的宠爱。柯汝唐长到十三岁时，已满腹才华，名闻乡里。二十岁那年，他和几位同窗进京赶考。有位浙江学友出身名宦世家，家中甚是富裕，他戏称同行中若是有人中榜，就让给他，日后保有享不尽的荣华富贵。几个学友都笑着应允，柯汝唐也笑着说："如我得中，甘愿奉让。"

　　不日到了京城考试。放榜下来，柯汝唐果然榜上有名，且名列第一。可是天有不测风云，柯汝唐本就有眼疾，殿试时又过于紧张疲劳，竟意外双目失明。后延请名医调治，可惜都无法恢复。柯汝唐由此与科举失之交臂，他的功名被位列于其后的那位浙江学友顶替。一句戏言，竟然一语成谶。柯汝唐由此心中郁闷，后一病不起，于嘉靖三十七年（1558）十二月二十三日去世。他去世后，其新婚妻子在墓旁建了座庵堂守节，伴守夫君。因柯氏祖坟附近原有一座老庵，为了区分，人们称这座新建的庵堂所在地为"新庵里"，由此成为地名。

　　柯乔门坊建筑构造独特，它并不是一座单独的牌楼，而是一幢房子，共有四进，砖木结构，正面建坊。它与徽州常见的牌坊有一点不同，那就是门坊正面朝着室内，而不是朝室外。门坊大门上方有两行砖雕大字：上面一行

是"副宪"二字，说的是柯乔的地位，享受正三品官衔待遇。其实，柯乔在世时，担任的最高职务巡视海道副使是正四品，授"中宪大夫"，"副宪"乃柯乔去世后皇帝下旨追封的；下面一行小一些的字："嘉靖己丑科进士柯乔"，说的是柯乔考中进士的时间是嘉靖己丑年，即公元 1529 年。门坊上，镂空的砖雕十分精美，无论是鸟兽、花朵，还是树枝、树叶和百草、水纹波浪，无不细腻生动、栩栩如生。坊顶部，是两座石雕小狮子，虎虎生威。正堂柯乔雕像两边有副对联："八闽立奇功，战绩犹存，纬武经文莫若祖；九华余精舍，流风未歇，读书谈道又何人。"正堂柱子上的对联是："学比董江都，品重王门师道贵；风高陶靖节，志甘泌水宦情疏。"这两副对联对仗工整，对柯乔一生做了较为精准的概括和评价。据悉，柯乔门坊大门上每年春联的内容总是相同的八个字："光于前烈，裕而后昆。"这已成柯氏世代相传的规矩，延续了数百年，意即光耀前人功业，垂裕后世子孙。柯氏子孙就是以这种简单而朴素的方式，纪念和称颂柯乔的功德。

"尔家双峰下，不见双峰景。如锥处囊中，深藏未脱颖。"这是柯乔二十四岁时，王阳明写给他的诗句。双峰高峨，山还是那座山，千年沉默如斯，而斯人已逝，高风永存。

柯乔一生以圣贤为师，学而知，知而行。江汉治水，兴利除弊；闽南兴学，身体力行；闽浙荡寇，出生入死。他关怀苍生福祉，深具家国情怀，以自己的言行践行着"知行合一"的理念，实现了品德与功业的"双峰"。

从此，他成为历史深处，与九华同辉，让后人景仰的另一座山……

明孝宗弘治十年（1497），1 岁

六月十五，柯乔出生，其父柯崧林、母罗氏，时年皆 37 岁。

弘治十五年（1502），6 岁

初春，著名的思想家、文学家、哲学家和军事家王守仁首次游历九华山，宿柯乔家，受到其父柯崧林、其母罗氏等热情接待，王阳明作《九华山下宿柯秀才家》、赠柯家诗《书梅竹小画》和《云门峰》等。柯乔首次见到王阳明。王阳明惊奇于幼小柯乔的天赋，作长诗《赠侍御柯君双华长短行》（另标题为《咏柯乔居》），赞扬柯乔"三岁四岁貌岐嶷，五岁颖异如阿蒙。六岁能知日远近，七岁默思天际穹……"

弘治十四到十八年（1501—1505），5 至 9 岁

小柯乔在九华山柯村云门峰下三汲泉西侧开元观跟随蔡道士学习诗文、习武练功，背诵兵家经典《孙子兵法》。同时，拜周金和尚为师学习武术，练枪法。

武宗正德元年（1506），10 岁

拜贵池源头村（今石台县仙寓镇源头村）人李呈祥（明代知名学者，时年 22 岁）为师，学习文化，受到良好的启蒙教育。

正德八年（1513），17 岁

通过院试，中秀才，取得"生员"资格。

正德十五年（1520），24 岁

王阳明再次来九华山，再次宿柯乔家，柯乔与同窗江学曾、施宗道全程陪同，相继登览了九华山天柱、九子、莲花、云门、列仙、真人、翠微、滴翠、双峰、安禅、云外诸峰，游玩了百丈潭、垂云洞、七布泉、嘉鱼池、游龙洞、流觞濑、渐渐水，踏过青峭湾、大还岭、西洪岭，探访过金光、三游等岩洞。王阳明在三位弟子陪同下，还在凤凰松下顾盼闵园幽景；寻访费征君、滕子京故居，踏访了赵知微的碧桃岩，凭吊遗迹，发思古之幽情，几乎览尽了九华的奇山秀水。柯乔正式拜师于王阳明。王阳明作《双峰遗柯生乔》《咏柯乔居》等。

嘉靖五年（1526），30 岁

赴南京"西樵讲舍"，首次到甘泉先生（湛若水）门下听他讲学，正式拜甘泉先生为师。他与同窗施宗道、江学曾等一起在九华山化城寺东、摩空岭下、伏虎洞（今称老虎洞）西南参与筹建甘泉书院，等候甘泉先生游九华。

嘉靖七年（1528），32 岁

参加戊子科乡试，中举人。到南京访学，向关中大儒吕柟学习仁学。

王阳明的门徒祝增任青阳知县，在九华山建成阳明书院，柯乔参与整个筹建过程。据欧阳德《九华仰止祠记》记载，阳明书院之建，起自柯乔。柯乔参加乡试时，告诉祝增欲建阳明书院之事，祝增于嘉靖戊子年（1528）秋天建成，当年年底，阳明先生逝世，巡按虞守愚、督学闻人诠到阳明书院，见其地甚好，为阳明所卜之地，遂与池州同知任柱一起，改书院为"仰止祠"，于嘉靖甲午年（1534）夏天改建完成。

嘉靖八年（1529），33 岁

三月，到北京参加会试，杏榜有名获"贡士"；四月参加殿试，中己丑科二甲进士。礼部观政，授其行人司行人职务。

秋，由柯乔等同窗为湛若水倡议捐修的五溪书院，在九华十景中的五溪山色中落成，吕柟作《五溪书院记》。

恩师王阳明先生去世，柯乔参与组织悼念活动。

随父亲柯崧林拜见老师湛甘泉。

嘉靖十年（1531），35 岁

获授翰林院经筵侍讲。

嘉靖十二年（1533），37 岁

十月二十五日，诰授柯乔为贵州道监察御史，授文林郎，并诰授其妻叶氏为夫人。

嘉靖十三年（1534），38 岁

受人嫉妒谗言，被降为黄州府推官。上任途中，闻父崧林卒，未到任回家丁父忧。

甘泉书院建成，柯乔出席落成仪式。

嘉靖十四年（1535），39 岁

八月廿六，长子尧年生。

八月廿六，柯乔在九华山化城寺与阳明书院之间建双华精舍，集生徒讲学。

嘉靖十五年（1536），40 岁

八月二十三日，甘泉先生携扬、浙、广、福、徽、宁、太、池等地门生和沈生珠等一道来九华山，宿住于甘泉书堂。此时，侍御闻人子、虞子、池阳前太守侯子、时任太守陆子、同知任柱等人，以及御史柯乔、乡进士江学曾、施宗道，三学教授、司训等人已在书院迎候，欲听先生开讲。甘泉先生取出《论语》中"古之学者为己，今之学者为人"一章，提掇其大义奥旨，做了精彩演讲，并写出文字讲义，阐述"随处体认天理"哲学精髓，给学生传诵。甘泉先生时年 71 岁，任吏部尚书。甘泉先生作《咏柯乔诗》，诗中题记提到："予游九华，往返两过侍御柯双华家。"在柯乔家见到柯乔父亲柯崧林遗像，有感作《崧林公行》。

十月，服阕（守丧期满除服），改任永平府推官。

嘉靖十六年（1537），41 岁

五月，应柯乔之请，湛若水作《崧林公墓表》。

召为户部主事迁员外郎，"升沉荣辱喜愠不形，官评韪之"。

嘉靖十八年（1539），43 岁

二月廿七，次子熹年生。

嘉靖十九年（1540），44 岁

年初，擢升湖广按察司佥事，选任荆西道首任长官佥宪，驻节沔阳，并兼显陵建设四大督办之一。以安置流民方式解决显陵用工荒难题。

耗时三个月，沿江巡视了沔阳、潜江、江陵、公安等七地，绘制了江汉堤坝4000多里的施工草图，制订了筑新堤修旧坝和陂塘串联工程疏理施工计划和时间表。创办水防营造教育。

主持修建沔阳州庙学。

七月，75 岁的湛若水致仕回家，与柯乔相约瓜洲水面上见面，柯乔乘船沿江而下拜见老师，由于风浪，两人所乘错过。柯乔因公务在身，不敢耽搁，致信甘泉先生辞行。《泉翁大全集》记载："初九日，还抵仪征，发舟至镇江，柯迁之走书来，道情甚切，答之诗云。"湛若水收到柯乔信后作答《五言绝句·走笔答柯双华佥宪》："双华笔端语，读之乱心绪。何如待高秋？相约祝融去。"

嘉靖二十年（1541），45 岁

七月，明代著名诗人、裕州知府王廷陈受巡抚顾璘推荐，赴承天参与修《承天府志》（即《兴都志》）。柯乔前往汉口迎接，两人相会于汉口舟中，相谈甚欢。王廷陈作《答柯双华》："昨者枉驾汉口，接宴舟中，虽未竭殷勤之欢，亦已惬愿见之私矣。……"

《承天府志》从嘉靖二十年（1541）三月开始着手修撰，到二十一年（1542）正月成书，共二十四卷，分典制、郡邑二篇。纂修人员为：方远宜、魏良辅、柯乔、王格、颜木、王廷陈。修成之后，受到嘉靖皇帝奖赏。

柯乔巡视竟陵，在龙盖寺僧真清处发现手抄本陆羽《茶经》，组织刊刻《茶经》，请致仕在家的鲁彭作序并负责编印，后人将此本《茶经》称为竟陵版陆羽《茶经》（柯本），是现存最早问世的陆羽《茶经》单行本。竟陵版陆羽《茶经》（柯本）于嘉靖二十一年（1542）冬印制完工，正式发行。后被收入《四库全书总目》，名"明嘉靖二十一年柯双华竟陵本"。

嘉靖二十一年（1542），46 岁

柯乔牧守荆西道，巡行至竟陵，"访唐处士陆羽故处龙盖寺"，"因慨茶井失所在"，于是"复构亭其北，曰茶亭焉"。柯乔倡议复构陆羽纪念地标志场所，修建陆羽茶亭、陆公祠，组织人挖掘修建"陆羽井"，后人又称为"柯公井"。

嘉靖十八年至二十一年（1539—1542），43 至 46 岁

柯乔巡荆西道的四年间，三年专事治江，筑堤、疏河、阻塞水口，共计修筑了江汉平原腹地自沔阳、潜江、江陵、公安、石首、监利、河阳等县长江江堤及汉江大堤共计 4000 余里，由柯乔、陆杰等主持，沿江大堤基本形成。柯乔治江，亲临江岸，度地势、量基址，身率力行。理政为民，设集市，废弊政，兴办学校，平雪冤狱。清廉为官，勤政为民，他的治水为政名言"江水溺人，咎在官吏"，留迹多家史册，成为后世为官警言。

明代著名理学家、教育家邹守益在《江汉复修二堤记》中清楚记载："金宪双华柯公乔督其成。自江陵、公安、石首、沔阳、景陵、潜江，修江堤一千七百余里；自黄家堡至汉阳玉沙，增旧堤一百三十里；自南北湖、龙家赛，创新堤六十五里；自荆门、钟祥、京山、沔阳、景陵、潜江、汉川，修汉堤二千余里。"明嘉靖礼部尚书、诗人孙承恩作长诗《江汉歌赠柯双华》，高度赞扬柯乔主持修筑江汉大堤的不朽功绩："汉江有堤自今始，乐乐利利无终穷。我言柯子真能为，民兴大利除大患。"

嘉靖二十二年（1543），47 岁

沔阳州大旱，柯乔设坛祷之神祇，大雨千里，沔民颂之曰："我有子弟，柯公鞠之；我有麦禾，柯公生之。柯公而去，谁其嗣之?"

嘉靖二十三年（1544），48 岁

柯乔巡视潜江县，发现濒临汉江的潜江城四周无城门，下令修建东汉滨、西郢郊、南迎薰、北望洋四座城门，知县黄学准积极响应并组织修建。城门修成后，湛若水撰文《新修城门记》，赞扬柯乔"夫双华子者，志圣人之道，游于阳明甘泉之门，闻天理良知之学者也!"同时盛赞知县黄学准。

嘉靖二十四年（1545），49 岁

调任福建布政司参议，沔阳百姓千人送之，脱其帽靴为其立生祠。

十月九日，与祁门印山好友程镐同游武夷山。在一线天右边楼阁崖石壁

上留下题刻："九曲斜飞境，双华正下宫。适来盟信宿，亘古尚奇逢。天设浑无凿，机忘见太空。武夷山下水，愿汲与人同。——嘉靖乙巳阳月九日祁门印山程镐与双华柯子游武夷山赋此。"

嘉靖二十五年（1546），50岁

柯乔以福建布政司参议分守建宁行部，其时，松溪县等地遭受台风袭击，学校遭台风暴雨袭击受灾，柯乔亲临松溪等县受灾现场查看，组织灾后重建工作。嘉靖二十八年（1549），明代诗人、散文家，嘉靖八才子之首王慎中作《松溪县改建儒学记》，记录了柯乔灾后重建的功绩。

升任福建按察司副使、巡海道副使，专理海道，负责备倭有关的军粮、军器、军籍以及后备供应、城堡修建。遇有战事，要随营监督。另，巡海道副使还负责地方屯田事务，督察民生。

应柯乔之请，前翰林院吏科给事中、临清州人阎闳为其母作《柯云门公罗夫人墓表》；王慎中为柯乔母亲作《罗氏夫人传》（《晋江县志》中载为《柯母传》）。

春，与福建寿宁县知县张鹤年，将湛若水书法镌刻在城西三丈高的星球岩上。

嘉靖二十六年（1547），51岁

五月，柯乔出任巡海副使，出兵浯屿。林希元《林次崖先生文集》记载了柯乔的抚攻之计：派生员郑岳先稳住佛郎机人，再出其不意，突然袭击。柯乔立率漳州知府卢璧、龙溪知县林松，发兵攻岛。《嘉靖皇帝实录》记载："佛郎机国夷人入掠福建漳州，海道副使柯乔御之，遁去。"

十一月，与倭寇相勾结的山贼流寇祸害百姓，柯乔、参政吴鹏等指挥官军围剿叛贼。抗倭名将俞大猷在柯乔的直接指挥下参加战斗。

嘉靖二十七年（1548），52岁

倭寇进犯永宁卫城，城破，大肆屠杀军民，"陷城洗街"风俗留下。柯乔亲临卫所调度，和永宁卫城指挥同知杜钦爵率领旗军和各乡奔袭支援的机兵，击退倭寇后，乘胜追击，最终将残余倭寇全部歼灭捕获。

四月，浙江巡抚朱纨派都指挥卢镗、巡海道副使柯乔等率兵进攻浙江舟

山群岛佛渡岛上的双屿港，大败佛郎机人和倭寇，后以木石淤塞港口。

六月，倭寇进犯连江县，柯乔调永宁卫指挥张文昊率领玄钟、海沧等澳兵船前去协捕。经各部合围杀敌，歼敌 140 余名，缴获大船 3 艘，剩余海寇"乘潮驾脱外洋"。

六月，柯乔提议在月港设县，朝廷答复为"适地方稍宁，暂停止"。允许在海沧加置安边馆。柯乔持续进言，四年之后，朝廷才议准将海沧的安边馆迁到月港，更名"靖海馆"。隆庆元年，设海澄县。

主持刊刻了《晏子春秋》明嘉靖柯乔刻本和闽本《汉书》。

柯乔与漳州府龙溪县知县林松从佛郎机人手中收回盘踞的金沙公馆，改建成金沙书院，并礼请林希元出任山长。

广泛推广步战武术阵法"宋江阵"和"鸳鸯伍"。后者由柯乔好友唐顺之发明，在抗击贼寇的战斗中发挥了重要作用，后被戚继光继承并发扬光大。

嘉靖二十八年（1549），53 岁

月港遭倭寇袭击，柯乔率军防守，并击退倭寇。招募的乡兵发挥了重要作用，民间勇士陈孔志阵亡。《福建通志》载："陈孔志，海澄人，臂力绝人。嘉靖己酉，倭掠澄邑，海道柯乔急征勇士，孔志慨然应募，独舰冲贼，杀获其众。中炮死，乔立石致祭。"

明军在副使柯乔与都司卢镗等人率领下，围攻了侵占福建诏安县走马溪的佛郎机海盗，使之受到重创。在东山岛附近设伏，经过三天激战，擒斩佛郎机海盗和倭寇 239 人，生擒 96 名。

嘉靖二十九年（1550），54 岁

御史陈九德、周亮等弹劾朱纨"举措乖方，专杀启衅"，又弹劾卢镗、柯乔等"党纨擅杀，宜置于理"。是年七月，嘉靖皇帝下诏："诏逮巡视浙、福都御史朱纨至京讯鞫，下福建都司都指挥佥事卢镗、海道副使柯乔狱，论死。"

嘉靖三十一年（1552），56 岁

倭贼大举入侵浙江，王直撮合徐海、陈东、麻叶等人，勾引倭奴万余

人，驾船千余艘，登台州，占黄岩，扰及象山、定海。倭乱已从沿海蔓延至闽、浙、粤等省腹地。七月，任命山东都察院右佥都御史王忬任浙江巡抚，提督浙江、福建沿海军务。经王忬卜奏朝廷批准，柯乔、卢镗被释放出狱，重返东南沿海前线，屡立战功。

嘉靖三十二年（1553），57 岁

王直勾结诸路倭寇连船数百艘，大举骚扰浙江沿海各府县。卢镗奉命与柯乔、俞大猷、汤克宽等，分别逐击倭寇于舟山、太仓、南汇、吴淞、江阴、嘉定、海盐、海宁、乍浦等处。

四月十日，倭寇自金山进入乍浦，被驻乍浦备倭把总逐出。

四月十三日，被逐倭寇纠集数百名匪贼，驾驶七艘海船再次登陆乍浦，巡抚王忬派汤克宽、柯乔增援围剿，倭船被再次赶出乍浦。

五月二十五日，不甘失败的倭寇再次纠合 37 艘海盗船，直扑乍浦龙王堂，伺机登城。九日，倾盆大雨，倭寇发起突袭。千户高才临阵叛变通敌，引寇四面登城。柯乔亲临督战，但无力回天，乍浦大败。柯乔因此受御史赵炳然弹劾被罢官，回到故乡九华山下莲玉里柯村。

柯乔回乡后筑双峰草堂，研究学问，创作诗文。老师湛若水闻讯，致信柯乔安慰。

嘉靖三十三年（1554），58 岁

年初，柯乔将自己青年以来，热爱家乡，寄情山水的诗作编成《九华山诗集》上下二卷，作《九华山诗集序》，并付梓印刷，寄给老师湛若水一套。

四月二十三日丑时（1554 年 5 月 24 日），病逝于家中。"无一语及家事，正襟端坐观化而逝。"享年 58 岁。时朝廷已查明柯乔冤情，诏令其进京授职，诏书到时，可惜柯乔已逝世几月。嘉靖皇帝听说后很遗憾，赐其为"双华公"，追授"副宪"（正三品），敕令建造"柯乔门坊"以纪念之。

曾任陕西河南巡抚、都察院右副都御史的族人柯相作《双华公墓记》痛悼之。

柯乔去世以后，次子柯熹年继承父亲遗志，奔赴东南沿海前线抗倭，任福建永宁卫经历，后升宁州判官。

柯宏胜

　　柯乔故居，原名"双峰草堂"，为柯乔及其父柯崧林之住所，也是明代大儒王阳明两次来九华山旅居之处。

　　关于柯乔故居详情，清朝光绪十六年（1890）修撰的《莲玉柯氏宗谱》第一卷中（亦载李恺《介山诗文集》），有一篇《题双华柯公草堂记》，详细记录了双峰草堂的情况。全文摘录如下：

题双华柯公草堂记

　　天下名山大川，秩望于黄虞，载古图牒者，惟岱、霍、恒、华诸岳，若夫侯甸退方，奇峰异源为神仙之宅，贤人隐者之窝，墨客才子履寓题咏之境。至中古始著者，则有武夷、雁荡、罗浮、巫岷、黄芦数十洞天，而九华山其一也。山曰九子，言形也。李白以九峰似莲花，其诗曰："秀出九芙蓉。"易以华名，耸削碧天，景象万千矣。

　　今闽宪伯中丞柯公家于青阳，观九华之麓，爱双峰之胜，构数楹于其下，因以为号曰"双峰"。峰乎哉，或类代之以华，士大夫学者称为双华先生，华犹峰也！

　　余生长南越，未涉秋浦，于峰之起伏，翔踊不可语其详略。近读阳明小序以及国志，言峰峙如笔架，峰之南发祖于华，而此为之支。草堂者，群峰众美之所会也。夫九峰竞秀，前人之述备矣。其绵亘包括峨巑瘦拔，上际斗分，下襟六朝，层峦叠巘，穷崖巨谷，如劈如飞，森然殊态，其精英磅礴之气，殆非升沉之流，栖迟之侣，当之必有伟人。钟灵秉秀兴于其地，九华得气之先。

冠卿少愚，诸贤光辉未大，惟公人品磊落，勋业炳赫，临机决疑憾之无动，山自浑沌剖拓至今，乃大发其秀德，而公之令子犹渥洼之驹，御以造父一日千里。族兄提督军务、都御史狮山翁，元老典型，先后连映，于斯为盛。菘降申、甫，眉产轼、辙，当双峰而结室者，其应兹峰五百年之昌运者欤！余闻公善廓氏书而契其妙，往来华山之间，独于是卖田筑舍，若将终身则堂之方位合阴阳之体，抱环抱之势超于方外，卜历数百可以预征。堂在峰下藏而修焉，优而游焉。云霞之变化，水石之磷涸，松卉之苁苍，鱼鸟之鸣跃，田壤之平沃，皆取之几席棂牖间，公道心充养，藻思泛溢，胸次悠洒，韵致清旷，多获助于山而雄博不露，又与山之性同，人非山川不生，山川非人不重。

公早岁学于王氏，闻良知要旨而有独悟。出而从政，海内缙绅愿与之友。生得九华之精，养得九华之粹。仲尼居而杏坛尊，晦翁居而云谷耀。兹峰赖公于不朽，则公于兹峰也有荣光矣！或者谓公未及第先作此堂，古不云乎！中州士大夫以官为家，罢则无所归，故先治堂而为之。主不遇则耕稼教训谈道著书，为河汾之王通，进则辅世长民，功成而退处之。匾之曰：绿野行止，不滞出处。惟时公刚方直大之志，不少诡随洯忍以从好，盖在昔陶茅之日已定矣。阳明之诗曰："尔家双峰下，深藏未脱颖。"期之也！终之曰："悠然望双峰，可以发深省。"则跃如有立，引而上之余。余赐间垦耪得侍左右，庄诵而慕悦之于峰，若有所见也，乃强臆为序，以贻辱于峰云。

时嘉靖二十九年岁次己酉二月吉旦
温陵逸人前进士惠安抑斋李恺拜撰

此文为明代嘉靖年间抗倭英雄李恺所作。李恺（1511—1592），字克谐，号抑斋，福建泉州惠安县人，明嘉靖十一年（1532）举进士，历授广东番禺县令、礼部稽勋司主事、兵部车驾司郎、湖广按察副使。后在抗击倭寇进攻惠安县城战斗中，单枪匹马冲入敌阵，连杀数十人，后被围中箭壮烈牺牲。李恺与柯乔同朝为官，有着相同的志向，私交不错。他为柯乔故居写一篇文章，也在情理中，写这篇文章的时间在嘉靖二十九年，即 1550 年，他和柯乔同在福建抗倭前线。

关于双峰草堂，清光绪辛卯年（1891）周赟担任总撰的《青阳县志》卷四人物志《理学》中有这样明确记载："柯乔，字迁之，九都人。幼游贵池李呈祥之门，笃志好学。及王守仁来游九华，乔师事之。偕同学在化城寺右创阳明书院，又在中峰创甘泉书院，日与诸生江学曾、施宗道辈讲学不辍。所居双峰下构'双峰草堂'，终老其内。"柯乔故居"双峰草堂"在官方县志中得到充分印证。

柯乔故居还是追寻明代大儒王阳明、湛若水遗迹的重要场所。著名的思想家、文学家、哲学家、教育家和军事家王守仁先后两次上九华山，明孝宗弘治十五年壬戌（1502）初春，首次游历九华山，宿柯乔家，受到其父柯崧林、其母罗氏等热情接待，王阳明作《九华山下宿柯秀才家》、赠柯家诗《书梅竹小画》。柯乔首次见到王阳明，其年6岁。

九华山下宿柯秀才家

弘治壬戌春前游

苍峰抱层嶂，翠瀑绕双溪。

下有幽人宅，萝深客到迷。

书梅竹小画

寒倚春宵苍玉杖，九华峰顶独归来。

柯家草亭深云里，却有梅花傍竹开。

明武宗朱厚照正德十五年（1520），王阳明再次来九华山，再次宿柯乔家。此时柯乔已经过了弱冠之年，且已经中了秀才，遂正式拜阳明为师。柯乔邀同窗好友江学曾、施宗道全程陪同王阳明，相继登览了九华山天柱、九子、莲花、云门、列仙、真人、翠微、滴翠、双峰、安禅、云外诸峰，游玩了百丈潭、垂云涧、七布泉、嘉鱼池、游龙涧、流觞濑、溅溅水，踏过青峭湾、大还岭、西洪岭，探访过金光、三游等岩洞。王阳明在三位弟子陪同下，还在凤凰松下顾盼闵园幽景；寻访费征君、滕子京故居，踏访了赵知微

309

的碧桃岩，凭吊遗迹，发思古之幽情。几乎览尽了九华的奇山秀水。王阳明先生在三位学生陪同下，上山游览，下山住在柯乔家，对柯乔很是器重，作《双峰遗柯生乔》《咏柯乔居》《双峰》等。

双峰遗柯生乔

尔家双峰下，不见双峰景。如锥处囊中，深藏未脱颖。

盛德心愈卑，幽人迹多屏。悠然望双峰，可以发深省。

咏柯乔居

阳明王守仁题

九华天作池阳东，翠微堤边复九峰。两华亘起镇南极，一万七千罗汉松。

松林繁阴霭灵秘，拟有神物通其中。大者萃精储人杰，次者凝质成良虹。

荡摩风雷状元气，推演八卦连山重。大华一百零四峰，芙蓉开篇花丛丛。

小华二十有四洞，连珠累累函崆峒。云门高士祷其下，少微炯炯汤漠冲。

华山降神尼父送，宁馨儿子申伯同。三岁四岁貌岐嶷，五岁颖异如阿蒙。

六岁能知日远近，七岁默思天际穹。十岁卓荦志不羁，十四五六诗书通。

二十以外德义富，仰止先觉慕高风。谪仙遗躅试一蹴，文晶吐纳奔霓虹。

阳明山人亦忘年，倾盖独得斯文宗。良知亲唯吾道诀，荒翳尽扫千峰融。

千峰不断连一脉，岩崿嶒峻咸作容。中有两峰如马耳，壁立万刃当九空。

龙从此起云泼岫，膏霖海宇资化工。化工一赞雨仪定，上有丹凤鸣雕雕。

鸣噌噌和气充，飧松啮芝欲不老，飘飘洒逸如仙翁。小华巨人迹，可以匡天步；大华仙人坂，可以登鸿蒙。双华之巅真大观，尚友太岳峨岷童。

俯瞰八荒襟四渎，我欲跻攀未由从。登登复登安所止，太乙三极罗胸中，双华之居夫子宫。（载明嘉靖《池州府志》卷之四十六《儒林》）

柯乔的另外一位老师、明朝大儒湛若水也曾到九华山柯乔家旅居，对柯乔故居——双峰草堂也有记载。湛若水到九华山作《过柯双华侍御山居有序》，诗文如下：

过柯双华侍御山居有序

予游九华，往迁两过侍御柯双华家，见阳明诗，以为未见双峰，予以能会双峰即是双峰，双峰今为双华也。因以诗志之。

如我爱双峰，到眼心会景。

爱此峰下人，苗秀方实颖。

云开山露光，云合山色屏。

开合如我心，对对心数省。

甘泉湛若水 题

湛若水的《过柯双华侍御山居有序》与王阳明的诗《咏柯乔居》《双峰遗柯生乔》是紧密相连的。明代两位大儒都曾到过九华山，都曾到过并居住过柯乔的故居，都借莲玉里柯村东面的双峰，各自赞扬自己的学生柯乔，因为柯乔的字迁之，号双华，双华亦即"双峰"之意，同时，也代指柯乔居"双峰草堂"。如上文李恺所写的《题双华柯公草堂记》中指出的那样："华犹峰也！"两位大师的赞扬体现了两位大儒谦逊的态度和宽广的胸襟。王阳明、湛若水两位大儒的诗也与李恺的《题双华柯公草堂记》相呼应，印证了双峰草堂在柯乔生前就客观存在。

柯乔故居还可以从清朝光绪十六年（1890）修撰的《莲玉柯氏宗谱》第二卷中《莲玉柯氏阴阳二宅全图》中看得很清楚。柯乔亲兄弟八人：乔、烨、烦、容、俊、尚、美、石（"石"即《大明巡海道柯乔》中的"柯焰"，

"石"是其字），柯乔为长兄，柯乔是莲玉柯大房始祖，他及其后代皆为大房，柯乔故居就是大房，也就是目前包括柯乔门坊在内，我们现在申请恢复柯乔故居的位置。这在光绪年间《莲玉柯氏宗谱》图中标注得很清楚。

综上所述，无论从官方历史典籍，还是从名人诗文以及清朝《莲玉柯氏宗谱》来看，都有关于柯乔故居的确切记载，恢复柯乔故居"双峰草堂"不仅有历史依据，而且对纪念民族英雄柯乔，加强爱国主义教育和弘扬优秀传统文化，都有很强的现实意义。

2019 年 5 月 18 日撰于九华山柯村